# 红楼小什物

梁归智 著

Copyright © 2024 by SDX Joint Publishing Company.
All Rights Reserved.
本作品版权由生活·读书·新知三联书店所有。
未经许可，不得翻印。

**图书在版编目（CIP）数据**

红楼小人物 / 梁归智著. -- 北京：生活·读书·新知三联书店, 2024.9. -- ISBN 978-7-108-07884-1
Ⅰ. I207.411
中国国家版本馆 CIP 数据核字第 20241QQ955 号

| | |
|---|---|
| 责任编辑 | 崔　萌 |
| 装帧设计 | 赵　欣 |
| 责任印制 | 李思佳 |
| 出版发行 | 生活·讀書·新知 三联书店 |
| | （北京市东城区美术馆东街 22 号　100010） |
| 网　　址 | www.sdxjpc.com |
| 经　　销 | 新华书店 |
| 印　　刷 | 河北鹏润印刷有限公司 |
| 版　　次 | 2024 年 9 月北京第 1 版 |
| | 2024 年 9 月北京第 1 次印刷 |
| 开　　本 | 850 毫米 × 1092 毫米　1/32　印张 12 |
| 字　　数 | 247 千字　图 21 幅 |
| 印　　数 | 0,001－5,000 册 |
| 定　　价 | 49.00 元 |

（印装查询：01064002715；邮购查询：01084010542）

# 目录

卷首语　1

谁是"小人物"？　5

## 丫嬛系列

### 怡红院五大丫嬛　3

媚人/可人｜花袭人｜晴雯｜麝月｜秋纹

### 贾宝玉身边的小丫嬛　51

茜雪｜小红｜碧浪和春燕｜四儿和五儿｜佳蕙、坠儿、良儿

### 林黛玉的丫嬛　75

鹦哥/紫鹃｜雪雁、春纤

### 薛宝钗的丫嬛　90

莺儿、文杏

### 王熙凤的丫嬛　97

平儿、丰儿、善姐

### 贾家四春的丫嬛　106

琴、棋、书、画

### 史湘云、薛宝琴和邢岫烟的丫嬛　117

翠缕、小螺、篆儿

贾母的丫嬛 122

鸳鸯、傻大姐

王夫人的丫嬛 138

金钏、玉钏、彩云、彩霞

尤氏、秦可卿的丫嬛 147

银蝶、炒豆儿、瑞珠、宝珠

赵姨娘和她的丫嬛 155

小吉祥儿、小鹊

甄英莲 / 香菱、娇杏、宝蟾 162

红楼十二伶 176

芳官、藕官、龄官

昙花一现的女儿 188

智能、二丫头、卍儿、岩玉、喜鸾

## 小厮仆从亲友系列

贾宝玉的小厮 201

叶茗烟 / 焙茗、李贵

贾琏和凤姐的小厮男仆 218

兴儿、来旺

宁荣二府的老仆和管家 230

来升、焦大、乌进孝、赖大、林之孝

奴仆众生相 250

吴新登家的、周瑞家的、王善保家的、费婆子 | 小管家、清客、柳嫂子、秦显家的

寺观"浮世绘" 267

净虚、马道婆、葫芦僧、张道士、王道士

本家亲友 277

贾蘭(兰)、贾瑞、金荣、贾蔷、贾芸、尤老娘、刘姥姥

社会关系 300

张友士、戴权、夏太监、忠顺府长史 | 蒋玉菡、柳湘莲、卫若兰、冯紫英、水溶

## 《红楼梦》写人之妙

### 曹雪芹"写人"的二纲八目与痴、常二谛及三象合一 325

第一个纲领：写真人写活人 | 第二个纲领：写诗人写哲人 | 第一目：意境人物和典型形象 | 第二目：召唤结构和鸿蒙性格 | 第三目：镜象影射和隐喻模型 | 第四目：补遗法和冰山理论 | 第五目：积墨法和生活流 | 第六目：叠曲和复调 | 第七目：槛内的世人和槛外的畸人 | 第八目：演大荒和荒诞感 | 痴、常二谛及三象(具象、意象、抽象)合一

# 卷首语

《红楼梦》自曹雪芹的心头笔底诞生,先在一个小圈子里面传阅,后来逐渐往外流播,以至手抄本能卖若干银两。从小圈子里的"脂批"开始,读者的"接受美学"日渐增生丰满壮大,遂成立"红学"。从评点、续书、笔记、题咏、传闻、索隐,到肇始于20世纪初的西方理论和现代学术,"红学"二百年来风生水起波澜壮阔,愈出愈奇。

大略说来,20世纪前五十年,考证格外显眼,后五十年则意识形态的影响特别突出。到了新世纪,先是学院派不甘寂寞,向社会发言传声,忽然间市场化又云集雾涌,社会性红学骤然潮起,风水逆转,把学院派几乎就要一口吞噬。这几年,说红写红讲红演红恶搞红,正如2010版电视剧《红楼梦》的某后台老板放言:"《红楼梦》的每个字后面都是钱。"1954年因《红楼梦研究》大批判而崛起的"小人物","文革"中借"评红"发起来而能不落伍且咸与维新的"新小人物",早已是红学的"老人物""旧人物""大人物"。谁想得到,新世纪新运会,不计其数的货真价实的"小人物"趁着市场化大潮和网络江湖鱼跃龙门,纷纷出世,呼号挑战,按下葫芦浮起瓢,你方唱罢我登场,甲笑,乙骂,丙调侃,皆拉上"红楼"说事。和《红楼梦》有关的书几乎如雨后春笋,层出不穷、络绎不绝、前赴后继,以"红楼止梦"为口号出书本身,就是在给"红楼乱象"推波助澜。神州大地进入了真正的由小众而大众而全民自由参与的红学新时代。

这种红学新潮流,其中的"新索隐"[1]一类,虽然让某些以学院派自居者痛心疾首,其实方生方死,随兴随灭,并无实质性的影响。真正成为"大宗"者,是各种社会世俗化的评"红"说"红":"红楼女儿的现代生活""红楼美人计:金陵十二钗的管理艺术""闲话红楼:大观园的后门通梁山""青春与时尚的误读红楼",津津有味说不完道不尽的是"鸳鸯作为贾母私人秘书的悲哀""说说平儿这个'老板助理'""王熙凤为什么要设小金库""可卿——欲望与毁灭""晴雯——暗恋的代价""贾母的一把手之道""红芸之恋——两个职场精英的风云际会""贾宝玉的公开小蜜——袭人""被'包二奶'的情色小资——尤氏姐妹""过着'寄养一族'生涯的'新贫一族'——巧姐"等等,把红楼人物与"当代"打通融合的思想情感碰撞交融。这些言说、评论、感想、引申,无疑显示了《红楼梦》具有强大的"现代性"衍生和"接轨"能力,证明曹雪芹确实写出了跨越时代、通约古今的人生体验和社

---

[1] "新索隐"指曹雪芹与竺香玉合谋毒死雍正帝、脂批本乃书商伪造、《红楼梦》作者是洪昇或康熙废太子之子、《红楼梦》中主角乃明朝或清朝的历史人物等与小说艺术审美鉴赏无关的诸臆说,不包括探佚。盖探佚乃以细读小说文本的审美鉴赏为基础,辅以版本、脂批、曹学等旁证,考索八十回后佚稿大致情节梗概轮廓,终极目的是探寻体会曹雪芹完整的艺术构思,其中虽有某些"索隐"因素,但不占主流,探佚的本质是美学。

会经验，其与时俱进的内在动力生机勃勃，绝非夸大浮饰，是其"伟大"和"不朽"至少一个方面的有力体现。

这种"形而下""形而中"层面的读红心得成果，水平最高者无可争辩，当推大作家王蒙。从"启示录"到"不奴隶，毋宁死"，从评点本到"王蒙的红楼梦"，哲学、文艺学等"形而上"和"准形而上"的内容并非没有，但其最核心、最精彩的部分是社会学、政治学、世俗学的多维感悟而出以王式独家风格的表达。

这是一个大众评"红"的时代，这是一个"小人物"出头露面遍地风流的时代。小人物理解小人物，《红楼梦》里的"小人物"也被推向了前台，即使像贾宝玉、林黛玉等"大人物"，人们更加注意的也是他们身上的"小人物"色彩和成分。

如果我也顺潮顺势来写红楼小人物的社会世俗意义，要不当文抄公，说出新话头、写出新意思，那真是谈何容易？面对王蒙诸家的滔滔宏论，侃侃放谈，况已有《红楼梦》里的'草根'们"《红楼梦》的奴婢世界"等红楼小人物专书，可真是"眼前有景道不得，崔颢题诗在上头"了。

幸而，曹雪芹写《红楼梦》，对社会世俗的穷形尽相，只是其中一个层面，更本质的另一个层面，乃"用写诗的方法写小说"。因此，《红楼梦》里的小人物，其实隐含着某种"诗性"，或明或暗，或深或浅，而这一层，却被评"红"诸公们所忽略，因为据说这是一个"诗歌已死""诗人死了"的时代。

耶稣曾经被钉在十字架上死去，但他后来复活，而且复活后就成了神之子基督。受了这种启示，我写这些红楼"小人物"，着意于他们的"诗性"。而丫嬛们的"俏"和小厮们的"俊"也许能彰显另一种魅力,不必同现代"美女"们的"酷毙了"和现代"帅哥"们的"帅呆了"去争风吃醋吧。[2]

2010年12月10日于大连逸人居

---

[2] 本书涉及《红楼梦》引文,取自人民出版社2006年12月出版周汝昌汇校本《红楼梦》,这是一个更强调"原生态"的读本,遇有易生歧义处,于括号内说明。又凡现代研究著作的相关引述,均注明其出版时间与单位。

# 谁是"小人物"?

要写"《红楼梦》的小人物",应该先定义何谓"小人物"。

小人物是人物,也就是人——不是别的动物,当然更不是植物和有机物、无机物,这个不在话下,关键是"小"的内涵和外延如何界定。

作为《红楼梦》的话题,"小"一是指在小说中的阶级、社会地位相对低,二是指在小说中可能不是主角——至少不是全书最主要的描写对象。如果脱离开《红》书,则大多数情况主要指第一种含义,因为有专门描写"小人物"的小说,特别是资本主义和社会主义两种思潮大规模撞击的18—19世纪的俄罗斯小说与欧美小说,"小人物"已经成了一个特定的文学术语,如俄罗斯批判现实主义文学中就有大量的"小人物"在唱主角。

小人物过去叫"芸芸众生",现在叫"草根""沉默的大多数",在一段特定的历史时期或革命年代叫"群众"或"工农兵"。

小人物在英语中有这样一些表达:small potato(直译:小土豆); no man 或 a nobody(直译:不是人); cipher(直译:零头,本指0或1到9的任何一个阿拉伯数字); worm(直译:蠕虫); unimportant person(直译:不重要的人)。还有一个

Jack-a-Lent，本意是"小玩偶"。

小人物的小（small）和大人物的大（big）相对，是以体积的大小比喻社会地位的高低，虽然许多小人物生得魁梧雄壮，而不少大人物往往是"三寸丁"似的矮小身材，但前者叫"傻大个"，后者叫伟人（great man），由此可见语言象征的功能是多么微妙了。用现代的理论术语说，"大"和"小"的称谓里实际上隐含着"权力/压迫"的意识形态。

我们讨论《红楼梦》里的小人物，主要是这样几类人：丫嬛，小厮，男女仆人，男女管家，贾、史、王、薛四大家族的远房本家、穷亲戚和社会关系，一些过场和点缀的人物。最后两类也许有的人物社会和阶级地位不算太低甚至很高，但在小说中不太凸显。

《红楼梦》还有它的特殊性和个性：抑男尊女，厌老爱小，所以少男少女特别是少女受到格外的青睐，在"小人物"中也不例外。后来混入正文成了小说"新书头"的那一段批语表白："风尘碌碌，一事无成。忽念及当年所有之女子，一一细推了去，觉其行止见识皆出于我之上。何我堂堂须眉，曾不若彼裙钗哉！实愧则有余，悔又无益之，大无可奈何之日也！"而贾宝玉的名言则是：未出嫁的少女是颗宝珠，一旦出嫁染了男人气味则宝珠褪色，再年华老大为老婆子就更变成鱼眼睛了。我早就论说过，曹雪芹其实是把女儿和男人、未出阁的少女和老婆子作为一种未被异化和已经异化的美学象征，一种思想的隐喻。

遵循曹雪芹这种意味深长的美学象征和思想隐喻，我们写《红楼梦》里的小人物，也就先写丫嬛等小姑娘，再写小厮等小伙子,顺序下去才是男女仆人和婆子等成年人老年人,然后是亲戚本家和社会关系等在小说中不甚重要的"小人物"。

怎样写这些"小人物"呢?我们也要向曹雪芹学习,就是第一回所标举的"不借此套,反倒新奇别致""令世人换新眼目"。人们习以为常的"此套"和"千部共出一套"是太多了,一些理论刚开始出现的时候,都生气勃勃,但一旦日积月累而成为"教条"和"惯性"又不能与时俱进,则成了禁锢人思想和灵性的消极因素,成了"套路",其实也就成了枷锁。因此,我们的写作,要力求打破陈规,钻出各种教条主义的"乱腾腾千层锦套头",追求一种萧散、潇洒的风格,鉴赏、分析、考证、索隐、西方理论、神州传统,什么适合就用什么,有话则长,无话则短,重神而不重形,只要确有会心,即可得意忘形得意忘言。噫!

丫嬛系列

# 怡红院五大丫嬛

## 媚人／可人

说"小人物",其实也要首先关注其中相对重要的角色,也即这些角色虽然从社会阶级地位来说属于"小人物",但从在小说中所占分量来说,应该算"准大人物"。常言说仆以主贵,《红楼梦》中的第一主角是贾宝玉,因此他身边的大丫嬛是我们首先要着眼的"小人物"——"准大人物"。顺便说明一下,本书用"丫嬛"而不用"丫鬟""丫环",是根据周汝昌先生的校本《红楼梦》。

贾宝玉身边丫嬛很多,最突出的是五大丫嬛。

不是四大丫嬛吗?怎么出来个五大丫嬛?

在程高本《红楼梦》(程伟元、高鹗对前八十回做了修改并加了后四十回续书的一百二十回《红楼梦》)里,是四大丫嬛,排列顺序是:袭人、晴雯、麝月、秋纹。

但在更接近曹雪芹真实手笔的脂批本《石头记》(曹雪芹的亲友脂砚斋等写了批语评语的前八十回抄本《石头记》)里,贾宝玉有五大丫嬛,排列顺序是:袭人、媚人、晴雯、麝月、秋纹。

原来,曹雪芹设计小说里的小人物姓名时,常常使用中国古典骈体文和律诗中的"对仗"或"对偶"技巧，每每两两一对，造成一种对称美，但同时灵巧灵活，不滞涩呆板，不死脑筋。在"四大丫嬛"和"五大丫嬛"的纠葛中，就体现了对仗艺术技巧的活用。

在脂批本中，"四大丫嬛"首先出现于第五回，故事情节是贾宝玉随贾母和王夫人到宁国府赏花吃酒，后来身体困倦想要歇晌觉，最后去了侄儿媳妇秦可卿的卧室，秦可卿"亲自展开了西子浣过的纱衾，移了红娘抱过的鸳枕。于是，众奶母伏侍宝玉卧好，款款散去，只留下袭人、媚人、晴雯、麝月四个丫嬛为伴"。针对这四个丫嬛，脂砚斋批语说袭人是"一个再见"，而媚人、晴雯、麝月分别是"二新出""三新出"和"四新出"。因为袭人在第三回就已经出场介绍过了。

从"名字学"的表面，袭人和媚人是一对，而晴雯和麝月是另一对。雯是彩色的云，和月构成对仗。其实，曹雪芹的文心笔花更为摇曳多姿，原来还有两个提到名字但描写不多的丫头绮霰和檀云，才是各自与晴雯、麝月对仗的。晴雯对绮霰，檀云对麝月。其暗隐的意思是，名字并不能决定地位，是各人不同的情况如际遇、才貌和努力等，决定了晴雯和麝月地位上升，而檀云和绮霰落后。

但是，占第二位的媚人就在第五回出现了这一次，在以后的章节里，这个媚人就"人间蒸发"了，四大丫嬛成了袭人、晴雯、麝月、秋纹。

这里面有什么奥妙呢？

原来，媚人死了，本不在四大丫嬛之列的秋纹就递补了上来。秋纹本是和春燕对仗的，就是第五十九回"柳叶渚边嗔莺咤燕"中的那个春燕，昵称小燕儿。严格说，我们的标题"怡红院五大丫嬛"有语病,因为媚人在大观园建成之前就死去了,她不可能去怡红院,不过聪明的读者也不会胶柱鼓瑟吧。

媚人什么时候死的?哪里有这样的描写?

请看第四十六回"鸳鸯女誓绝鸳鸯偶"中,因为贾赦逼迫,鸳鸯和平儿在大观园里诉说,话题说到了自小在一起的丫嬛姐妹们:"这是咱们好,比如袭人、琥珀、素云和紫鹃、彩霞、玉钏儿、麝月、翠墨,跟了史姑娘去的翠缕,死了的可人和金钏儿,去了的茜雪,连上你我,这十来个人,从小儿什么话儿不说,什么事儿不作,这如今因都大了,各自干各自的去了,然我心里仍是照旧有话有事不瞒你们。"这里说的"死了的可人和金钏儿",金钏儿大家都知道,是在第三十二回"含耻辱情烈死金钏"中投井自杀的,而可人死在金钏儿之前,可人就是媚人。

大家一定又要奇怪了,媚人和可人难道是一个人吗?为什么要一人而二名呢?

这就要对曹雪芹超凡绝诣的高妙艺术有所会心了。原来贾宝玉的四大丫嬛,同时还是和贾宝玉一生情感、情恋、情欲纠葛密切的四位女儿的"影子",所谓"晴为黛影,袭为钗副"固然已耳熟能详,而麝月其实在某种程度上是史湘云的"影子",媚人则是秦可卿的"副本"。

第五回叫媚人而不叫可人,就是为了让这个丫头和秦可卿彼此的"影射"关系不要太"露",如果第五回就叫可人,也许敏感的读者一下子就猜到了她影射可卿,那就了无余味,岂是天才曹雪芹所屑为?到了第四十六回,通过鸳鸯的谈话说出"死了的可人",则是千里伏线,暗相连接,"可人"是可爱的人,"媚人"更可爱得让人丢了魂,可和媚本来就是近义词嘛。当然,能不能看出这点艺术的"天机",那就是对后世千百代读者灵性的考验了。

秦可卿之死是《红楼梦》研究中一大公案,其恍惚迷离的境界固然众说纷纭,但她不明不白地早早死去是有目共睹的,那么作为她"影子"的可人/媚人当然也就悄没声息地"人间蒸发"了。

第五回贾宝玉梦中见到了仙女可卿,并在警幻仙姑的"秘训"下与可卿行"云雨之事",在梦魇中大叫"可卿救我",秦可卿听见后纳闷:"我的小名,这里没人知道,他如何从梦里叫出来?"而当第十三回秦可卿死去的消息传来,从梦中惊醒的贾宝玉"只觉心中似戳了一刀的不忍,哇的一声,直喷出一口血来",这些描写都是一种艺术的暗示,让读者感觉秦可卿实际上是对贾宝玉第一个"性启蒙"的人。当然这是"用写诗的方法写小说",只可意会,不可言传。

## 花袭人

媚人/可人是个若有若无的人物,真正的一个"影子",一种象征。所以宝玉身边的首席大丫嬛是袭人,五大丫嬛中也单只写了她的姓氏——花。

这个姓氏可非同一般。

花在《红楼梦》里是少女的代名,少女如花,这个虽然普通却用不滥而魅力永存的比喻更被曹雪芹点化得花簇锦攒、花枝招展。第七回"送宫花周瑞叹英莲"就用宫花象征十二钗，所谓："十二花容色最新，不知谁是惜花人。相逢若问名何氏，家住江南姓本秦。"而薛宝钗的冷香丸是用四季的白色花蕊做成。第二十七回林黛玉作了风靡后世的《葬花吟》："花谢花飞花满天，红消香断有谁怜？……一朝春尽红颜老，花落人亡两不知！"重要的女儿们都有特定的象征花卉：黛玉和晴雯是芙蓉花，宝钗是牡丹花，探春是杏花，湘云是海棠花……

袭人居然姓花，岂是一般的"小人物"？

就阶级地位说，袭人是"小人物"，就小说中的重要性来说，她是"准大人物"。

袭人在文学评论的历史时空中，像川剧的"变脸"艺术一样，被评论家们变出了花样翻新的脸谱，白脸、红脸、小花脸……

袭人之所以如此"不幸"或"有幸"，原因也复杂微妙且有趣。首先因为曹雪芹写小说爱用写诗的技巧，他继承中国的文学文化传统，写"意境人物"而不写"典型人物"，小说人物的性格成了一种"诗无达诂"的"意境"，特别含蓄，留有许多艺术空白让人琢磨想象，脂批叫"烟云模糊"。因此，不同时代、不同水平、不同趣味的读者，从不同的视角、不同的思路，都可以做出诠释，而且似乎都能说得头头是道。

比如，可以认为袭人是王夫人安排在贾宝玉身边的一个"眼线"，因而后来晴雯、芳官和四儿的被逐都可能和袭人告密有关。但作者并没有明确这样写，同时设置一个情节证明袭人并不喜欢"打小报告"：宝玉挨打后，王夫人问袭人是不是贾环诬告了宝玉，袭人明明已经从茗烟口中得知了贾环

宝玉初试云雨情 孙温 绘

使坏的消息,却对王夫人一口咬定自己什么也不知道。(第三十四回)

再比如,袭人思想比较正统,也就是认同当时主流的意识形态,经常"劝谏""娇嗔"宝玉,希望他"走正路"。同时,书中又写,在众丫头中,只有袭人和宝玉"初试云雨情",但再写"袭人素知贾母已将自己与了宝玉的,今便如此,亦不为越理"(第六回)。

还有,当得知母亲和哥哥想赎自己回家而离开贾府时,袭人和母亲哥哥哭闹,坚决不肯离开贾府,以至于王蒙先生激发出了"不奴隶,毋宁死?"的滔滔感慨。另一方面则又写,当宝玉夸赞袭人的姨妹生得好,"怎么也得他在咱们家里就好了",袭人却报以"冷笑",并说:"我一个人是奴才命罢了,难道连我的亲戚也都是奴才命不成?"(第十九回)但在另外一处,又写王夫人额外赏赐袭人,怡红院的丫头们开玩笑地调侃袭人是"西洋花点子哈巴儿"(第三十七回)。

《红楼梦》还有版本问题引起的审美歧异。那就是后四十回续书中的袭人,她向贾母和王夫人汇报了宝玉和黛玉的感情,才导致凤姐想出了"调包计",最后造成黛死钗嫁、宝玉出家的悲剧结局。在宝玉出家后,袭人又嫁给蒋玉菡,而续书作者从所谓"节烈"观念出发,贬责袭人:"虽然事有前定,无可奈何,但孽子孤臣,义夫节妇,这'不得已'三字也不是一概推委(程甲本是'推委'而非'推诿')得的。此袭人所以在又副册也。正是前人过那桃花庙的诗上说道:千古艰难惟一死,伤心岂独息夫人!"

息夫人是春秋时期息国诸侯的夫人,姓妫,也称息妫。《左传》庄公十四年记载:楚文王灭息国,把息夫人带回来占为己有,息夫人为楚王生了两个儿子,但始终沉默是金。楚王终于忍不住问她为何不说话,息夫人回答说,我一个女人嫁了两个丈夫,苟活于世,还有什么好说的呢?后人建有息夫人庙,文人墨客多有题咏。这里引用的两句诗是清康熙时的诗人邓汉仪《题息夫人庙》中的句子。后四十回的作者通过这个情节讽刺袭人,意思是息夫人不能在息国灭亡时自杀殉夫殉国,花袭人也不能在贾宝玉出家后自杀而为宝玉守节。后四十回通过这种情节,就把袭人"反派"化了。

当然这是一种很落后甚至恶劣的观念,聂绀弩先生曾经写文章批评说:要求袭人为宝玉守节,是比历史上实有的封建还要封建百倍的封建,因为封建礼教只要求正妻守节,对妾并不做这种要求,而袭人连妾也不是,她只是"通房丫头"。

那么曹雪芹本人,对袭人究竟是什么态度呢?

首先，袭人属于"薄命司"，这就是说，曹雪芹对袭人的基本定位是"薄命女儿"，她和金陵十二钗正册、副册、又副册中所有的女孩子一样，都是有才有貌而下场不好，因而值得同情的可怜的女孩子。

在花袭人的"册子"上画着：一簇鲜花，一床破席。后面配的诗歌是：枉自温柔和顺，空云似桂如兰；堪羡优伶有福，谁知公子无缘。

袭人是"鲜花"，她性格"温柔和顺"，容貌"似桂如兰"，但命运不好，被命运捉弄，离开了"公子"，而嫁给了"优伶"。

优伶就是唱戏的演员，具体对象就是小说中的名伶蒋玉菡。当然这里有时代背景的问题，在那个时代，优伶属于"贱民"阶层，被整个社会看不起，袭人本来可以做贾宝玉的妾，结果却嫁了蒋玉菡，所以用鲜花插在破席上比喻。今天当然不同了，如果嫁给一个影视明星，那是许多女孩子巴不得，而全社会也艳羡不已的。

这说明在原稿中，花袭人是一个"正面人物"，是被命运播弄而应该受到同情的"小人物"。她有两种象征花卉，一是所谓"似桂如兰"，一是第六十三回所抽花名签桃花——武陵别景：桃红又是一年春。"似桂如兰"，林方直认为，"兰"是"兰因絮果"的意思，意指婚姻；而"桂"取唐人卢照临著名古诗《长安古意》诗意："自言歌舞长千载，自谓骄奢凌五公。节物风光不相待，桑田碧海须臾改。昔时金阶白玉堂，即今惟见青松在。寂寂寥寥扬子居，年年岁岁一床书。独有南山桂花发，飞来飞去袭人裾。"诗的最后两句就是"花袭人"

姓名的由来。[1]

那么这是什么寓意呢？其实就是暗示在贾府被抄后（"昔时金阶白玉堂，即今惟见青松在"），花袭人另嫁蒋玉菡，改换门庭，如深山中的桂花，还能"飞来飞去袭人裙"。而所谓"武陵别景：桃红又是一年春"明显是用陶渊明《桃花源记》的典故，说袭人嫁给蒋玉菡而避免了与贾家一起覆灭的命运，如到了桃花源中的"秦人"躲过了秦汉更替的战火一般。

据脂批提示和专家研究，花袭人在原著八十回后的佚稿中，是"有始有终"，和蒋玉菡两人"供奉玉兄宝卿"，也就是在贾家败落后，花袭人和蒋玉菡小两口反而要在经济上帮助贾宝玉和薛宝钗夫妇。

怡红院里四大丫头的排序，无论前期还是后期，袭人始终是"老大"，但在薄命司的"册子"里，袭人却排在又副册第二，第一是晴雯。

这就微妙地传达了曹雪芹的"倾向性"：在袭人和晴雯两人中，曹雪芹更推重晴雯。开始介绍袭人时，用了有些春秋笔法的微词："这袭人亦有些痴处：伏侍贾母时，心中眼中只有一个贾母，今与了宝玉，心中眼中又只有一个宝玉。"引申一下，将来嫁了蒋玉菡，心中眼中又只有一个蒋玉菡了。袭人更多地代表社会常情和主流意识形态，而晴雯有一种烈士情怀，更富有逆反的意味。二者之中，曹雪芹自己更倾向烈士情怀和逆反精神——但也并不对常情和主流意识完全否定，

---

[1] 林方直《红楼梦符号解读》，呼和浩特，内蒙古大学出版社1996年版，第123页。

而认为也有其合理、美好的一面。

那么读者喜不喜欢花袭人呢？

读者其实也是复杂的，因人因时而异，表里不一的。比如后四十回的作者不喜欢袭人，是从落后的意识形态"节烈"观念出发。清代评点家姚燮说："宝玉之婢，阴险莫如袭人。"另一位评点家涂瀛则说："袭人者，奸之近人情者也。以近人情者制人，人忘其制；以近人情者逐人，人忘其逐。约计平生，死黛玉、死晴雯，逐芳官、蕙香，间秋纹、麝月，其肆虐矣，而王夫人且视之为顾命，宝钗倚之为元臣。"哈斯宝说："我把袭人看作妇人中的宋江。"青山山农说："袭人，贾府之秦桧也。秦桧通于兀术，而以无罪贬赵鼎，杀武穆；袭人通于宝玉，而以无罪潛黛玉，死晴雯；其奸同，其恶同也。"

"革命年代"的文学评论也贬低袭人，说她是王夫人的"密探"，是帮助封建统治者（指贾母、王夫人和王熙凤）破坏宝黛自由恋爱的"帮凶"。"袭人是封建社会阶级斗争的产物。她反映了封建阶级为了维护自己的统治，总是要在被压迫阶级当中寻找自己的代理人，在社会上如此，在贵族家庭内部也是如此。袭人卖身投靠，是因为她具有小私有者的个人主义思想，所以很容易上钩。袭人在我们古代文学史上，是一个罕见的出身于贫苦家庭的内奸形象。"[2] "袭人的人品，就是专门'袭人'。她的功夫是在'贤'的掩护下'偷袭'——暗

---

2 朱眉叔《红楼梦的背景与人物》，沈阳，辽宁大学出版社1986年版，第365—366页。

地里进谗言，二是目标集中，这是她最有功力的两招。"³

  这里面也有耐人寻味的地方：无论从封建正统观念出发还是从革命意识形态出发，都不欣赏袭人，这实际上表明作为"主流"的社会意识形态，有一些价值观念比较固定，比如肯定忠诚和执着而不是与世俯仰、见风使舵，不赞成趋炎附势，应该把感情看得比利益更重要……尽管实际操作是另一回事，但作为意识形态，是必须这样说和标榜的，这是社会的"门面"和"牌匾"。当然追根究底，这是中国文化传统中根深蒂固的在真、善、美三者之中特别突出"善"，因而导致"善恶分明"并容易衍生简单化、模式化审美心理的反映。

  其实，门面和牌匾的主要功能是"说"和"看"，更多针对的是"别人"——理论术语叫"他者"，自己实行起来，却往往要"灵活"得多。这种社会的虚伪性和人性的两面性也就造成了我们接受文学作品的悖论：在读作品时，我们可能不太喜欢袭人，至少不是最喜欢，但如果袭人是我们生活中真实的人——或同事或邻居或朋友或熟人，则她会极有"人缘"，"口碑"会很好。像袭人那样事事周到细致，性格"温柔和顺"又美貌如花的女孩子，除了非异性恋者，哪一个男人不喜欢？甚至女人也乐意引为"闺密"呢。

  有两段对袭人的描写还未见研究者们特别注意。

  一处是第四十六回，鸳鸯为躲避贾赦、邢夫人逼婚，跑到大观园里散心，先遇到已经知道了消息的平儿，鸳鸯对平

---

3 胡文彬《冷眼看红楼》，北京，中国书店2001年版，第23—24页。

儿说自己绝不屈服:"别说大老爷要我作小老婆,就是大太太这会子死了,他三媒六聘的娶我去作大老婆,我也不能去。"这时,袭人现身了:

> 平儿笑着方欲答言,只听山石背后哈哈的笑道:"好个没脸的丫头,亏你不怕牙碜!"二人听了不免吃了一惊。忙起身向山石背后找寻,不是别个,却是袭人笑着走了出来,问:"什么事情?告诉我听。"说着,三人坐在石上,平儿又把方才的话说与袭人听。袭人道:"真真这话论理不该我们说,这个大老爷也太好色了。略平头正脸的,他就不放手了。"

袭人给读者的一般印象是很理性,会做人,很少批评别人,更不搬弄是非,遇到矛盾则息事宁人,有责任也往自己身上揽,这是她性格的基本定位,小说中用许多细节皴染这一点——所谓积墨法。所以贾母对她的评价是"没嘴的葫芦"(第七十八回贾母对王夫人说),王夫人的印象是"这两个杯(据周汝昌校本,'笨'的异体字)的到好"(第七十四回王夫人对王熙凤和王善保家的说袭人和麝月),这都是一种"低调"的生活姿态产生的效果。但在鸳鸯抗婚的事情上,袭人却对大老爷贾赦予以恶评,接下来的情节有袭人和平儿帮助鸳鸯讽刺鸳鸯的嫂子,后来鸳鸯的嫂子见邢夫人,因凤姐在旁边,不敢说平儿,就说:"袭人也帮着他抢白我,说了许多不知好歹的话,回不得主子的。"以至于邢夫人感到惊讶:"又与袭人什么相干,他如何知道的?"

这一段描写让读者看到了袭人性格的另一个层面：她的阶级同情心、大是大非的正义感，以及与被压迫者站在同一战线的反抗和侠义精神。

还有一段描写，在第五十四回。元宵节荣国府开夜宴，宝玉回怡红院去，在门外听到鸳鸯和袭人两个在闲聊：

> 忽听鸳鸯叹了一声，说道："可知天下的事难定，论理，你单身在这里，父母在外头，每年他们东去西来，没个定准，想来你是再不能送终的了，偏生今年就死在这里，你到出去送了终。"袭人道："正是，我也想不到能彀（周汝昌校本是'彀'而非'够'。后面提到周汝昌校本简称周校本）看着父母回首。太太又赏了四十两银子，这也算养我一场，我也不敢妄想了。"

我们再回头看第十九回，袭人反对母亲和哥哥准备赎回自己而与母兄吵闹，其中有这样的话："当日原是你们没饭吃，就剩我还值几两银子，若不叫你们卖，没有个看着老子娘饿死的理。如今幸而卖到那个地方，吃穿和主子一样，又不朝打暮骂。况且如今爹虽没了，你们却又整理的家成业就复了元气。若果然还艰难，把我赎出来，再多淘澄几个钱，也还罢了，其实又不难了。这会子又赎我作什么？"这当然主要是描写袭人不愿意离开贾府和宝玉，但她说当父母真的困难时，她是愿意被卖了换钱以救助爹娘的，而且当年已经实践过。这不也从一个侧面表现了袭人的精神高尚吗？

曹雪芹写小说，最重视"传神"，有时并不顾及某些情节的合理性。比如关于袭人给父母送终的说法，从第十九回看，袭人父亲已死，母亲和哥哥都在京城居住，似乎鸳鸯说的那种情况不太合情理，所谓"你单身在这里，父母在外头，每年他们东去西来，没个定准"。但我们读到这些情节，其实不必细细追究前后似乎矛盾的叙述，而要重在欣赏小说的文情艺韵，精神风貌。要深究，鸳鸯的话也能给出解释，所谓"父母在外头"指不是贾府的奴才，因而人身自由，可以任意迁徙。具体为什么"东去西来"就没必要细想，那有多种可能性，意会就可以了。

曹雪芹"用写诗的方法写小说"，我们也要"用读诗的方法读小说"。一些刻板的研究者不明此意，偏要一根筋认死理，做一些形式逻辑的分析，就分析出小说的许多毛病。比如第三十二回描写袭人服侍过史湘云，两个小女孩曾经谈论婚嫁问题："你还记得十年前，咱们在西边暖阁住着，晚上你同我说的话儿？"有的研究者就推算袭人和湘云的年龄，说十年前她们才四五岁，怎么可能谈论婚姻之事？于是又做什么"二稿合成""旧稿新裁"一类笨拙猜测。这些研究者始终弄不明白，曹雪芹是在写诗性的小说，你不去欣赏诗的空灵，却非要当算博士，那真叫没辙！

这种"诗"与"俗"的分野也存在于曹雪芹原著和程高的修改本这"两种《红楼梦》"之中。第六回描写贾宝玉在梦中受了警幻仙姑"秘训"并和仙女可卿"初试云雨情"后，"强袭人同领警幻所训云雨之事"，是写小男孩和小女孩的性好奇、性游戏，本身有一种天真无邪的意境。程高本却做了改写，加了"袭人却只瞅着他笑""把眼又往四下里瞧了瞧"等描写，就把袭人的神态成年化了，好像成了大女孩勾引小男孩，境界就变得低俗了。

第六十三回怡红院开夜宴，众女儿抽花名签，都象征各自的命运归宿。袭人抽的是桃花，题着"武陵别景"四个字，还有一句旧诗："桃红又是一年春。"此外还有这样的描写：杏花陪一杯。坐中同庚者陪一杯，同辰者陪一杯，同姓者陪一杯。而大家算下来，香菱、晴雯、宝钗是同庚，黛玉是同辰，芳官是同姓，刚抽了杏花签的则是探春。

前面分析过，"武陵别景"和"桃红又是一年春"象征袭人后来嫁给了蒋玉菡，躲过了贾府被抄家的灾难。但又是杏花、又是同庚、又是同辰、又是同姓，拉扯上了好几个人，又有何奥妙呢？

杏花象征贾探春后来远嫁海外做王妃，所谓"瑶池仙品""日边红杏倚云栽"，和花袭人一样躲过了贾府覆灭的天崩地裂。而宝钗、黛玉是正册之首，香菱是副册之首，晴雯和袭人为又副册冠亚军，而且"晴为黛影，袭为钗副"，这就把正、副、又副三等册子的领军人物囊括无遗了。还要再加上十二个小戏子里的芳官，说她也姓花，芳官之名其实也是众芳之冠的意思，她又是史湘云的"影子"，这等于把三等册子之外的众女儿也包括了。真是寓意深远。

花袭人岂是等闲之辈？岂是一般的"小人物"？

## 晴　雯

晴雯在又副册里排在第一位，又在前八十回中已经有了结果，对她的分析评论文章，可能是贾府丫头中最多的一个。从清朝到20世纪末，虽然也偶有异议，但总的来说，晴雯一直享受着被赞美、被歌颂、被顶礼的最优舆论待遇。

清朝佚名氏《读红楼梦随笔》中说："晴雯心术品谊际遇成败与袭人相反而与黛玉略同。袭人则与宝钗同，故宝钗与黛玉亦相反。晴雯忠于事主，为怡红不叛不贰之臣。……晴雯为怡红院第一出色之人，又为宝玉所眷爱，且久陪寝外床，卒至玉不玷瑕，璧能完赵，求之闺阁，盖亦鲜焉。"

另一个叫陈其泰的在《桐花凤阁评红楼梦辑录》中则赞叹："晴雯一味任性，不计利害，确是真血性人。绝无人欲之私，不比熟于世故者有意做作，瞻前顾后也。"

20世纪80年代以前大陆权威的《中国文学史》（游国恩等主编）中则这样评论："晴雯是这些丫鬟中一个最光辉的形象。在她身上比较集中地表现了封建社会中地位卑贱的妇女们的优秀品质。……作者热情洋溢地歌颂了这个'心比天高，身为下贱'的少女，除了突出她敢于嬉笑怒骂的坚强反抗性格外，在'勇晴雯病补孔雀裘''俏丫鬟抱屈夭风流'等章节中，作者又出色地表现了她的直率、热情和勇于助人的品质，从而使整个形象，闪耀着诗意的光辉！"[4]

何其芳《论红楼梦》中表白："读者们也曾有过这样的经验吗，当我们还是少年的时候，和我们的同学或者朋友一起读完了这部书，我们争论着它里面的人物我们最喜欢谁，最

---

4 游国恩等主编《中国文学史》（四），北京，人民文学出版社1964年版，第316页。

后终于一致了，我们最喜欢的不是探春，不是史湘云，甚至也不是林黛玉，而是晴雯。我想我们少年时候的选择和偏爱是有道理的。"[5]

20世纪80年代到21世纪，随着市场经济逐渐占据社会主流，娱乐化、商品化、多元化的文化氛围越来越浓郁，对晴雯的评论出现了喧哗的众声。

赵国栋说："坦率地说，在为人处世上，晴雯是有着严重缺陷的。最大的缺陷就是，她没有弄清'我是谁'。"[6]

汪文科说晴雯"想当宝二爷姨娘"[7]。刘上生则认为"宝晴之情是有别于宝黛之爱的建立在人格平等基础上的主奴之间的知己之情"[8]。

作家王蒙别有高见："大奴才管小奴才，高层奴才管低层奴才，果然厉害。晴雯的嫉恶如仇比宝玉厉害多了，她的霸气，她的出手，她的暴力倾向，她的仗势欺人、自作主张，一点也不比凤姐含糊。她如果做了主子会是什么样呢？我不敢想，我不愿意想象一个美丽的单纯的直爽的聪慧的少女有朝一日会变成魔头、泼妇、刽子手。还有一个最最让人莫敢正视的可能

---

[5] 何其芳《论红楼梦》，写于1956年，收入《文学研究集刊》第5册，后出单行本，并作为人民文学出版社1959年出版《红楼梦》卷首的"代序"。引文见郭豫适编《红楼梦研究文选》，上海，华东师范大学出版社1988年版，第412页。
[6] 赵国栋《红楼梦之谜》，郑州，中州古籍出版社2001年版，第337—338页。
[7] 汪文科《不必为贤者讳——论晴雯性格的复杂的一面兼及古典文学研究中的一个问题》，《红楼梦学刊》1985年第1辑。
[8] 刘上生《走近曹雪芹——〈红楼梦〉心理新诠》，长沙，湖南师范大学出版社1997年版，第207页。

性——如果同样变成了主子或半主子,袭人对待下层奴才很可能比晴雯还好一点。"[9]

冰川(当是笔名)则说晴雯是"特立独行的'作女'",说"晴雯是个具有反叛精神的小资,是个特别能'作',特别能战斗的女人","有了不快她就喊"。[10]

瞧,对晴雯,该说的话好像已经被说尽了。我们还有什么新颖话头可以饶舌呢?

首先,对"接受美学"的意义,是不是有深刻的感受呢?同样一部《红楼梦》,同样一个晴雯,不同的读者,会有大相径庭的理解和感受。小说中的人物没有变,但读者在变,而读者的变,其实是时代在变,是文化心理的氛围和背景在变。

在传统文化氛围下,"忠义""刚直""光明磊落""感情专一"等是全社会推崇的价值观。晴雯行事直来直去,表里如一,不搞小动作,不要小心眼,对宝玉忠诚,需要时不惜自我牺牲(如"病补雀金裘"),但又对宝玉保持人格平等,不受窝囊气,也没有男女私情,这样一个晴雯形象,与公认的崇高价值观"若合符契",不仅传统社会,包括革命年代,都认为其是"正面"的,理应褒扬宣传作为表率的。应该说,曹雪芹也基本认同这些价值观(虽然也对多元价值观宽容)。晴雯被排在又副册第一,受到长时期的赞美歌颂,就是这种历史

---

9 王蒙《不奴隶,毋宁死?——王蒙谈红说事》,北京,北京十月文艺出版社2008年版,第203页。
10 冰川《红楼女儿的现代生活》,北京,新世界出版社2003年版,第225、229页。

意识形态的反映。

到了商品化占主流，消解主义、多元文化盛行的现代后现代，实用主义、相对主义、犬儒主义等各种思潮汹涌澎湃此起彼伏，颠覆传统价值观成为时尚，反映到对晴雯的评论上，就是上举"没有弄清'我是谁'""作女"一类酷解酷评。

想起一句老生常谈：三十年河东，三十年河西。又想起三四十年前经常见诸报端的一句话：历史的车轮滚滚向前，顺之者昌，逆之者亡。

但日月经天，江河行地，也还是有一些不会变化太大的东西。

诗情诗意，诗的"意境"，永远魅力长存。你可以说诗人乃"傻角"，诗不实用，诗"不来钱"——因此"诗歌死了"，但你不能不让人们在心底里保留一份对诗的向往、迷恋，诗歌其实不会真"死"——只是变得"隐而不显"，有些边缘化，需要有心人去发现去探索。

我们反复强调，曹雪芹原著《红楼梦》的最大特色是"诗化小说"。《红楼梦》倾情描写的"主角"和"准主角"，是"正邪二气所赋之人"。金陵十二钗，无论正册、副册，还是又副册，都是正邪两赋之人，也就是第二回贾雨村所谓的"三类人"：若生于公侯富贵之家，则为情痴情种；若生于诗书清贫之族，则为逸士高人；纵再偶生于薄祚寒门，断不能为走卒健仆，甘遭庸人驱制驾驭，亦必为奇优名倡。

贾雨村这段"正邪论"，其实是曹雪芹巧妙设计的《红楼梦》的"人物写作纲领"。

把握住这个"纲领"，对晴雯以及我们还将讨论的"小人物",你才能以心会心,才能对曹雪芹创作这些人物的初衷、深衷有"理解的同情"。

不厌其烦再说一次,曹雪芹是写"意境人物",我们理解他笔下的角色,重要的是赏会其意境。对晴雯,同样如此。

晴雯,属于"偶生于薄祚寒门"的第三类人。小说第七十七回"俏丫嬛抱屈夭风流"中这样介绍:"这晴雯当日系赖大家用银子买的,那时晴雯才得十岁,尚未留头。因常跟赖嬷嬷进来,贾母见他生得伶俐标致,十分喜爱。故此赖嬷嬷就孝敬了贾母使唤,后来所以到了宝玉房里。"晴雯本是大奴才买来的小奴才,大奴才把她作为礼物送给了贾母,贾母又派她去服侍自己钟爱的孙子。

晴雯的悲剧命运,就是因为她虽然出身非常低贱,却是"正邪两赋之人",她"断不能为走卒健仆,甘遭庸人驱制驾驭"。她在大观园里被老婆子们妒忌,被王善保家的、王夫人那些"鱼眼睛"陷害打击,最终悲惨地死去。她的"册子"判词说"心比天高,身为下贱",正是这一"命运悲剧"大宗旨的隐喻。"心比天高"者,"正邪两赋"也;"身为下贱"者,"生于薄祚寒门"也。她被排列为太虚幻境薄命司金陵十二钗又副册第一名,深刻的意义正在这里。

读晴雯,要读诗,读哲学,而不要读散文。当然,有的读者特别感兴趣于"散文"和社会学,比如王蒙先生格外着眼于"她的霸气,她的出手,她的暴力倾向,她的仗势欺人",也是一种角度。但如果把这些霸气的描写抹掉,晴雯的丰满、丰富、丰厚是不是就给挖掉了一块而瘦塌了一些?人是复杂的、立体的、多层次的,有诗也有散文,有哲学也有社会学,这正是曹雪芹艺术天地的博大。曹雪芹写的是生鲜鲜的、水淋淋的、活泼泼的、有绒毛也有刺的真实的生命，不是哪种观念或教条规范下的"典型"，不是红孩子也不是时装模特儿，不是装在玻璃盒子里人工造作的"完美"的芭比娃娃，用刘心武先生的话说，晴雯就是那么一个既能让人爱得颤抖又能让人气得牙痒的生命。

但诗是主，散文是从。不要颠倒了乾坤。

第五十一回有这样一个情节：袭人回了家，夜幕下的怡红院月色如水，麝月要到门外去走走，晴雯笑说："外头有个鬼等着你呢。"宝玉说："外头有大月亮的，我们说着话，你只管去。"而"麝月便开了后房门，揭起毡帘一看，果然好月色。晴雯等他出去，便欲唬他顽耍。仗着素日比别人气壮，不畏寒冷，也不披衣，只穿着小袄，便蹑手蹑脚的下了熏笼，随后出来。宝玉笑劝道：'罢呀，看冻着不是顽的。'晴雯只摆手，随后出去。将出房门，只见月光如水，忽然一阵微风，只觉侵肌透骨，不禁毛骨森然。"……

王蒙先生于此灵感生发，评批道："有一种神秘感。黑夜感。宝玉、晴雯、麝月，似乎在一叶孤舟之上。这一段令人想起诺亚方舟的故事。"[11]

这就是诗和哲学。能体现"正邪二气所赋之人"境界的精神气韵。

这一情节演变下来，晴雯患了重感冒，而贾宝玉偏偏不

---

[11] 王蒙《王蒙评点红楼梦（增补版）》，上海，上海文艺出版社2005年版，第511页。

留心在贾母刚赏赐的雀金裘上烧了个小洞,万般无奈,晴雯在病中挣着命给宝玉补好了雀金裘,而"力尽神危"。

对这个情节,也要当诗来读,才有味道,有余韵。

至于"俏丫嬛抱屈夭风流"和"痴公子杜撰芙蓉诔",那就更是回肠荡气的"楚辞"了。只看第七十八回宝玉写诔文之前的心理活动描写:"诔文挽词,也须另出己见,自放手眼,亦不可蹈袭前人的套头,略填几字搪塞耳目之文,亦必须洒泪泣血,一字一咽,一句一啼。宁使文不足,悲有余,万不可尚文藻,而反失悲切。况且古人多有微词,非自我今作俑也。奈今人全惑于功名二字,故尚古之风一洗皆尽,恐不合时宜,于功名有碍之故。我又不希罕那功名,我又不为世人观阅称赞,何必不远师楚人之大言、招魂、离骚、九辨、枯树、问难、秋水、大人先生传等法,或杂参单句,或偶成短联,或用实典,或设譬喻,随意所之,信笔而去。喜则以文为戏,悲则以言志痛,辞达意尽为止,何必若世俗之拘拘于方寸之间哉!"

师楚——以屈原为师。如果你能读屈子的《离骚》等而感激流涕,入其"意境",那么你也就能读懂晴雯,能读懂曹雪芹写晴雯之死是何等椎心泣血,以泪为墨,他写晴雯这个"小人物",其实是把她当作何等超群轶伦的"大人物"!

晴雯之死的描写,又有两个版本系统的《红楼梦》的纠葛缠绕。

程高本对晴雯与宝玉死前诀别的情节做了一些改动,主要就反映在对晴雯嫂子这个"小人物"的态度上。

程高本这样交代晴雯的哥哥嫂子:"这晴雯当日系赖大买的。还有个姑舅哥哥,叫做吴贵,人都叫他贵儿。那时晴雯

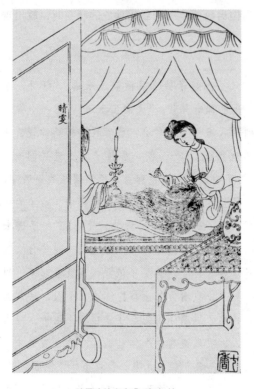

**晴雯病补雀金裘 改琦 绘**

才得十岁,时常赖嬷嬷带进来,贾母见了喜欢,故此,赖嬷嬷就孝敬了贾母。过了几年,赖大又给他姑舅哥哥娶了一房媳妇。谁知贵儿一味胆小老实,那媳妇却倒伶俐,又兼有几分姿色,看着贵儿无能为,便每日家打扮的妖妖调调,两只眼儿水汪汪的,招惹的赖大家人如蝇逐臭,渐渐做出些风流勾当来。"

这样一个嫂子,是传统价值观最鄙视的所谓的"破鞋"。

因此,当俊男孩贾宝玉来看望垂危的晴雯时,就出现了这样的场景:

> 只见他嫂子笑嘻嘻掀簾进来道:"好呀,你两个的话,我已都听见了。"又向宝玉道:"你一个做主子的,跑到下人房里来做什么?看着我年轻长的俊,你敢只是来调戏我么?"……便一手拉了宝玉进里间来,笑道:"你要不叫我嚷,这也容易。你只要依我一件事。"说著便自己坐在炕沿上,把宝玉拉在怀中,紧紧的将两条腿夹住。……那媳妇那里肯放,笑道:"我早进来了。已经叫那老婆子去到园门口儿等着呢。我等什么儿是的,今日才等著你了。你要不依我,我就嚷起来,叫里头太太听见了,我看你怎么样!你这么个人,只这么大胆子儿。我刚才进来了好一会子,在窗下细听,屋内只有你两个人,我只道有些个体己话儿。这么看起来,你们两个人竟还是各不相扰儿呢。我可不能像他那么傻。"说著就要动手,宝玉急的死往外捱。(引文据北京图书馆影印1791年萃文书屋活字摆印程甲本《红楼梦》,其中"着"为"著","帘"为"簾","似的"为"是的"。"帘"是绵丝织品的,"簾"是竹子制作的,二者不能互相替换。)

而宝玉之所以能够摆脱晴雯嫂子的纠缠,是因为大观园厨房的柳嫂子和女儿柳五儿来给晴雯送东西,宝玉乘机脱身:"宝玉也不答言,一直飞走。……这里晴雯的嫂子干瞅着把个妙人儿走了。却说宝玉跑进角门,才把心放下来,还是突突乱跳。"至于晴雯,"听见他嫂子缠磨宝玉,又急又臊又气,一阵虚火上攻,早昏晕过去"。宝玉早就顾不得晴雯死活了。

但在曹雪芹原著中,却是另一种描写和境界:

> 这晴雯进来时,也不记得家乡父母,只知有个姑舅哥哥,专能庖宰,也沦落在外,故又求了赖家的收买进来吃工食。赖家的见晴雯虽到贾母跟前,千伶百俐,嘴尖性大,却到还不忘旧,故又把他姑舅哥哥收买进来,把家里的一个女孩子配了他。成了房后,谁知他姑舅哥哥一朝身安泰,就忘却当年流落时,任意吃死酒,家小也不顾。偏又娶了个多情美色之妻,见他不顾身命,不知风月,一味死吃酒,便不免有蒹葭倚玉之叹,红颜寂寞之悲。又见他器量宽宏,并无嫉衾妒枕之意,这媳妇遂恣情重欲,满宅内便延揽英雄,收纳材俊,上上下下竟有一半是他考试过的。若问他夫妻姓甚名谁,便是上面贾琏所接见的多浑虫、灯姑娘儿的便是了。

而这位多姑娘——灯姑娘,开始虽然也调戏宝玉,"便坐在炕沿上,却紧紧的将宝玉搂入怀中",但随后的情节发展却与程高本大不相同:

> 灯姑娘笑道:"我早进来了,已叫那婆子去园门等着呢!我等什么似的,今日等着了你。虽然闻名不如见面,空长了一个好模样儿,竟是没药性炮烊,只好妆幌子罢了,到比我还发赸怕羞。可知人的嘴一概听不得

的。就比如方才我们姑娘下来，我也料定你们素日偷鸡摸狗的。我进来一会，在窗下细听，屋内只你二人，若有偷鸡摸狗的事，岂有不谈及于此，谁知你两个竟还是各不相扰。可知天下委屈事也不少。如今我反后悔错怪了你们。既然如此，你但放心，已后你只管来，我也不罗唣你。"宝玉听说，才放下心来，方起身整衣，央道："好姐姐，你千万照看他两天！我如今去了。"说毕，出来又告诉晴雯。二人自是依依不舍，也少不得一别。晴雯知宝玉难行，遂用被蒙头，总不理他，宝玉方出来。意欲到芳官、四儿处去，无奈天黑，出来了半日，恐里面人找他不见，又恐生事，遂且进园来了，明日再作计较。

把两种版本的描写一对照，可以发现价值观和审美观的差异。曹雪芹秉持推尊女儿的立场，写晴雯嫂子也是笔下留情，褒多于贬，基本定位是"多情美色之妻"。由于丈夫"不顾身命，不知风月，一味死吃酒"，让这位娇妻"不免有兼葭倚玉之叹，红颜寂寞之悲"，也就是性爱的饥渴得不到合理的满足，才红杏出墙。而且还有一个前提，就是这位丈夫"器量宽宏，并无嫉衾妒枕之意"，也就是说丈夫默许妻子出轨。这里面包含的思想观念其实相当前卫，完全符合现代社会人性至上的先锋性理论。丈夫既然不能满足妻子的情欲，那么妻子给丈夫"戴绿帽子"也就无可厚非。妻子和丈夫各得其所，这样的夫妻关系彼此人格上平等，互相之间也不乏一种情义。曹雪芹对人，对"小人物"多么温情！对人的本性和天性，又理解得多么深刻，表现得多么宽容！

懂得了曹雪芹满溢人道主义的人性温情，我们才能领略他造句择词之妙。你瞧他写灯姑娘／多姑娘，不是"性乱"，不是"胡搞"，不是"烂货"，而是风流韵事："满宅内便延揽英雄，收纳材俊，上上下下竟有一半是他考试过的。""延揽英雄，收纳材俊""考试过的"，这样的措辞用语其内在的诙谐幽默，不正透露出一腔人性的温情美好和性爱的多姿多彩吗？

有这样丰富美好人性的灯姑娘／多姑娘，自然也就不会是一个没有同情心的人，不会是一个不善良的人。

因此，灯姑娘／多姑娘虽然对宝玉这个美男不无垂涎之意，却为晴雯和宝玉的纯洁爱情所打动，她不仅不再骚扰宝玉，还满怀同情地为宝玉和晴雯遭受误解而打抱不平："可知人的嘴一概听不得的。""可知天下委屈事也不少。"她向宝玉和晴雯道歉："如今我反后悔错怪了你们。"并让宝玉继续来看望晴雯，保证不再骚扰宝玉。为了宝玉和晴雯的至情，而主动压抑了自己的性冲动，这其实是多么崇高美好的品德！晴雯嫂子有一个多么善良的灵魂！相反，程高本中的晴雯嫂子，则是"你们两个人竟还是各不相扰儿呢。我可不能像他那么傻"，完全是赤裸裸的色欲嘴脸了。

我们因此也就懂得，为什么曹雪芹要给晴雯嫂子两个名字：灯姑娘／多姑娘。多姑娘，是她在第二十一回与贾琏偷情时的名字，自然也因为她的丈夫绰号多浑虫，但小说中却更突出"多"的另类含义，是因为她"美貌异常，轻浮无比，众人都呼他作多姑娘儿"，"荣宁二府之人都得入手"，"谁知道这妇人有天生的奇趣，一经男子挨身，便觉遍身筋骨瘫软，使男子如卧绵上"。用现代西方的理论术语表达，其实就是说这是个极为"性感"的魅力女性！众多的男子都被她吸引，故曰"多"姑娘。性感魅力，不是邪恶，而是美好，正是人生命活力无比充沛的体现，是宇宙之大观。

有这样充沛生命活力的人，也必然有美好的心灵，所以她在宝玉、晴雯的故事中又被赋予灯姑娘这样的名号。"灯"和"多"读音接近，可以互代，这也是生活中常有的事，当然更深刻的寓意是赞美：这个女人是一盏光芒四射的华彩明灯！她自己像明灯一样光明磊落！她也像明灯一样照出了宝玉和晴雯的纯洁、美好，当然也就反射出迫害晴雯的势力是多么黑暗，多么可恨！第三十四回，袭人向王夫人诉说自己担心宝玉住在大观园和姐妹们"日夜一处，起坐不方便……近来我为这事，日夜悬心，又不好说与人，惟有灯花儿知道罢了"，这里最后一句"灯花儿"之喻，正与"灯姑娘"之命名取义相同。

灯姑娘——这实在不是一个一般的名号。因为佛教里有一位燃灯古佛，那是释迦牟尼如来佛的前辈。第二十五回的魇魔法故事中，那个马道婆在贾母面前宣传："西方有位大光明普照菩萨，专管照耀阴暗邪祟，若有善男子信女人虔心供奉者，可以永佑儿孙康宁安静，再无惊恐邪祟撞客之灾。"当贾母问"不知怎么个供奉这位菩萨"时，马道婆又说："也不值些什么，不过除香烛供养之外，一天多添几斤香油，点上个大海灯，这海灯便是菩萨的现身法像，昼夜不敢息的。"

第二十二回贾惜春所作灯谜的谜底是佛前海灯，谜面则云:"前身色相总无成,不听菱歌听佛经。莫道此生沉黑海,性中自有大光明。"

原来,马道婆是个披着宗教外衣却图财害命弄"魔魔法"暗害人的家伙,而被社会鄙视的"破鞋"多姑娘才是"灯姑娘"——是真正的佛、菩萨,"性中自有大光明"。曹雪芹就是如此艺术,如此超前,如此进步得让人匪夷所思!

晴雯的嫂子灯姑娘/多姑娘如此美好,晴雯当然更是锦上添花。就这一段描写中,曹雪芹就写晴雯:"赖家的见晴雯虽到贾母跟前,千伶百俐,嘴尖性大,却到还不忘旧。"这是赋予晴雯最崇高的品质。要知道被后世尊为武圣人的关羽关云长关老爷,其实就是因为他"不忘旧"——被曹操俘获怀柔却始终不忘刘备之义,到了华容道上又不忘曹操之恩。

因此,我们看,在曹雪芹笔下,宝玉和晴雯的诀别是何等感人:"二人自是依依不舍,也少不得一别。晴雯知宝玉难行,遂用被蒙头,总不理他,宝玉方出来。"晴雯和宝玉,都是为了对方着想。有的研究者说晴雯"用被蒙头",是用了汉武帝和李夫人的典故。据说李夫人病重后,每当汉武帝来看望,她都用被子把头蒙住。她说希望汉武帝记住自己健康时的美貌,记忆不要被病后的衰颜覆盖,这样会在武帝心中永远留下美好的形象。曹雪芹写晴雯是否有此深意,自可见仁见智。但毫无疑问,宝玉嘱咐灯姑娘照顾晴雯,又和晴雯依依惜别,最后关头仍然是彼此为对方着想,其精神境界是崇高的。贾宝玉、晴雯、灯姑娘,都表现出无私的人性美、善良美、多情美。与程高本所写的晴雯嫂子淫荡,宝玉不顾晴雯而匆忙逃走的情形相比,高雅庸俗之别立见。曹雪芹还特别加了一笔，写宝玉"意欲到芳官、四儿处去，无奈天黑，出来了半日，恐里面人找他不见，又恐生事，遂且进园来了，明日再作计较"，这就更把宝玉的精神境界拔高了，他不仅是去看晴雯，而且要去看同样被逐的芳官和四儿，"明日再作计较"一句更留下了情节发展的余地。

　　曹雪芹对"小人物"充满温情，用艺术手段揭示他们人性中的光辉，在写晴雯的姑舅哥哥和嫂子这两个小人物时可谓曲笔深情。不要忽视这一句："只知有个姑舅哥哥，专能庖宰，也沦落在外，故又求了赖家的收买进来吃工食。"一方面，这写出晴雯的善良多情，自己有了着落，不忘记拉扯姑舅哥嫂。另一方面，写晴雯的姑舅哥哥"专能庖宰"，也别有深意。晴雯的哥嫂实际上象征了两种最根本的人性，就是所谓"食色，性也"。哥哥象征"食"，嫂子象征"色"。食与色都是美好的——这是一个意味深长的隐喻。

　　《红楼梦学刊》2017年第5辑，刊出詹丹先生文章《含蓄，还是暧昧？——论程本修改脂本的一个角度》，更提供了新的研究视角。詹先生分析程高本对脂批本有关人物对话语言的描写，把一些原本描写完整的内容加以断裂处理，这并不是用含蓄性的表达方式增加描写的艺术性，而是通过所谓的含蓄，来渲染男女暧昧的单一想象。写宝玉去探望晴雯，晴雯对宝玉的一段情感表白，庚辰本与程高本在处理言说是否断裂上就鲜明地体现出来。

　　庚辰本是：

　　　　晴雯呜咽道："有什么可说的！不过挨一刻是一刻，

俏丫嬛抱屈夭风流 孙温 绘

挨一日是一日！我已知横竖不过三五日的光景，我就好回去了。只是一件我死也不甘心的：我虽生的比别人略好些，并没有私情蜜意，勾引你怎样，如何一口咬定了我是个狐狸精！今日既已枉耽了虚名，而且临死，不是我说一句后悔的话，早知如此，我当日也另有个道理。不料痴心傻意，只说大家横竖在一处。不想平空里生出这一节话来，有冤无处诉。"说毕，又哭。

**程高本是：**

晴雯呜咽道："有什么可说的！不过是挨一刻是一刻，挨一日是一日！我已知横竖不过三五日的光景，我就好回去了。只是一件，我死也不甘心。我虽生得比别人好些，并没有私情勾引你，怎么一口死咬定了我是个

> 狐狸精！我今儿既担了虚名，况且没了远限，不是我说一句后悔的话：早知如此，我当日——"说到这里，气往上咽，便说不出来，两手已经冰凉。

詹先生说，程高本修改脂本，把言说的完整加以断裂处理，不但没能带来艺术的想象空间，反而把这种空间弄得单一化和狭窄化，就是渲染了男女之情的暧昧性，并把这种暧昧性搞得故意不可告人，从而刻意挑动起读者对欲望的亢奋。

所以，在庚辰本中，当晴雯临死前说出枉担了虚名时，她的表白是大方的，并无见不得人的地方，那是天真地认为大家可以永远在一起的相守，是"痴心傻意，只说大家横竖在一处"。而她所谓的"另有个道理"，也并不一定意味着要把这种虚名向肉欲方面发展。但是，程高本系统阻断了她后续的表达，看似把她未说出来的话，留下了无限理解的可能。而到了第一百零九回，宝玉面对五儿，重述晴雯的话时，因为依据的是晴雯没有说完话的版本，就很方便地把她的意思，引到了明显是肉欲的方面去，让这话变成了贾宝玉借以对五儿作肉体上的赤裸裸的挑逗，以至于晴雯在死后多年，仍不得安生，要遭受五儿义正辞严的斥责："那是他自己没脸，这也是我们女孩儿家说得的吗。"由此我们也就恍然，由断裂这一艺术处理带来的所谓的含蓄效果，不过是暗示了一条朝向男女暧昧发展的单一的狭窄之路。

显然，程高本对晴雯话语的断裂处理，与对晴雯嫂子这一形象的改写，在审美理念上一脉相通，都是把曹雪芹原著的高雅诗意内涵变成一种低级趣味。

## 麝 月

有媚人/可人时，麝月是贾宝玉四大丫嬛中的老四，媚人/可人死后，她成了老三。

麝月被描写成和袭人同类型的人物，是理性而不任性，懂事守规矩但也不乏风情的一个丫嬛。第二十回就有对麝月的一段"性格定位"式的描写：

> 同贾母吃毕饭，贾母犹欲同几个老管家嬷嬷斗牌解闷。宝玉记着袭人，便回至房中，见袭人朦朦睡去，自己要睡，天色尚早。彼时晴雯、绮霞、秋纹、碧浪都寻热闹找鸳鸯、琥珀等耍戏去了，独见麝月一个人在外间房内灯下抹骨牌。宝玉笑问道："你怎么不同他们顽去？"麝月道："没有钱。"宝玉道："床底下堆着那么些还不彀你输的？"麝月道："都顽去了，这屋里交给谁呢？那一个又病了，满屋里上头是灯，地下是火。那些老妈妈子们劳天拔地伏侍一天，也该叫他们歇歇；小丫头子们也是伏侍了一天，这会子还不叫他们顽顽去？所以让他们都去罢，我在这里看着。"宝玉听了这话，公然又是一个袭人。

麝月和袭人归为一类，彰明较著。她考虑周全，颇有安全防火意识，又对老婆子和小丫头的利益都照顾到，宁可自己作"留守姐姐"。她是一个能顾全大局而且"会做人"的丫头。既然自己已经进入四大丫嬛之列，就得多承担些责任。

但她也不是一个"女夫子"，并不缺乏少女的风情娇俏。

下面的情节就渲染她这种青春的风韵:

>宝玉听了这话,公然又是一个袭人。因笑道:"我在这里坐着,你放心去罢。"麝月道:"你既在这里,越发不用去了。咱们两个说话顽笑岂不好?"宝玉笑道:"两个作什么呢?怪没意思的……也罢了,早上你说头痒,这会子没什么事,我替你篦头罢。"麝月听了便道:"就是这样。"说着,将文具镜奁搬来,卸却钗钏,打开头发,宝玉拿了篦子替他一一的梳篦。只篦了三五下,只见晴雯忙忙走进来取钱,一见了他两个,便冷笑道:"哦,交杯盏还没吃呢,到上头了!"宝玉笑道:"你来,也给你篦一篦。"晴雯道:"我没那么大福。"说着拿了钱,便摔帘子出去了。

麝月是一种温柔和顺的多情,晴雯是一种任性直率的可爱。青春的旖旎,少女的风流,微妙的忌妒,朦胧的争风吃醋,在在显示人性的美丽、生活的韵味。曹雪芹的一支笔,真绝了!

下面的情节则更加一击两鸣,是一种"草蛇灰线"的象征隐喻。

>宝玉在麝月身后,麝月对镜,二人在镜内相视。宝玉便向镜内笑道:"满屋里就只是他磨牙。"麝月听说,忙也向镜中摆手,宝玉会意。忽听唿的一声帘子响,晴雯又跑进来问道:"我怎么磨牙了?咱们到得说说。"麝月笑道:"你去你的罢,又来问人了。"晴雯笑道:"你又

护着,你们那瞒神弄鬼的,我都知道,等我捞回本儿来再说话。"说着一径出去了。这里宝玉通了头,命麝月悄悄的伏侍他睡下,不肯惊动袭人,一宿无话。

除了少女少男之间的青春风韵之外,还有什么隐喻微言呢?那就是镜子。原来,宝玉对着镜子给麝月篦头的这个情节,是一个大隐喻:风月宝镜。麝月这个丫头,就是设在宝玉身边的一面风月宝镜,正照荣华,反照衰败,她将陪伴宝玉经历盛衰荣辱人生的全过程。

清朝的二知道人就针对麝月这一名字批道:"妙!镜子。"而红学家吴世昌在论文《红楼梦原稿后半部若干情节的推测》中有"麝月"一节,引用一些古代诗文典故,证明:"可见麝月是镜的别名,殆无疑义。"比如徐陵的《玉台新咏》序:"金星将婺女争华,麝月与常娥竞爽。"("常"即"嫦"的通假字)"'婺女'是星,'常娥'是月。古代镜子都是圆的,常以比月。徐序既以'婺女'代星,'常娥'代月,而'金星'指灯,则'麝月'显然指镜。上句说,错落的灯光与明星争华,则下句正谓团圞的妆镜与满月争明。"[12]

因此,麝月还有一个和镜子有关的情节,那是在第五十六回。这一回贾宝玉梦见了甄宝玉,在梦中叫唤:"宝玉快回来,快回来!"醒来后袭人说:"那是你梦迷了,你揉眼细瞧瞧,是镜子里照的你的影儿。"宝玉向前瞧了一瞧,原来

---

12 吴世昌《红楼梦探源外编》,上海,上海古籍出版社 1980 年版,第 399 页。

是那嵌的大镜对面相照,自己也笑了。紧接着麝月说:"怪道老太太常嘱咐说,小人屋里不可多有镜子。人小魂不全,镜子照多了,睡觉惊恐作胡梦。如今到在大镜子那里安了床,有时放下镜套还好,往前来,天热人肯困,那里想的到放他?比如方才就忘了。自然是先淌下瞧着影儿顽,一时合上眼,自然是胡梦颠倒,不然如何得看着自己,叫着自己的名字?不如明儿挪进床来是正紧。"

怡红院的这面大镜子,就是安置在贾宝玉屋内的"风月宝鉴",曾经好几次加以渲染。第十七回大观园刚建成,贾政带着宝玉等游园题咏,到了未来的怡红院,特别描写:"原来贾政等走了进来,未进两层,便都迷了旧路,左瞧也有门可通,右瞧又有窗暂隔,及到了跟前,又被一架书挡住。回头再走,又有窗纱明透,门径可行;及至门前,忽见迎面也进来了一群人,都与自己形相一样,却是一架玻璃大镜相照。及转过大镜去,越发见门多了。"表面上,这是写怡红院设计之豪华而精致,在隐喻的层面,其实是写"风月宝鉴"的人生迷局。所谓"都迷了路",在镜子中看到了自己的影像,正是"假作真时真亦假,无为有处有还无"的人生镜花水月之象征。

第四十一回"刘姥姥醉卧怡红院"这一情节本身就富有哲理意味。有的版本回目就叫"怡红院劫遇母蝗虫"——正是暗示宝玉将遭遇人生的"劫数"。刘姥姥误打误撞,一个人跑到怡红院,在镜子里看见了自己,以为是亲家母,后来忽然醒悟:"我常听见人家说大家富贵人家有一穿衣镜,这别是我在镜子里头罢。"后来"撞开消息,掩过镜子",在宝玉床上扎手舞脚、酒气臭屁地睡了一觉。针对这一情节,脂砚斋批曰:"亦作者特为转眼不知身后事写来作戒,纨绔公子可不慎哉!"正点明了故事的言外之意。

但怡红院的"风月宝镜"还是有形的东西,麝月这面"风月宝镜"则活生生地陪伴在宝玉身边,映照出他人生命运的荣辱变化。所以在佚稿中,最后留在宝玉身边的丫头并不是袭人,而是麝月。第二十一回针对宝玉不理袭人和麝月而自读《南华经》(《庄子》)的情节,有一段脂批说:"然宝玉有情极之毒,亦世人莫忍为者。看至后半部,则洞明矣。此是宝玉三大病也。宝玉有此世人莫忍为之毒,故后文方有'悬崖撒手'一回。若他人得宝钗之妻,麝月之婢,岂能弃而为僧哉?玉一生偏僻处。"第二十回则有一条脂批说:"全是袭人口气,所以以后来代任。"所谓"代任",即代替了袭人原来在宝玉身边的地位,成了宝玉的妾。

第二十回的另一条脂批把这种结局透露得十分明白:"闲闲一段儿女口舌,却写麝月一人。袭人出嫁之后,宝玉、宝钗身边还有一人,虽不及袭人周到,亦可免微嫌小弊等患,方不负宝钗之为人也。故袭人出嫁后云'好歹留着麝月'一语,宝玉便依从此话。可见袭人虽去,实未去也。"具体的情节不必细究,大的轮廓是清楚的:袭人嫁了,离开宝玉了,但她仍对宝玉牵肠挂肚,嘱咐"留着麝月"作为自己的替身。让麝月留下来,隐喻的层面就因为麝月是宝玉身边的风月宝镜。

麝月的这种特殊身份在第六十三回宝玉过生日开夜宴中有突出的描写。这一回中各位重要的女儿都抽了象征自己未来命运的花名签。袭人抽的是桃花,签语是"桃红又是一年春",

前面已经说过。那么麝月呢?

> 麝月便掣了一根出来。大家看时,这面上是一枝荼䕷花,题着"韶华胜极"四字。那边写着一句旧诗,道是:"开到荼䕷花事了。"注云:"在席者各饮三杯,送春。"麝月问怎么讲,宝玉愁眉,忙将签藏了,说:"咱们且喝酒。"说着,大家吃了三口,以充三杯之数。

所谓"开到荼䕷花事了",就是春残花落好事终的意思。"韶华胜极"也就是物极必反好景难再。麝月是"送春"的人,宝玉预感不祥,"将签藏了"。麝月是"风月宝镜",不仅照出正面的"胜极",而且要照出反面的"花事了"。

麝月"公然又是一个袭人",但并不与袭人雷同,而仍然有自己的个性。

第五十八回芳官和她干娘闹矛盾,小说这样描写怡红院几个大丫头的表现:

> 干娘亦发羞恼,便说芳官:"没良心,花辩我克你的钱。"便向他身上拍了几下,芳官便哭起来。宝玉便走出,袭人忙劝:"作什么,我去说他。"晴雯忙先过来,指他干娘说道:"你老人家太不懂事了,你不给他好的洗,我们饶给他东西,你不燥,还有脸打他?他要还在学里学艺,你也敢打他不成?"那婆子便说:"一日叫娘,终身是母。他排场我,我就打得。"袭人唤麝月道:"我不会和人办嘴(周校本是'办嘴',即'拌嘴'),

晴雯性太急,你快过去震唬他几句。"麝月听了,忙过来说道:"你别嚷,我且问你,别说我们这一处,你看满园子里,谁在主子屋里教导过女儿的?便是你亲女儿,既分了房,有了主子,自有主子打得骂得,再者大些的姑娘姐姐们打得骂得,谁许老子娘又半中间管闲事了?都这样管起来,又要叫他们跟我们学什么?越老越没了规矩。你见前儿坠儿妈来吵,你也跟着他学,你们放心,因连日这个病那个病,老太太又不得闲心,所以我没回。等两日咱们痛回一回,大家把威风煞一煞才好。宝玉这两日才好了些,连我们不敢大声说话,你反到打的人狼号鬼叫的。上头能出了几日门?你们就无法无天了,眼睛里没了我们,再两天你们就该打我们了。他不要你这干娘,怕粪草埋了他不成?"宝玉恨的用拄杖敲着门槛子说道:"这些老婆子,都是铁心石头肠子,也是件大奇事。不能照管,反到锉磨,天长地久,如何是好?"晴雯道:"什么如何是好,都撵了出去,不要这些中看不中吃的。"那婆子羞愧难当,一言不发。

第五十九回"柳叶渚边嗔莺咤燕",又有老婆子跑到怡红院追打春燕,小说中又如此描写:

> 这婆子虽来了几日,见袭人不言不语,是好性的,便说:"姑娘你不知道,别管我们的闲事!都是你们纵的,这会子还管什么?"说着便又赶着打。袭人气的转身进来,见麝月正在海棠下晾手巾,听得如此喊闹,便

说:"姐姐别管他,看他怎样。"一面使个眼色与春燕,春燕会意,便直奔了宝玉去。众人都笑说:"这可是没有的事都闹出来了。"麝月向那婆子道:"你再略煞一煞气儿,难道这些人的脸面和你讨一个情,还讨不下来不成?"……麝月又向婆子及众人道:"怨不得这嫂子说我们管不着他们的事,我们虽无知错管了,如今请出一个管的着的人来管一管,嫂子就心伏口伏,也知道规矩了。"便回头命小丫头子:"去把平儿给我们叫来!平儿不得闲,就把林大姐姐叫了来。"……说话之间,只见那小丫头子回来说:"平姑娘正有事,问我什么事,我告诉了他。他说,有这样事?且撵他出去,告诉与林大娘,在角门外打四十板子就是了。"那婆子听如此说,自不肯出去,便又泪流满面,央求袭人等……袭人见他如此,早又心软了……晴雯道:"理他呢,打发去了是正景,谁和他去对嘴对舌的!"

在上面两段描写里,袭人、麝月和晴雯三个人的性格各有分寸,互不重复。陈其泰在《桐花凤阁评红楼梦辑录》中评价麝月:"写麝月自有麝月体段,不是袭人,亦不是晴雯,却兼有两人之才。"

我们前面说过,晴为黛影,袭为钗副,而麝月其实是史湘云的"影子"。佚稿中宝玉有"爱情婚姻三部曲":黛玉"眼泪还债"而死后,宝玉和宝钗奉元春旨意完婚,后来宝玉"弃宝钗、麝月"出家为僧。但再往后又还俗与同样历经磨难的史湘云成劫后姻缘,那时麝月就又回到了宝玉身边。

麝月是"风月宝镜",她要照出宝玉的全部悲欢离合。她作为宝玉的妾,与宝钗一起经历了贾家的劫难,后来又一起被宝玉抛弃,但最后宝玉和史湘云重逢时,麝月又回到了宝玉身边作妾,那时候可能宝钗已经亡故了。这些佚稿中的情节演变在前八十回有微妙的艺术暗示。

第十七回贾政和宝玉游大观园,在未来的蘅芜苑中,跟着贾政的众清客们题咏匾额对联。一个清客题"麝兰芳霭斜阳院,杜若香飘明月洲",这里面镶嵌进去"麝月"二字,而其他清客评论说:"妙则妙矣,只是斜阳二字不妥。"那个清客又引出古人诗"蘼芜满手泣斜晖",众人又评论"颓丧"。接着宝玉又题"蘅芷清芬"匾额,对联则为"吟成豆蔻才犹艳,睡足酴醾梦也香"。这是"蘅芜苑"名称的来历,而后来是薛宝钗的住处。酴醾也就是荼蘼,《现代汉语词典》里说,荼蘼是落叶小灌木,攀缘茎,茎上有钩状的刺,羽状复叶,小叶椭圆形,花白色,有香气,供观赏;也作酴醾。联系到麝月花名签上"开到荼蘼花事了"的谶语,就明白这些描写是象征后来宝钗嫁给宝玉,麝月是妾,三人一起共同遭遇家族毁灭灾难的。"落叶小灌木,攀缘茎,茎上有钩状的刺"的荼蘼,自然容易引起沧桑荒芜之感,而"斜阳院""泣斜晖"也是"黍离之悲"的景象。

但后来麝月又与湘云在一起的象征何在呢?请看宝玉题蘅芜苑的"睡足酴醾梦也香",不是直通第六十三回湘云的花名签上诗句"只恐夜深花睡去"吗?睡与梦,正是家族大毁灭后的"黄粱梦"和"红楼梦"。难怪戚蓼生序本《石头记》第十八回有一首诗,其最后两句说:"可怜转眼皆虚话,云自飘飘月自明。"云、月并举，正像陈其泰说麝月是袭人和晴雯的"兼美"，史湘云其实也是"兼有两人之才"——这"两人"就是黛玉和宝钗。

一般对麝月的文学评论，自然不可能达到这样深隐的层次，而是随着时代意识形态的变迁而变化。比如清朝的大某山民姚燮在《读红楼梦纲领》中说："宝玉之婢……懒散莫如麝月。"而涂瀛在《红楼梦赞》中则说麝月："不自振拔，往往为（袭人）所制伏，至不敢以真面目对宝玉。"受阶级分析、阶级斗争思潮影响的红学家又说："五十一回里说，那一天要称一两银子给前来看病的大夫。拿出戥子来，麝月跟宝玉一样，也不会认戥子。她还有一脑子轻视穷人的思想，主张拣那块大些的银子给那大夫去，说是：'宁可多些好，别少了叫那穷小子笑话。'这就越来越跟统治阶级的人们没有区别了。"[13]

## 秋　纹

秋纹在媚人／可人死后上升到四大丫嬛之列。前八十回中正面描写她的情节不多，比较突出的，一是第二十四回，因为一时半会儿宝玉叫不着人，小红碰巧在，就给宝玉倒了一杯茶，秋纹及碧浪回来后大为不满。发生了下面的情节：

> 待宝玉脱了衣裳，二人便带上门出来，走到那边房内

---

13 张毕来《漫说红楼》，北京，人民文学出版社1978年版，第180页。

便找小红,问他:"你方才在屋里说什么?"小红道:"我何曾在屋里的?只因我的手帕子不见了,往后头找去,不想二爷要茶,叫姐姐们一个没有,是我进去了才到了茶,姐姐们便来了。"秋纹听了,兜脸便啐了一口,骂道:"没脸的下流东西,正紧叫你催水去,你说有事故,到叫我们去,你等着作个巧宗儿。一里一里的,这不上来了!难道我们到跟不上你了?你也拿镜子照照,配递茶递水不配?"碧浪道:"明儿我说给他们,凡要茶要水、递东递西的,咱们都别动,只叫他去便是了。"秋纹道:"这么说,还不如我们散了,单让他在这屋里呢。"

二是第三十七回,宝玉和众姐妹们在秋爽斋作诗,怡红院的丫头们闲聊:

> 秋纹笑道:"提起这瓶来,我又想起笑话来了。我们宝二爷说声孝心一动,也孝敬到十二分。那日因见园里桂花开了,折了两枝,原是自己要插瓶的,忽然想起来说,这是自己园里开的新鲜花儿,不敢自己先顽,巴巴的把那一对瓶拿下来,亲自灌水插好了,叫个人拿着,亲身进一瓶与老太太,又进一瓶与太太。谁知他孝心一动,连跟的人都得了福。可巧那日是我拿去的,老太太见了这样,喜的无可无不可,见人就说:'到底是宝玉孝顺我,连一枝花儿也想得到,别人还只抱怨我疼他。'你们知道,老太太素日不大同我说话的,有些不入他老人家的眼。那日竟叫人拿了几百钱给我,又说我可怜见的,生的单薄,这可是再想不到的福气。

几百钱事小,难得这个脸儿。及至到了太太那里,太太正和二奶奶、赵姨奶奶、周姨奶奶好些人翻箱子,找太太当日年轻的颜色衣裳,不知要给那一个。一见了,连衣裳也不找了,且看花儿。又有二奶奶在傍边凑趣儿,夸宝玉又是怎样孝敬,又是怎样知好歹,有的没的说了两车话。当着众人,太太自为又增了光,堵了众人的嘴。太太越发喜欢了,现成的衣裳就赏了我两件。衣裳也是小事,年年横竖也得,却不像这个彩头。"晴雯笑道:"呸!没见识面的小蹄子!那是把好的给了人,挑剩下的才给你,你还充有脸呢。"秋纹道:"凭他给谁剩的,到底是太太的恩典。"晴雯道:"要是我,我就不要。若是给别人剩下的给我也罢了,一样这屋里的人,难道谁又比谁高贵些?把好的给他,剩的才给我,我宁可不要,冲撞了太太,我也不受这口软气。"秋纹忙问道:"给这屋里谁了?我为前儿病了几天家去了,不知给谁来着。好姐姐,你告诉我知道知道。"晴雯道:"我告诉了你,难道你这会子退还太太不成!"秋纹笑道:"胡说,我白听听喜欢喜欢。那怕给这屋里的狗剩下的,我只领太太的恩典,也不犯管别的事。"众人听了都笑道:"骂的巧,可不是给了那西洋花点子哈吧儿了。"袭人笑道:"你们这起烂了嘴的!得了空儿就把人来取笑儿打牙儿,一个个不知怎么死呢!"秋纹笑道:"原来是姐姐得了,我实在不知道,我陪个不是罢。"

三是第五十四回元宵节夜晚,宝玉回怡红院看袭人,后来见鸳鸯正在和袭人聊天,就又走回贾母处参加宴席。途中,有这样一个情节:

说着,仍悄悄的出来。宝玉便走过山背后去,站着撩衣。麝月、秋纹都站住,背过脸来,口内笑说:"蹲下再解小衣,仔细风吹了肚子。"后面两个小丫头子知是小解,忙先出去茶房内预备水。宝玉这里刚刚转过来,只见两个媳妇子迎面走来,问是谁,秋纹道:"宝玉在这里呢,你们大呼小叫,仔细唬了他。"那媳妇们忙陪笑道:"我们不知道,大节下来惹祸了。姑娘们可连日辛苦了。"……那几个婆子虽是吃酒斗牌,却不住出来打探,见宝玉来了,也都跟上了。来至花亭后廊上,只见那两个小丫头,一个捧着小沐盆,一个搭着手巾,又拿着沤子小壶,在那里久等。秋纹先忙伸手向盆内试了一试,说道:"你越大越粗心了,那里弄的这冰水?"小丫头笑道:"姑娘瞧瞧这个天啊,我怕水冷,巴巴的倒的是滚水,这还冷了呢!"正说着,可巧见一个老婆子提着一壶滚水走来,小丫头便说道:"好奶奶,过来给我倒上些。"那婆子道:"哥哥儿,这是老太太泡茶的,劝你走了去取罢,那里就走大了脚。"秋纹道:"凭你是谁的,你不给,我管把老太太的茶盅子倒了洗手。"那婆子回头见是秋纹,忙提起壶来就倒。秋纹道:"罢了。你这么大年纪,也没个见识,谁不知是老太太的水!要不着的人就敢要了?"婆子笑道:"我眼花了,没认出是姑娘来。"

这三处描写,就已经把秋纹的个性特征刻画了出来,不仅不同于袭人和晴雯,与麝月也判然有别。不过研究界关于

秋纹的文章很少,只刘心武写了一篇《秋纹器小究可哀》[14]。刘心武引录清末民初姜祺《悼红咏草》中的一首诗:

> 罗衣虽旧主恩新,受宠如惊拜赐频。
> 笑语喃喃情琐琐,拾人余唾转骄人。
> 诗后缀语:"一人有一人身份,秋姐诸事,每觉器小。"

这首诗所咏叹的情节,就是上引第三十七回秋纹夸耀得了王夫人赏赐旧衣服一事。刘心武把这一情节"用现代话剧剧本的形式改写"了一番,然后联系到20世纪60年代中国作家协会在大连召开的农村题材小说座谈会,邵荃麟在会上提出写"中间人物"的主张,与当时主流意识形态提倡写"英雄人物"与"反面人物"斗争的极左思潮相悖,因而受到了猛烈批判的这一段历史,然后引申发挥说"跟怡红院里别的丫头们相比,秋纹确实堪称'中间人物'"。

与麝月比较,刘先生认为,麝月虽然也很"中间",却比秋纹境界稍高,因为"麝月的效袭人'尽责',只不过是一种性格使然的惯性,并没有谋求地位提升,更没有取袭人地位代之的因素在内;对宝玉给她'上头'的意外恩宠,也并没有仿佛得了彩头似的得意忘形"。与小红比较,秋纹则"不仅太'中间',也太庸俗,太卑琐"。秋纹的"器小",就是精神

---

[14] 刘心武《刘心武揭秘红楼梦》第四部,北京,东方出版社2007年版,第232—245页。

境界卑微低俗，缺少亮点。"秋纹可真是既无大恶也乏小善，既无城府也不浪漫，成为那个时代、那个社会、那个具体环境里最庸常鄙俗的一个生命。"

秋纹的庸俗，一个表现是内心世界的惧上欺下，对比自己地位低的小红，她"兜脸啐了一口"，对给贾母提开水的老婆子，她仗着宝玉的受宠，教训那个老婆子，以获得自己因攀龙附凤而地位优越的心理满足。而对于贾母、王夫人对自己事实上的忽视——用秋纹自己的话说，就是"有些不入他老人家的眼"，则连不满的意向情绪也不敢有。第五十五回又有一段描写：

> 正说着，只见秋纹走来，众人忙着问好，又说："姑娘也歇歇，里头摆饭呢！等撤下饭桌子来再回话去。"秋纹笑道："我比不得你们，我那里等得。"说着，便直要上厅去。平儿忙叫："快回来。"秋纹回头见了平儿，笑道："你又在这里充什么外围的防护？"一回身便坐在平儿的褥上。平儿悄问道："回什么？"秋纹道："问一问宝玉的月钱、我们的月钱多早晚才领？"平儿道："这么大事，你快回去告诉袭人，就说我的话，凭有什么事，今儿都别回。若回一件，管驳一件；回一百件，管驳一百件。"秋纹听了，忙问："是为什么？"平儿与众媳妇等都忙告诉他原故，又说："正要找几件利害事与有体面人来开刀做法，镇压与众人作榜样呢！何苦你们先来硼在这钉子上？你这一去说了，他们若拿你们也作一二榜样，又碍着老太太的嘴，若不拿着你们作一二件，人家又说偏一个向一个，仗着老

太太、太太的威势,就怕也不敢动,只拿我们软的作鼻子头。你听听罢,二奶奶的事他还要驳两件,才压的住众人的口声呢。"秋纹听了,伸舌笑道:"幸而平姐姐在这里,没的燥一鼻子灰,我趁早知会他们去。"说着便起身走了。

这是探春代理家政"新官上任三把火",以建立威信故事中的一段情节。秋纹说"我比不得你们,我那里等得",可见其平日倚仗怡红院的特殊地位,得意骄傲、神气活现的情态随时不自觉流露出来,待平儿告诉了她"非常时期"的新背景,秋纹的表现是"伸舌笑道",立刻打退堂鼓。曹雪芹就通过这样简洁的描写,把秋纹的"器小"表现得活脱如见。

# 贾宝玉身边的小丫嬛

## 茜 雪

除了五大丫嬛之外，服侍贾宝玉的小丫嬛还有不少。

第一个是茜雪，她不能算怡红院的丫嬛，在怡红院未有之前，茜雪已经离开了宝玉。那是在第八回"贾宝玉大醉绛芸轩"中，因为在薛姨妈处，宝玉的奶妈李嬷嬷三番五次扫宝玉的兴，因此当宝玉回到住处绛芸轩时，发现自己留给晴雯的豆腐皮包子被李嬷嬷吃了，让茜雪端上自己早上泡好的枫露茶来喝，结果也被李嬷嬷喝掉了时，宝玉大怒，"将手中的茶杯只顺手往地下一掷，豁瑯一声，打了个齑粉，泼了茜雪一裙子的茶"，又跳起来问着茜雪道："他是你那一门子的奶奶，你们这么孝敬他？不过是仗着我小时候吃过他几日奶罢了。如今逞的他比祖宗还大了。如今我又吃不着奶了，白白的养着这个祖宗作什么？快撵了出去，大家干净。"

当宝玉摔了茶杯，贾母派人来问时，袭人说是自己滑倒摔了茶杯，掩饰了过去。而在这次风波中，宝玉是要撵李嬷嬷，并不是要撵茜雪。但过了几回，即第十九回，却有这样的情节：李嬷嬷又来到绛芸轩，宝玉不在，李嬷嬷吃了宝玉留给袭人的牛奶，李嬷嬷赌气对丫头们说："你们也不必妆狐媚子哄我，打量上次为茶撵茜雪的事,我不知道呢。明日有了不是,我再来领!"似乎茜雪成了顶缸受过的人,被撵了出去。而在第八回后,的确再没有写到茜雪,她真的被撵走了吗?

这种情节上的不完全对榫,可能和原稿未最后写定有关,也可能是一种"不写之写":虽然宝玉醉后摔茶杯的事平息了,但茜雪不为宝玉所喜,袭人等就找借口把茜雪支走了,茜雪从此离开了宝玉。像茜雪这样可有可无的小丫头,本来可以随小说作者的写作需要而任意去留的。

不过,这个情节常被某些研究者作为话柄,评论宝玉作为贵族公子,毕竟有"剥削阶级的劣根性"。其实,这场风波之所以发生,乃因宝玉对李奶妈的不满久蓄于心,而宝玉又多喝了几杯酒,理性自制能力下降,属于酒后一时任性发作。这个情节非常真实地表现了宝玉在贾府的特殊地位,其性格的立体性、多面性、真实性,这正是曹雪芹艺术高超的体现,与某些西方大作家例如陀思妥耶夫斯基笔下那些单一思想符号的人物形象不同。

但让人想不到的是,茜雪虽然在前八十回悄无声息地消失了,在八十回后的佚稿中,她却成了一个引人瞩目的角色。第二十回有脂批说:"茜雪至'狱(獄?)神庙'方呈正文。袭人正文标目曰'花袭人有始有终'。余只见有一次誊清时'与'狱神庙慰宝玉'等五六稿被借阅者迷失,叹叹。"而第二十六回针对小红,又有这样的批语:"'狱神庙'红玉、茜雪一大回文字惜迷失无稿。"这两条脂批透漏出这样的故事演变:八十回后贾府被抄家,宝玉流落到"狱神庙"——或"獄神庙"中,前去探望安慰他的是小红和茜雪,袭人也竭力帮助落魄的宝玉。

十分具体的情节猜测不是探佚的任务，读者可以自由想象，但那总的故事轮廓透露出的精神风貌，佚稿中的茜雪，无疑光彩夺目，她不念旧恶而雪中送炭。茜雪这个名字的设计，似乎别有深意。茜草是多年生草本植物，其根部可做红色染料，因此茜也代表红色，如贾宝玉和林黛玉等住的屋子有"茜纱窗"，小说回目有"茜纱窗真情揆痴理"，宝玉杜撰《芙蓉诔》，和黛玉斟酌词句，也有"茜纱窗下我本无缘"的说法。而红色，在《红楼梦》里，是"字字看来皆是血"的隐喻，绛珠仙草，通灵玉石（底色为红，上有五彩花纹）乃至绛芸轩、怡红院，甚至让茜雪惹祸上身的枫露茶，史湘云送给袭人等大丫头的绛纹石戒指，都暗寓血泪结晶之意。

茜雪的雪字，则和薛宝钗一家的隐喻"丰年好大雪，珍珠如土金如铁"相关。第四十九回和五十回宝玉和众女儿雪天吟诗，正是"落了片白茫茫大地真干净"的象征。第七回写宝玉听周瑞家的说宝钗生病，宝玉派遣丫头去向宝钗问安，这个丫头就是茜雪，十分耐人寻味。也许前边写茜雪被逐离开了宝玉，有影射宝玉在佚稿中"弃宝钗麝月"（脂批）的意思？

从丫头名字的"对仗"技巧来说，茜雪和碧浪成对。碧浪之名，不同抄本中或作碧痕，其实茜对碧，雪对浪，应以碧浪为是，痕字可能是抄写过程中的讹误。碧浪后面再论，茜雪到此为止。

## 小 红

脂批中把茜雪和小红相提并论,说小红也是"狱神庙"(或"獄神庙")故事里的要角。而小红也和茜雪一样,离开了宝玉,不过她不是被撵走,而是攀了高枝儿,到了凤姐身边。对小红,前八十回有较多正面描写,是小丫嬛中施以浓墨重彩的人物。

第二十四回"醉金刚轻财尚义侠,痴儿女遗帕染相思",第二十六回"蘅芜院设言传蜜意",第二十七回"滴翠亭杨妃戏彩蝶",是专门描写小红和贾芸的章节,这两人都伶俐乖巧,善于看准机会为自身的发展而奋斗。小红由于给宝玉倒了一杯茶,受到秋纹和碧浪的排揎,断绝了在怡红院巴结上进的想头,可巧碰上凤姐使役她传话送东西,她说话的简断明快受到凤姐赏识,从此成了凤姐的贴身丫头之一。她又因丢了一块手帕而和贾芸发生了自由恋爱,即所谓"遗帕染相思"和"设言传蜜意"。

我在《红楼梦探佚》中有一篇专文《贾芸和小红》[1],探讨了曹雪芹写贾芸和小红的文心匠意。曹公十分巧妙地写贾芸和小红先后与宝玉和凤姐发生密切关系,有极为深隐的作意,即"千里伏脉"到佚稿中"狱神庙"(或"獄神庙")故事里,芸、红是帮助救护宝玉和凤姐、巧姐的重要角色。此所以贾芸和小红的故事分散穿插在宝玉和凤姐遭遇魔魇法大难情节的之前和之后。而芸、红的"手帕情缘"其实也影射着宝、

---

[1] 梁归智《红楼梦探佚》(1983年出版《石头记探佚》之第四版),北京,北京师范大学出版社2010年版,第39—46页。

黛的类似故事，即第三十四回宝玉挨打后，宝玉派晴雯送给黛玉两条旧手帕，而黛玉在手帕上题了三首情诗。在某种意义上，贾芸和小红，是宝玉和黛玉的"影子"。小红之所以姓林，又名红玉，正是为了影射绛珠仙草（绛即红）投胎的林黛玉，更深隐的作意，还影射史湘云。[2]

小红——林红玉，"只因玉字犯了林黛玉、宝玉，便都把这个字隐起来，便叫他小红，原是荣国府中世代的旧仆，他父母现在收管各处房田事务"（第二十四回），但到了第二十七回，又通过李纨与凤姐对话，说小红是管家林之孝的女儿。这里面似乎也有某种尚未最后写定的痕迹，从小红在怡红院受大丫头排挤的情节看，她似乎不该是林管家之女，也就是"收管各处房田事务"的林姓家仆，与管家林之孝好像并非一人。

而林之孝其人，有抄本又作"秦之孝"（见庚辰本《石头记》未分开的第十七、十八回中），刘心武的"秦学"因此曾加以引申发挥，认为秦之孝夫妇原是废太子（小说中的义忠亲王）家送给贾家服侍秦可卿的家人，后来秦可卿被迫自杀，秦之孝乃改名为林之孝，因此林之孝和林小红比较低调。当然，这种"旧稿新裁"或"二稿合成"的成书过程之复杂情况，现在已经很难弄得一清二楚。

从现存文本出发，小红是一很有个性的人物，她不仅长得漂亮，而且有心机、有口才，善于抓住人生的机遇，果敢

---

2 参见《红楼梦探佚》之《应是"绿肥红瘦"》，北京，北京师范大学出版社2010年版，第76—79页。

地采取行动。这在给宝玉倒茶、替凤姐传话、与贾芸交换手帕等故事中都得到了生动的体现。她和贾芸第一次相遇，曹雪芹就写小红"下死眼把贾芸钉了两眼"。"下死眼"是多么炽烈地传达情感的眼神，而用"钉"代替"盯"，那也不是"错别字"，而正刻画出小红内在感情的强度，表达毫不羞涩遮掩，眼风像钉子一样，不正像古语所谓的目光熠熠如电吗？后来两人再次见面，贾芸"拿眼把红玉一溜"，而小红也"把眼去一溜贾芸"，"四目恰相对时，红玉不觉脸红了"。这"一溜"的眼神，又是多么微妙。娇杏曾偶然回头看贾雨村而成就姻缘，但被调侃为"偶因一着错，便为人上人"，小红和贾芸，那可是实实在在地眉目传情，追求"一着错"而"妹妹你大胆地往前走"呢。

特别引人注目的，则是第二十六回小红和另一个更下层的丫头佳蕙的一段对话。宝玉魇魔法之厄休养三十三天之后，贾母和王夫人赏赐服侍的丫头们，佳蕙向小红抱怨赏赐不公，没有把小红算在上等赏赐之列："像你也不算在里头？我心里就不服。……可气晴雯、绮霰他们几个，都算在上等里去，仗着老子娘的脸面，众人都捧着他们。你说可气不可气？"小红则回答说："也不犯气他们，俗语说的'千里搭长棚——没个不散的筵席'，谁混一辈子呢？不过三年五载，各人干各人的去了，谁还认得谁呢？"小红这样勘破人生富有哲理性的语言真是石破天惊！小说接着写："这两句话不觉打动了佳蕙，由不得眼睛红了，又不好意思好端端的哭，只得勉强笑道：'你这话说的却是。昨儿宝二爷还说明儿怎么样收拾房子，怎么样做衣裳，到像有几万年的熬头。'红玉听了冷笑两声……"

家亡人散，是曹雪芹的大痛苦、大情结，原著《红楼梦》的根本主旨，在小说中曾通过各种艺术手段反复渲染。小红这段话，无疑也是一次画龙点睛。不过，为什么安排小红来说这段醍醐灌顶的话呢？确实意味深长。佳蕙说晴雯和绮霰等之所以受上等赏赐，是因为"仗着老子娘的脸面，众人都捧着他们"，至少不符合晴雯的情况，当然佳蕙是混着说，不一定人人准确。但这又透露了一个信息，即小红似乎不是林管家之女，否则她的老子娘不是比谁都有"脸面"吗？

对这种情节的不合情理，刘心武的推考似乎能提供一种自圆其说的解释。他说因为林之孝原名秦之孝，来自废太子家，太子被废黜后，他们很尴尬，不仅改了姓，而且为人处世上也只能装聋作哑（第二十七回凤姐对李纨说林之孝两口子"一个天聋，一个地哑"），林之孝家的赶着认凤姐为干妈，"目的就是希望在时间的流逝里，人们听惯了，就会渐渐忘记了他们的来历，而觉得他们天然就是跟凤姐等贾府主子一体的"[3]。林之孝家的虽然已经当上荣国府的管家，却没有把自己的女儿安排到二等丫头的地位上，"红玉出场时，只是怡红院里一个拢茶炉子喂鸟描花样子的三等丫头，这也是他们处事谨慎的一种表现吧"[4]。

但也正因为出身经历非同一般，小红从小听到父母有关政治变迁白云苍狗，荣辱瞬息颠倒的言谈，她才有非凡的见识，

---

3 刘心武《刘心武揭秘红楼梦》第四部，北京，东方出版社2007年版，第223页。
4 同上。

能说出"千里搭长棚,没个不散的筵席"那样深具远见又富含哲理的话来。她在佚稿"狱神庙"(或"獄神庙")的故事中被委以重任,与贾芸、刘姥姥、茜雪等一起,救助落难的宝玉、凤姐、巧姐,也就顺理成章了。

## 碧浪和春燕

第六十三回宝玉过生日,白天是众姐妹和兄弟亲友祝寿,晚上则是怡红院的丫头们自己"凑份子"出资为宝玉过生日,后来又请来了黛玉、宝钗、探春、李纨等,叫作"寿怡红群芳开夜宴"。这一回开头,袭人就对宝玉说:"你放心,我和晴雯、麝月、秋纹四个人每人五钱银子,共是二两。芳官、碧浪、小燕、四儿四个人每人三钱银子。他们有假的不算,共是三两二钱银子。早已交给了柳家嫂子,预备四十碟果子。我和平儿早已说了,已经抬了一坛好绍兴酒藏在那边了。我们八个人单替你过生日。"

这是四大丫嬛和四小丫嬛的一次排名。其中芳官是女优,戏班子解散了才分来的,暂且不论。按原有的丫嬛排序,芳官的位置应该是绮霰的,四儿的位置应该是檀云的,不过作者要突出芳官和四儿,就把绮霰和檀云打发到"有假的不算"行列里,回家歇着去了。前面讲过,从名字的对仗设计来说,袭人与可人/媚人成对,绮霰与晴雯成对,檀云与麝月成对,春燕(小燕)与秋纹成对,茜雪与碧浪成对。当然曹雪芹的文笔变幻多姿,这些丫嬛有的详描,有的略写,有的重点刻画,有的则一笔带过。

碧浪和春燕不是主要描写对象，但也有两三处特写镜头。前面引过碧浪和秋纹去提水，回来发现小红给宝玉倒茶，二人一起挖苦磕打小红的情节。此外在第三十一回晴雯撕扇的故事里，宝玉晚上气消了，和躺在榻上乘凉的晴雯说笑，晴雯说要去洗澡，宝玉说："我才又吃了好些酒，还得洗一洗。你既没有洗，拿了水来，咱们两个洗。"晴雯摇手笑道："罢罢，我不敢惹爷。记得碧浪打发你洗澡，足闹了两三个时辰，也不知道作什么呢，我们也不好进去的。后来洗完了，进去瞧瞧，地下的水淹着床腿，连席子上都汪着水，也不知是怎么洗了，叫人笑了几天。"

这种通过第三者的回顾叙述，闪现出生活中发生过的小故事，所谓的"补遗法"，是极为高明的写作技巧，既节省篇幅，又拓深背景增加容量，让人好像从生活的门缝里瞟了一眼，情境宛然而遐想无限。碧浪和宝玉一起洗澡的这个镜头，不让人浮想联翩吗？你可以往天真的方面想，也可以往情色的方面想，怎么想其实就泄漏了读者自己的审美趣味。碧浪这个名字，可能就是从这"都汪着水"的洗澡景象生发出来的。那是少年嬉戏的浪花，是青春不羁的浪花。这是写小说，但用的是写诗的方法。

春燕的故事则有专门的半回书，叫"柳叶渚边嗔莺咤燕"。那一回的背景是大好春光，大观园里芽黄柳嫩、姹紫嫣红，宝钗的丫头莺儿和蕊官去潇湘馆找黛玉要蔷薇硝，莺儿手巧，采了些柳条花朵编花篮送给黛玉，黛玉称赞编得好，莺儿和蕊官、藕官一起出了潇湘馆，就继续采花编篮，遇见了春燕。春燕说起前日碰见藕官烧纸钱的老婆子是她姨妈："要告你没告成，到被宝玉赖了他一大些不是。"而因洗头和芳官打闹的是自己亲妈："只我们一家人吵，什么意思呢？"然后又说起自己的母亲、姨妈和姑妈都承包了园子里的花木，而这块地是她姑妈管着，警告莺儿说："老姑嫂两个照看的谨谨慎慎，一根草也不许人动，你还掐这些花儿！又折他的嫩树，他们即刻就来，仔细他们抱怨。"果然，一会儿她姑妈来了，因为莺儿开玩笑说是春燕让自己采花，"那婆子本是愚顽之辈，兼之年老昏愦，惟利是命，一概情面不管，正心疼肝断，无计可施，听莺儿如此说，便以老卖老，拿起拐杖来，向春燕身上击了几下"。春燕的母亲来了，也打春燕，直闹到怡红院，弄得上下不宁。

过去的一些评论文章，大多以这一段情节论说贾探春搞了承包责任制，因而引发了利益和人情的矛盾冲突，感慨改革的两难。如果从审美上鉴赏，这一段把春燕写得极为传神，尤其是她那饱含生活哲理又不脱少女心理声口的话语，把一个既单纯可爱又有心眼有见识的女孩子写得活灵活现。春燕的母亲、姨妈和姑妈都是承包责任制的受益者，又认小戏子作干女儿牟利，但春燕并不护短，而是站在客观的立场上，批评自己的亲人"如今越老越把钱看真了"。而宝玉那一段名言也是由春燕转述出来："怨不得宝玉说：'女孩儿未出家（周校本注：出家，即"出阁""出门子"之义，指女儿外嫁），是颗无价的宝珠；出了嫁，不知就怎么变出许多的毛病来，虽是颗珠子，却没有光彩宝色，是颗死的了；再老老（周校本注：再老老，口语常用式。如"再长长""再大大"，皆一例），更变的不是珠子，竟是鱼眼睛了。分明一个人，怎么变出三样来？'这话虽是混说，到也有些不差。"

曹雪芹让春燕述出这段话，显然别具匠心。春天的燕子，是青春活力的象征，是诗意盎然的化身。第二十七回有这样的描写：林黛玉便回头叫紫鹃道："把屋子收拾了，下一扇纱屉子，看那大燕子回来，把帘子卷起来，拿狮子倚住，烧了香，就把炉罩上。"后面作的《葬花吟》中则有这样的句子："三月香巢已垒成，梁间燕子太无情！明年花发虽可啄，却不道人去梁空巢也倾。"春燕的名字和话语，就是青春珍贵而短暂终将无情消失的一种暗示。这让我们想起和春燕对仗的秋纹，前面分析过秋纹的"器小"——已经透露出"死珠""鱼眼睛"的气息。春燕给读者的感觉，显然比秋纹要大器得多。春荣秋谢是《红楼梦》的盛衰大隐喻，春燕和秋纹这两个丫嬛的命名和行事，不也意味深长吗？

第六十三回怡红夜宴，春燕也是一个活跃的角色。请众位小姐来参加宴会，春燕跑了两趟，先同四儿去请黛玉、宝钗、探春，又和探春的丫头翠墨一起去请了李纨和宝琴。而且还有一个特别的镜头：宝玉支开别人，单独问春燕关于柳五儿之事（关于柳五儿，见后面一节），燕子可不是栖留在柳树梢上吗？

周汝昌《红楼夺目红》中有《春燕》一篇，认为春燕在后文佚稿中和史湘云的结局有关。因为第四十回"金鸳鸯三宣牙牌令"中，鸳鸯出令和湘云对令中有这样几句："日边红杏倚云栽""双悬日月照乾坤""凑成樱桃九点熟""御园却被鸟衔出"，俱是暗示佚稿中朝廷政治变迁影响到贾、史二家的命运，湘云遭遇重大不幸的情节。周汝昌说："宋词人蒋捷名句'红了樱桃，绿了芭蕉'，正是四月孟夏之末的季候。樱桃是'红'的代表，是春后'荐新'的美品。这时，只有燕子才是鸟中主角，'燕嘴落芹泥'。雪芹处处'伏线'的手法，也是个规律性艺术创造，那么落于'御园'的湘云，该是由春燕的妙计，方得逃离的。"[5]——什么鸟才会口含樱桃呢？只有燕子，那最富有诗意了。

这种对佚稿内容的推考，虽然山色有无中，却也妙在有无中。

## 四儿和五儿

四儿出现在第二十一回"贤袭人娇嗔箴宝玉中"。宝玉讨厌袭人对自己箴劝，不理袭人，连和袭人亲厚的麝月也不理睬，袭人就派小丫头来服侍：宝玉拿一本书歪着看了半日，因要茶，抬头只见两个小丫头地下站着，一个大些的，生得十分水秀，宝玉便问："你叫什么名字？"那丫头便说："叫蕙香。"宝玉便问："是谁起的？"蕙香道："我原叫芸香的，是花大姐姐改了叫蕙香。"宝玉道："正经叫晦气罢了，什么蕙香呢！"又问："你姊妹几个？"蕙香道："四个。"宝玉道："你第几？"蕙香道："第四。"宝玉道："明儿就叫四儿，不必什么蕙香兰气的，那一个配比这些花？没的玷辱了好名好姓。"一面说，一面命他倒了茶来吃。袭人和麝月在外间听了，抿嘴而笑。

---

5 周汝昌《红楼夺目红》，北京，作家出版社2003年版，第144页。

下面接着写：这一日宝玉也不大出房，也不和姊妹、丫头厮闹，自己闷闷的，只不过拿书解闷，或弄笔墨，也不使唤众人，只叫四儿答应。谁知这个四儿是个聪敏乖巧不过的丫头，见宝玉用她，就变尽方法笼络宝玉。

四儿能跻身于四小丫嬛之列，就是这种"笼络宝玉"的结果。到第七十七回王夫人来到怡红院：乃从袭人起，已至（从周校本，即"以至"）极小的粗活小丫头们，个个亲自看一遍。因问："谁是合（从周校本，即'和'）宝玉一日生日的？"本人不敢答，老嬷嬷指道："这一个蕙香，又叫作四儿的，是同宝玉一日生日。"王夫人细看了一看，虽比不上晴雯一半，却也有几分水色。视其行止，聪明皆露于外面，且也打扮的不同。王夫人冷笑道："这也是个不怕臊（'臊'字据周校本）的！他背地里说的，同日生日就是夫妻，这可是你说的？打谅我隔的远，都不知道呢！可知我身子虽不大来，我的心耳神意，时时都在这里。难道我通共一个宝玉，就白放心凭你们勾引坏了不成！"这个四儿见王夫人说着他素日和宝玉的私语，不禁红了脸，低头垂泪。王夫人即命："也快把他家的人叫来，领出去配人。"事后宝玉和袭人感叹："四儿是我误了他，还是那年我和你办嘴（从周校本，即'拌嘴'）的那日起，叫上来作些细活，未免夺占了地位，故有今日。"

这个四儿原名芸香，被袭人改名蕙香，宝玉又改蕙香为四儿，这是发泄对袭人的不满，所谓"那一个配比这些花？没的玷辱了好名好姓"，就是针对花袭人的姓氏而发的牢骚。后来宝玉气消，袭人还撒娇说："我们这起东西，可是白玷辱了好名好姓的。"但曹雪芹的细针密线常出人意表，所谓"一树千枝，一源万派"，两度改名，都笔不虚用。

原来芸和香两字，在小说中都有特殊含义。贾芸名芸，而他是在"狱神庙"（或"獄神廟"）中帮助宝玉和凤姐的救星，他送两盆白海棠给宝玉，又暗隐后来宝玉和史湘云的劫后情缘，贾芸是重要的促成者，海棠正是湘云的"本命花"。故史湘云之"云"和贾芸之"芸"也是云芸相通。贾芸之"芸"加了草字头，一方面是贾家第五代的名字都有草字头偏旁，另一方面则暗隐贾芸是大观园的"护花使者"——他不是被贾琏和凤姐委派管理维护大观园花草树木的工作吗？宝玉在住进怡红院之前，居室叫绛芸轩，第八回还特笔描写宝玉写了"绛芸轩"三字，让晴雯贴到门斗上，又让黛玉评论字写得好不好。而"香"字，不仅象征全部女孩子悲剧命运的甄英莲（谐音"应怜"）改名为香菱，而且"香"直通"湘"，第四十九回"脂粉香娃割腥啖膻"中的"香娃"就是指湘云。明白了这些，才懂得四儿原名芸香其实颇有深意，她有原名而又改名，是又一次侧笔皴染佚稿中"狱神庙"（或"獄神廟"）的主体故事和史湘云的主角地位。

最后改名"四儿"，同样是这种作意。原来宝玉一生的情恋历程，在"正册"十二钗中，有五个重要的女性，即秦可卿、林黛玉、薛宝钗、史湘云和妙玉。红迷"一方金"撰有《论贾宝玉人生的五阶段》，就是讨论这个问题[6]。芸香——四儿之名正巧妙地影射着史湘云，湘云是宝玉一生中继秦可卿、林黛玉和薛宝钗之后的第四段情感投入。与四儿一起被赶出大

---

6 梁归智《禅在红楼第几层》，北京，中国人民大学出版社2007年版，第69—86页。

观园的芳官是史湘云的"影子",我早就做过详细的考辨论证,见《红楼梦探佚》。可见无论芳官或四儿,其实都有"伏脉"八十回后佚稿故事的一层意义。

四儿和宝玉同一天生日,这实在是重要的一笔。第六十二回宝玉过生日,说到薛宝琴、邢岫烟、平儿都是同一天生日,薛宝琴和邢岫烟是两个"虚陪"人物,主要的作用是"见证"贾、史、王、薛四个大家族由"烈火烹油之盛"到"忽喇喇似大厦倾"而"落了片白茫茫大地真干净"的盛衰变迁。作为凤姐助手、"副管家"的平儿其实是代替凤姐的角色,暗示凤姐和宝玉是经历盛衰荣辱全过程的"双主角",因为宝玉是荣国府家产的继承人,而凤姐是管理财产的人,一切矛盾都在他们两人身上聚焦。四儿的生日也被写成和宝玉同一天,当然也有映照盛衰的作意。

所以,在八十回后的佚稿中,四儿必然还会重新出现。可能在宝玉和妙玉的一段情感纠葛中,四儿将是一个重要的牵线人。为什么这样说呢?请看第六十三回有这样一段描写:这里宝玉梳洗了,正吃茶,忽然一眼看见砚台底下压着一张纸,因说道:"你们这随便混压东西也不好。"袭人、晴雯等忙问:"又怎么了?谁又有了不是了?"宝玉指道:"砚台底下是什么?一定又是那位的样子忘了收的。"晴雯忙启砚拿了出来,却是一张字帖儿,递与宝玉看时,原来是一张粉笺,上面写着:"槛外人妙玉恭肃遥叩芳辰。"宝玉看了,直跳了起来,忙问:"这是谁接来的?也不告诉。"袭人、晴雯见了这般,不知当是那个要紧的人来的帖子,忙一齐问:"昨儿谁接下了一个帖子?"四儿忙飞跑到来说:"昨儿妙玉并无亲身,只打发个妈妈来送,我就搁在那里,谁知一顿酒就忘了。"众人听了道:"我当谁的,这样大惊小怪,这也不值的。"宝玉忙命:"快拿纸来。"

妙玉送来的生日贺帖由四儿接下来,当然不是随便写的,而是"草蛇灰线,在千里之外"(脂批)。妙玉是和史湘云并列的两对"金玉"之一,而且是家族败落以后的一对"金玉",也就是说她们二人和宝玉的情感纠葛主要放到佚稿内抄家之后的故事中来写。四儿将是这些故事中牵针引线的"小人物",却是不可忽略的小人物。至于细节如何,那就靠读者自己发挥想象了。

妙玉虽然世俗出身高贵,但毕竟已经出家为尼,加以性格怪僻,所以怡红院中众丫嬛其实瞧不起她。但对贾宝玉来说,妙玉是至尊至贵的"金玉质",所以他接到贺帖后十分郑重,后来请教了邢岫烟,才写了"槛内人宝玉薰沐谨拜"的回帖,"亲自拿了到拢翠庵,只隔门缝投进去"("拢翠"与"怡红"对仗,故是拢翠庵而非栊翠庵)。将来大厦崩塌之后,宝玉和妙玉还将有一段惊世骇俗的"僧尼恋",而那段故事中,四儿将是牵线搭桥的"小人物"。

第二十一回花袭人对宝玉撒娇说:"横竖那边腻了,过来这边,又有个什么四儿五儿伏侍你。"五儿是从四儿延伸来的,修辞上叫"仿词"。第二十八回林黛玉调侃宝玉:"今儿得罪了我的事小,倘或明日宝姑娘来,什么贝姑娘来,也得罪了,事情岂不大了。"所谓"宝姑娘""贝姑娘",也是这种"仿词"修辞。此时此刻,还并没有一个"五儿"其人,但曹雪芹的艺术非同等闲,袭人的赌气话,又是"千里伏线"。到了第六十回,五儿就粉墨登场了。她是大观园新增设的厨房总管柳嫂子的女儿柳五儿。这位柳五儿,生得比四儿还要美丽:"今年才十六岁,虽是厨役之女,却生的人物与平、袭、紫、鸳皆类同。因她排行第五,便叫作五儿。"

"生的人物与平、袭、紫、鸳皆类同",这是多么高的评价!也就是说,柳五儿虽然还比不上最美丽的晴雯,却已经和平儿、袭人、紫鹃、鸳鸯同列了。而柳嫂子正在走芳官的后门,想把柳五儿送到怡红院当差,"央芳官去与宝玉说。宝玉虽是依允,只是近日病着,又见事多,尚未说得"。

柳嫂子、柳五儿——还有柳湘莲,一个"柳"字,又是一派春光洋溢、生气蓬勃的意象暗寓其中。第六十回介绍柳五儿"因他排行第五,因叫他'五儿'",旁有脂批说:"五月之柳,春色可知。"这个柳五儿真是一枝袅袅依依的嫩柳啊。我们不要忘记,甲戌本第五回有脂批还说宝钗和黛玉"一如姣花,一如纤柳,各极其妙"呢。

不过,以柳喻女儿,在古典诗词中常常也比拟女儿惨遭蹂躏的不幸命运。比如:"莫攀我,攀我太心偏。我是曲江临池柳,者(这)人折了那人攀,恩爱一时间。"(敦煌曲子词《望江南》)又如贾迎春的"册子"判词说"金闺花柳质,一载赴黄粱"。

柳五儿的命运,就是这种"柳喻"的一个体现。她谋划进入怡红院的目的没有达到,却误打误撞被当成"贼"而关了一夜:"这里五儿被人禁起,一步也不敢多走,又见众人也有劝他说不该作这没行止的事,也有抱怨说,正景(从周校本,即'正经')更坐不上来,又弄个贼来给我们看着,倘或眼不见寻了死,逃走了,都是我们的不是。于是又有素日一干与柳家不睦的人见了这般，十分趁愿，都来奚落嘲戏他。这五儿心内又气又委曲（从周校本，即'委屈'），竟无处可诉，且本来怯弱有病，一夜要思茶无茶，思水无水，思睡又无衾枕，呜呜咽咽哭了一夜。"

此后虽然冤狱被平反，但不久就是贾家内斗日烈等大变故发生，柳五儿自然不可能再到怡红院当差。到了第七十七回，就通过王夫人之口骂芳官说："前年我们往皇陵上去，是谁调唆宝玉要柳家的丫头五儿了？幸而那丫头短命死了，不然进来了，你们又连伙聚党，遭害这园子呢。"不过，周汝昌认为，这一段文章是曹雪芹亲友在雪芹死后补缀残稿而写，按曹雪芹原意，柳五儿并未早死，而在佚稿中仍有故事。因为第六十回描写说，赵姨娘有一个内侄钱槐，"看上了柳家的五儿标致，一心和他父母说了，要他为妻。也曾托媒人再三求告，柳家父母却也情愿，争奈五儿执意不从，虽未明言，却行止中已带出，他父母未敢应允。近日又想往院内（指怡红院——引者）去，越发将此事丢开，只等三五年后放出时自向外边择婿了。柳家见他如此，也就罢了。怎奈钱槐不得五儿，心中又气又恨，发恨定要弄取成配，方了此愿"。荣国府中有一条基本矛盾斗争线索，就是宝玉和贾环的嫡庶之争，钱槐和柳五儿这段纠葛实际上是其中的一个纽结，它的具体展开应该在佚稿中。

这种看法颇有见地。四儿五儿相连，在一定程度上，四儿影射史湘云，五儿影射妙玉。妙玉的结局是"可怜金玉质，终陷淖泥中"，柳五儿可能也终于被钱槐（谐音"钱坏"）强占，而"好一似无瑕白玉遭泥陷"，由娇嫩的"五月之柳"成了被蹂躏的残柳。

## 佳蕙、坠儿、良儿

除了一笔带过的檀云、绮霞和紫绡、篆儿外，宝玉身边的小丫头，也有两三个写到了具体的情节。

一个是佳蕙。就是前面谈小红时提到的那个小丫头，她和小红抱怨奖赏不公平，引得小红说出"千里搭长棚——没个不散的筵席"这两句预示未来"大结局"的格言。尤为有趣的是，小红随口说的格言居然使佳蕙十分感动，以至于眼睛发红想要落泪。这个底层的小丫头却有一种瞻望人生未来的"终极关怀"的意识，这一情节极富有艺术内涵。

但接下来的情节发展更耐人寻味。正在佳蕙为人生归宿而大为动情之际，大丫头绮霞让一个更底层的小丫头给小红派来活计，让小红描花样子，即绣花的底样。小说是这样写的：

> 只见一个未留头的小丫头子走进来，手里拿着些花样子并两张纸说道："这是两个样子，叫你描出来呢。"说着向红玉掷下，回身就跑了。红玉向外问道："到是谁的？也不等说完就跑。外头谁蒸下馒首等着你——怕冷了不成。"那小丫头在窗外只说得一声："是绮大姐姐的。"抬起脚来，咕咚咕咚又跑了。红玉便赌气把那样子掷在一边，向抽屉内找笔，找了半天，都是秃了尖的，因说道："前儿一支新笔放在那里了？怎么一时想不起来？"一面说一面出神，想了一会，方笑道："是了，前

儿晚上莺儿拿了去了。"便向佳蕙道："你替我取了来。"佳蕙道："花大姐姐还等着我替他抬箱子呢，你取去罢。"红玉道："他等着你，你还坐着闲打牙儿，我不叫你取笔去，他也不等着你了。坏透了的小蹄子！"说着便自己走出房来，出了怡红院，一径往宝钗院内来。

作为"小人物"，终极追问一类感慨意识不过是瞬间的情怀，转眼就会被日常琐碎的生活流程驱逐得无影无踪。更现实的是利益的计较和驱动。佳蕙和小红也算"阶级姐妹"，而且应该说彼此的关系还比较"铁"。佳蕙来找小红，是让小红替自己保管钱财："我好造化！我才刚在院子里洗东西，宝二爷叫人往林姑娘那里送茶叶去，花大姐姐叫我送了去，可巧老太太那里给林姑娘送日用钱来，正分给丫头们呢，见我去了，林姑娘就抓了两把给我，也不知多少，你给我收着。"红玉替他一五一十地数了收起。后面是佳蕙关心小红的病情："你这一程子心里到底觉怎么样？依我说，你竟家去住两天，请个大夫来瞧瞧，吃两剂药就好了。""你这么着不是个长法儿，又懒吃懒喝的，终久怎么样呢？"可一旦小红使唤佳蕙去取描花样的笔，佳蕙就找借口推托，小红则骂佳蕙是"坏透了的小蹄子"。

这一情节极为生动地展示出，终极关怀等哲理诗情，有较高文化修养的有闲阶级才能细细咀嚼，久久沉吟，劳动阶层的人员是没有这种能力和心境的，因为他们的大部分时间被实际的俗事占据了，他们的思想心情主要是为现实的谋生和实际的前途而精打细算。偶有感触，也如电光火石，即现即灭。具体到《红楼梦》里，只有贾宝玉和林黛玉等贵族公子小姐们才会有这种条件，哲理诗情的萦绕心头其实需要一定的物质基础，不仅要有气质，还要有文化，有悠闲。

古典诗词中大量歌咏所谓"闲情""闲愁"之苦况，正是点睛之笔，太"闲"了会感觉无聊，无意义，因而也就容易进入追究"终极意义"之类"形而上"的情境，"形而上"的结果，就会愈感荒诞虚无。

哲学家李泽厚在《人类学历史本体论》中说，人沉沦在日常生活中，奔走忙碌于衣食住行、名位利禄，早已把对人生目的和存在意义一类追问丢失遗忘，已经失去了那敏锐的感受能力，很难得去发现和领略目的性的永恒本体了。只有那些有条件成日吟诗读书、聆赏音乐、观赏大自然的人，才能获得"蓦然回首，那人却在灯火阑珊处"的妙悟境界。[7]

因此，最下层的小丫头就更物质、更实际，也即更"形而下"。第二十六回中，在佳蕙之后，很快又出现了一个坠儿。她也是怡红院的小丫头，奉命引导认宝玉为干爹的贾芸出入怡红院，得着了机会和贾芸接触，充当了贾芸和小红交换手帕的"红娘"角色。坠儿热衷于此，并不是真有古道热肠，而是贪图小红的谢礼。她对贾芸说："他说我替他找着了，他还谢我呢。才在蘅芜苑门口说的，二爷也听见了，不是我撒谎。好二爷，你既拣了，给我罢。我看他拿什么谢我。"

情节进一步发展，是这样：

---

[7] 李泽厚《人类学历史本体论》，天津，天津社会科学院出版社 2008 年版，第 24 页。

宝钗在亭外南廊上听见说话，便心中犯疑，煞住脚往里细听，只听说道："你瞧瞧这手帕子，果然是你丢的那块，你就拿着，要不是，就还芸二爷去。"又有一人说话道："可不是我那块，拿来给我罢。"又听道："你拿什么谢我呢？难道白找了来不成？"又答道："我既许了谢你，自然不哄你。"又说道："我找了来给你，你自然谢我，但只是拣了的人，你就不拿什么谢他么？"又回道："你别胡说。他是个爷们家，拣了我们的东西，自然该还我们的，叫我拿什么谢他呢？"又听说道："你不谢他，我怎么回他话呢？况且他再三再四的和我说了，若没谢的，不许我给你呢。"半晌又听答道："也罢了，拿我这个给他，就算我谢他的罢。你要告诉别人呢？须说个誓来。"又听说道："我要告诉一个人，就长一个疔，日后不得好死。"

坠儿愿意在小红和贾芸之间传递爱情信物，显然是贪图两方面的谢礼。当宝钗使"金蝉脱壳"之计，使得小红和坠儿怀疑林黛玉听了她们的私房话去，小红作为主角，感到惊慌，便拉坠儿说道："了不得了，林姑娘蹲在这里，一定听了话去了。"坠儿听说，也半日不言语，红玉又道："这可怎么样呢？"坠儿道："便听见了，管谁筋疼！各人干各人的就完了。"坠儿的话看似洒脱，其实是无可奈何的托词。

后来这个坠儿终于沦为窃贼，第五十二回把平儿洗手时脱下的珍贵的金镯子偷走，后来被查出，平儿要顾及怡红院的声誉，让麝月悄悄处理，日后找借口把坠儿撵出去。晴雯知道后，忍不了一口气，用簪子扎坠儿的手，并立刻撵了出去，而坠儿临走时，还要给晴雯和麝月两个磕头。一些现代评论家愤慨于晴雯对坠儿的心狠手辣，其实这很符合贾府的"典型环境"和晴雯的"典型性格"。如果写晴雯"眼里能揉得下沙子"一般和善，有"阶级觉悟"，对坠儿"人道"而"平等"，那不成了《青春之歌》里的林道静了吗？

在这个情节中，又用"补遗法"引出了另一个前文从未提到过的小丫头。平儿对麝月说："你们这里的宋妈妈去了，拿了这支镯子，说是小丫头子坠儿偷起来的，被他看见来回二奶奶。我赶忙接了镯子想了一想，宝玉是偏在你们身上留心用意争胜要强的，那一年有个良儿偷玉，刚冷了这二年间时，还有人提起来趁愿，这会子又跑出一个偷金子的来了，而且更偷到街坊上去了。偏是他这样，偏是他的人打嘴。所以我到忙叮咛宋妈，千万别告诉宝玉，只当没有这事，别和一个人说。第二件老太太、太太听见也生气。三则袭人和你们也不好看。所以我回二奶奶，只说我往大奶奶那里去，谁知镯子褪了口，丢在草根底下，雪深了没看见。今儿雪化尽了，黄澄澄映着日头，还在那里。我就拣了起来，二奶奶也就信了。所以我来告诉你们，以后防着他些，别使唤他到别处去。等袭人回来，你们商议着变个法子，打发出去就完了。"平儿的处理考虑到各种因素，表现了高超的行政手腕。但她提到"良儿偷玉"，则是一个"不写之写"的故事。

从写作技巧来说，坠儿偷金，良儿偷玉，是曹雪芹惯用的"对仗"手法。至于这个"良儿偷玉"在佚稿中是否还会以某种方式予以交代演绎，那就见仁见智了。

庚辰本第二十七回有一条批语说："奸邪婢岂是怡红应答者,故即逐之。前良儿后篆儿便是却(确)证,作者又不得可也。"这里的"奸邪婢"指小红,紧接着有署名"畸笏叟"的批语予以纠正:"此系未见抄后狱神庙诸事,故有是批。"说明前面那条批语的书写者没有看到八十回后佚稿中"狱神庙"等故事,而误解了小红。但前条批语说"前良儿后篆儿",则照应了第五十二回晴雯撵逐偷平儿金镯子的坠儿的情节。平儿说以前怡红院曾有一个良儿偷玉,现在又出来一个坠儿偷金子了。这条批语却说是篆儿而不是坠儿偷金子,颇堪注意。因为第五十二回晴雯惩罚小偷坠儿叫人时,的确有一个叫篆儿的小丫头先跑进来。而怡红院的这个篆儿仅此一见。邢岫烟的丫头也叫篆儿,由于邢岫烟比较贫穷,平儿曾首先怀疑是邢岫烟的丫头偷了金镯子。也许小说初稿真写的是篆儿偷金镯子,而她是邢岫烟的丫头,因为篆香可以和邢岫烟的名字烟互相映照。后来改写,成了怡红院的丫头偷窃,窃贼变成坠儿,由于还没有最后定稿,所以第五十二回怡红院仍然出现了篆儿的名字。小说的"成书过程"很复杂,这只是一种推测。

# 林黛玉的丫嬛

## 鹦哥／紫鹃

讲到《红楼梦》里的丫嬛，没有一个像紫鹃那样让读者感佩其"纯洁"和"高尚"。晴雯有对小丫头的"暴力倾向"，平儿对尤二姐之死其实负有一定责任（贾琏偷娶尤二姐是平儿发现后报告给凤姐的），鸳鸯也为讨好贾母而和凤姐串通一气捉弄过刘姥姥，袭人更不用说，对她的"阴柔"历来争论不休。

唯有紫鹃，曹雪芹把她写成一个道德上的完人，只突出她对林黛玉真切的关怀，为黛玉的前途操心、筹算，使尽心机。紫鹃成了一个"毫不利己，专门利人"的人。

紫鹃本是贾母的丫头，第三回林黛玉初进贾府，贾母见黛玉带来的丫头雪雁年龄太小，"便将自己身边一个二等丫头名唤鹦哥的，与了黛玉"。紫鹃原名鹦哥，从名字的"对仗"来说，是与鸳鸯成对的，这表现了贾母老年人的审美趣味，所谓"贾母之文章也"（脂批）。鹦哥跟了黛玉，改名紫鹃，这当然体现了林黛玉这个充满诗情的青年小姐的审美趣味，是"黛玉之文章也"（脂批）。不过，《红楼梦》的笔法是，这种改名过程不做任何交代，而让读者自己去领略体会，我曾杜撰了一个名词——"不交代法"。

当然，鹦哥改名紫鹃，实际上是曹雪芹的艺术设计，除了符合黛玉的审美趣味之外，还赋予一种隐喻暗示。那就是紫鹃其名化用了杜鹃啼血的典故。传说古代有一个蜀国的帝王名叫杜宇，在死后化为鸟，啼叫悲切，甚至啼出了血，就是杜鹃鸟。这个传说，可以和黛玉作为"绛珠仙草"而"眼泪还债"的神话背景发生意象上的联系，脂批注解"绛珠"就说"细看宁非血泪乎"？"紫鹃这个信息载体，载有愁恨冤怨、思归、啼血泪的规约性内涵，那么，这是不是紫鹃本身的内涵？答曰不是，而是她的主人黛玉的内涵。"[1]黛玉《葬花吟》中有句"杜鹃无语正黄昏"，也似有意似无意地做了照应。

鹦哥学舌，是善解人意的鸟儿。到了黛玉身边的紫鹃，也很快成了黛玉的知音，名为主仆，实为姐妹。这种作意在前八十回的描写中，虽然轻描淡写，却点点滴滴，不断渲染，而第五十七回"慧紫鹃情辞试忙玉，慈姨母爱语慰痴颦"（戚序本、杨藏本为"姨母"，庚辰本、己卯本、蒙府本、圣彼得堡本、甲辰本为"姨妈"，周校本取"姨母"，"母"与"鹃"平仄相称也），则是写紫鹃的专章。

这一回有两个主体故事，贯穿这两个故事的主角其实都是紫鹃。

第一个故事就是"慧紫鹃情辞试忙玉"（"忙玉"是曹雪芹独创的词语，即宝玉"无事忙"）。紫鹃用"林妹妹要回苏州"

---

[1] 林方直《红楼梦符号解读》，呼和浩特，内蒙古大学出版社1996年版，第77页。

慧紫鹃情辞试忙玉 孙温 绘

的谎话试探宝玉对黛玉的感情，导致宝玉精神异常，引起了一场大风波，最后惊动了贾母、王夫人，连薛姨妈也来看望。当弄明白宝玉为何患病时，小说有非常深刻而微妙的描写。

贾母流泪道："我当有什么要紧大事，原来是这句顽话。"又向紫鹃道："你这孩子素日是个伶俐的，你又知道他有个呆根子，平白的哄他作什么？"而薛姨妈则说："宝玉本来心实，可巧林姑娘又是从小儿来的，他姊妹两个一处长了这么大，比别的姊妹更不同，这会子热剌剌的说一个去，别说他是个实心的傻孩子，便是冷心肠的大人也要伤心。这并不是什么大病，老太太和姨太太只管万安，吃一两剂药就好了。"

曹雪芹这段描写字斟句酌，贾母"流泪"，内涵深远，意味着宝玉对黛玉的感情在贾母心中明晰了，贾母感到了震撼。应该说从这一回开始，让宝玉和黛玉相配的想法才在贾母心中真正确定下来，此前曾有描写贾母想为宝玉求配宝琴，似乎在宝玉配偶问题上，贾母还在举棋不定地选择。

贾母这种态度的变化，曹雪芹通过两个情节予以暗示。一个情节是第六十六回贾琏和凤姐的小厮兴儿对尤二姐和尤三姐演说荣国府，说："将来准是林姑娘定了的。……再过三二年，老太太便一开言，却是再无不准的了。"凤姐最善于揣摩贾母心思，兴儿的判断其实来自凤姐。

另一个情节就是第五十七回后半回的故事"慈姨母爱语慰痴颦"。薛姨妈、薛宝钗与林黛玉的关系突然进了一层，黛玉认薛姨妈作了干妈。说到婚姻问题时，薛姨妈忽然说："我想宝琴虽有了人家，我虽没人可给，难道一句话也不说？我想着，你宝兄弟，老太太那样疼他，他又生的那样，若要外头说去，老太太断不中意，不如把你林妹妹定与他，岂不四角俱全？"这个情节不前不后，偏偏安排在第五十七回后半，大有深意。如果说此前薛姨妈还有"金玉联姻"而把宝钗许配宝玉的意思的话，那么通过"慧紫鹃情辞试忙玉"事件，不仅贾母，薛姨妈也对宝玉和黛玉的感情洞若观火了，而且，薛姨妈也看出贾母的倾向性了。

这时，对黛玉的前途日夜忧心的紫鹃，立刻抓住机会，想立即促成，跑过来说："姨太太既有这个主意，为什么不和老太太说去？"一个"跑"字，把紫鹃的情急之状表现了出来。当然情节的发展是薛姨妈笑着说："你这孩子，急什么？想必催着姑娘出了阁，你也要早些寻一个小女婿子去了？"薛姨妈说的"急什么"，正是对紫鹃心理最生动的表现。紫鹃的心理状态就是"急"，她为黛玉急，而不是为自己急，这就是紫鹃高尚人格的核心所在,一种人道主义的同情心,对黛玉超越了骨肉的手足姊妹之爱。

这在同一回有许多生动描写。宝玉患病,紫鹃被留下服侍宝玉。无人时紫鹃在侧,宝玉又拉他的手问道:"你为什么唬我?"紫鹃道:"不过是哄你顽的话,你就认了真了。"宝玉道:"你说的那样有情有理,如何是顽话?"紫鹃一方面解释林家确实已经无人来接黛玉,另一方面却又情不自禁地再次试探宝玉:"你如今也大了,连亲也定下了,过二三年再娶了亲,你眼里还有谁了?"弄得宝玉又"惊问":"谁定了亲?定谁?"紫鹃故意用"要定下琴姑娘"这种已经明显不可能的话敷衍,目的当然还是试探宝玉的内心,引得宝玉又说出"活着咱们一处活着,不活着,咱们一处化灰、化烟"的痴情至极的话,而"紫鹃听了,心下暗暗筹画"。

紫鹃安慰宝玉说:"你不用着急,这原是我心里着急,故来试你。"宝玉听了,更又诧异,问道:"你又着什么急?"这是画龙点睛之语,"着急"就是紫鹃真正的心理状态。薛姨妈、宝玉,都问紫鹃为什么着急,紫鹃也自我坦承"心里着急"。那么为什么"着急"呢?小说中这样描写:"紫鹃笑道:'你知道我并不是林家的人,我也和袭人、鸳鸯是一伙的,偏把我给了林姑娘使,偏生他又和我极好,比合(从周校本,即'和')他苏州带来的还好十倍,一时一刻我们两个离不开。我如今心里却愁他倘或要去了,我必要跟了他去的。我是合家在这里,我若不去,辜负了我们素日的情肠,若去了,又弃了本家,所以我疑惑,故设出这谎话来问你,谁知你就傻闹起来。'"

紫鹃回答宝玉的这段话,还是有"设词"的成分,并没有说到核心。核心是什么？是后来紫鹃对黛玉说的："一动不如一静。我们这里就算好人家，别的都容易，最难得的是从小儿长大在一处，脾气性情都彼此知道的了。""我是一片真心为姑娘。替你愁了这几年了，无父母无兄弟，谁是知疼着热的人？趁早儿老太太还明白硬朗的时候，作定了大事要紧。俗话说，老健春寒秋后热，倘或老太太一时有个好歹，那时虽也完事，怕只怕耽误了时光，还不得趁心如意呢！公子王孙虽多，那一个不是三房五妾，今儿朝东，明儿朝西？娶一个天仙来，也不过三夜五夕，也丢在脖子后头了。甚至于当作丫头妾，反目成仇的。若娘家有人有势的还好些，若是姑娘这样的人，有老太太一日还好，若没了老太太，也只好凭人去欺负罢了。所以说，拿主意要紧。姑娘是个明白人，岂不闻俗语说的，黄金万两容易得，知心一个最难求？"

对黛玉在贾府的实际处境和未来前途，对宝玉和黛玉的真情实意，全书没有一处说得这样明白，分析得这样透彻。这一情节，最典型地表露了紫鹃的两个根本特点：一个是急，一个是慧。急，为黛玉急，即"一片真心为姑娘"。慧，也就是聪慧明白，就瞧这一段话，逻辑清晰、直达本质，真是洞若观火而一针见血。而对宝玉的设计试探，抓住薛姨妈的玩笑话立即推动宝黛联姻，既写出了紫鹃对黛玉无私关怀的"急"，也写出了这个丫头的"慧"。深思熟虑，见机而作，有"筹画"，有行动，作为一个身份低微的丫嬛，实在可以说已经尽了最大的努力，也表现出了超群的智慧。

紫鹃的"慧"，应该是大家公认的。贾母说"你这孩子素日是个伶俐的"，这是多么高的评价！饱经沧桑、阅人无数的贾母对紫鹃下"伶俐"二字的"鉴定"（想一想贾母对秋纹则是"不入他老人家的眼"）岂是等闲？小说回目的"慧紫鹃"也是一字到位的"女儿谥"。

紫鹃必须"慧"，因为这还是曹雪芹写作艺术的一种巧妙照应。如何照应？那就是作为林黛玉的贴身丫头和知心朋友，她不可能不"慧"。要知道林黛玉的基本定位是"心较比干多一窍"，聪明无比，她身边的丫头当然也不能和她相差太远。

这就联系到后四十回续书的问题了。后四十回所写"病潇湘痴魂惊噩梦""蛇影杯弓颦卿绝粒""瞒消息凤姐设奇谋，泄机关颦儿迷本性""林黛玉焚稿断痴情，薛宝钗出闺成大礼""苦绛珠魂归离恨天，病神瑛泪洒相思地""阻超凡佳人双护玉"等故事中，对紫鹃的描写与前八十回的性格特点发生了错位，就是紫鹃变得俗气了，特别是不聪明了，变得有点"傻"了。当然，这和后四十回写黛玉也变得俗气和"傻"是联系在一起的。

比如，"蛇影杯弓颦卿绝粒"中，紫鹃和黛玉误听流言，听说宝玉定了亲，导致黛玉绝望而"绝粒"，后来又听说定亲不实，黛玉就好了，听见风就是雨，整个故事中黛玉和紫鹃以及雪雁比起前八十回来，智商都大为降低。黛玉死后紫鹃怨恨宝玉，后来又和袭人"双护玉"，阻止宝玉看破红尘，最后跟了贾惜春出家当尼姑，都不符合前八十回紫鹃之性格逻辑。

对曹雪芹原著和后四十回续书"两种《红楼梦》"本质不同的认识，有一个历史过程，所以前人对紫鹃的评价也往往有灼见也有误解。总的来看，紫鹃对黛玉的无私关心，所谓

"忠义",评价比较多,而对其"慧",则认识不足或有所偏颇。如清代的评点者们,说紫鹃是"黛玉之忠臣"(佚名《读红楼梦随笔》),洪秋蕃说:"紫鹃,啼冷月之鸟也,托于林而遇雪,尤有寒鸦之色,然有血性,故忠于事主而有赤心。"(《红楼梦抉隐》)

今人胡文彬说:"紫鹃的'慧'主要围绕在黛玉与宝玉之间的婚事上。她清楚地知道林妹妹暗恋上宝哥哥,此情是无法割舍了。于是她寻找一切机会将这对恋人的事上达老祖宗,下通宝玉。"这种评论没错。但又进一步说:"紫鹃的'慧',还表明她有'慧根'。黛玉之死使她慧根顿悟,终于看到了人生的局限,看到世态的炎凉。她从热爱走向怀疑,进而是完全的绝望。"[2] 这是囿于后四十回对紫鹃的描写而引申出的一种误解,与王国维以叔本华哲学而曲解曹雪芹一脉相通:"故此书中真正之解脱,仅贾宝玉、惜春、紫鹃三人耳。"[3]

紫鹃的"慧",不仅表现在她对黛玉的了解和关心,还表现在她对宝玉的真正理解。小说中描写紫鹃调停宝黛的纠纷,对黛玉说:"论前日之事,竟是姑娘太浮躁了些。别人不知宝玉那脾气,难道咱们也不知道的?为那玉也不是闹了一遭两遭了。""好好的为什么又剪了那穗子?岂不是宝玉只有三分不是,姑娘到有七分不是了?我看他素日在姑娘身上就好,皆因姑娘小性儿,常要歪派他,才这么样。"(第三十回)

---

2 胡文彬《冷眼看红楼》,北京,中国书店2001年版,第28—30页。
3 王国维《红楼梦评论》,郭豫适编《红楼梦研究文选》,上海,华东师范大学出版社1988年版,第164页。

如此理解宝玉的紫鹃，当然不会像后四十回所写那样误解怨恨宝玉。今人吕启祥说："贾府上下，能够这样直陈黛玉阙失、仲裁宝黛纠葛的，也只有紫鹃一人而已。这个人物绝不是红娘模式的简单蹈袭，与宝黛的新型关系相应，紫鹃性格也有高层次的文化内涵。"[4]

紫鹃，痛极啼血，血凝结至"紫"者也，那是多么深刻的悲痛。有的探佚研究者认为在曹雪芹原著佚稿中，"急"与"慧"的紫鹃在黛玉死后"伤痛而亡"，这是可能的。

## 雪雁、春纤

雪雁是林黛玉从苏州带来的丫鬟，第三回描写说贾母看见雪雁"一团孩气"，年龄当然比紫鹃小。雪雁之名，也有寓意。一方面，这个名字给人一种高洁孤傲的意境，能影指黛玉的个性。另一方面，则化用了苏东坡有名的诗句："人生到处知何似？应似飞鸿踏雪泥。泥上偶然留指爪，鸿飞那复计东西！"（《和子由渑池怀旧》）这也暗示了黛玉父母双亡而漂泊他乡的人生轨迹。

解盦居士在《石头臆说》中早就说过："婢名紫鹃、雪雁者，以喻黛玉一生苦境也。盖鹃本啼红，而乃至于紫，苦已极矣，而又似飞鸿踏雪，偶留爪印，不能自主夫西东也。"

林方直进一步引申说："雪雁"是雪雁的名号，雪雁从属

---

4　吕启祥《红楼梦寻味录》，太原，山西人民出版社2001年版，第39页。

于黛玉,"雪雁"又是黛玉的从属符号。为什么这样说?因为"雪雁"这个符号所载的历史文化信息,既丰富又有规定性,雪雁其人不堪其任,负载不了,而黛玉则能适当地对位认同。

"雪雁",广义是雁,狭义是"雪雁",雪中之雁。雪雁第一次出场是往薛姨妈家给黛玉送手炉。为此特为雪雁设置了下雪的背景环境,那么,雪雁就是冒雪、踏雪而行的雁。这个现实生活场景,是实象或实境,但不单纯是这个,此中还投映着前人创造的艺术意境或曰艺术形象,可称为借境或借象。这就是"雪泥鸿爪"……在曹雪芹笔下,雪雁这个人物实象,投映着"雪泥鸿爪"的借象;或者说在"雪雁"这个符号里,荷载着"雪泥鸿爪"的信息。然而这个形象,这个符号又从属于黛玉。黛玉就是"雪雁",雪雁自己的"雪泥鸿爪"无足轻重,而黛玉的"雪泥鸿爪"才是充实的、美丽的、光耀的、感人的,有意义有价值的。《红楼梦》在一定意义上就是表现林黛玉鹃啼和鸿爪的。不过这个鸿爪不是印在雪泥上,它是石雕铁铸的,印在和活在历代读者的心中,万古不磨。[5]

雪雁其名其人与黛玉的这种象征关系,当然又是以诗笔入小说。林黛玉住在潇湘馆,别号"潇湘妃子",她的象征花卉是芙蓉花,所谓"芙蓉生在秋江上,莫向东风怨未开"。而大雁,与秋天、与潇水湘江关系密切,在古代诗词中比比皆是。林方直查出举例的就有这样一些:

钱起:"潇湘何事等闲回?水碧沙明两岸苔。"(《归雁》)

---

[5] 林方直《〈红楼梦〉人物的从属符号:紫鹃、雪雁与黛玉的关系》,《职大学报》1996年第1期,第18—19页。

杜牧:"莫厌潇湘少人处,水多菰米岸莓苔。"(《早雁》)"万里衔芦别故乡,云飞雨宿向潇湘。"(《雁》)

黄滔:"洞庭云水潇湘雨,好把寒更一一知。"(《雁》)

孟贯:"直应到秋日,依旧返潇湘。"(《归雁》)

齐己:"潇湘浦暖全迷鹤……坐看连雁度横桥。"(《闻雁》)

苏轼:"惠崇烟雨芦雁,坐我潇湘洞庭。"(《惠崇芦雁》)

郝经:"哀鸣洞庭月,乱点潇湘霜。"(《雁媒》)

宋荦:"徘徊念俦侣,清影落潇湘。"(《壬申四月十九夜阮亭司马属咏潇湘雁醒而急录之一字不遗》)

此外,在中国古代诗词意境中,雁的文化历史积淀,可以表达处境的艰险、孤独、愁怨、哀鸣等内涵,可以举出许多诗词成句为证。而这样一些情愫,又都与小说中对黛玉的描写息息相关。

第六十二回宝玉过生日,众姐妹们庆贺,行酒令时,史湘云出了一个难为人的令:酒面要一句古文,一句旧诗,一句骨牌名,一句曲牌名,还要一句时宪书上有的话,总共凑成一句话。酒底要关人事的果菜名。林黛玉才华横溢,就说酒面:"落霞与孤鹜齐飞,风急江天过雁哀,却是一只《折足雁》,叫的人《九回肠》,这是鸿雁来宾。"而酒底则是:"榛子非关隔院砧,何来万户捣衣声?"

在这些诗文句子中,雁不就是黛玉自己形象和命运的象征吗?不也就是"雪雁"的另一种暗示吗?

在菊花诗中,黛玉也有这样的诗句:"鸿归蛩病可相思"(《问菊》),"睡去依依随雁断"(《菊梦》),秋雁,是黛玉命运的一种隐喻,秋后是冬,"落了片白茫茫大地真干净",她有一个丫头叫雪雁,正是留下"雪泥鸿爪"悲惨人生痕迹的照应。

当然,雪雁也不仅仅是一个"符号",前八十回虽然正面描写不多,几笔皴染,也让读者感觉栩栩如生。"情辞试忙玉"中,作为紫鹃的配角,也崭露头角:偶值雪雁从王夫人房中取了人参来,从此经过,忽扭项看见桃花树下石上一人,手托腮颊在那里出神,不是别人,却是宝玉。雪雁疑惑道:"怪冷的,他一个人在这里作什么?春天凡有残疾的人都犯病,敢是他犯了呆病了?"一边想,一边便走过来蹲下笑道:"你在这里作什么呢?"宝玉忽见了雪雁,便说道:"你又作什么来招我?你难道不是女儿?他既防嫌,总不许你们理我,你又来寻我,倘被人看见,岂不又生口舌?你快家去罢!"雪雁听了,只当他又受了黛玉的委屈,只得回至房中。

这一段描写中,雪雁给读者的印象也是一个聪明的小丫头,虽然年龄小,不如紫鹃心思缜密深远,却也是心里头明白的。而接下来的描写,就更突出了雪雁其实很有心眼:

> 黛玉未醒,将人参交与紫鹃,紫鹃因问他:"太太作什么呢?"雪雁道:"也歇中觉,所以等了这半日。姐姐你听笑话,我因等太太的工夫,和玉钏儿姐姐在下房里说话,谁知赵姨奶奶招手儿叫我,我只当有什么话说,原来他和太太告了假,出去给他兄弟伴宿去坐夜,明儿送殡去,跟他的小丫头子小吉祥儿没衣裳,要借我的月白缎子袄儿。我想他们一般也有两件子的,往脏地方去,恐怕弄脏了,自己的舍不得穿,故此借别人的。借我的弄脏了也是小事,只是我想,他素日有什么好处到咱们跟前?所以我说了,我的衣裳、簪环都

是姑娘叫紫鹃姐姐收着呢,如今先得去告诉他,还得回姑娘呢!姑娘又病着,竟废了大事,误了你老出门,不如再转借罢。"紫鹃笑道:"你这小东西到也巧,你不借给他,你往我和姑娘身上推,叫人怨不着你。他这会子就去呀还是等明日一早才去?"雪雁道:"这会子就去,只怕此时已去了。"紫鹃点点头。雪雁道:"姑娘还没醒呢!是谁给了宝玉气受,坐在那里哭呢。"紫鹃听了,忙问:"在那里呢?"雪雁道:"在沁芳亭后头桃花底下呢。"紫鹃听说,忙放下针线,又嘱咐雪雁:"好生听叫,若问我,答应我就来。"

这一段穿插极为巧妙,一方面,暗示了赵姨娘与潇湘馆结怨,将来造谣毁谤宝玉和黛玉关系暧昧,是一种"千里伏线",另一方面,也表现了雪雁的聪敏机灵,也就是"慧紫鹃"的点评"你这小东西到也巧"。一个是心机深远的"慧",一个是尚有些幼稚的"巧",紫鹃与雪雁,真也相映成趣。

可是到了后四十回续书,对雪雁的描写就离谱了。因为设计了"调包计"的情节,贾母、王夫人和凤姐为宝玉娶宝钗,却骗他说是娶黛玉。举行婚典时还要让紫鹃在宝钗旁边装样子,此时黛玉已经濒危,紫鹃坚决不去,就换成了雪雁。小说中这样描写:"原来雪雁这几日嫌他小孩子家懂得什么,便也把心冷淡了。况且听是老太太和二奶奶叫,也不敢不去。连忙收拾了头,平儿叫他换了新鲜衣服,跟着林家的去了。"说雪雁不满于黛玉把她当不懂事的小孩子,在黛玉最需要的时候离去。

而到了宝玉那边,又这样描写:"这里平儿带了雪雁到了新房子里，回明了自去办事。却说雪雁看见这般光景，想起他家姑娘，也未免伤心，只是在贾母凤姐跟前不敢露出。因又想道：'也不知用我作什么，我且瞧瞧。宝玉一日家和我们姑娘好的蜜里调油，这时候总不见面了，也不知道是真病假病。怕我们姑娘不依，他假说丢了玉，装出傻子样儿来，叫我们姑娘寒了心，他好娶宝姑娘的意思。我看看他去，看他见了我傻不傻。莫不成今儿还装傻么？……雪雁看了，又是生气，又是伤心，他那里晓得宝玉的心事……"

这是把心眼乖巧其实也是灵心慧性诗意化的雪雁，平庸化世俗化了，到后来，说她心里不明白，配了小厮，更活脱一个傻丫头。过去的读者，根据后四十回的续写，就对雪雁产生了歪曲的理解和评价。如涂瀛就在《红楼梦论赞》中评点说："《春秋》责备贤者，然当君父之际，亦不容以庸愚之故，稍宽悖逆之责者，良以臣子所许在心耳。雪雁于黛玉，有更相为命之形，所谓生死而肉骨者也。即万不容已，宁不可以死辞？而乃腼然人面，舍濒危之故主，伴他人作姑娘，岂复有心人哉！人将不食其余矣。速作之配，绝之也。"

意思是《春秋》对士等"贤者"要求严格，但即使是普通的"庸愚"之人，也有道德底线。责备雪雁在黛玉濒危的时刻不能以死抗命，抛弃故主去宝钗身边欺骗宝玉，太坏了！简直是狗彘不如的小人，后来赶快把她配了小厮，说明贾府的主人也不想要她。

这也提醒我们，曹雪芹原著与后四十回"两种《红楼梦》"，在"小人物"的描写上，也是差别很大的，其衍生的审美效果也大不相同。只要一琢磨品味，奇人之书与俗人之书的区别立刻泾渭分明。

林黛玉身边的丫嬛，当然不只紫鹃和雪雁两个，只是其他丫嬛都属于"不写之写"，连名字也不提的。只有一个例外，就是春纤，不过也只提到了两次。第一次是在第二十九回，贾府诸人要去清虚观打醮，出门的名单中，提到"林黛玉的丫头紫鹃、雪雁、春纤"。另一次是第三十四回，宝玉挨打后，派晴雯给黛玉送了两条旧手帕，晴雯拿了手帕往潇湘馆来，"只见春纤正在栏杆上晾手帕子作什么呢"。这个情节极有象征意味，它透露的情况是因为宝玉挨打，黛玉心疼宝玉而不断哭泣，手帕湿了一块又一块，所以丫头们要不停地洗。

但为什么要写春纤晾手帕而不是紫鹃或雪雁呢？这就是用"春纤"二字的言外之意。原来"春纤"象征黛玉身体瘦弱纤细，终归要在春末夏初"眼泪还债"泪尽而死，所谓"想眼中能有多少泪珠儿，怎经得秋流到冬尽，春流到夏"（《枉凝眉》）。强调"冬尽"再"春流到夏"，正是春末。暗示黛玉死亡的《葬花吟》也是作于春末，乃是同样的象征。"春纤"是"眼泪还债"的一个象征符号。

# 薛宝钗的丫嬛

## 莺儿、文杏

薛宝钗的丫嬛，主要写了莺儿，还提到她姓名的全称：黄金莺。

莺儿第一次有故事在第八回，有的版本这一回的回目叫"比通灵金莺微露意"。故事说宝玉去看望宝钗，宝钗观看宝玉的通灵玉，念出了上面的吉祥话"莫失莫忘，仙寿恒昌"，莺儿听见就说这两句话和姑娘项圈上的两句话是一对儿。宝玉就要看宝钗的项圈，宝钗推托不过，只得拿下项圈让宝玉观摩，见金锁上也有八个字"不离不弃，芳龄永继"，宝玉说："姐姐这八个字，到真与我的是一对。"通灵玉和金锁上的吉利话，意思是能保佑佩戴的人长命百岁。下面的描写是：

> 莺儿笑道："是个癞头和尚送的。他说必须錾在金器上。"宝钗不待说完，便嗔他不去到茶，一面又问宝玉从那里来。

莺儿没说完的话，就是癞头和尚说金锁必须和有玉的结为婚姻，宝钗作为传统礼教修养很深的淑女，不让莺儿说出来，所以支开莺儿，转移话题，这很符合小说中对宝钗思想性格的定位。癞头和尚当然是指茫茫大士，乃一种命中前定的神话背景。某些教条主义的评论说薛家在进贾府之前就打听到宝玉通灵玉上的吉谶，所以打造了一把金锁，捏造和尚的话，一进荣国府就造舆论，以便把宝钗嫁给宝玉，由莺儿打头阵，宝钗引而不发，一切都是"有组织，有计划"的。这就把艺术神品《红楼梦》庸俗化了。

莺儿此时不过十来岁，作为丫头，当然也没有多少文化修养，小说写她完全是一派纯洁无邪、胸无城府、有口无心。她的审美形象是一个天真可爱的小女儿。

不过，后面的描写，更突出了莺儿十分心灵手巧。第三十五回回目，己卯本、庚辰本、舒元炜序本、戚蓼生序本、蒙古王府本、梦觉主人序本和杨继振藏本都是"黄金莺巧结梅花络"，只有圣彼得堡藏本是"黄金莺俏结梅花络"，可见"巧"是作者对莺儿的"一字谥"。

这一回的故事也颇有象征意味。因为莺儿手巧，挨打后的宝玉要莺儿给自己打络子，就是扇套什么的。有一段宝玉和莺儿讨论颜色搭配的对话，十分有趣。莺儿说："葱绿柳黄我是最爱的。"宝玉应和说："也罢了，打一条桃红的，再打一条柳绿的。"所谓"葱绿柳黄"以及桃红柳绿正是初春万物刚萌动时最娇嫩的植物颜色，而黄莺这种鸟也是在春天最可爱，其羽毛不也是嫩黄色的吗？所以"葱绿柳黄"其实就是对莺儿这个美丽小女儿的诗意象征。宝玉又问打络子的花样，莺儿回答说："一炷香、朝天镫、象眼块儿、方胜儿、连环儿、梅花儿、柳叶儿。"这么多花样，形象地刻画了莺儿的艺高手巧。

紧接着的一段描写更微妙：

> 宝玉一面看莺儿打络子，一面说闲话，因问他："十几岁了？"莺儿手里打着，一面答话说："十六岁了。"宝玉道："你本姓什么？"莺儿道："姓黄。"宝玉笑道："这个姓名到对了，果然是个黄莺儿。"莺儿笑道："我的名字本来是两个字，原叫作金莺，姑娘嫌拗口，就单叫莺儿，如今就叫开了。"宝玉道："宝姐姐也算疼你了。明儿宝姐姐出阁，少不得是你跟去了。"莺儿抿嘴一笑。宝玉笑道："我常合（从周校本，即'和'）袭人说，'明儿不知那一个有福的消受你们主子奴才两个呢'。"莺儿笑道："你还不知道我们姑娘有好几样世人都没有的好处呢！模样儿还在次。"宝玉见莺儿姣憨婉转，语笑如痴，早不胜其情了，那更又提起宝钗来，便问他道："好处在那里？好姐姐，你细细的告诉我。"莺儿笑道："我告诉你，你可不许又告诉他去。"宝玉笑道："这个自然的。"正说着，只听外头说道："怎么这样静悄悄的！"二人回头看时，不是别人，正是宝钗来了。

"姣憨婉转，语笑如痴"，真真活脱一只娇俏可爱的黄莺儿！这段描写里蕴涵着多少诗意，青春的佳美、心灵的朦胧、感情的微妙，尽在其中。到底莺儿向宝玉说了宝钗的什么"好处"呢？或者还没来得及说呢？作者用"正说着"三个字留下了艺术空白，真是妙不可言，耐人寻味。

后面宝钗建议给通灵玉打个络子，又说："若用那杂色断

莺儿 改琦 绘

然是不好的,大红的又犯了色,黄的又不起眼,黑的又过暗了,等我想个法儿,把那金线拿来,配着黑珠儿线,一根一根的拈上,打成络子,这才好看。"

这种描写当然意在言外,是一种隐喻。所谓"大红的又犯了色",是说通灵玉本身是红色的,所以不能再用红线,用金线是暗示"金玉姻缘",再配上黑色,又象征了金玉之配的结果不幸。这样我们也就明白为什么莺儿偏偏姓"黄"而名"金莺"了,那不仅由于自然界的鸟儿羽毛金黄而且叫黄莺,更是切合"金玉"二字中的"金"啊。

莺儿的另一次"优胜事略"在第五十九回"柳叶渚边嗔莺咤燕",又一次突出描写了莺儿的手巧和天真,用柳枝花条编了美丽的花篮送给林黛玉,却让承包了花木管理的婆子心疼,引发了一场风波。前面讲述春燕时已经提过了。

林黛玉的丫鬟叫紫鹃,杜鹃啼血;薛宝钗的丫鬟叫金莺,可以联想到那首著名的唐诗:"打起黄莺儿,莫教枝上啼。啼时惊妾梦,不得到辽西。"也许暗示了原著佚稿中宝玉和宝钗的婚姻悲剧,宝玉"弃宝钗麝月"(脂批)后宝钗成了活寡妇,只能在春闺梦中自我安慰了。而春燕是宝玉的丫鬟,那自然是"无可奈何花落去,似曾相识燕归来"的人生无奈。莺儿的最后结局如何呢?贾宝玉《冬夜即事》中有"松影一庭惟见鹤,梨花满地不闻莺"之句,透露了消息,宝玉弃宝钗出家,莺儿当然也不知所终了。周汝昌有两首绝句题咏莺儿:"芳堤呖呖最堪听,彩络编花百色精。谁解怡红冬事咏,梨痕满地不闻莺。""柳影花光满绣堤,潇湘馆只隔前溪。编红织翠无他意,也惹莺嗔复燕啼。"

鹃、莺、燕,春天的鸟儿都很美,但春天其实很短暂,它们都要飞走的。虽然飞走了,却把美好的印象永远地留在读者心中。前人有诗题咏莺儿:"倚床斜坐态盈盈,费尽工夫组织精。玉腕双肩看秀削,丝抽十指任纵横。花团已觉翻新样,絮女犹怜话小名。更把柳条轻折取,编篮余技亦聪明。"(阙名《大观园影事十二咏》)

后四十回对莺儿也有一段描写,袭人对宝钗说,"五儿有些个狐媚子……麝月秋纹虽没别的,只是二爷那几年也都有些顽顽皮皮的。如今算来，只有莺儿二爷倒不大理会，况且莺儿也稳重。我想倒茶弄水只叫莺儿带着小丫头们服侍就够了"，宝钗同意，"从此便派莺儿带着小丫头服侍"宝玉。后面就有一段莺儿和宝玉的对话，莺儿回顾起当年打络子的事，而宝玉已经看破红尘，并且预知后事，对莺儿说："傻丫头，我告诉你罢。你姑娘既是有造化的，你跟着他自然也是有造化的了。你袭人姐姐是靠不住的。只要往后你尽心服侍他就是了。日后或有好处，也不枉你跟着他熬了一场。"而莺儿的反应是"听了前头的像话，后说的又有些不像了"，敷衍了宝玉两句。（第一百十八回、第一百十九回）

后四十回与前八十回的区别，说到底，就是高庸之别，失却了"诗"，而浸淫着"俗"。

宝钗的丫头，还提到一个文杏，不过没有什么具体情节。第四十八回薛姨妈说："文杏又小，到三不着两的。"可见是个年龄很小的丫头。从名字的寓意看，文，是指宝钗满腹文章，知识广博。杏字，似乎可以和第五十八回的一段描写联系起来，宝玉看到"柳垂金线，桃吐丹霞，山石之后，一株大杏树花已全落，叶稠阴翠，上面已结了豆子大小的许多小杏"，因而又兴发起人生的"形而上"感慨："我能病了几天，竟把杏花辜负了，不觉已到绿叶成阴子满枝了。"再进一步联想到邢岫烟已经许配薛蝌（据周汝昌版本考证，其实应该叫薛虮），"虽说是男女大事，不可不行，但未免又少了一个好女儿。不过二年，便也要绿叶成阴子满枝了。再过几日，这杏树子落枝空，再几年，岫烟也未免乌发如银，红颜似槁了，因此不免伤心，只管对杏流泪叹息"。

情节还没有完而继续发展：宝玉正悲叹时，忽有一个雀儿飞来，落于枝上乱啼，宝玉又发了呆性，心下想到："这雀儿必定是杏花正开时他曾来过，今儿无花空有子叶，故也乱啼。这声韵必是啼哭之声，可恨公冶长不在眼前，不能问他。但不知明年再发时这个雀儿可还记得飞到这里来与杏花一会否？"再接下来却是同性恋人藕官怀念死去的菂官（菂是藕里面的莲子）烧纸钱而被老婆子抓住，宝玉维护藕官的故事。故本回回目叫"杏子阴假凤泣虚凰"。后来芳官告诉宝玉，藕官在菂官死后又和蕊官好上了，并有一番"道理"："比如男子丧了妻，或有必当续弦者，也必要续弦为是。但只是不把死的丢开不提，便是情深意重了。若一味因死的而不续，孤守一世，妨了大节，也不是礼，死者反不安了。"

我早就论证过，藕官象征宝玉，菂官象征黛玉，蕊官象征宝钗，芳官象征史湘云，是宝玉人生爱情婚姻三部曲的影射（参见《红楼梦探佚》）。那么，宝钗的一个丫头叫文杏，应该是和"杏子阴假凤泣虚凰"的故事互相照应的。佚稿中的宝玉，在历尽沧桑后，回首往昔，那"绿叶成阴子满枝"的感慨唏嘘更是浓得化不开了。所谓有一个雀儿飞回来，落到杏树枝上乱啼，不也就暗含了莺儿和文杏两个丫头的名字在内吗？

# 王熙凤的丫嬛

## 平儿、丰儿、善姐

王熙凤其实是和贾宝玉并驾齐驱的《红楼梦》原著双主角，他们两人是贾府各种矛盾的焦点，因为凤姐是财产的管理者，而宝玉是财产的继承人，因此也是将经历家族盛衰兴亡的两个核心人物。作为凤姐贴身丫头的平儿，自然也是非常重要的角色。平儿有副管家的名头，因为凤姐处理家务，许多事都是平儿协助的，甚至是平儿代理的。在太虚幻境的"又副册"里，晴雯和袭人之后，应该就是鸳鸯和平儿。

第三十九回李纨评点荣府的几个大丫头，提到平儿时说："你凤丫头就是个楚霸王，也得这两只膀子，好举千斤鼎。不是这个丫头，他就得这么周到了！"平儿则自报家门："先时赔了我们四个丫头来，死的死，去的去，如今只剩下我一个孤鬼了。"说明平儿是王熙凤出嫁时从娘家带来的丫嬛。第六十五回兴儿向尤二姐尤三姐演说荣国府，说："这平儿是他自幼的丫头，陪了过来一共四个，嫁人的嫁人，死的死了，只剩了这个心腹。他原为收了屋里，一则显化他的贤良名儿，二则又叫拴爷的心，好不外头走邪的。又还有一段因果，我们家的规矩，爷们大了未娶亲之先，都先放两个人服侍。二爷原有两个，谁知他来了没半年，都寻出不是来，都打发出去了。别人虽不好说，自己脸上过不去，所以强逼着平姑娘作了房里人。那平姑娘又是正紧人（从周校本，即'正经人'），从不把这一件事放在心上，也不会挑妻窝夫的，倒一味忠心赤胆服侍他，所以才容下了。"

平儿这个名字，就是平和、平衡的意思。周汝昌笺解曰："平，以和为本；和与平两者互为表里。和则平，平则和。平儿理家处事、解纷待人，处处以持平为准，善心良意。是以上下众人悉心悦服。全书中无一烦言怨语，独平儿一人一例。可知雪芹也赞此女过于他人远矣。"[1]

平儿首先在贾琏和凤姐之间走钢丝和平衡木。如王熙凤瞒着贾琏拿大家的月钱放高利贷赚利银，平儿也帮着凤姐瞒蔽贾琏。第十六回描写当着贾琏和凤姐，平儿撒谎说香菱来过了，凤姐感到奇怪，等贾琏出去后问平儿："方才姨妈什么事，巴巴的打发了香菱来？"平儿笑答道："那里来的香菱，是我借他暂撒了个谎。奶奶说说，旺儿嫂子越发连个承算也没了。"说着，又走至凤姐身边，悄悄说道："奶奶那利钱银子，迟不送来，早不送来，这会子二爷在家，他且送这个来了。幸亏我在堂屋里撞见，不然他走了来回奶奶，二爷倘或问奶奶是什么利钱，奶奶自然不肯瞒二爷的，少不得照实告诉二爷。我们二爷那脾气，油锅里钱还要找出来呢，听见奶奶有了这个梯希，他还不放心的花了呢！所以我赶着接了过来，叫我说

---

[1] 周汝昌《红楼脂粉英雄谱》，桂林，漓江出版社 2008 年版，第 42 页。

了他两句,谁知奶奶偏听见了问,我就撒谎说香菱了。"平儿不仅帮凤姐欺瞒贾琏,而且还要说"奶奶自然不肯瞒二爷的",好像凤姐光明正大,倒是平儿在暗中主使,难怪凤姐高兴得喜极而骂"原来你这蹄子阂鬼"——粗话正表达十分欣赏。

而对于贾琏拈花惹草,在一般情况下,平儿则帮助贾琏隐瞒凤姐。第二十一回"俏平儿软语救贾琏"中有突出描写,贾琏和凤姐的女儿出痘,贾琏外宿,过后搬回来,平儿替贾琏收拾铺盖时发现了多姑娘的头发。当凤姐生疑发问时,平儿则说:"怎么我的心就和奶奶的心一样?我就怕有这个,留神搜了一搜,竟一点破绽也没有。奶奶不信时,那些东西我还没收呢,奶奶亲自再翻寻一遍去。"凤姐相信平儿,就笑着回答:"傻丫头,他便有这些东西,那里就叫咱们翻着了?"

但是,平儿对贾琏婚外情的包庇也有底线,当她得知贾琏在外已经偷娶尤二姐为二房时,就立刻报告给了凤姐。因为偷娶二房,已经不是一般的婚外情,而涉及了凤姐的根本利益,如子嗣和财产的继承等。凤姐把尤二姐骗进大观园,平儿也是参与者。

不过,后面又描写当凤姐设计折磨尤二姐时,平儿则对尤二姐暗中照顾,最后还有一段面对尤二姐的忏悔之词:"想来都是我坑了你,我原是一片痴心,从没瞒他的话,既听见你在外头,岂有不告诉他的,谁知生出这些个事来!"而尤二姐则不但原谅平儿,还表示理解和感谢:"姐姐这话错了。若姐姐便不告诉他,他岂有打听不出来的?不过是姐姐说的在先。况且我也要一心进来,方成个体统,与姐姐何干!""姐姐,我从到了这里,多亏姐姐照应。为我,姐姐也不知受了多少闲气。我若逃的出命来,我必答报姐姐的恩德,只怕我逃不出命来,也只好等来生罢!"

平儿搞平衡不仅是技巧,且有一颗善良的心做基础,这就是平儿这个艺术形象征服了一代代读者的秘密所在。在尤二姐殡葬时,凤姐不给贾琏银子,又是平儿来帮助贾琏:"忙将二百两一包的碎银子偷了出来,到厢房拉住贾琏,悄递与他说:'你只别作声才好,你要哭,外头多少哭不得,又跑了这里来点眼。'贾琏听说,便说:'你说的是。'接了银子,又将一条裙子递与平儿,说:'这是他家常穿的,你好生替我收着,作个念心儿。'平儿只得掩了,自己收去。"

平儿是所谓的"通房丫头",即可以和贾琏发生性关系的丫头,但名分仍然是丫头而不是妾,正如兴儿透露的,那是凤姐为了自己的脸面而强逼她如此,但同时,凤姐妒意很强,又并不让平儿和贾琏过于亲密,所谓"虽然平姑娘在屋里,大约一年二年之间,两个有一次到一处,他还要口里掂十个过子呢"。好在平儿"从不把这一件事放在心上",也就是在性问题上能主动退让。在多姑娘头发的故事里,就有这样的描写:平儿指着鼻子恍(从周校本,即"晃")着头笑道:"这件事怎么回谢我呢?"喜的个贾琏身痒难挠,跑上来搂着,心肝肠肉乱叫乱谢。……贾琏见他姣俏动情,便搂着求欢,被平儿夺手跑了,急的贾琏湾(从周校本,即"弯")着腰恨道:"死促狭小淫妇,一定浪上人的火来,他又跑了。"平儿在窗外笑道:"我浪我的,谁叫你动火了?难道图你受用一回,叫他知道了,又不待见我?"

但即使如此,这个平衡木也不是那么好走的。凤姐生日,贾琏趁机和鲍二家的偷情，结果阴差阳错，凤姐回屋洗脸而发现，平儿由于对凤姐过于殷勤，主动陪凤姐回来，夹在贾琏和凤姐中间，受到了两方的凌辱打骂。凤姐打平儿，是因为听见鲍二家的向贾琏夸赞平儿："他死了，你到是把平儿扶了正，只怕还好些。"贾琏回答："如今连平儿他也不许我沾一沾了。平儿也是一肚子委屈不敢说，我命里怎么就该犯了夜叉星。"凤姐"又听他两个都赞平儿，便疑平儿素日背地里自然也有埋怨的话了"。贾琏"也因吃多了酒，进来高兴，未曾作的机密，一见凤姐来了，已没了主意，又见平儿也闹起来，把酒也气上来了。凤姐儿打鲍二家的，他已又气又愧，只不好说的。今见平儿也打，便上来踢骂道：'好娼妇！你也动手打人！'……凤姐见平儿怕贾琏，越发气了，又赶上来打着平儿，偏叫他打鲍二家的"。这最生动地刻画出，平儿实际上毫无人身自由和权利地位的奴才身份，在男女主人斗气的夹缝中，只能"便跑出去找刀子要寻死"。

当然，事后有贾母传话安慰，贾琏赔情，凤姐抚恤的一系列情节，特别是有"喜出望外平儿理妆"，情哥哥贾宝玉得到一次机会在平儿面前尽了心，而平儿也意外地感受到了一次异性真正的感情上的关怀。贾宝玉的一段心理活动是最有内涵的描写："忽又思及贾琏，惟知以淫乐悦己，并不知作养脂粉；又思平儿并无父母兄弟姊妹，独自一人，供应贾琏夫妇二人，贾琏之俗，凤姐之威，他竟能周全妥贴，今日还遭荼毒，想来此人薄命，似黛玉犹甚。想到此间，便又伤感起来。不觉洒然泪下，因见袭人等不在房内，尽力落了几点痛泪。"这当然表现了贾宝玉"意淫"的崇高情怀，实际上也就是曹雪芹深刻的人道主义精神。平儿是作家极为赞赏和予以歌颂的一个善良而有貌有才却"薄命"的女儿。

平儿不仅在贾琏和凤姐之间走钢丝，在探春理家一回中，她又在临时管家的贾探春和暂时离任的凤姐这新老两个领导之间搞协调，发挥了润滑剂的作用。在探春面前，平儿以下人自居，"不敢以往日喜乐之时相待"，竭尽全力帮助探春树立威信，同时也不让凤姐丢面子。正如宝钗开玩笑地点评说："你张开嘴我瞧瞧，你的牙齿舌头是什么作的？从早起来到这会子，你说了这些话，一套一个样儿，也不奉承三姑娘，也没见说你奶奶才短想不到，也并没有三姑娘说一句，你就说一句是，横竖三姑娘一套话出来，你就有一套进去，总是三姑娘想到的，你奶奶也想到了，只是必有个不可办之故。"

到第七十三回，荣国府的矛盾已经日益尖锐，迎春的奶妈私自拿走迎春的首饰当钱赌博，迎春懦弱，探春出手帮忙，叫来平儿，说了意在言外的厉害话："我看不过，才请你来问一声，还是他原是天外的人，不知道理，还是有谁主使他如此，先把二姐姐制伏，然后就制我并四姑娘了。"平儿陪笑回答："姑娘怎么今日说这话出来，我们奶奶如何当得起！"可是当平儿回到凤姐那里，凤姐问："三姑娘叫你作什么？"平儿却笑答："三姑娘怕奶奶生气，叫我劝着奶奶些，问奶奶这两日可吃些什么。"凤姐高兴地说："到是他惦着我。"平儿的"平衡术"岂仅仅是搞平衡，而且还尽量化解矛盾，促成和谐。

怡红院的小丫头坠儿偷了平儿的金镯子，平儿在接到报案后，考虑到怡红院的声誉，采取不声张而暗箱作业的办法，所谓"俏平儿情掩虾须镯"，前面说坠儿时已提及。而在"判冤决狱平儿情权"中,更是思虑周全,既不冤枉好人,又不让真正的小偷得意,同时还顾及小偷彩云"又是我和他好的一个姐妹",如果认真查证起来,涉及赵姨娘和贾环,又会伤了探春的体面,因而让宝玉应起来,处理得八面玲珑。平儿的这种处理并没有告诉凤姐,而是以凤姐身体和前途为由,劝凤姐:"何苦来操这心!得放手时须放手。"

曹雪芹还写出了平儿性格的多面性,如她的"俏"——一种青年女性的绰约风情;再如贾赦想霸占鸳鸯,平儿帮助鸳鸯回击鸳鸯的嫂子,表现了同一个阶级的姐妹情。平儿对下人则既有原则性,也有灵活性,宽厚施恩,因而口碑极佳。兴儿说:"平姑娘为人狠好,虽然和奶奶一气,他到背着奶奶常作些个好事。小的们凡有了不是,奶奶是容不过的,只求求他去就完了。"第三十九回描写小厮找平儿告假,平儿说:"你们到好,都商议定了,一天一个告假,又不回奶奶,只和我胡缠。"

曹雪芹写平儿,是充满了赞赏之情的,第六十二回宝玉过生日,说平儿也是同一天生日,可以看作是对平儿褒赞的一种曲笔。平儿成了历代读者心仪的一个《红楼梦》的"小人物"。曹雪芹其实把古代一些能臣甚至圣人的品质和才能,都化用到了平儿身上。涂瀛在《红楼梦论赞》中点评:"求全人于《红楼梦》,其维平儿乎!平儿者,有色有才,而又有德者也。然以色与才德,而处于凤姐下,岂不危哉?乃人见其美,凤姐忘其美;人见其能,凤姐忘其能;人见其恩且惠,凤姐忘其恩且惠。夫凤姐固以色市、以才市而不欲人以德市者也,而相忘若是。凤姐之忘平儿与?抑平儿之能使凤姐忘也?呜呼！可以处忌主矣。"

凤姐的丫头，有名字的，还有一个丰儿。第七回周瑞家的送宫花，"进入凤姐院中。走至堂屋，只见小丫头丰儿坐在凤姐房门槛上，见周瑞家的来了，连忙摆手儿，叫他往东屋里去。周瑞家的会意，慌的蹑手蹑脚的往东边房里来"。这是所谓"贾琏戏熙凤"，后面描写"只听那边一阵笑声，却有贾琏的声音。接着房门响处，平儿拿着大铜盆出来，叫丰儿舀水进去"。作者用含蓄的笔法写了贾琏和凤姐的"风月"，而平儿和丰儿，一个在里边"侍候"，另一个在外边"防护"。

第四十六回写邢夫人找鸳鸯说媒，鸳鸯的嫂子在大观园遭到鸳鸯的痛骂，又受到袭人和平儿的讽刺。当见到邢夫人时，"因凤姐在旁，不敢提平儿"，就说"袭人也帮着他抢白我"。当邢夫人追问"还有谁在跟前"时，忍不住说出"还有平姑娘"，凤姐立刻拿话来堵："你不会拿嘴巴子打他？回回我一出门，他就逛去了。我回家来连个影儿也摸不着他的，他必定也帮着说什么来！"鸳鸯嫂子赶紧说："平姑娘没在跟前，远远的看着到像是他，可也不真切，不过是我白忖度着。"凤姐便装模作样地让人去找平儿赶紧回来，这时，"丰儿忙上来回说：'林姑娘打发人来下请字儿，请了三四次，他才去了。奶奶一进门来我就叫他去的，林姑娘说，告诉你奶奶我烦他有事呢。'"

这两次描写，笔墨虽然不多，但一个机灵的小丫头形象跃然纸上。在凤姐身边熏陶日久，当然是训练有素，反应敏捷，能随机应变了。"丰儿"之名，也许就是历练丰富之寓意。至于那个从怡红院调到凤姐身边的小红，当然更是心灵嘴巧，不过到凤姐处后没有太多的描写，那是作者把她暂时闲置起来，要到佚稿的"狱神庙"(或"獄神廟")中才再次粉墨登场唱主角呢。

此外，在凤姐把尤二姐骗入大观园后，赶走了原来侍候尤二姐的丫头，另外安排了一个叫善姐的服侍尤二姐。但这个善姐却秉承凤姐之意，折磨虐待尤二姐。之所以起名叫"善姐"，那当然是反其意而用之，隐喻她其实是个"恶姐"——是对凤姐之"恶"的春秋笔法。

# 贾家四春的丫嬛

## 琴、棋、书、画

贾家有四姐妹，元春、迎春、探春、惜春，不过四姐妹之间的血缘关系复杂。大小姐和三小姐是荣国府二房的，但同父而不同母，元春是王夫人所生，探春是赵姨娘所生。二小姐是荣国府大房的，父亲是贾赦，母亲已死，这个母亲到底是贾赦的"前妻"还是"妾"，或者先是妾而后来"扶正"，版本有异，专家也各有说辞。但由于这个母亲故去，迎春从小在二房过活，所谓"赦老爷之女政老爷养为己女"（己卯本和杨继振藏本）。察其历史因缘，乃因邢夫人是贾赦继室，在贾赦元配（即贾琏生母）已逝而邢夫人尚未过门时，荣国府的家务内政自然落到了二房一边，故迎春也归二房教养。

四小姐则是宁国府的，贾敬之女，贾珍之妹，小说中通过兴儿之口透露说："他正紧是珍大爷亲妹子，因自幼无母，老太太命太太抱过来，养这么大。"也就是说，惜春刚出生母亲就过世，可能是难产或产后伤风之类，贾母照顾亲眷，让王夫人抱养在荣国府二房。惜春是正出，她和贾珍同出一母，都是贾敬的正配所生。

这元、迎、探、惜四春，谐音"原应叹息"，乃脂批明示，规定了她们都是"薄命"女儿。对这四位小姐的贴身丫嬛，有名字的一共写到了七个，分别从琴、棋、书、画命名。

贾元春带到宫中的丫嬛不止一个，但提到名字的只有一人。第十八回描写，归省时元春与贾母、王夫人等见面后，"又有贾妃原带进宫去的丫嬛抱琴等上来叩见，贾母等连忙扶起"。抱琴只此一见，其名当然主要是影射元春的情况。

我曾考证过，抚琴消遣是古典诗词中描写帝王嫔妃们难耐宫中寂寞的典型情境，这就照应到了元春的日常情怀。同时，还有更深隐的寓意，就是在古籍《琴操》中，多有政治意味，所谓"男怨于外，女伤其内，内外无主：内迫性情，外逼礼义。欲伤所逆，而不逢时，于是援琴而歌"，还特别突出一些贵族妇女作琴曲，如《列女引》"楚庄王妃樊姬之所作也"，《伯姬引》"伯姬保母所作。伯姬者，鲁女也，为宋共公夫人"等。详见《红楼探佚红》[1]。

而贾元春，在原著佚稿中的命运，是卷进了朝廷派系政治斗争之中而殒命，类似于唐朝的杨玉环杨贵妃，当然具体情节会各不相同。元春归省时点了四出戏，脂批说"乃通部书之大过节大关键"，其中演绎杨贵妃之死的《长生殿》中《乞巧》一出，就是"伏元妃之死"。元春的丫嬛取名抱琴，一方面象征了元春宫廷的寂寞生涯，另一方面则通过上述琴曲的政治隐喻，暗示了元春最后的悲惨结局。是否被用琴弦勒死？

迎春的贴身丫嬛有两个写出了名字：司棋和绣橘，都是

---

[1] 梁归智《红楼探佚红》，北京，作家出版社2007年版，第120—121页。

"棋喻"。"司棋"意义显豁,而"绣橘"意思是一盘好棋,"橘"者"局"也,象棋棋谱就叫"橘中秘",引申开去,当然也可以包括围棋。前八十回轻描淡写,却透露迎春喜欢下围棋,如第七回周瑞家的送宫花,送到迎春探春时,姐妹两个正在下棋。而在第七十九回中,迎春将嫁,搬出了紫菱洲,宝玉前往凭吊,作歌抒情,其中有句"不闻永昼敲棋声,燕泥点点污棋枰"。下围棋古人叫"手谈"和"坐隐",又有"观棋烂柯"的神话故事,所以有一种隐逸无为的品格,这就和外号"懦小姐"的迎春那与世无争的性格有了意象上的联系。

迎春虽然是"二木头",她的丫嬛们可都是口角锋芒,这当然也是一种写作上的对照技巧。司棋和绣橘在前八十回都有情节,特别是司棋,是一个风头颇健的"小人物"。

她有大闹厨房的事迹,又有和表弟潘又安偷情恋爱的情节,还是抄检大观园中被查出问题而遭难的主角。

大观园新设小厨房,本是凤姐讨好贾母和众姐妹的"仁政",但增加了机构和人事,也就潜伏下新的矛盾。小厨房总管柳嫂子,也有点势利眼,她对大观园的住户们不能一碗水端平。贾宝玉是家族宠儿,而且柳嫂子还想把自己的女儿柳五儿送进怡红院当差,因此对怡红院格外殷勤,大概她地位太低,和袭人、晴雯等大丫头拉不上关系,就和到了怡红院的芳官套近乎。李纨、探春和宝钗是临时执政的"三驾马车",柳嫂子自然也格外巴结。虽然没有提对黛玉如何,有老太太和宝二爷的无形关照,大概也不敢怠慢。弄来弄去,反而是两位贾家的正牌小姐迎春和惜春成了最没人气的,迎春懦弱,惜春孤僻,又不是二房的,受到了有意无意的忽视。如第六十三回宝玉生日夜宴,所有的人都请了,偏偏遗漏了迎春和惜春。

迎春虽然在二房生活,毕竟同属于荣府,而且是大房的小姐。纵然迎春本人与世无争,对重视还是忽视无所谓,她房里的丫头仆妇们可就窝火了。因此,就发生了司棋大闹厨房的风波。事情的起因是司棋派小丫头莲花儿对柳嫂子说要一碗蒸鸡蛋,柳嫂子不仅没有奉命唯谨,还说了些难听的话。她推托说鸡蛋没了,"你说给他,改日吃罢",又说探春和宝钗要吃油盐炒枸杞芽儿,现给了五百钱,言外之意是司棋要吃鸡蛋,也应该额外给钱,和莲花儿吵闹一番。莲花儿回去对司棋添油加醋、火上浇油,"司棋听了不免心头起火",瞒着迎春,带了两个小丫头到厨房兴师问罪。一到厨房,司棋便喝命小丫头动手:"凡箱柜所有的菜蔬,只管丢出来喂狗,大家赚不成。"虽然最后被劝住,"司棋被众人一顿好言,方将气劝的渐平。小丫头们也没得摔完东西便拉开了。司棋连说带骂,闹了一回,方被众人劝去。柳家的只好摔盆丢盘,自己咕哝了一会,蒸了一碗鸡蛋令人送去。司棋全泼了地下了。那人回来也不敢说,恐又生事"。

司棋的泼辣于此可见。厨房风波,实际上也暗含着荣府大房和二房的争权夺利,是两个不同利益集团之间矛盾的曲折表现。后来柳嫂子、柳五儿母女被误当作贼而暂时拘禁,司棋立刻大肆活动,给林之孝家的送礼贿赂,让自己的婶娘秦显家的去顶柳嫂子的差事。不过天不从人愿,由于"判冤决狱平儿情权"("情权"是曹雪芹的"陌生化"组词,意思是平儿判冤决狱照顾到各方面的"情",也就是执法必须衡情),

秦显家的只在厨房当了一天半权,就卷铺盖走人,仍然让给了柳家的。"连司棋都气了个倒仰,无计可使,只得罢了。"

司棋的另一个故事就是她和表弟潘又安私恋而终于败露被逐。潘又安的姓名别有意味,潘安即晋代诗人潘岳,字安仁,简称为潘安,是个俊男,有"掷果潘郎"的逸事——乘车上街,女子们向他车上扔水果表示爱慕,后来成了美男子的代称。在"潘安"姓名中加个"又"字,当然是潘安第二的大帅哥了。司棋和潘又安也算青梅竹马,在那个时代,二人又都是奴才的身份,背着父母和主人私相恋爱,是需要很大勇气的。司棋和潘又安在大观园里偷情,被鸳鸯撞上,所谓"鸳鸯女无意遇鸳鸯":"本是鸳鸯的戏语,叫他出来。谁知他贼人胆虚,只当鸳鸯已看见他的首尾了,生恐叫喊出来,使众人知觉,更不好了。且素日鸳鸯又和自己亲厚,不比别人,便从树后跑出来,一把拉住鸳鸯,便双膝跪下,只说:'好姐姐,千万别嚷!'"

鸳鸯并没有泄漏司棋的秘密,但她自己却留下了证据,在抄检大观园中被周瑞家的查出来,而司棋当时的表现是:"凤姐见司棋低头不语,也并无畏惧之心,到觉可异。"这正表现了司棋敢做敢当的思想性格特征。司棋最后被赶出大观园,在后四十回续书争取婚姻自由的斗争中自杀而亡。这一段续书应该说写得不错。

从过去喜欢说的"争取恋爱自由"视角言,司棋与小红、尤三姐堪称红楼女儿中的翘楚,司棋为爱而献身的决心、勇气和担当都让人刮目相看,可谓红颜热血。其实,司棋追求爱情的情节还是提动小说向前发展的一个关键因素。那风波

鸳鸯女无意遇鸳鸯 孙温 绘

骤起的抄检大观园事件，起因是傻大姐拾到了绣春囊。虽然没有明说，这个绣春囊应该就是潘又安和司棋幽会时丢下的，就是两人被鸳鸯撞破而慌张离去之际。

司棋的两个主要故事都暗含荣府大房和二房的权威利益较量因素。司棋是王善保家的外孙女，而王善保家的是邢夫人的陪房，抄检大观园就是她挑起的事端，本来想趁机找出二房的差错，谁知最后搬起石头砸了自己的脚，查住了自己的外孙女。尽管如此，曹雪芹并没有把生活简单化，没有把司棋写成大房线上的一个棋子，而是写出了生活的全部复杂性,创造了花团锦簇的艺术。司棋,仍然是让人同情,让人欣赏,让人佩服的一个"薄命"女儿,是"薄命司""又副册"里的一个重要成员。潘又安是司棋的"姑舅兄弟",司棋是王善保家的"外孙女",这多少有些暗示贾宝玉和林黛玉的关系,宝玉和黛玉也是"姑舅"兄妹,黛玉也是贾母的"外孙女"。

迎春的二号丫鬟绣橘,也是口角锋芒。在第七十三回"懦小姐不问累金凤"中,迎春奶妈私自拿走了首饰,迎春脸软不想追讨,绣橘则一针见血地说:"何曾是忘记!他是试准了姑娘的性格,所以才这样。如今我有个主意,我竟到二奶奶房里,将此事回了他,或他着人去要,或他省事,拿出几个钱来替他赔补,如何?"迎春还是退让:"罢!罢!省些事罢!宁可没了,又何必生事!"而绣橘坚持:"姑娘这样软弱?都要省起事来,将来连姑娘还要骗了去呢!我竟去的是。"说着便走,迎春便不言语,只好由他。后面奶妈的儿媳王住儿媳妇又来胡搅蛮缠,甚至说因为邢岫烟来了而邢夫人克扣了邢岫烟的月例,害得他们白填赔了银子。绣橘毫不退让,曹雪芹用"啐了一口"的描写加强了她的斗争姿态,让她反驳说:"做什么你白填了三十两,我且和你算算账,姑娘要了些什么东西?"后面还有针锋相对的辩驳情节。

周汝昌针对这些情节,赋诗曰:"刁婆盗主肆营私,反噬姑娘理未宜。一席正言钳恶识,中山狼尔敢凌欺。"并加"小笺"曰:"贾氏二小姐懦弱无比,受尽房中婆娘之欺蒙。独绣橘挺身而出维之,仗义执言,令人心胸大快!故余谓:若绣橘始终在迎春身边,则中山狼孙绍祖岂敢任意作践迎春乎!然此一疑案尚待探研。"话说回来,绣橘固然锋利倔强,但身份毕竟是奴才，她作为陪房嫁到孙家，面对凶恶的孙绍祖，也难以有所作为。第八十回"懦弱迎春肠回九曲"，回娘家诉苦："孙绍祖一味好色，好赌，酗酒，所有的媳妇丫头将及淫遍，略劝过三两次，便骂我'醋汁子老婆拧出来的'。"既然"所有的媳妇丫头将及淫遍"，恐怕绣橘也难以逃脱淫魔利爪。

在厨房风波中提到的莲花儿，与柳嫂子唇枪舌剑地斗嘴，也是一个厉害角色。柳嫂子说没有鸡蛋，她揭起菜箱，看见里面有鸡蛋，立刻回击说："这不是鸡蛋？你就这么利害？吃的是主子的，我们的分例你为什么心疼？又不是你下的蛋，怕人吃了！"柳嫂子也不吃素，回答道"你少满嘴里混嚼！你娘才下蛋呢！"并说："只是我又不是答应你们的，一处要一样，就是十来样子。我到别伺候主子，只预备你们。"而莲花儿便红了脸，喊起来："谁天天要你什么来？你说上这两车子话！叫你来，不是为便宜却为什么？前儿小燕来说晴雯姐姐要吃芦蒿，你怎么忙的还问肉炒鸡炒？小燕说荤的不好，才另叫你炒了面筋的，少搁油才好。你忙的到说自己发昏，赶着洗手炒了，狗颠儿似的亲捧了去。今儿反到拿我作筏子，说我给众人听。"伶牙俐齿，针尖对麦芒。当然像莲花儿这样的"小人物"也就是来有影去无踪，随着作家写作需要而偶然出现，但偶尔也露峥嵘，正显示出曹雪芹写人的艺术确实不同凡响。

三小姐的丫嬛名待书和翠墨，象征探春擅长书法，所以秋爽斋里摆满了法帖宝砚，墙上还悬挂着宝玉赠送的"颜鲁公墨迹"。待书和翠墨情节不多，偶然皴染一两笔，也就精神发越。抄检大观园时，王善保家的不识时务，挨探春一巴掌后,跑到窗外嘟嘟囔囔:"罢了,罢了!这也是头一遭挨打。我明儿回了太太,仍回老娘家去罢。这个老命还要他做什么!"探春立刻喝命丫嬛:"你们听着他说话,还等我和他对嘴去不成?"待书就出来说:"你果然回老娘家去,到是我们的造化了,只怕你舍不得去。"就短短一句话,却十分到位,点出了王善保家的虚张声势,直诛其心。凤姐称赞说:"好丫头!真是有其主,必有其仆。"程高本把待书的话多加了两句,就显得啰嗦,反而减少了力量气势。

在奶妈偷迎春累金凤的事件中,探春来了,住儿媳妇立刻不劝自止,而探春一面用话镇住她,一面使个眼色给待书,待书立马找了平儿来,以致宝琴和黛玉称赞:"三姐姐敢是有驱神召将的符术?""到是用兵最精的,所谓守如处女,脱如狡兔,出其不备之妙策也。"在这所谓"用兵最精"的兵法中,探春如指挥若定的元帅,待书则是心领神会执行麻利的将领。迎春的丫嬛厉害,是和迎春的懦弱构成对照;探春的丫嬛精干,则成为探春的衬托。手法不同,而各极其妙。

后四十回写待书(改为侍书)乱传话,导致黛玉以为宝玉定亲而"蛇影杯弓颦卿绝粒",后来紫鹃责备待书:"你懂得什么呢?懂得也不传这些舌了。"这是为了敷衍所谓"钗黛争婚"而乱凑的毫无神采的平庸文章,无论紫鹃还是待书,都失去了前八十回的神韵。

对翠墨的描写,第六十回有一次"机会主义"的表现。那是在探春理家刚上任不久,赵姨娘受到夏婆子挑唆而和小戏子们纠缠打闹,探春非常生气,让调查是谁挑唆了赵姨娘,戏子艾官向探春揭发是夏婆子挑拨,被翠墨听见。这时夏婆子的外孙女蝉姐儿在探春处当差,是个更下层的小丫头,翠墨让蝉姐儿出去叫小厮买糕,蝉姐儿偷懒找借口不想去,翠墨就说:"你趁早儿去,我告诉你一句好话,你到后门,顺路告诉你老娘防着些儿。"说着,就把艾官告她老娘的话告诉蝉姐儿。当然这是因情生文,随笔点染,但也不脱离典型环境,可见探春手下的丫嬛都颇有心机。

王蒙先生由此生发出一些联想:"贾府的一些人专喜好腐烂奢华,又喜欢听谗言小汇报,又专门反别人的腐烂、反别人的嚼舌头,专门查别人攻别人——例如艾官向探春汇报检举夏婆,翠墨向夏婆的外孙女小蝉通风检举艾官……不是越搞越乱,越搞越没有救了吗?"[2]"到处有耳目。有长舌。长舌是一种'业余爱好','为艺术而艺术',未必都有敌友关系。所以是非越发多上加多。"[3]对"形而下"的矛盾斗争特别有感觉有会心,和王先生自己感触最深的社会经验碰撞出火花,也可见《红楼梦》的博大精深。

四小姐的丫嬛名入画和彩屏,影射惜春是贾府的女画家。由于惜春在十二钗中地位相对次要,对她的描写不多,她的丫嬛当然露脸的机会更少。抄检大观园时,入画被查出给她哥哥收藏银子而没有通过主人,并不是太大的错误,但孤僻的惜春却冷心冷面,坚决不肯再要入画。入画哭求:"再不敢了!只求姑娘看从小儿的情常,好歹生死在一处罢!"尤氏

---

2 王蒙《红楼启示录》,北京,生活·读书·新知三联书店1991年版,第178页。
3 王蒙《王蒙评点红楼梦》,上海,上海文艺出版社2005年版,第610页。

也劝惜春:"他不过一时糊涂了,下次再不敢的。他从小儿伏侍你一场,到底留着他为是。"惜春却"天生成一种百折不回的廉介孤独僻性,任人怎说,他只以为丢了他的体面,咬定牙,断乎不肯"。最后入画被尤氏带走了。入画主要是作为刻画惜春个性而设置的一个"小人物"。至于彩屏,就更只是提了一下名字而已。

由于迎春、探春、惜春各有两个名字与棋、书、画相关的丫嬛,而元春只提到一个抱琴,因而引发了元春另一个丫嬛叫什么名字的猜测。周汝昌先拟了一个"锦囊",网上红迷提出意见,认为根据迎、探、惜三春六个丫嬛的起名规律,第一个丫嬛的名字是棋、书、画本身,而第二个丫嬛的名字是棋、书、画的运作结果,即"绣橘"(秀局——一局好棋)是"司棋"的结果;"翠墨"(意为生动的书法作品)为"待书"的结果;"彩屏"为"入画"的结果;那么元春的第二个丫嬛名字也应该是"抱琴"的结果,而"锦囊"并不符合。红迷因此另拟了一个"青芸"——谐音"清韵"。不过"青芸"经过了谐音的转喻,而绣橘、翠墨和彩屏的意思则是明喻,似仍未贴切,也许直接用"清韵"倒更恰当些。周汝昌后来又拟了一个,说是瑶轸。曹雪芹虚实相生的写作艺术,衍生了无穷的艺术魅力。

# 史湘云、薛宝琴和邢岫烟的丫嬛

## 翠缕、小螺、篆儿

史湘云是贾母娘家的侄孙女,也就是贾母兄弟的孙女,湘云应该叫贾母老姑奶奶。探佚研究已经证明,湘云其实与黛玉、宝钗并驾齐驱,特别是佚稿中抄家败落后最重要的女主角。前八十回写湘云常来贾府,第四十九回说湘云的叔叔委了外任,贾母舍不得湘云,从此长期住在荣国府,到第八十回尚没有回去的迹象。

湘云的贴身丫嬛叫翠缕,这个名字别有深意。第十七回贾政初次游览大观园,到了后来的怡红院,"院中点衬几块山石,一边种着数本芭蕉,那一边乃是一棵西府海棠,其势若伞,丝垂翠缕,葩吐丹砂"。芭蕉是"绿",海棠是"红",所以宝玉题"红香绿玉",因元春不喜香玉两字,改成"怡红快绿",故简称怡红院。周汝昌说,芭蕉——绿玉象征黛玉,海棠——红香象征湘云,海棠是湘云的"本命花"——只恐夜深花睡去,特意描写"丝垂翠缕",而翠缕就是湘云丫嬛的名字,妙在其中。

笔者进一步考究,黛玉的前身绛珠仙草红花绿叶(草也有花,有的显形,有的隐形),其实暗隐湘云在内,黛玉是绿叶,湘云是红花,植物大多先长叶后开花,故黛玉"眼泪还债"

的故事主要发生在贾府兴盛的时段,而湘云也"眼泪还债",主要故事在家族败落之后。"应是绿肥红瘦","却道海棠依旧"。(详见《红楼梦探佚》)

翠缕在前八十回有一个重要情节,就是第三十一回"因麒麟伏白首双星"。湘云和翠缕在大观园行走,赏景观花,看见所谓"楼子花",即"接连四五枝,真是楼子上起楼子"。湘云解释说:"花草也是同人一样,气脉充足,长的就好。"而翠缕不明白,小说描写:"翠缕把脸一扭,说道:'我不信这话。若说同人一样,我怎么不见头上又长出一个头来的人。'"湘云回答:"我说你不用说话,你偏好说,这叫人怎么好答言?这天地间都赋阴阳二气所生,或正或邪,或奇或怪,千变万化,都是阴阳顺逆多少。一生出来,人罕见的就奇,究竟理还是一样。"翠缕对湘云说的理论弄不懂,继续追问:"这就糊涂死了我!什么是个阴阳?没影没形的。我只问姑娘,这阴阳是怎么个样儿?"

这一段对话把翠缕的形象、性格刻画得很生动。她个性有点倔,"把脸一扭"的动作就写出了这个特点。她还爱动脑筋,遇事喜欢寻根究底,因而特别爱说话,所谓"你偏好说"。这也和史湘云有某种相似,湘云也是脾气有点急,好说话,心直口快,经常"大说大笑"的。这也可谓"有其主,必有其仆"。当然湘云有很深的文化和艺术修养,翠缕则是个不识字的丫头。

阴阳二气的那套理论,本来有点玄妙,在湘云的解释下,翠缕似乎明白了,其实似懂非懂。她打破砂锅问到底,最后问到人的阴阳,涉及男女性别,古代的文化氛围下,湘云不好回答，就打断她说："下流东西，好生走罢！越问越问出好的来了。"这就像过去中国的小孩子，问父母自己从哪里出来的，父母不好回答，而以呵斥不答回避一样。

但翠缕是个求知欲特别强烈的女孩子，她动了脑筋，笑着说："这有什么不告诉我的呢？我狠知道，不用难我。"湘云笑问："你知道什么？"翠缕得意地说："姑娘是阳，我就是阴。"还解释说："人规矩主子为阳，奴才为阴。我连这个大道理也不懂得？"湘云听了，"拿手帕子握着嘴，呵呵的笑起来"，嘲讽地说："狠是，狠是！""你狠懂得。"

这种描写很符合翠缕这个并无文化而又不失聪明的丫头的情况。清朝人涂瀛就把这个写作特色评点得很到位："翠缕阴阳究论，如村童覆书，愈诘愈乱；如灶妪说鬼，愈出愈奇。然其妙，妙在通而不通。若使凿凿言之，便老生常谈矣，安得为诗疯子婢哉？"其实，从阴阳理论上演绎，说"主子为阳，奴才为阴"也真还说得过去，与"男为阳，女为阴"在理路上相通。

当然，曹雪芹写这一段，有更深的艺术作意，下面接着写湘云看到蔷薇架下一个金首饰，叫翠缕拾起来，是个金麒麟——就是宝玉淋雨后飞跑而丢掉的从张道士那儿得来的那个。宝玉当时要这个麒麟，就是因为宝钗说史湘云有一个。湘云看着这个拾到的麒麟，比自己佩戴的"又大又好"，因而"默默不语，正自出神"，后面就是宝玉来了，说要给湘云一个麒麟，才发现弄丢了。湘云"将手一撒"，笑道："你瞧瞧，可是这个不是？"宝玉"欢喜非常"。

这就是"因麒麟伏白首双星"的"草蛇灰线，伏脉千里"，它暗伏的是八十回后佚稿中家破人亡，宝玉和湘云劫后重逢的一段"金麒麟姻缘",拙著《红楼梦探佚》有详尽论述。翠缕和湘云关于"阴阳"的议论,当然是服务于小说全局构思的。我们不要忘记,第二回贾雨村针对冷子兴的疑问,发表过一段"阴阳二气""正邪两赋"的长篇大论,那是小说的一个"写人纲领",告诉读者贾宝玉和十二钗等,既非"大仁"之人,也非"大恶"之人,而都是"正邪二气所赋之人",也就是"情痴情种"等具有"诗人哲学家"气质的人。湘云对翠缕阐释阴阳理论,不也是说"这天地间都赋阴阳二气所生,或正或邪,或奇或怪""人罕见的就奇"吗?"正邪两赋"之人就是"罕见"的"奇"人。

湘云和翠缕论"阴阳",正和贾雨村宏论"正邪两赋"前呼后应,一脉相通!翠缕这个"小人物",其意义并不小。

第四十九回贾家又来了四位姑娘,其中薛宝琴和邢岫烟描写较多。宝钗的堂妹宝琴被写成超过了贾府十二钗的绝色人物,年纪轻轻,就跟着经商的父亲走遍了大半个中国,还见过黄发碧眼的外国女孩。宝琴主要是作为"见证"贾府盛衰的一个象征性人物写的。她的丫嬛名叫小螺。为何起这样一个名字?可能是针对第五十二回的一个情节:

宝琴对黛玉和宝钗说,自己在八岁时,跟父亲到西海沿子上买洋货,见过一个真真国的女孩,会讲中国的五经,能作诗填词,还记得一首她作的诗。宝钗说:"你且别念,等把云儿叫了来,也叫他听听。"说着便叫小螺来,吩咐道:"你到我那里去,就说我们这里有一个外国的美人来了,作的好诗,请你这诗疯子瞧去,再把我们的诗呆子也带来。"小螺笑着去了。半日,只听史湘云笑问:"那一个外国美人来了?"一头说,一头果然和香菱来了。

小螺的名字,就是从"西海沿子上买洋货"一句引申出来的。海螺象征着宝琴走南闯北,见多识广,至于是否还有更深的寓意,比如是不是和"潢海铁网山"有关系,就很难猜测了。琉璃世界白雪红梅,第五十回有一个很美的镜头:宝琴穿着贾母给的野鸡毛做的凫靥裘站在雪后的山坡上,身后一个丫嬛抱着一瓶红梅花,得到贾母和众人的欣赏评赞。这个抱红梅花插瓶的丫嬛,应该就是小螺。小螺——带来了一股海外的清新气息。

邢岫烟是邢夫人的侄女,家境比较贫寒,她的丫头叫篆儿。虽然邢岫烟为人不亢不卑,但由于贫穷,就无形中受人歧视,这就是经济地位决定政治待遇。怡红院的小丫头坠儿偷了平儿的金镯子,大家却怀疑是篆儿偷的。第五十二回平儿对麝月说:"我们只疑心跟邢姑娘的人本来又穷,只怕小孩子家没见过,拿了起来也是有的。"怡红院也有个叫篆儿的小丫头,其间的纠缠前面已经分析过。

第五十七回写邢岫烟把棉衣服送到当铺里当钱,结果当铺正好是薛家本钱开的。宝钗知道后帮助岫烟,让她把当票拿来替她去赎当。小说通过史湘云的话演绎情节:"我见你令弟媳的丫头篆儿悄悄的递与莺儿,莺儿便随手夹在书里,只当我没看见。"

讲怡红院的坠儿时说过,篆儿之名,是从邢岫烟的名字上引申来的。因为有所谓篆香的意思,点燃时香烟袅袅,仿佛篆字形状。这当然是一种很幽雅的情境,象征了邢岫烟贫而不卑,"雅重"的风度特点。

# 贾母的丫嬛

## 鸳鸯、傻大姐

贾母是贾府的"老祖宗",侍候她的丫嬛很多。曹雪芹给丫嬛取名,照应到贾母作为一个贵族老太太,喜欢生活享乐和讲排场的特点,丫嬛名字也是两两一对:鸳鸯对鹦鹉(鹦哥),珍珠对琥珀,翡翠对玻璃(非今日之"玻璃",乃琉璃、玛瑙一类贵品)。

鹦鹉(鹦哥)后来给了黛玉,改名紫鹃;珍珠早已给了宝玉,改名袭人。但后来贾母身边仍然有两个丫头分别叫鹦哥和珍珠,这是后补的,不过不作交代罢了。翡翠和玻璃也是只提到名字,没有具体描写。琥珀有一两个镜头。情节多的,主要是鸳鸯,她是贾母的首席大丫头,在"又副册"里应该排名第三,前八十回有不少故事。

鸳鸯之所以重要,是在她身上,实际潜伏了荣国府最基本的一个矛盾:大房和二房的利益之争。大儿子贾赦继承着荣国公的爵位,但老太太和二儿子贾政一起生活,荣禧堂成了贾政和王夫人的居所,上一代的财产也在贾母那里,实际上归了二房。贾赦和邢夫人另住别院,无形中有点边缘化。而贾赦年老好色,看上了鸳鸯,想讨作小老婆,鸳鸯不愿意,导致了一场严重的冲突,就是"鸳鸯女誓绝鸳鸯偶"的故事。

这一情节其实早已暗暗侧笔点染,如第二十四回就有"千里伏线"。第二十三回宝玉和黛玉一起阅读《西厢记》,又一起葬花,象征众女儿未来的悲惨结局,紧接着袭人来找宝玉,说贾赦身体不好,让他去请安。下一回接着写宝玉和袭人回到怡红院,"果见鸳鸯歪在床上看袭人的针线呢,见宝玉来了,便说道:'你往那里去了?老太太等着你呢,叫你过那边请大爷的安。还不快换了衣服走呢!'"大老爷就是贾赦,鸳鸯出场,就和贾赦挂钩,正是暗伏后边的贾赦逼婚而鸳鸯反抗。

周汝昌曾感叹说:"请你看看!葬花一完,便先出来了鸳鸯,而鸳鸯之出现,是因与'大老爷'相联着的。这简直妙到极处了。我不知哪部书还有这等奇笔绝构?这真当得起是'千里'之外早'伏'下了遥遥的'灰线'。它分散在表面不相连属的好几回书文当中。不察者漫不知味。而当你领悟之后,不由你不拍案叫绝,从古未有如此奇迹。"[1]

又说:"宝玉自入大观园,第一情节是与黛玉在桃花树下同读《西厢》,人皆熟知。而同样重要者,是鸳鸯到怡红院传老太太之命,此时写宝玉、鸳鸯一番情景,寓有深意,是为入园后第二重要情节,而世人解者甚少。可知雪芹笔法之奇妙,有待细心人于深处参悟也。"[2]

那一回有宝玉和鸳鸯的什么"一番情景"呢?请看:

---

[1] 周汝昌《红楼艺术的魅力》,北京,作家出版社 2006 年版,第 49—50 页。
[2] 周汝昌《红楼脂粉英雄谱》,桂林,漓江出版社 2008 年版,第 52 页。

宝玉坐在床沿上褪了鞋，等靴子穿的工夫，回头见鸳鸯穿着水红绫子袄儿，青缎子背心，束着白绉绸汗巾儿，脸向内低着头看针线，脖子上带着扎花领子。宝玉便把脸凑在脖项，闻那粉香油气，不住用手摩挲，其白腻不在袭人之下，便猴上身去涎皮笑道："好姐姐，把你嘴上胭脂赏我吃了罢！"一面说，一面扭股糖棍是的粘在身上。鸳鸯便叫道："袭人你出来瞧瞧。你跟他一辈子，也不劝劝，还是这么着。"

宝玉喜欢吃姑娘嘴上的胭脂，是曹雪芹刻画宝玉另类的一种艺术创意，并非写宝玉好色，吃胭脂也并非趁机接吻。宝玉的"意淫"与其他男人的"皮肤滥淫"判然有别，书中有许多情节予以对照。这一段描写另有深意，就是鸳鸯和贾赦冲突的"千里伏线"。

后来的逼婚事件中，因鸳鸯"咬定牙不愿意"，贾赦怒起来，对鸳鸯的哥哥说了狠话："我这话告诉你，叫你女人向他说去，就说我的话，自古嫦娥爱少年，他必定是嫌我老了，大约他恋着少爷们，多半是看上宝玉，只怕也有贾琏。若有此心，叫他早早歇了。我要他不来，以后谁还敢收他？此是一件。第二件，想着老太太疼他，将来自然往外聘，想正头夫妻去。叫他细想，凭他嫁到谁家，也难出我的手中。除非他死了，或是终身不嫁男人，我就伏了他了。若不然时，叫他趁早回心转意，有多少好处。"

贾赦的恶霸嘴脸暴露无遗。而他说鸳鸯看上了少爷们，首指宝玉，次说贾琏，说宝玉犹可，还说自己的亲儿子贾琏，更显无耻之尤。面对如此强大的压力,鸳鸯无奈,她没有选择屈服,而是闹到了贾母面前,铰头发发誓:"因为不依,方才大老爷索性说我恋着宝玉,不然要等着往外聘,凭我到天边上,这一倍子也跳不出他的手中去,终久要报仇。我是横了心的,当着众人在这里,我这一倍子别说是宝玉,便是宝金、宝银、宝天王、皇帝,横竖不嫁人就完了。……"

鸳鸯只说宝玉而不提贾琏,这种描写体察人情事理微妙至极。贾琏是贾赦亲子、凤姐丈夫,当时凤姐就在现场,如果揭露贾赦甚至说鸳鸯看上了贾琏,那就太难堪了,凤姐难堪、贾母难堪,大家都难堪。鸳鸯虽然愤怒至极,说什么不说什么还是理智清醒,留有余地。因为贾赦说鸳鸯看上了自己的亲儿子才不想跟自己,实在太无耻太不堪了,超出了一般人的正常估计。后面贾母和凤姐开玩笑,说你把鸳鸯带回房给了贾琏,看你那没脸的公公还要不要,就还是从一般的"知耻"

鸳鸯女誓绝鸳鸯偶 孙温 绘

水平而言，却不知道她那个儿子早就"没脸"说在前了。

鸳鸯的这种反抗可以说是绝地反击，虽然壮烈，其实也很悲哀，她从此把自己置于永不嫁人的绝境里了。曹雪芹特意让她叫"鸳鸯"这个名字，就是构成一种悖论式的张力，因为鸳鸯在中国传统文化中早已是成双成对的爱的象征，所谓"得成比目何辞死，愿作鸳鸯不羡仙"。这样，鸳鸯自绝于爱情婚姻，从"鸳鸯女誓绝鸳鸯偶"到"鸳鸯女无意遇鸳鸯"，都有微妙的言外之意。

首先，这两句相配的上句分别是"尴尬人难免尴尬事"和"嫌隙人有心生嫌隙"，而"尴尬人"和"嫌隙人"都是指贾赦和邢夫人，这就构成一种结构上的暗示，鸳鸯和荣府大房是始终对峙的两造。其次，鸳鸯无意中介入了司棋和潘又安的情恋场景中后，小说描写她"出了角门，脸上犹红，心内突突的，真是意外之事"。表面上，这是害怕"若说出来，奸盗相连，关系人命，还保不住带累了傍人"，深隐的潜意识里，未必没有一种心理波动，即因司棋与潘又安这对"野鸳鸯"的情事，而触动了自己永世再无"鸳鸯于飞"（《诗经·小雅·鸳鸯》）之可能的遗憾和痛苦。

对鸳鸯的"抗婚"，历来的评论都褒扬备至，但由于和后四十回鸳鸯最后上吊自杀的结局混了一起，又往往不得要领，这实际上把曹雪芹创造鸳鸯这个人物的深远作意曲解了，庸俗化了。后四十回贾母未死而贾赦已经被流放，不再构成对鸳鸯的威胁，鸳鸯的自杀成了纯粹的"奴殉主"这种极端落后观念的演绎，完全违背曹雪芹的思想主旨。

实际上，在原著的大结构中，八十回后贾母死时贾府还没有被抄家，贾赦也还没有犯事，而是成了贾府的最高权威，在鸳鸯和贾赦、邢夫人之间展开了一场恶斗。这在前八十回中埋伏了许多"草蛇灰线"。

第七十二回贾琏出面向鸳鸯借当，把贾母的东西弄出来当银子，以维持愈来愈紧张的家族日常开支，实际上凤姐后来也向鸳鸯讨了这个人情。谁知这件事被邢夫人知道了，也来找贾琏和凤姐讹诈银子，并威胁说："前儿那一千两银子的当是那里来的？连老太太的东西你都有神通弄出来，这会子二百银子你就这样，幸亏我没和别人说去。"

贾琏和凤姐十分紧张，凤姐和平儿说："知道这事还是小事，怕的是小人趁便又造非言，生出别的事来。打紧那边正和鸳鸯结下仇了，如今听得他私自借给你爷东西，那起小人，眼馋肚饱，没缝儿还要下蛆，如今有了这个因由，恐怕又造出些没天理的话来，也定不得。在你琏二爷还无妨，只是鸳鸯正紧女儿，带累了他受曲，岂不是咱们的过失！"虽然平儿说："这也无妨。鸳鸯借东西，原看的是奶奶，并不为的是爷。一则鸳鸯虽应名是他的私情，其实他是回过老太太的。老太太因怕孙男弟女多，这个也借，那个也要，到跟前撒个姣儿，和谁要去？因此只妆不知道。总闹了出来，究竟他也无碍。"但凤姐说："理虽如此，只是你我知道的，不知道的，焉得不生疑呢？"

第七十四回这个情节和这一段对话，实际上已经把八十回后鸳鸯遭到贾赦、邢夫人诬陷的情节"伏线"了出来。贾母去世，死无对证，当权的贾赦、邢夫人给鸳鸯扣上一个私通贾琏偷盗贾母东西的罪名，鸳鸯有口难辩，贾琏和凤姐也无能为力。鸳鸯在佚稿中的具体情节和结局，有没有死，当然很难确定，但情节发展的大趋势，就是如此。

鸳鸯和荣府大房的矛盾，前八十回还有细致入微的暗示。第七十五回有一个细节，按传统孝道，贾母用膳，贾赦和贾政都给贾母送菜。对贾赦送来的菜，鸳鸯对贾母说："这两样看不出是什么东西来，大老爷送来的。"而特别推荐贾政送来的菜："这一碗是鸡髓笋。"并"就只将这碗笋送至桌上"。结果贾母只尝了贾政送的笋，对贾赦送的菜则原样退回，并说："将那两样着人送回去，就说我吃了。已后不必天天送，我想吃，自然来要。"一菜之微，鸳鸯的"倾向性"亲疏如此。后面又写贾赦借说笑话讽刺贾母"偏心"，贾母听说贾赦崴了脚派人去看，却又说："我也太操心。打紧说我偏心，我反这样。"而紧接着的情节是"只见鸳鸯拿了软巾兜与大斗篷来，说：'夜深了，恐露水下来，风吹了头，须要添了这个。<u>坐坐也该歇了。</u>'"

这些情节实际上透露，八十回后贾母早死，鸳鸯失去了保护伞，将面临贾赦和邢夫人的残酷迫害。

前八十回对鸳鸯的描写，是多侧面的。比如鸳鸯陪贾母斗牌，和凤姐一起作弊让贾母赢钱；比如刘姥姥二进荣国府，鸳鸯和凤姐合作捉弄刘姥姥；后面"金鸳鸯三宣牙牌令"，作为贾母的大丫头，在酒席上当令官，"酒令大如军令"，好像风光无比。其实这些情节的核心都是全家心照不宣地共同努力，以讨老太太一笑。但这些描写的分寸都把握得恰到好处，如鸳鸯在捉弄了刘姥姥后，又给刘姥姥道歉："姥姥别恼，我给你老人家赔个不是。"刘姥姥表示理解："姑娘说那里话，咱们哄着老太太开个心儿，可有什么恼的。"而鸳鸯便骂人："为什么不到茶给姥姥吃。"这是进一步对刘姥姥表示尊重以补过。

对鸳鸯的"本质"，曹雪芹给予肯定性定位，即鸳鸯是个善良的好人。正如李纨所说："比如老太太屋里，要没那个鸳鸯如何使得？……那孩子心也公道，虽然这样，到常替人上好话儿，还到不倚势欺人的。"鸳鸯因为是贾母的心腹丫嬛，客观上有一定权势，但在主观上，曹雪芹写她正派而且能干。正是这种正大光明而且精明强干的作风人格，建立了鸳鸯在贾府的威信。贾母回绝贾赦时对邢夫人说："有鸳鸯那孩子还细心些，我的事情他还想着一点子，该要去的，他就要了来了；该添什么的，他就度空儿告诉他们添了。……我凡百的脾气性格儿，他还知道些，二则他还投主子的缘法，他也并不指着我和这位太太要衣裳去，又和那位奶奶要银子去。"鸳鸯虽然有可依仗的权势，但她并不真的依仗这种权势去作威作福，更不借以牟取私利。

鸳鸯的地位特殊，所以在丫头群中，她是个"头"。在凤姐生日宴会上，鸳鸯领着丫头们来给凤姐敬酒，凤姐实在喝多了，告饶说："好姐姐们，饶了我罢，我明儿再嗑（从周校本，'嗑'即'喝'）罢。"鸳鸯笑道："真个的，我们是没脸的了，就是我们在太太跟前，太太还赏个脸呢！往常到有些体面，今儿当着这些人，到拿起主子款调儿来了。我原不该来，不嗑，我们就走。"凤姐赶紧拉住她，硬撑着喝了酒，凤姐怕得罪了鸳鸯，就因为她要揣摩迎合贾母，事事都离不开鸳鸯。同时，她也知道鸳鸯有个性，并不看人下菜随时俯仰。

当邢夫人向凤姐说贾赦看上了鸳鸯,按邢夫人自己"攀高枝儿"的心理定式,认为鸳鸯一定会乐意时,凤姐则心想:"鸳鸯素习是个可恶的,虽如此说,包不严他就愿意。"所谓"可恶",其实是贬中之褒语,意思就是鸳鸯性格倔强,心里有主见。

鸳鸯对贾母的关怀和忠诚,实际上已经超越了主仆之情,而带有一种"移情"性质。第五十四回,鸳鸯和袭人谈心,袭人刚给母亲送了终,鸳鸯有些羡慕地说:"可知天下的事难定,论理,你单身在这里,父母在外头,每年他们东去西来,没个定准,想来你是再不能送终的了,偏生今年就死在这里,你到出去送了终。"为什么鸳鸯羡慕袭人呢?因为鸳鸯自己被剥夺了给父母送终的权利。贾母说:"鸳鸯的娘前儿也没了,我想他老子娘都在南边,我也没叫他家去守孝。"鸳鸯是所谓的"家生子"奴才,即父母也是贾府的奴才,在贾府的南京老宅看房子,第四十六回贾琏就对贾赦说:"上次南京的信来说,金彩已经得了痰迷心窍,那边连棺材银子都赏了去,不知如今是活是死。便是活着,人事不知,叫来无用,他老婆又是个聋子。"(鸳鸯的父亲名金彩,哥哥名金文翔,都是从"鸳鸯"有彩色羽毛上引申出来。)可见鸳鸯的父亲死在前,母亲死在后,而贾母为了自己的利益,都没有让鸳鸯去尽孝。贾母这样说还有一套理论根据:"跟主子却讲不起这孝与不孝。"就是说,奴才完全属于主人,不仅没有人身自由,连天伦的亲情感情等也是无权享有的。这充分显示了传统等级奴才制度非人性的残酷。

当然,无论是贾母,还是鸳鸯,都是这种制度文化的产物,她们都不会对这种制度本身有什么疑问,鸳鸯对亲情失落感到遗憾，但并不会因此对贾母有不满和抱怨，相反，她把自己对父母的天伦之情，"移情"到了贾母身上，获得一种感情的寄托和平衡。这就是小说中鸳鸯对贾母无微不至关怀的原因，从生活上的嘘寒问暖，到娱乐消遣的揣摩迎合，甚至花样翻新地制造乐趣，鸳鸯可谓忠心耿耿，使尽心机。贾母因此更离不开鸳鸯，她对贾赦谋要鸳鸯感到愤怒，主要的并不是为鸳鸯的权益考虑，而是从自己的利益出发，正如她对邢夫人说的："我有这么个人，便是媳妇、孙子媳妇有想不到的，我也不得缺了，也没气可生了。这会子他去了，你们弄个什么人来我使？"

作为"结构人物"，鸳鸯是荣国府基本矛盾斗争大戏中的一个关键角色。大房贾赦、邢夫人与二房贾政、王夫人争夺财产继承权和管理权的矛盾展开，绕不过鸳鸯，因为贾母的财产都由鸳鸯经管着。李纨说："老太太的那些穿带的，别人不记得，他都记得。要不是他经管着，不知叫人诓骗了多少去呢！"（第三十九回）贾琏和凤姐不也是求鸳鸯而把贾母的东西"偷"出来当钱吗？贾琏和凤姐虽然是大房的儿子和儿媳妇，但他们在二房管家，实际上属于二房的利益集团。鸳鸯在大房和二房的利益争斗中，无疑站在二房一边。所以，当邢夫人当众给凤姐没脸，凤姐气得背着人偷哭，鸳鸯立刻发现了，当着贾母问："别又是受了谁的气了？"凤姐当然掩饰："谁敢给我气受？便受了气，老太太好日子，我也不敢哭的。"但事后鸳鸯却打听出了真相，向贾母为凤姐抱不平："二奶奶还是哭的，那边太太当着人给二奶奶没脸。"贾母问明原因，说："这才是凤丫头知礼处。……这是大太太素日没好气，不敢发作,所以今儿拿着这个作法子,明是当着人给凤姐没脸罢了!"

鸳鸯又对李纨、尤氏等说:"还提凤丫头呢,他可怜见的,虽然这几年没有在老太太太太跟前有个错缝儿,暗里也不知得罪了多少人。……我怕老太太生气,一点儿也不肯说。不然我告诉出来,大家别过太平日子。"后面又说有人背后议论贾母偏疼探春——指南安太妃来了,贾母让探春而没有让迎春出来见一事。鸳鸯立场鲜明,完全站在荣府二房利益集团方面,而和大房相敌对。

前八十回的这些描写步步紧逼,蓄势待发,都是八十回后佚稿中鸳鸯与贾赦、邢夫人即将尖锐对抗的铺垫。后四十回续书所写,却是贾母死后,凤姐办丧事力不从心,鸳鸯反而和邢夫人一起抱怨凤姐不尽心,后面又莫名其妙地自杀,完全违背了前八十回"伏脉",其荒谬显而易见。

贾母的二号丫头琥珀,情节很少,偶然一两次特写镜头,生动活泼,但主要是为衬托鸳鸯。第三十八回螃蟹宴,凤姐和鸳鸯开玩笑:"你和我作怪,你知道你琏二爷爱上了你,要和老太太讨了你作小老婆呢。"鸳鸯道:"啐!这也是做奶奶的说出来的话!我不拿腥手抹你一脸算不得。"而琥珀就接着说:"鸳丫头要去了,平丫头还饶他?你们看看他,没有吃了两个螃蟹,倒喝了一碟子醋,他也算不会揽酸了。"平儿笑骂:"我把你这嚼舌根的小蹄子!"就拿着螃蟹照琥珀脸上来抹,结果琥珀往旁边一躲,平儿把螃蟹黄抹到了凤姐脸上,上演了一出闺房喜剧。

这个情节,也是前后呼应的,后来贾赦逼婚,鸳鸯和平儿、袭人在大观园谈心，平儿又开玩笑，让鸳鸯说贾母已经把她给了贾琏，贾赦就不好要了，鸳鸯回应说："前儿你主子不是这么混说的？谁知应在今日了。"其实，如前面分析贾母的玩笑话一样，平儿的玩笑话同样衬托出贾赦的无耻：即使给了贾琏，贾赦还是好意思要的。袭人又开玩笑，说你就说老太太把你给了宝玉了。气得鸳鸯骂道："你们自为都有了结果了，将来都是作姨娘的。据我看，天下的事未必都遂心如意，你们且收着些儿，别特乐过了头儿。"这其实暗示到后文，袭人并没有成了宝玉的"姨娘"，而是嫁了蒋玉菡。而在性格对照上，显示出鸳鸯比平儿、袭人更具有独立自主的性格，当然这也和她们的实际处境不同有关，平儿和袭人都已经分别是贾琏和宝玉的通房丫头，而鸳鸯是老太太的丫头。

　　鸳鸯无疑是曹雪芹笔下一个非同寻常的"小人物"，她的外貌，前面引过宝玉眼中的形象，还有通过邢夫人的眼光描绘的"肖像画"："只见他穿着半新的藕合色绫袄，青缎掐边牙背心，下面水绿裙子，蜂腰削背，鸭蛋脸面，乌油头发，高高的鼻子，两边腮上微微的几点雀斑。"最后一句描写，是所谓"美人必有一陋处"（脂批），即有小缺点才真实而生动，反衬出其美。

　　鸳鸯是丫头，当然没有文化，但她跟从贾母这样见多识广的贵族多年，无形中也受熏陶，因而言谈之间也会表现出文化艺术韵味。如她骂她嫂子的话里有："什么好话！宋徽宗的鹰，赵子昂的马，都是好话（画）。"据说宋徽宗的鹰画得精神，赵子昂的马画得出色，谐音成趣。周汝昌赋诗有句曰：

"赵马徽鹰皆好画，怒言也见有书香。"³

当然，她身上最大的亮色，是蔑视权威，视富贵如敝屣的大无畏反抗精神，感染、震撼着一代代读者。游国恩等主编的《中国文学史》中评价："鸳鸯也是这些女奴中的一个光辉形象。……她如此蔑视主子的'赏识'，坚决反抗主子的迫害，这是多么的难能可贵啊！"⁴美国的布莱克曼·珍妮说："与贾府大量具有奴性意识的女仆们相比，鸳鸯是极少数具有独立人格的少女之一。"⁵周汝昌有一首五言古诗也曾予以咏叹："数尺惜青丝，一剪示决绝。身为下贱人，心似铮铮铁。尔夸是金屋，我视如坟穴。誓死不受辱，陈词最激烈。依自不能书，有笔和泪血。"⁶

除了鸳鸯和琥珀以外，曹雪芹有时根据具体故事情节的发展需要，会临时设置某个"情节人物"。比如第三十回"宝钗借扇机带双敲"，宝玉和黛玉的情感纠纷刚结束，到了贾母那里，宝玉没话找话，说话不得体，把宝钗比作杨贵妃，宝钗大怒，"可巧小丫头靓儿因不见了扇子，向宝钗笑道：'必是宝姑娘藏了我的。好姑娘，赏我罢！'宝钗指他道：'你要仔细，我和你顽过？你在意我！（'在意'，周校本注：'是原笔。作"再疑"者，未能细玩原意，误改"再疑"，非。'）和你素

---

3　周汝昌《红楼脂粉英雄谱》，桂林，漓江出版社 2008 年版，第 52 页。
4　游国恩等主编《中国文学史》（四），北京，人民文学出版社 1964 年版，第 316—317 页。
5　布莱克曼·珍妮《红楼梦——富贵府中的韵事》，杜贵晨、何红梅编《红楼人物百家言·红楼女性》，北京，中华书局 2006 年版，第 504 页。
6　周汝昌《红楼脂粉英雄谱》，桂林，漓江出版社 2008 年版，第 52 页。

日嬉皮笑脸的那些姑娘们,你该问他们去!'说的靓儿跑了"。这个靓儿,就是为了表现宝钗敲山震虎讽刺宝玉和黛玉,而临时增添的一个"过场人物"。

最著名的"过场人物",是傻大姐,上了回目的。第七十三回"痴丫头误拾绣春囊",描写邢夫人去大观园散心,和这位傻大姐顶头相遇。

> 刚至园门前,只见贾母房内的小丫头子名唤傻大姐的,笑嘻嘻的走来。手内拿着个花红柳绿的东西,低头一壁瞧着,一壁只管走,不防迎头撞见邢夫人,抬头看见,方才站住。邢夫人因说:"这痴丫头,又得了个什么狗不识儿,这么欢喜?拿来我瞧瞧。"原来这傻大姐年方十四五岁,是新挑上来的与贾母这边提水桶、扫院子专作粗活的一个丫头。只因他生得体肥面阔,两只大脚,作粗活简捷爽利,且心性愚顽,一无知识,行事出言,常在规矩之外。贾母因喜欢他爽利便捷,又喜他出言可以发笑,便起名为呆大姐,常冈来便引他取笑,一毫无避忌,因此又叫他作痴丫头。他总有失理之处,见贾母喜欢,他们依然不去责备。这丫头也得了这个力,贾母不唤他时,便入园内来顽耍。今日正在园内掏促织,忽在山石背后得了一个五彩绣香囊,其华丽精致,固是可爱,但上面绣的并非花鸟等物,一面却是两个人,赤条条的盘踞相抱;一面是几个字。这痴丫头原不认得是春意,便心下盘算:"敢是两个妖精打架?不然,必是两口子相打。"左右猜解不来,正要拿去与贾母看,是以笑嘻

嘻的一壁看，一壁走。忽见邢夫人如此说，便笑道："太太真个说的巧，真是个狗不识呢！太太请瞧一瞧。"说着，便送过去。邢夫人接来一看，吓的连忙死紧攥住，忙问："你是那里得的？"傻大姐道："我掏促织，在山石上拣的。"邢夫人道："快休告诉一人，这不是好东西！连你也要打死！皆因你素日是傻子，已后再别提起了。"这傻大姐听了，反吓的黄了脸说："再不敢了！"磕了个头，呆呆而去。

这就是傻大姐的"全传"。她的作用，就是拾到绣春囊，从而掀起抄检大观园的风暴，展开大房和二房的激烈交锋，也是大观园众女儿风流云散的肇始。当然，这一段描写中，傻大姐的面目、心情等都活灵活现，跃然纸上。曹雪芹一连用了"痴""傻""呆"三个同义词，又说她"心性愚顽"，总之是个智商低下的最下层的"小人物"。但中外的哲理都有一种"大智若愚"的悟解，"愚顽"则没有心机，也就是"任天真"，反而葆有最真实的人类淳朴本性，在红尘世界中因勾心斗角而疲惫不堪的"乖人"们，和这些"傻"人打交道时可以完全不设防，也就得到了一种心智的休息，甚至从他们身上感受到乐趣，贾母"喜欢他爽利便捷，又喜他出言可以发笑"就是这种情境。而这些"傻"人，因为别人不把他们看作竞争对手，也就获得某种相对轻松的生存空间。这位傻大姐不就是"得了这个力"而逍遥地在大观园掏蟋蟀玩吗？曹雪芹最善于在小说的写作中似乎随意地蕴含哲理启示，此为一例。

后四十回为了写"调包计"的故事，又把这个傻大姐拉出来,让她把宝玉已经定亲宝钗的消息泄露给黛玉,又一次充当了"过场人物"。就情节设计本身来说,也无大谬,但失却了哲理意蕴。更由于后四十回所写"钗黛争婚"本身违背原著基本立意和走向,违情悖理,也就不足深论了。

第四十七回邢夫人为贾赦要鸳鸯之事在贾母跟前吃了瘪,贾母冷嘲热讽完邢夫人之后,就吩咐丫头去请刚避嫌躲开的薛姨妈等人。"众人忙赶着又来,只有薛姨妈向那丫嬛说道:'我才来了,又作什么去?你就说我睡了觉。'那丫嬛道:'好亲亲的姨太太,姨祖宗,我们老太太生气呢,你老人家不去,没个开交了,只当疼我们罢!你老人家嫌乏,我背了你老人家去。'薛姨妈笑道:'小鬼头儿,你怕些什么,不过骂几句完了。'说着,只得和这小丫头走来。"这个昙花一现的小丫头,就这几句请人求情的话,就活了起来,一个千伶百俐的"小鬼头"永远留在了读者心里。由"姨太太"仿词出"姨祖宗",又加上"亲亲的",把那种怕请不去薛姨妈挨贾母骂的焦急情绪用如此幽默的话语表达,又可怜巴巴地说"只当疼我们",再加上夸张语"背了你老人家去",由不得薛姨妈笑着跟她去了。

# 王夫人的丫嬛

## 金钏、玉钏、彩云、彩霞

王夫人的丫嬛,有名字的提到六个:金钏、玉钏、彩云、彩霞、绣鸾、绣凤。这也是每两个一对,从命名寓意来说,照应王夫人乃国公府夫人的尊贵地位,显得珠光宝气。这与她妹妹薛姨妈的情况形成对照,薛姨妈因为嫁了皇商,所以她的丫头叫同喜、同贵,更富有商家色彩。

王夫人的首席大丫嬛本来是金钏。金钏之死是小说中一大情节,第三十回金钏正在为午睡的王夫人捶腿,宝玉跑来,对金钏"有点恋恋不舍的",把自己荷包里的香雪润津丹掏出一丸送到她嘴里,金钏没有拒绝。宝玉进一步说:"我明日和太太讨你,咱们在一处罢。"金钏回应了一句有调情意味的话:"你忙什么!金簪子吊(即'掉')在井里头,有你的只是有你的。"选择这句俗语打情骂俏,也照应了后来金钏真的跳了井。金钏又对宝玉说:"凭我告诉你个巧宗儿,你往东小院里拿环哥儿和彩云去。"所谓宝玉和金钏的不轨行为,不过如此而已。但王夫人因此大怒,翻身起来,打了金钏一个嘴巴,骂道:"好好的爷们,都叫你们教坏了。"立刻叫来金钏的母亲,把金钏撵了出去。

我早就分析过这一段情节背后的奥妙,所谓"背面敷粉"。首先,宝玉之所以和金钏调情,有其特定的时空背景所引发的心理氛围。此前宝玉刚和黛玉大闹情感纠纷而和好,谁知又说话不得体得罪了宝钗,黛玉又趁机撒娇调侃,"宝玉正因宝钗多了心,自己没趣,又见黛玉来问着他,越发没好气起来,要再说两句,又恐黛玉多心,说不得忍着气,无精打采一直出来"。而此时正"盛暑之际,又值早饭已过,各处主仆人等都因日长神倦,宝玉背着手,到一处,一处鸦雀无闻"。这是说,宝玉此刻的心理状态有些不正常,"忍着气"而"没精打采",在大暑天的大中午特别无聊,需要宣泄情绪,因此才发生了在王夫人身边对金钏的那一幕。这其实有一点青春期心理情绪的胡乱挥洒,有一种游戏心态。当然,宝玉这个"俊友"对大多数丫嬛都有吸引力,特别是在那样一个封闭的环境中,金钏对宝玉确有好感爱意。但总的来说,宝玉和金钏这一幕之所以上演,更多的是在一种特定的情绪氛围中,一种两性的自然吸引,其实更富有真实的性爱意味。

而王夫人之所以勃然大怒,固然和王夫人思想保守有关,所谓"忽见金钏儿行此无耻之事,此乃平生最恨者",但更深隐的原因,曹雪芹留下的艺术空白,则是王夫人对金钏的雷霆怒火,其实有对黛玉不满的迁怒性质。因为刚发生过因黛玉"小性儿"而宝玉砸玉等大风波,以及紧接着的宝玉得罪宝钗而黛玉"得意"等事情,作为宝玉的母亲,王夫人其实看在眼里而气在心里,但碍于黛玉的身份和贾母的脸面,她只能把这种对黛玉的不满压抑到潜意识里。但被压抑的情绪一旦碰到突破口,就会不期然而爆发出来。金钏之事就是这样一个突破口,"好好的爷们,都叫你们教坏了!"这表面上是骂金钏,潜意识里则是骂黛玉,说潜意识,就是说王夫人自己也未必明确意识到。这正是高明的写作艺术,在此,金钏实际上是黛玉的另一个"影子"和替身。

金钏被撵出去后,想不开而最后跳井自杀,这是"典型环境和典型性格",王蒙先生由此生发出"不奴隶,毋宁死"的联想感慨,是一种超越具体历史时代背景的"新思维"。从小说艺术本身来说,金钏之死是一个极重要的结构元件。宝玉因金钏之死而伤心而内疚而痛苦至极,因此见了贾政失魂落魄,"应对不似往日",让贾政"原本无气的,这一来到生了三分气"。贾环也因而得到话柄,能向贾政夸大其辞而诬告宝玉,直接切入了二房嫡庶之争的小说主线,导致宝玉挨打的大风波。而宝玉挨打后却更明确坚定了其"便是为这些人死了也是情愿的"之"情"的核心人生观,还引发了后面讨好玉钏等一系列情节,得以更加彰显其"意淫"的本质特征。

作为金钏之死的直接后果,又衍生出王夫人的自责,宝钗的"会做人"等故事,每一个人物的性格面目都得到了进一步刻画皴染。特别是王夫人说没有新衣服给金钏妆裹,只有给黛玉做生日的两套,说黛玉"素日是个有心的"怕黛玉多心,而宝钗大方地拿出了自己的两套衣服,更巧妙地"千里伏线"到佚稿情节演变:在为宝玉择配时,王夫人拥钗而反黛。

金钏在小说中,还有小镜头。如第二十三回,宝玉去见贾政,"一步挪不了三指",到了正房,贾政正和王夫人商议事情,"金钏儿、彩云、彩霞、绣鸾、绣凤等众丫嬛,都在廊檐上站着呢,一见宝玉来,都抿着嘴儿笑。金钏一把拉住宝玉,悄悄的笑道:'我这嘴上是才擦的香浸胭脂,你这会子可吃不吃了?'绣凤一把推开金钏笑道:'人家正心里不自在,你还奚落他,趁这会子喜欢快进去罢。'"而当宝玉终于被贾政喝命"还不出去"后,"宝玉答应了,慢慢的退出,向金钏儿笑着伸伸舌头,带着两个老嬷嬷,一溜烟去了"。金钏的调皮和对宝玉实际有情也微妙传出,同时,也暗示出金钏确实有点恃宠而骄,因为她是王夫人最得力的丫头,后来王夫人忏悔说金钏和自己的女儿也差不多。也正是这种恃宠而骄,使金钏敢于在王夫人身边和宝玉打情骂俏,而种下了祸根。曹雪芹的笔艺,真如戚蓼生所谓"注彼而写此,目送而手挥,似谲而正,似则而淫"(戚序本《石头记》戚蓼生序)。

在第七回,也有周瑞家的和金钏品评香菱的情节:周瑞家的对金钏夸赞香菱"到好个模样儿,竟有些像咱们东府里蓉大奶奶的品格",金钏笑着回应"我也是这么说呢"。周瑞家的问香菱的身世,香菱都摇头说不记得了,"周瑞家的和金钏听了,到反为他叹息伤感了一回"。这一回的回目叫"送宫花周瑞叹英莲",送宫花和感叹香菱(英莲)身世,都象征大观园众女儿的悲惨命运,金钏此回感叹香菱,不久自己就投井而亡,更见"伏笔"的微妙。

金钏死后,王夫人为了平衡自己的负罪感,让金钏的妹妹玉钏吃了金钏的"人血馒头",一个人拿两份月例银子。玉钏虽然当时给王夫人磕头谢恩,内心则始终含有怨气,当然她不敢在王夫人面前有丝毫流露,对宝玉则形之于辞色,宝玉也因金钏之死而心怀歉疚,对玉钏百般讨好。第三十五回"白玉钏亲尝莲叶羹"就是这样一个故事。

贾母和王夫人对挨打后的宝玉更加百般疼爱,宝玉想吃莲叶羹,贾母一叠连声叫做去,做好了王夫人让玉钏给宝玉送去。但送到宝玉那里,宝玉"忽见了玉钏儿,便想起他姐姐金钏儿来,又是伤心,又是惭愧",主动向玉钏搭讪,而玉钏"满脸怒色,正眼也不看他",宝玉"知他是为金钏儿的原故,待要虚心下气哄转他,又见人多,不好下气的,因使尽方法,将人都支出去,然后又陪笑问长问短"。在宝玉的刻意周旋下,"那玉钏儿先虽不欲('欲'从周校本,即'悦'),只管见宝玉一些气性没有,凭他怎么丧谤,还是温存和悦,自己到不好意思了,脸上方有了三分喜色"。后面就是宝玉哄玉钏吹汤,实际是让玉钏尝一口只有自己才有资格吃的高级食品,以表达歉意。

对这些情节,如果只从社会学如"阶级意识"等视角观看,那就难以欣赏高级艺术之个中三昧。王蒙在《不奴隶,毋宁死?》中写了一段"令人不舒服的'亲尝莲叶羹'",说玉钏被宝玉哄得转怒为喜后,"并以'你既说不好吃,这会子说好吃也不给你吃了'的孩子气的娇纵与玩耍表达了对于宝玉的低声下气的受用之情",因而大发感慨:"这背后,是一条人命,是一件血案,姐姐的投井换来的是妹妹'亲尝莲叶羹'的恩宠。读者,读到这里,你受得住吗?而曹雪芹写这些是写得多么津津有味啊。他的描写其实是为了突出宝玉是多么体贴,多么俯就,多么诚意,多么感人……在那个时代,一条人命是多么不值钱！……是可忍孰不可忍！"[1] 王蒙毕竟从小参加了"少共"，后来又受了多年马克思主义的理论熏陶，虽然一度沦为"右派"，阶级的觉悟和立场还是很鲜明的。

不过，玉钏这一次虽然被宝玉的柔情打动，但她对宝玉并没有忘乎所以。第四十三回凤姐过生日，一大早宝玉却偷偷跑到城外去祭奠金钏，言外之意这一天也是金钏的生日。当宝玉匆忙赶回贾府，"一径往花厅上来，耳内早已隐隐闻得歌管之声，刚至穿堂那边，只见玉钏儿独坐在廊檐下垂泪，一见他来，便收泪说道：'凤凰来了，快进去罢！再一会子不来，都反了。'宝玉陪笑道：'你猜我往那里去了？'玉钏儿不答，只管擦泪"。玉钏对姐姐金钏的怀念，对宝玉的怨怼，宝玉对金钏的负罪感和对玉钏的歉疚，又一次做了含蓄的表现。

《红楼梦》是打破常规的艺术，写小说而用写诗的方法，讲究蕴藉，讲究味外之味、弦外之音、梦外之梦。还是用"艺术眼"而不要用其他什么眼来和曹雪芹"暗送秋波"而作心灵对话吧。

李纨在第三十九回点评荣府几个大丫头，凤姐的平儿、贾母的鸳鸯、宝玉的袭人，而对王夫人的丫头则这样说："太太屋里的彩霞是个老实人。"探春再接口："可不是，外面老实，心里有数儿。太太是那么佛爷似的，事情上不留心，他都知道，凡百一应事都是他提着太太行，连老爷在家出外去的一应大

---

[1] 王蒙《不奴隶，毋宁死？——王蒙谈红说事》，北京，北京十月文艺出版社2008年版，第131页。

小事，他都知道。太太忘了，他背后告诉太太。"

这里说彩霞是王夫人的心腹，也就是说，在金钏死后，彩霞上升为王夫人的首席丫嬛。

第四十三回，凤姐过生日，贾母提议"学那小家子"大家凑份子，丫嬛们是鸳鸯"带了平儿、袭人、彩霞等，还有几个丫嬛来。也有二两的，也有一两的"，彩霞是作为王夫人的大丫头而和鸳鸯、平儿、袭人并列的。

但是，有的地方，王夫人的首席丫嬛似乎又成了彩云。同样，还有另一个问题，那就是和贾环要好的到底是彩云还是彩霞，也莫衷一是而云、霞乱舞。

对这个复杂的版本问题，刘世德《彩霞与彩云齐飞》[2]一文做了详细的考察和分析，他认为这涉及曹雪芹初稿和修改稿的变迁过程，结论是曹雪芹写和贾环要好的丫头，开始写彩云，最后则属意于彩霞，定位于彩霞，但现存抄本中还未作最后的文字统稿，因而留下了矛盾参差的现象。

不过，有一点不容混淆，那就是王夫人、贾宝玉和赵姨娘、贾环的嫡庶之争，是小说中一条提动全局的矛盾线索，王夫人的"心腹"和赵姨娘的"膀臂"不可能是同一个人，也不会过于亲近。彩云和彩霞并不像金钏和玉钏是姐妹，只是名字对仗而已，彩霞另有一个妹妹叫小霞，书有明文。

作文学分析，根据现有版本的描写情况，我们其实可以作一个简单但有用的分析：彩云和彩霞，一个是王夫人的首

---

[2] 刘世德《红楼梦版本探微》，上海，华东师范大学出版社2003年版，第59—100页。

席丫嬛,一个和贾环要好,我们把前者统一为彩霞,后者统一为彩云。用刘世德文章中的话,就是:"鸳鸯、琥珀的身分、地位与彩霞、彩云相等。鸳鸯排在琥珀之前,不是偶然的;同样,彩霞排在彩云之前,也不是偶然的。鸳鸯、彩霞、平儿三人的身分、地位应该是差不多的。至于彩云的身分、地位,则应该是和琥珀差不多的。"[3]

第六十一回"判冤决狱平儿情权"的故事中,彩云偷了王夫人的东西送给赵姨娘和贾环,在平儿的运作下,让宝玉应下来,把大事化小,小事化了。而贾环反而怀疑彩云和宝玉好了,气得彩云把偷来的东西都抛弃到大观园里的水流中。第二十五回王夫人让贾环抄写《金刚咒》,众丫嬛都讨厌贾环,只有一个丫头对贾环有情意,那应该是彩云(现存抄本上是彩霞)。

对贾环和彩云的恋爱故事,涂瀛评点说:"人各有一知己,不得谓君子是而小人非,特虑其不终耳。彩云之于贾环,其相与可无究,至甘心为此作贼,亦何淫且贱也!然平儿诘盗,慨然挺身,宝玉认赃,毫无输色。落落乎石乞子风也,而不可以对贾环耶?"(《红楼梦论赞》)涂瀛所谓"落落乎石乞子风"是赞美彩云敢于为爱而承担责任。"石乞子"可能指古人三月上巳日去水中漉石摸石的习俗,据说摸到石头就可以生男孩,彩云追求爱的言行就像摸石乞子一般大胆而勇敢。台湾学人陈秀芬在论文中说:"偷东西送所爱的人,到底不失为敢爱敢

---

[3] 刘世德《红楼梦版本探微》,上海,华东师范大学出版社2003年版,第73页。

恨的女子，也是这点光辉让她的生命具有悲剧感。"

联系到全书大结构和佚稿中的情节发展，第七十二回"来旺妇倚势霸成亲"中的女主角，应该是彩云（现有各本是彩霞），凤姐陪房来旺家的儿子看上了她，依仗凤姐的势力图谋强娶，而赵姨娘则求了贾政，要求把彩云给贾环作妾，自己"方有个膀臂"。这个情节暗伏着佚稿中彩云将是凤姐和赵姨娘角力争斗的一个棋子，第七十二回结尾用窗屉子掉下来截住了赵姨娘和贾政的谈话，埋伏下了后文的风云激荡。

# 尤氏、秦可卿的丫嬛

## 银蝶、炒豆儿、瑞珠、宝珠

少奶奶一辈的，前面说过了凤姐的丫嬛，此外还有荣国府的李纨，宁国府的尤氏和秦可卿，也都写到了有名字的丫嬛。不过李纨的丫嬛没有多少具体情节，是点缀性的"小人物"，名字叫素云、碧月，那是为切合李纨青春守寡而又心如古井的情况而设计的。

尤氏的丫嬛提到了两个，一个叫银蝶，一个叫炒豆儿。在贾琏偷娶尤二姐的事发生之前，特别是秦可卿尚在世时，凤姐和宁国府的关系很热络。第七回薛姨妈让周瑞家的送四枝宫花给凤姐，凤姐接到手后立刻分出两枝让人送给秦可卿。秦可卿生病后，凤姐经常去看望，"说了多少衷肠的话儿"，可卿死前给凤姐托梦，以贾府的后事相嘱。而凤姐惩罚"癞蛤蟆想吃天鹅肉"的贾瑞，"调兵遣将"，则是贾蓉、贾蔷兄弟。秦可卿死后，贾珍跪求邢王二夫人，把凤姐请来主持丧事。后来贾母给凤姐过生日，也是委托尤氏操办，"尤氏办的十分热闹"。

但这些活动场面中，对宁国府的丫嬛，一般都是泛泛的说"众丫嬛媳妇"等，没有个别描写。第六十八回"酸凤姐大闹宁国府",是凤姐和贾珍、尤氏、贾蓉关系恶化的开始,凤姐因贾琏偷娶尤二姐之事,"把个尤氏揉搓成了一个面团,衣服上全是眼泪鼻涕"。这时,"众姬妾、丫嬛、媳妇已是乌压压跪了一地,陪笑求说:'二奶奶最圣明的,虽是我们奶奶的不是,奶奶也作践的勾(从周校本,即'够')了。当着奴才们,奶奶们素日何等的好来,如今还求奶奶给留脸。'"这里面"奶奶们素日何等的好来"是一个醒目的句子,标志着凤姐和宁国府关系转折的分水岭。但对宁国府的丫嬛仆妇们,只是集体性表演,没有突出哪一个具体的"小人物"。

写到尤氏有名字的丫嬛,在第七十五回。那是抄检大观园之后,尤氏和惜春因入画的事情发生口角,情绪不佳,又听说甄家被抄,王夫人上房正在接待甄家来人,只好到李纨处来。李纨见尤氏"不似往日和蔼可亲,只呆呆的坐着",因此"命素云瞧有什么新鲜点心拣了来",尤氏客气几句后,"仍出神无语",心情很坏。这时跟从尤氏的丫头们问"奶奶今日中晌尚未洗脸,这会子趁便可净一净好?"通过洗脸,也能起一点调节精神情绪的作用,尤氏点头应允。下面接着描写:

> 李纨忙命素云来取自己妆奁。素云一面取来,一面将自己的脂粉拿来,笑道:"我们奶奶就少这个。奶奶不嫌脏,这是我的,能着用些。"李纨道:"我虽没有,你就该往姑娘们那里取去。怎么公然拿出你的来?幸而是他,若是别人,岂不恼呢!"尤氏笑道:"这又何妨,自来我凡过来,谁的没使过!今日忽然又嫌脏了?"一面说,一面盘膝坐在炕沿上。银蝶上来忙代为卸去腕镯、

戒指,又将一个大袱手巾盖在下截,将衣裳护严。小丫嬛炒豆儿捧了一大盆温水,走至尤氏跟前,只湾(从周校本,即"弯")腰捧着。银儿(周校本注:银儿是银蝶全名昵称)笑道:"一个个没权变的,说一个葫芦,就是一个瓢。奶奶不过待咱们宽些,在家里不管怎样罢了,你就得了益!不管在家出外,当着亲戚也只随着便了。"尤氏道:"你随他去罢,横竖洗了就完事了。"炒豆儿忙赶着跪下。尤氏笑道:"我们家上下大小的人,只会讲外面的假礼、假体面,究竟作出来的事都勾(即'够')使的了。"李纨听如此说,便知他已知昨夜之事,因笑道:"你这话有因,谁作事究竟勾使了?"尤氏道:"你到问我,你敢是病着死过去了?"

这一段描写内涵丰富。一共五个人物:两个主人李纨和尤氏,三个丫嬛,分别是李纨的素云,尤氏的银蝶、炒豆儿。李纨青春守寡,按礼教不能涂脂抹粉,所以素云把自己的脂粉盒拿来给尤氏用。这样做没有严格遵循所谓的礼教,模糊了主奴的尊卑界限,奴仆的东西"脏",高贵的主人"干净",素云拿自己的脂粉盒给尤氏用不合"礼",是对主人的不尊重,也显得李纨教育不够,所以李纨责备素云。而炒豆儿只是弯腰捧着洗脸盆而没有跪下,也是不符合规矩的,所以银蝶提醒炒豆儿,说平时不跪,那是尤氏宽容慈善,在家里可以不认真守规矩,但出门在外,当着亲戚,是应该严格按规矩的,所以炒豆儿赶紧跪下。

这一段描写,把贵族的寄生生活,以及主奴界限的森严写得入木三分，充分暴露了礼教等级制度的不人道、不合理。从批判封建等级制度的人文主义立场，自然可以做足文章。但曹雪芹写得何等自然又何等深刻！对这种不人道不合理的制度，不仅李纨和尤氏，包括素云、银蝶和炒豆儿，都认为是天经地义的、不容置疑的，主人不太严格要求，不太讲究，那只是体现主人的仁慈宽厚，制度本身没有错，而且内外有别，当着亲戚，就要严格执行，一点马虎不得。

但尤氏却发出了感慨："我们家上下大小的人，只会讲外面的假礼、假体面，究竟作出来的事都勾使的了。"这是针对抄检大观园的事，因为抄检行为实际上是家族"自杀自灭"的一种表现，反衬出那些表面上的礼节讲究很"假"。人所共知，曹雪芹写《红楼梦》，有很强烈的"家史""自传"性质，这些描写中实际上凝聚渗透着作者带着血泪的反思，比后世人的理论批判更带有本体性。

尤氏的丫嬛为什么叫银蝶和炒豆儿呢？显然，银蝶是大丫嬛，地位类似于李纨的素云，而炒豆儿是更下层的小丫头，所以两个丫嬛的名字不对仗，各是各。"银蝶"之名，用谐音法暗含"招蜂引蝶"之意，这是暗示宁国府性关系比较混乱，而尤氏姓尤，古人把美女叫"尤物"，虽是半老徐娘，其实风韵犹存。第十三回写贾珍在宁国府的"逗蜂轩"接待大太监戴权，"逗蜂"二字可以和"银（谐音'引'）蝶"照应。

至于"炒豆儿"，是用一个比较通俗的名字，表明她年龄小、地位低，与贾母的"傻大姐"有点类似。周汝昌笺解曰："银蝶、炒豆了不相涉，而同随尤氏身边。一则翩翩有志，一则跃跃生姿。两者性格风度如此不同，亦所以衬托尤氏之多才也。"

并赋诗咏叹："炒豆相随银蝶飞，取名何义费猜疑。莫非话语连珠快，赢得人夸也可嘻。"[1]

在程高本《红楼梦》里，这一处描写有所改动，去掉了"炒豆儿"的名字，也没有银蝶其人，银蝶的话变成了李纨说："怎么这样没规矩？"然后"那丫头赶着跪下"。这就搞错了，给尤氏捧洗脸盆的成了李纨的丫头。其实尤氏出门带着一群丫头仆妇，她洗脸是由自己的丫头服侍，不会用李纨的丫头，李纨的丫头只是准备洗脸的用具和化妆物品而已。这表现出续补修改者不像曹雪芹是大贵族的后代，对"百年望族"的排场礼节缺少切身的感受。

尤氏还有一个不知名的小丫头，有一场口舌是非的表现。那是第七十一回，贾母八旬大寿，荣国府排宴庆祝，规模很大，到了晚上，尤氏见大观园里管理混乱，"正门与各处角门仍未关，犹吊着各色彩灯"，就命一个小丫头去传唤值班的女仆。这个丫头找到了两个婆子，问："那一位奶奶在这里？东府奶奶立等一位奶奶，有话吩咐。"而那两个婆子正在分宴会后的剩菜自肥，听说是东府的奶奶，就不当回事，用话支吾说"管家奶奶们才散了"，小丫头说"散了，你们家里传他去"，婆子回答自己专管看屋子，不管传人。小丫头生了气，就说："嗳呀，嗳呀，这可反了，怎么你们不传去？你哄那新来的，怎么哄起我来了？素日你们不传谁传？这会子打听了梯己信儿，或是赏了那位管家奶奶的东西，你们争着狗颠儿似的传去的，

---

[1] 周汝昌《红楼脂粉英雄谱》，桂林，漓江出版社2008年版，第129页。

不知谁是谁呢！琏二奶奶要传，你们可也怎么回？"这段话含锋带刺，活色生香，揭露出仆人们有利则积极钻营，无利则偷懒推诿的情状，生动如画，读者可以从这段话中想象出小丫头说话时那盛气凌人的神态。

而这样一个"过场人物"的"过场事件"，却又挑起一场大风波。在小丫头的刺激下，那两个婆子说出了宁国府和荣国府"各门各户"你管不着我的话，小丫头回去见尤氏，"气狠狠的把方才的话都说了出来"。尤氏生了气，被众人劝住，但周瑞家的听见了，为了私人恩怨，告诉了凤姐，又把凤姐的吩咐私自加码，立刻把那两个婆子捆了起来。偏偏那两个婆子中有一个是邢夫人陪房的亲家，于是告到邢夫人那里，邢夫人当众向凤姐求情，让凤姐下不来台。而王夫人问了情况，又向邢夫人做姿态，立刻放了婆子，让凤姐更加难堪。尤氏这时也装好人，对凤姐说："连我也并不知道，你原也太多事了。"一个小丫头的几句口角，却牵扯出荣国府和宁国府、荣国府大房和二房、邢夫人和凤姐婆媳、王夫人和凤姐姑侄、尤氏和凤姐妯娌，乃至邢夫人和王夫人两家陪房等错综复杂的矛盾，真是"风起于青萍之末"。

宁国府有两位女主人，尤氏是婆婆，秦可卿是媳妇。秦可卿的出身、结局是红学史上一大公案，因为对她的描写的确充满了各种让人疑窦丛生的"草蛇灰线"。她的两个丫头瑞珠和宝珠，对她们的叙述就十分耐人寻味。

第十三回在秦可卿突然死亡后，合族人"都有些疑心"，紧接着："忽又听得秦氏之丫嬛名瑞珠者，见秦氏死了，他也触柱而亡。此事可罕，合族中人也都称叹。贾珍遂以孙女之理（周校本注：之理，是原笔。八旗人书写习惯往往如此）殓殡，一并停灵于会芳园之登仙阁内。小丫鬟名宝珠者，因见秦氏身无所出，乃甘心愿为义女，承摔丧驾灵之任。贾珍喜之不禁，即时传下从此皆呼宝珠为小姐。那宝珠按未嫁女之丧，在灵前哀哀欲绝。"到秦可卿出殡完毕，"宝珠坚意不肯回家"，从此留在了铁槛寺。

这些笔墨确实烟云模糊，内有无限丘壑，"逗漏"出秦可卿绝非病死，而有复杂神秘的内幕。现在研究界有三种主要说法。

一种是说贾珍和秦可卿公媳"爬灰"，为瑞珠和宝珠无意间撞破，秦可卿羞愤自缢身亡，瑞珠吓得触柱而死，宝珠则极力表演以示忠心，留在寺庙里不再回宁国府，表示自己将一生保守秘密。

另一种说法认为，贾珍和秦可卿的关系，早已是公开的秘密，焦大醉骂，凤姐和贾蓉都装听不见，贴身丫头怎么会撞破而致秦氏自杀？因而认为"天香楼案犯"的男方是太公公贾敬，他本在城外修道，偶然回家一次发现孙媳妇天香国色，一时性失控而致可卿自杀，两个丫头是"撞破"这个意外事件才一自杀一留庙。

第三种说法就是刘心武的"秦学"，说秦可卿本有皇家血统，其父是暂时在野而待机而动觊觎皇位的皇子，她被寄养在宁国府是贾家的一种冒险性政治豪赌。因为可卿父亲最后在政治角逐中失败，可卿也被迫自杀。并具体指实为秦可卿的生活原型就是康熙废太子之子弘晳的女儿。两个丫鬟的一死一去，和这个惊天的秘密有关。

不管众说纷纭的公案其谜底究竟如何，瑞珠和宝珠这两个秦可卿的丫嬛都是可怜的"小人物"，她们完全不能主宰自己的命运，是"薄命"女儿。

# 赵姨娘和她的丫嬛

## 小吉祥儿、小鹊

贾赦姬妾众多，但除了要鸳鸯不成而买了一个嫣红之外，其他的姬妾没有提到名讳。尤二姐故事中，贾赦把一个丫头秋桐赏给贾琏作妾，乃名分上还是丫嬛而非正式姬妾。嫣红和秋桐这两个人名都是因事而设。写秋桐，其实是为了写凤姐"借剑杀人"，而且有了秋桐，贾琏对尤二姐的感情就不专一，可以避免如何处理贾琏为尤二姐和凤姐直接冲突的写作难题。秋桐基本上是一个"类型化"人物，写她恶毒，被凤姐当枪使，致尤二姐速死。名秋桐者，一叶落知天下秋，正是秋天肃杀之气的一种隐喻也。

而嫣红之名，庚辰本和己卯本作娇红，其他抄本作嫣红。应该是嫣红，乃取意于《牡丹亭》中著名唱词："原来姹紫嫣红开遍，到头来，都付与断井颓垣。"这是暗示贾赦年老，买了十七岁的嫣红作妾，那真是鲜花陪伴"断井颓垣"了，同时还隐喻贾家的前途黯淡，终将被抄家而成"断井颓垣"，贾赦就是一个罪魁祸首。小说中还特别描写过林黛玉听小戏子们演唱这段曲词而引申出"水流花谢两无情"等悲剧性联想，宝玉后来又找龄官唱这段曲子而遭拒绝，前后暗相呼应。

第七十回众女儿放风筝,是从一个落下来的大蝴蝶风筝引起的,这个大蝴蝶风筝,就是"大老爷那院里嫣红姑娘放的"。嫣红落下来的风筝引出大观园众女儿放风筝,正是贾赦等人的罪恶导致抄家之祸,"家亡人散""花落水流红",诸艳将飘零沦落的意思。

贾珍除了尤氏这个续弦正妻外,还有两个妾,分别叫佩凤、偕鸾(鸾或作鸳),名字一看就是性爱象征,不过没有多少具体情节。似乎尤氏和这两个妾相处得很好,这是表现尤氏为人宽宏大量,正像前面写她和秦可卿的婆媳关系一样。

贾政也有两个妾,周姨娘和赵姨娘。研究者称周姨娘为"一个多余的安分守己的好人",她的存在似乎是为了反衬赵姨娘的惹人讨厌。第六十回探春对赵姨娘说:"你瞧周姨娘,怎不见人欺他,他也不寻人去。"

赵姨娘是重点描写对象,她给贾政生了一儿一女,贾环和贾探春。但探春看不起这个生母,只认宗法上的母亲王夫人,对赵姨娘只称"姨娘"。赵姨娘的兄弟赵国基,探春也不承认是自己的舅舅,只当奴仆对待,说"我舅舅年下才升了九省都检点,那里又跑出一个舅舅来了",九省都检点是指王夫人的兄弟王子腾。

赵姨娘自己,以半个主子自居,凤姐则根本不承认她的半主身份,总是予以压制打击。她找借口克扣了赵姨娘丫嬛的月钱,还恶狠狠地说:"糊涂的油蒙了心,烂了舌头,不得好死的下作东西,别做他娘的春梦了,明儿一裹恼子扣的日子还有呢。如今才扣了丫头的钱,就抱怨了咱们,也不想一想,是什么阿物儿,也配使两三个丫头!"(第三十六回)

赵姨娘和凤姐的斗争其实是二房嫡子派和庶子派斗争的缩影。赵姨娘让马道婆使魔魇法,想害死凤姐和宝玉,就因为凤姐是管理财产的,宝玉是继承财产的。赵姨娘说得很清楚:"把他两个绝了,明日这家私不怕不是我环儿的。"小说中把赵姨娘和贾环写得很委琐又很阴暗,他们一出场,不是阴谋诡计,就是撒泼调歪,让读者反感。研究者认为可能曹雪芹本人有过这样的庶母和庶弟,受过他们的迫害,才这样笔下无情。

总之,赵姨娘的确是一个反派,说她是"小人物"有点大,说她是"大人物"又有点小。赵姨娘和芳官发生冲突,赵姨娘骂芳官"你是我银子钱买来学戏的",以贾府的主人自居,而芳官回嘴说"我又不是姨奶奶家买的,梅香拜把子都是奴几呢",连赵姨娘的"半个主子"身份也不承认,说和自己一样,都是"奴几"。(按"奴几"从周校本,他本作"奴才",周校本注解:"梅香拜把子都是奴几呢,是当日通俗说法。拜把子必分序次,即奴大奴二等之谓也。此方是歇后活语。若作奴才便成死语,亦成废话,尽失原笔精神。")

赵姨娘这个荣府的不安定因素,在第五十五回上了回目:"辱亲女愚妾争闲气",而这一回是写家族由盛转衰之小说下半部的开始。而第七十一回"嫌隙人有心生嫌隙",是说荣府大房邢夫人和她周围的婆子奴仆们,对荣府二房得宠于贾母越来越不满,寻机挑衅。其中却又插上一个赵姨娘的镜头:周瑞家的出于私怨,捆了得罪了尤氏的两个老婆子,又把凤姐的话加码,传管家林之孝家的连夜进来处理,林之孝家的碰见了赵姨娘,赵姨娘挑唆说:"我的嫂子,事虽不大,可见他们太张狂了些,爬爬(从周校本,即'巴巴')的传进你来,明明的戏弄你,顽耍你。"还描写"赵姨娘原是好察听这些的,且素日又与管事的女人们搬厚,互相连络,好作首尾"。这看似闲笔,其实是八十回后佚稿重大情节发展的伏笔:赵姨娘和邢夫人两派力量逐渐结党,共同对二房嫡子派开战。

赵姨娘其人,也颇有某种"典型"意义,即生活中的确有这样一种类型的人,其为人特点可以用两个词概括:猥琐、颟顸。猥琐是俗,即一切思想行为都着眼于功利,哪怕芝麻大的小事也是如此,因而显得特别没有自尊和气派。颟顸则是蠢笨,也就是现在俗语所说的"脑子进水",或东北话的"彪"。邢夫人其实也是这样一种人,小说中用"愚儍"二字形容,也就是颟顸和猥琐的意思,不过更带了一点自以为是还特别坚持己见的顽固劲儿。赵姨娘其实也有这种劲儿。

小说中只要赵姨娘一出场,就是这样一副德行,这让自尊自爱的探春十分难堪,不得不用宗法的利剑砍断血缘的脐带。在茉莉粉替去蔷薇硝的事件中,探春气愤地对李纨、尤氏说:"这么大年纪,行出来的事,总不叫人敬伏,这是什么意思?也值得吵一吵,并不留体统,耳朵又软,心里又没有计算,这又是那起没脸的奴才调停,作弄出个呆人替他出气。"所谓"不留体统"就是没有自尊,而"没有计算"和"呆"则是脑子缺根弦,容易受人鼓动给人当枪使。

刘心武在《红楼眼神》中拈出晴雯调侃宝玉的一个词"蝎蝎螫螫老婆汉像"形容赵姨娘,也有点意思。所谓"蝎蝎螫螫",就是说话行动,都好像被蝎子螫了一般,失去了正常的模样,让人感觉特别不舒服,其实也就是让人觉得特猥琐。用刘心武的说法就是"婆婆妈妈,絮絮叨叨,要么委委琐琐,要么惊惊咋咋,惹人厌烦"[1]。而这种表现里一个最让人受不了的特点,就是一点都不遮饰、掩盖的势利眼。

第六十七回的文本不是曹雪芹原稿,而是亲友所补,不过里面有一个赵姨娘的镜头倒颇生动,把"蝎蝎螫螫老婆汉像"刻画了出来。那个情节是说宝钗会做人,把薛蟠经商带回的江南土特产品分送贾府各人,连赵姨娘也没有遗漏。"赵姨娘因环哥儿得了东西,深为得意,不住的托在掌上摆弄,瞧看一回,想宝钗乃系王夫人之表侄女,特要在王夫人跟前卖好儿。自己叠叠歇歇的拿着那东西走至王夫人房中,站在一旁说道:'这是宝姑娘才给环哥的,他哥哥带来的,他年轻轻的人,想的周到,我还给了送东西的小丫头二百钱。听见说姨太太也给太太送来了,不知是什么东西,你们瞧瞧这一个门里头,这就是两分儿,能有多少呢,怪不得老太太同太太都夸他疼他,果然招人爱。'说着,将抱的东西递过去与王夫人瞧。"

赵姨娘这种人这种做派自轻自贱,不会得到别人的尊重。不过第六十七回到底不是曹雪芹手笔,艺术功力不足,后面的描写就有些啰唆多余,也有点"蝎蝎螫螫老婆汉像"了:"谁知王夫人头也没抬,手也没伸,只口内说了声好,给环哥玩罢咧,并无正眼看一看。赵姨娘因招了一鼻子灰,满肚气恼,无精打采的回至自己房中,将东西丢在一边,说了许多劳儿三巴儿四不着要的一套闲话;也无人问他,他却自己咕

---

[1] 刘心武《红楼眼神》,重庆,重庆出版社2010年版,第97页。

哆着嘴,一边子坐着。可见赵姨娘为人小器糊涂,饶得了东西,反说许多令人不入耳生厌的闲话,也怨不得探春生气,看不起他。"

凤姐曾骂赵姨娘不配使两三个丫头,可见赵姨娘至少有两个丫头。小说中也的确提到过赵姨娘两个丫头的名字,一个叫小吉祥儿,一个叫小鹊。这两个人名都是因事而设。小吉祥儿是通过雪雁之口说出的,在第五十七回,前面讲雪雁时已经引过原文。赵姨娘要为死去的兄弟守夜,为小吉祥儿向雪雁借白缎子袄儿,被雪雁拒绝了。小吉祥儿的名字,是照应赵姨娘兄弟之死的"白喜事"而设的。

顺便说一下赵姨娘的兄弟赵国基,这"国基"二字似乎可音转为"国舅",乃暗喻元春封妃,贾宝玉、贾琏等成为"国舅"(第十六回凤姐就戏称贾琏为"国舅老爷"),其实元春是皇帝的小老婆,宝玉、贾琏等所谓"国舅"就相当于赵国基在贾府的地位,是奴才而已。

小鹊则更为有趣。她虽然是赵姨娘的丫头,却向着宝玉。第七十三回赵姨娘和贾政说话,本来是请求把彩云给贾环作妾,并以"宝玉已有了二年了"(指袭人)为例,后来被窗屉子掉下来截断了话,是作者"烟云模糊"的伏笔技巧。

小鹊没有十分听清谈话内容,只听见赵姨娘说"宝玉"二字,立刻深夜跑到怡红院,向宝玉通风报信:"我来告诉你一个信儿,方才我们奶奶这般如此,在老爷前说了,你仔细明儿老爷问你话。"结果弄得怡红院气氛紧张,宝玉也不睡觉,披衣起来温书。后来晴雯又使计策,借着芳官好像看见有一个人从墙上跳下来了,"趁这个机会快妆病,只说唬着了",

扬锣打鼓地闹得合府皆知。次日贾母震怒，查出许多夜里赌博的家人，进一步引出了抄检大观园等严重后果。这又是一个"风起于青萍之末"的故事，这"青萍之末"就是赵姨娘的丫头小鹊传小话。之所以用"小鹊"之名，与"小吉祥儿"一样，都是反其意而用之的语言技巧，喜鹊本来报喜事，这里却来报忧。

对这个从小鹊生发出来的风波，王蒙说："赵姨娘的小丫头小鹊又把这一情况通报给宝玉——到处都有间谍，都有无意识的业余自愿间谍癖，奈何？"[2] 又说："其实小鹊的情报不准确，这是第一个阴差阳错的折腾。"[3] 这是从社会学角度引申的一种感慨。曹雪芹的高明之处，就是能在细微中把生活饱满、丰满、完满地呈现出来，社会学、历史学、心理学、哲学……他笔下的某些"小人物"，虽然就那么如电光火石般忽闪一现，却留下了让人惊奇绝艳、咀嚼不尽的回味余地，真所谓纳须弥于芥子，或者说一滴水里折射出大海的辉煌。

---

2 王蒙《红楼启示录》，北京，生活·读书·新知三联书店1991年版，第210页。
3 王蒙《王蒙评点红楼梦》，上海，上海文艺出版社2005年版，第751页。

# 甄英莲 / 香菱、娇杏、宝蟾

甄英莲是"副册"之首,而且第五回贾宝玉梦游太虚幻境时,在"薄命司"中翻阅正、副、又副三等"册子",副册就透露了她一个人。副册中其他十一个人是谁,实在不太好想象。英莲是第一回就推出的象征性人物甄士隐的女儿,而甄士隐谐音暗示"将真事隐去"。所以,英莲其实是所有三等"册子"中"薄命"女儿的一个总代表,从象征的意义上,也可以说她的重要性其实在诸女儿(包括黛玉、宝钗)之上。

副册只出现英莲一个,是有意为之。因为第七回通过周瑞家的和金钏儿的评论,说已改名香菱的英莲像秦可卿,而第五回又通过写仙女可卿"鲜妍妩媚有似乎宝钗,风流袅娜,则又如黛玉",暗示秦可卿兼有钗黛之美。正册之首是钗黛合一,又副册之第一名晴雯和第二名袭人又分别是黛玉和宝钗的"影子"。通过这些巧妙的笔法照应,曹雪芹其实告诉读者,香菱是最美的一个女儿,是黛玉和宝钗的"兼美"。

那么英莲是"大人物"还是"小人物"?从象征层面上,她是"大人物"。第七回"送宫花周瑞叹英莲",十二支宫花其实隐喻"十二钗",而"叹英莲"就是哀叹"薄命司"中所有女儿的悲剧命运,英莲(香菱是"一声之转")本来就谐音"应怜"。从小说中她的身份、地位和情境,英莲又是"小人物"。

她是乡村土财主的女儿，出身比贾、史、王、薛等四大家族差远了。

英莲在三四岁时就被人贩子拐走，长大后拐子卖她，想两头骗钱，两个买主发现而生起争执，结果薛蟠打死冯渊，把英莲抢走。所以英莲是被薛家买来的丫头，就像袭人是被贾府买的一样，但袭人是她亲生父母卖的，不像英莲从小就被拐走而转卖。英莲的命运之悲惨，其实超过了大观园中所有的女孩子。护花主人王雪香说："莲花命名，大概用青、红、香、白、翠紫、绿、玉等字。今取英字，于人独异。英者，落英也，莲落则菱生矣。"落英就是落花，即黛玉《葬花吟》中所咏之意境也。

英莲还在甄家的时候，是个"粉妆玉琢，乖觉可爱"的小女孩，八个字就把她的美丽和聪明刻画了出来。到成了薛家的香菱而住在贾府后，则有点呆相，第四十八回宝钗因香菱专心学写诗，嘲讽她说："你本来呆头呆脑的，再添上这个，越发弄成个呆子了。"第六十二回回目则是"呆香菱情解石榴裙"。为什么小时候"乖"而长大后却"呆"呢？通过这一个字的变化，就把香菱被拐卖、争抢等悲惨经历对心灵的伤害表现了出来。香菱"眉心中原有米粒大小的一点胭脂癣"（周校本注：口语如此说。或系雪芹据口语音自造之字）（第四回），这一点红癣，会给"乖觉"增色，也会让"呆"相更显，真乃妙不可言。

从乖英莲到呆香菱，那是一段渗透着多少血和泪的人生历程！第四回门子向贾雨村介绍"葫芦案"案情，就说："那日拐子不在家时，我也曾问他。他是被拐子打怕了的，万不教说,只说拐子系他亲爹,因无钱偿债,故卖他。我又哄之再四,他就哭了,只说我原记不得小时之事。"

英莲听说冯渊人长得帅,又钟情于自己,家业小康,本来满怀希望,"那日冯公子相看了,兑了银子,拐子醉了,他自叹道:'我今日罪孽可满了!'"这是一个在苦海地狱里挣扎数载的小女孩,终于看到一线光明后的感叹,让我们想起雨果《悲惨世界》中被冉阿让解救的孤女珂赛特。冯公子为表示郑重,要三日后正式迎娶,英莲听了"转有忧愁之态",就因为她跟着拐子多年,目睹骗局黑幕已经太多,懂得"迟则生变",内心怀有深刻的恐惧感,生怕即将实现的转机发生意想不到的变化。

果不其然,拐子又偷卖与薛家,"这薛公子的混名,人称呆霸王,最是天下第一个弄性尚气的人,而且使钱如土。遂打了个落花流水,生拖死拽,把个英莲拖去",门子这样向贾雨村转述,也只有慨叹"天下竟有这等不如意的事"。薛蟠外号"呆霸王",这个"呆"可和"呆香菱"的"呆"涵义不同,那是所谓"弄性尚气",也就是蛮不讲理、仗势欺人、横行霸道的性格。

英莲/香菱,都是荷莲的变相,正是"出污泥而不染"的意思。香菱后来被薛蟠纳为小妾,第十六回凤姐对贾琏说:"那薛老大也是吃着碗里的看着锅里的,这一年来的光景,他为要香菱不能到手,和姨妈不知打了多少饥荒。也因姨妈看着香菱的模样儿好还是末则,其为人行事,却又比别的女孩儿不同,温柔安静,差不多的主子姑娘也跟他不上呢。故此摆酒请客的废事,明堂正道的与他作偏房了。过了没半月,也看的马棚风一般了,我到心里可惜了的。"薛姨妈很隆重地给薛蟠和香菱举行典礼,虽然是偏房,也表明香菱的"为人行事"征服了薛家的人,连眼界很高的凤姐都这样称赞她,可见香菱的确很出众。但薛蟠是个"滥情人",新鲜劲一过,就"看的马棚风一般了"。香菱这枝清丽的荷花就这样插到了薛蟠的烂泥里了。

薛蟠与那个被他打死的多情公子冯渊形成了对照。冯渊谐音"逢冤",是个情节过场的"小人物",但对他的基本定位,却是"正邪二气所赋之人",也就是本质上和贾宝玉是一样的。第四回介绍说:"乃是本地一个小乡宦之子……长到十八九岁上,酷爱男风,最厌女子。这也是前生冤孽,可巧遇见这拐子卖的丫头,偏偏一眼看上了,立意买来作妾,立誓再不接交男子,也再不娶第二个了。"冯渊本是同性恋者,竟因看到英莲而改变了性倾向,可见其用情之深了。对这些情节,也应该用读诗的眼光来看,不能用现代心理学一类的胶柱鼓瑟。你不必追问冯渊这种突然的性倾向改变是否有科学依据,是否乃一种生理和心理变态,他是否真的就不会再旧癖复萌而与英莲相爱终身。

戚蓼生序本和蒙古王府本第四回前有一首评诗:"阴阳交结变无伦,幻境生时即是真。秋月春花谁不见,朝晴暮雨自何因?心肝一点劳牵恋,可意偏长遇喜嗔。我爱世缘随分定,至诚相戚作痴人。"

全诗都是咏叹英莲和冯渊的爱情悲剧。"阴阳交结变无伦"即指冯渊因看上英莲而发生性向逆转,这似乎是"幻境",但"生时即是真",这其实就提示要用"诗眼"来读冯渊其人其事,而不要挥舞"科学"的解剖刀。"秋月春花谁不见,朝晴暮雨自何因?"大自然的造化奇妙得很,人们一时不能理解的事多得很,就像"朝晴暮雨"变化万千,岂可自作聪明胡批乱侃?"可意"指冯渊之痴,"喜嗔"即薛蟠之"尚气",这其实就是第一回二仙对补天顽石所警告的"美中不足,好事多魔"(原著是"魔"不是"磨")人生"大数"的体现。认识到这种无奈,却不因此"荒谬"而转向"虚无",尽管"薄命女偏逢薄命郎",但"我爱世缘随分定,至诚相戚作痴人",仍然把"爱"和"痴"作为价值笃定。这其实艺术地指涉到刘小枫先生所谓"拯救与逍遥"的形而上追问。"小人物"和"小故事"不也是充满了思想和艺术的"张力"吗?

前八十回写香菱的笔墨其实不少,除了"补遗"等点缀性情节外,专章就有"慕雅女雅集苦吟诗","呆香菱情解柘榴裙","姣怯香菱病入膏肓"等故事,勾勒了一个"薄命女儿"的一生轨迹。

第四十七回"呆霸王调情遭毒打",第四十八回"滥情人情误思游艺",薛蟠挨了柳湘莲的打而出门经商以"躲羞",香菱作为薛蟠的小妾乃有了机会陪宝钗住到了蘅芜苑。小说描写宝钗主动提出让香菱进园和自己作伴,薛姨妈同意,以为宝钗两个丫头不够使唤,添了香菱等于多了一个服侍的人。可见香菱虽然已经被薛蟠正式纳为偏房,在薛姨妈心目中,她的身份仍然和丫头差不多,因为毕竟是花钱买来的。

其实宝钗是与人为善。香菱高兴地感谢宝钗:"我原要向奶奶说的,等大爷去了,我和姑娘作伴儿去,我又恐怕奶奶多心,说我贪着园内顽,谁知你竟说了。"宝钗回答:"我知道你心里羡慕这园子不是一日两日的了,只是没个空儿,就每日来一淌,慌慌张张的,也没趣儿。所以趁着机会,越性住上一年,我也多个作伴的,你也遂了心。"

这段描写意思很深,宝钗的会体贴人,香菱对美的向往,都表现了出来。对大观园的"羡慕",其实是一种对美的鉴赏品位的流露,暗示出香菱虽然自小被拐卖,但血胤里有文化美学的基因。她的父亲甄士隐本来就是"神仙一流人品","每日只以观花修竹,酌酒吟诗为乐"。再者到了薛家,与宝钗、黛玉等交往,自然也会受到无形的濡染。

所以紧接着就写香菱对宝钗说:"好姑娘,趁着这个工夫,你教给我作诗罢!"向往美,就喜欢诗,这很妙,说明诗是美的文字化身,是文学的"盐中之盐"。所以这一回的标题就是"慕雅女雅集苦吟诗"。针对香菱要向宝钗学诗的情急,脂批这样点评:"写得何其有趣。今忽见菱卿此句,合卷从纸上另走出一姣小美人来,并不是湘林探凤等一样口气声色。真神骏之技,虽驱驰万里而不见有倦怠之色。"

宝钗笑香菱"我说你得陇望蜀呢",让她不用急,先到荣府各房里走走,是"报到"的意思。但香菱对文化和艺术的渴望急不可耐,去了潇湘馆,就拜黛玉为师,立刻全身心地投入到学习作诗的努力之中。曹雪芹为香菱代拟了学诗三个阶段的作品,把黛玉教诗、与香菱谈诗、香菱学诗"苦吟"的痴心投入等描写得惟妙惟肖,最后香菱终于在梦中"得了八句",写出一首佳作。

脂砚斋有批语赞叹香菱:"香菱之为人也,根基不下迎探,容貌不让凤秦,端雅不让纨钗,风流不让湘黛,贤惠不让袭平,所惜者青年罹祸，命运乖蹇，至为侧室。且虽曾读书，不能与林湘辈并驰于海棠之社耳。然此一人岂可不入园哉。故欲令入园，终无可入之隙，筹画再四，欲令入园必呆兄远行后方可。然阿呆兄又如何方可远行？曰名，不可；利，不可；无事，不可；必得万人想不到，自己忽发一机之事方可。因此思及'情'之一字及呆素所误者，故借'情误'二字生出一事，使阿呆游艺之志已坚，则菱卿入园之隙方妥。"这是说曹雪芹写香菱的容貌才能都不在黛玉、湘云等人之下，只可惜自幼遭遇不幸，不能加入海棠诗社，才想方设法写薛蟠因"情误"而出门，目的是让香菱入园，放开笔墨写她学诗。

如果说"慕雅女雅集苦吟诗"是渲染香菱之"才"，那么"呆香菱情解柘榴裙"就展示其"情"。

那是在第六十二回，贾母和王夫人等守皇陵不在家，贾府空前自由自在，宝玉过生日，众姐妹和丫嬛们为他庆祝，格外纵情任性。香菱和已经分到各房服役的几个小戏子一起，"坐在花草堆中斗草"。豆官说："我有姊妹花。"香菱便说："我有夫妻蕙。"豆官说："从来没听见说有个夫妻蕙。"香菱说："一箭一花为兰，一箭数花为蕙。凡蕙有两枝，上下结花者为兄弟蕙，有并头结花者为夫妻蕙，我这枝并头的怎么不是？"豆官没的说了，便起身笑道："依你说，若是这两枝一大一小，就是父子蕙了？若是两枝背面开的，就是仇人蕙了？你汉子去了大半年，你想夫妻了，便扯上蕙也夫妻，好不害羞！"香菱和豆官在地上滚着逗闹起来，结果地下一洼积水把香菱的新裙子弄湿了，豆官不好意思便夺了手跑了。

这时"香菱起身低头一瞧，那裙上犹滴滴点点流下绿水来，正恨骂不绝"，正巧宝玉来了，问明缘由，宝玉说："若你们家，一日糟塌这一百条，也不值什么，只是头一件既系琴姑娘带来的，你和宝姐姐每人才一件，他的尚好，你的先赃了，岂不辜负他的心。二则姨妈老人家嘴碎，饶这么样，我还听见常说你们不知过日子，只会糟塌东西，不知惜福呢！这叫姨妈看见了，这顿说又不轻。"宝玉这一番话，表现了对香菱处境细致入微的关心体贴，所以"香菱听了这话，都磕心坎上，反到喜欢起来"。后来宝玉更周到安排，让袭人把自己刚做的一条一样的裙子给香菱换上，并解除香菱的顾虑说："这怕什么！等他孝满了，他爱什么，难道不许你送他别的不成？你若这样，不是你素日为人了。况且不是瞒人的事，只管告诉宝姐姐也不妨，只不过怕姨妈老人家生气罢了。"

这一情节当然又是表现宝玉"意淫"即无私体贴女孩儿的一个生动例子。香菱对宝玉说"就是这样罢了，别辜负了你的心"，宝玉回去叫袭人拿了新裙子来，给香菱换上。这里的遣词造句，前面香菱听了宝玉的话"都磕心坎上"，后面香菱又对宝玉说"别辜负了你的心"，关键字是"心"。突出宝玉和香菱的关系是一种纯粹的心灵的体贴，二人此时心心相印，没有其他的邪念。这正是"意淫"的本质。

而最后又有一段描写：

> 香菱见宝玉蹲在地下，将方才的夫妻蕙与并蒂莲，用树枝儿抠了一个坑，先抓些落花来铺垫了，将这莲蕙安放好，又将些落花来掩住了，方撮土掩埋平服。香菱拉他的手笑道："这又叫作什么？怪道人人说你惯会鬼鬼

崇崇使人肉麻的事。你瞧瞧你这手,弄的泥污苔滑的,还不快洗去。"宝玉笑着方起身走了去洗手,香菱也自走开,二人已走远了数步,香菱复转身回来叫住宝玉,宝玉又不知有何话,扎着两只泥手,笑嘻嘻的转来问:"什么?"香菱只顾笑。因那边他的小丫头臻儿走来说:"二姑娘等你说话呢。"香菱方向宝玉道:"裙子的事,可别和你哥哥说才好。"说毕即转身走了。宝玉笑道:"可不我疯了,往虎口里探头儿去呢。"说着也回去洗手去了。

有两点可以琢磨。宝玉把"夫妻蕙与并蒂莲"用落花埋葬,一方面表现宝玉一种诗人的情绪行为,另一方面也象征香菱未来被夏金桂折磨而死,她与薛蟠的婚姻也就完了。前面豆官玩笑说香菱"你汉子去了大半年,你想夫妻了",其实也是"一击两鸣",而下一回香菱抽了隐喻自己未来命运的花名签"连理枝头花正开",实际上隐原诗下句"妒花风雨便相摧",也和宝玉的"葬花"行为前后照应。宝玉和黛玉早已多次"葬花"。

香菱最后叮嘱宝玉"裙子的事,可别和你哥哥说才好",这里的"哥哥"指薛蟠,因为宝玉关心了香菱,让薛蟠知道了,会想入非非,往"邪"的方面联想,怀疑宝玉和自己的小妾有什么暧昧关系。宝玉也深知这一点,所以说"可不我疯了,往虎口里探头儿去呢"。这把人物在特定情境中特别的心理活动刻画得细致入微。

至于这个情节是否隐伏后来真有薛蟠因此而对香菱生疑妒之意,夏金桂诬陷挑拨时薛蟠对香菱那么无情,是否就有这种因素，那就不好说了。不过这里提到一个服侍香菱的更下层的丫头臻儿，也就是说，宝玉帮助香菱换裙子的事和香菱对宝玉说的话，至少都被臻儿知道了。臻谐音"真"——或可隐喻香菱和宝玉情感的"真"？或者这个薛家的小丫头将来会不会在薛蟠跟前说漏了嘴，如果演绎下去，当然也可以浮想联翩。

周汝昌有一解："臻儿是香菱之小女伴，香菱品格足以与可卿比肩，则臻儿亦非寻常脂粉。盖臻者，至也；此名岂等闲之辈所能承当乎？"[1] 意思是臻表示至极之意,则臻儿其名应该是象征香菱人品非凡，真是一个杰出的女儿。

第七十九回"薛文龙悔娶河东狮，贾迎春误嫁中山狼"，宝玉在凭吊一番人去楼空的贾迎春原住处紫菱洲一带后，接上了香菱走来，和宝玉议论薛蟠将娶夏金桂为正室的事。香菱兴冲冲的，还说"我也把不得早些娶过来，又添一个做诗的人了"。这充分展示了香菱的善良天真，对妻妾间的争宠毫无防范之心。连宝玉都想到了，对香菱说："虽然如此说，到只我但替你耽心虑后呢。"而香菱听了却"不觉红了脸"，对宝玉说："这是什么话说，素日咱们都斯抬斯敬的，今日忽然提起这些事，是什么意思？怪道人人都说你是个亲近不得的人。"香菱说完就走了，而宝玉"怅然如有所失，呆呆的站了半天，思前想后，不觉泪下来了"。

周汝昌认为第七十九和第八十回都非曹雪芹原稿，而是

---

[1] 周汝昌《红楼脂粉英雄谱》，桂林，漓江出版社 2008 年版，第 128 页。

亲友所补，即使如此，应该说还是基本上符合曹雪芹原意的。第八十回夏金桂过了门，很快就设计陷害香菱，刺激薛蟠，"薛蟠更被这一夕话激怒，顺手抓起一根门闩来，一径抢步找着香菱，不容分诉，便劈头劈脸浑身打起来"，后来香菱被薛姨妈带走，跟了宝钗。再往后的情节是：

> 自此以后香菱果跟随宝钗在园内去了，把前面路径一心断绝，虽然如此，终不免对月伤悲，挑灯自叹。本来怯弱，虽在薛蟠房中几年，皆由血分中有病，是以并无胎孕，今复加以气怒伤感，内外打（从周校本，"打"即"折"之意）挫不堪，竟酿成干血劳（从周校本，即"痨"）之症，日渐羸瘦作烧，饮食懒进，请医胗视服药，亦不效验。

第八十回的回目是"姣怯香菱病入膏肓"，说明再过一两回，香菱就"自从两地生孤木，致使香魂返故乡"了。从小被拐卖，再"薄命女偏逢薄命郎"，大观园学诗不过是昙花一现的瞬息春光，这个有才有貌的女儿走过了如此悲惨的人生轨迹，难怪曹雪芹要让她成为"千红一哭，万艳同悲"的一个"总代表"了。

后四十回对香菱做了改写，"施毒计金桂自焚身"，香菱不仅没有死，而且被薛蟠"扶正"，最后又被甄士隐度脱成仙。这与曹雪芹的原意是完全悖离的。

与香菱相关的，有一个娇杏。那还是香菱叫英莲的童年时候，娇杏是甄士隐家的一个丫嬛。那时贾雨村还是个落魄书生，住在甄家隔壁的葫芦庙里。有一天贾雨村到甄家串门，甄士隐刚接待了贾雨村，又来了新客人，甄士隐出去，剩下贾雨村一个人在书房，就发生了下面的故事：

> 这里雨村且翻弄书籍解闷。忽听窗外有女子嗽声，雨村遂起身往窗外一看，原来是个丫嬛，在那里撷花，生得仪容不俗，眉目清明，虽无十分姿色，却亦有动人之处。雨村不觉看得呆了。那甄家丫嬛撷了花方欲走时，猛抬头见窗内有人，敝巾旧服，虽是贫穷，然生得腰圆膀厚，面阔口方，更兼剑眉星眼，直鼻权腮。这丫嬛忙转身回避，心下乃想："这人生得这样雄壮，却又这等褴褛，想他必定是我家主人常说的什么贾雨村了，每有意帮助周济，只是没甚机会。我家并无这样贫穷亲友，想来定是此人无疑了。怪道又说他必非久困之人。"如此想来，不免又回头两次。雨村见他回了头，便自为这女子心中有意于他，更狂喜不禁，自为此女子必是个巨眼英雄，风尘中之知己也。

此后世事变迁，英莲被拐，甄家败落，娇杏跟着甄士隐夫妇投奔岳丈封肃。而贾雨村已经中考为官，来当地作知府，偶然在街上看见买线的娇杏，就向封肃要过来做了二房，后来雨村原配去世，娇杏就被扶为正室。

上引娇杏看见贾雨村后的心理活动描写得很生动，但娇杏其人，是个情节过场的"小人物"，脂批明确提示，"娇杏"谐音"侥幸"，小说正文中也说："偶因一着错，便为人上人。"

贾雨村用轿接娇杏 孙温 绘

所谓"一着错",意思是娇杏回头看了陌生男人,按传统礼教来说,是犯了错误,但由于这个错误,却带来了人生的转机。这当然有一种人生哲理在里边,也有点调侃意味。

在娇杏和英莲的命运对比中,曹雪芹表达了对人生命运无常的深沉感慨。后来虽写贾雨村,但不再提及娇杏。那个时代的女子,嫁鸡随鸡,嫁狗随狗,娇杏一生的命运就和贾雨村连在一起了。第一回《好了歌解》中"因嫌纱帽小,致使锁枷扛"一句旁边有脂批"贾赦雨村一干人",那么娇杏也并不能富贵寿考,善始善终。

针对上面引文中"自为此女子必是个巨眼英雄,风尘中之知己也"一句,周汝昌认为:英雄,是原笔。雪芹称女流,特用"英雄"一词,甚有深意,不解芹意者遂以为女子不可用"雄"字,故以"豪"代替,然已非雪芹本意。同时,对"知己"二字,认为是贯穿全书的一个关键词,与后面写贾宝玉和林黛玉的关系一脉相通。第三十二回黛玉听了宝玉在湘云和袭人面前"一片私心称扬于我","素日认他是个知己,果然是个知己",是全书的精神亮点。这些微妙的艺术作意,颇耐人寻味。

第八十回写到夏金桂从娘家带来陪嫁丫嬛宝蟾,是作为一个情节构件人物来设计的。她先被夏金桂利用,勾引薛蟠陷害香菱,等香菱被排挤走,夏金桂和宝蟾的矛盾上升:

> 宝蟾却不比香菱的情性,最是个烈火干柴,既合(从周校本,即"和")薛蟠情投意合,便把金桂忘在脑后,近见金桂又作践他,他便不肯低服容让半点,先是一冲一撞的拌嘴角口,后来金桂气急,甚至于骂,再至于厮打,他虽不敢还手,便大泼性拾头打滚,寻死觅活,昼则刀剪,夜则绳索,无所不至。

虽是寥寥几笔,却把一个泼蛮的女子写了出来,当然性格是单层次的、类型化的。后四十回接着写,金桂和宝蟾又狼狈为奸,勾引薛蝌,金桂要毒死香菱,宝蟾不知道而调换了汤碗,致金桂自作自受毒死自己,后来宝蟾坦白而真相大白。具体描写也还生动,但是一种通俗性写法,并不符合雪芹大旨。曹雪芹对女儿之"恶",不会这样大肆铺张,一般是精炼笔墨作简略交代,如前面写凤姐害尤二姐那种写法。这就是"两种《红楼梦》"不同的审美。

# 红楼十二伶

## 芳官、藕官、龄官

为迎接贾元春归省,荣国府从苏杭一带买了十二个小戏子回来,组成了家庭戏班子。这十二个戏子都是女性,研究者称为红楼十二伶。十二伶的名字是:龄官、茚官、藕官、蕊官、芳官、文官、茄官、艾官、葵官、豆官、宝官、玉官。戏子称"官",当然也有不同说法,是戏曲文化演变的产物。

中国的戏曲,到了元杂剧才正式形成,后南北变迁,在明清两代盛行的是传奇(又叫南戏、戏文),乃从宋末的温州杂剧发展而来。当时流行的主要是昆山腔和弋阳腔。贾府的家庭戏班,演唱的大多是明清传奇中的一些戏文,可能也有杂剧。这些戏文故事是当时的"流行文化",渗透到社会各阶层的日常生活之中。第五十一回薛宝琴作了十首怀古诗,其中涉及《西厢记》和《牡丹亭》,《西厢记》是元杂剧,《牡丹亭》是明传奇,都演绎爱情故事。思想正统的薛宝钗提出异议,黛玉反驳说:"难道咱们连两本戏也没见过不成?那三岁的孩子也知道,何况咱们?"李纨也说:"凡说书唱戏,求的签上皆有注批,老小男女,俗语口头,人人皆知皆识的。"由此可见戏曲文化的普及程度。

正是根据这样的社会文化背景，曹雪芹在《红楼梦》中巧妙地用戏文故事作"谶语"，暗伏情节发展，刻画人物性格，真可谓有"目送归鸿，手挥五弦"之妙。如贾元春归省时点了四出戏演唱，都"伏脉"了八十回后的情节发展，所谓《长生殿》中的《乞巧》，"伏元妃之死"，《牡丹亭》中的《离魂》，"伏黛玉死"，"所点之戏剧伏四事，乃通部书之大过节、大关键"，等等。

十二伶本身，其实也是"十二钗"的另一版本，暗含影射正册十二钗之意。当然其写法是巧妙微妙的。后来因为有一位老太妃死了，戏班子解散，分到各房中当丫头，在分配时，就写得意在言外。

> 贾母便留下文官自使，将正旦芳官指与宝玉，将小旦蕊官送与宝钗，将小生藕官指与了黛玉，将大花面葵官送了湘云，将小花面豆官送了宝琴，将老外艾官与了探春，尤氏便讨了老旦茄官去。

这种分配当然是作家的一种艺术构思，服从总体结构和情节的需要。比如这些小戏子没有给王夫人和凤姐，也没有迎春、惜春和邢岫烟的份。文官是演须生的，就分给年龄最老的贾母；尤氏也比较年长，就分了演老旦的；湘云性格豪爽，就给她演大花脸的；贾探春要远嫁海外，就得到"老外"（本意是指演外角，即戏曲中的陪衬人物）。宝琴分了演小花面的豆官，可能是因为这几个小姐中宝琴年龄最小，故用"小花面"之"小"和豆官之"豆"作相关影射，所谓"豆官身量年纪皆极小，又鬼灵，故曰豆官"（第六十三回）。

核心是分给宝玉、黛玉和宝钗三个人的小戏子。黛玉分小生，宝玉分正旦，正是戏曲爱情剧中饰演男女主角的，暗示了宝玉和黛玉的爱情关系。当然黛玉得"生"而宝玉得"旦"是一种灵活变化，否则就太刻板了。而分给宝钗的小旦与宝玉的正旦是"同性相斥"，且配小生的是"正旦"而不是"小旦"，就把宝钗在"金玉姻缘"中没有爱情基础的婚姻悲剧点染出来了。

但还不仅仅如此，我在《红楼梦探佚》中早就详尽论证过，曹雪芹更深隐的艺术作意，是死去的菂官影射林黛玉，小生藕官影射贾宝玉，芳官影射史湘云。菂是莲子，正与藕一体相关，菂官早死也就暗示黛玉早死。第五十八回"杏子阴假凤泣虚凰"中，描写藕官烧纸，怀念菂官，而在菂官死后又和蕊官同性相恋，这正"伏脉"八十回后黛玉死后宝玉和宝钗的婚姻。而藕官和菂官、蕊官的故事由芳官讲给宝玉听，又是宝玉和宝钗分手后又与史湘云劫后重逢的伏线。"芳官"从字面上是众芳之冠的意思，正影射史湘云才是八十回后的女主角。蕊官相关宝钗所吃"冷香丸"的配方是"四季白花蕊"。菂与藕都是荷莲之属，而黛玉的象征花卉是芙蓉——虽似乎是木芙蓉，其实也与水芙蓉即荷莲一脉相通。

对藕官，除了假凤虚凰一回外，没有更多的具体情节，到第七十七回"美优伶斩情归水月"，藕官和蕊官跟了一个尼姑智通出家，芳官跟了另一个尼姑圆信出家，似乎并不是最后的结局，佚稿中还会有故事。芳官是前八十回中描写最多的一个戏子，这当然和她象征史湘云这位佚稿中的主角有关。

芳官被写成在形象和性格上都与史湘云有某种可比性，比如两个人都有点男孩子的气质，比较豪爽，而且像贾宝玉。第三十一回说有一次湘云穿上宝玉的袍子，让贾母误认作宝玉；而第六十三回写宝玉和芳官划拳，"像是双生的弟兄两个"。湘云白天醉卧芍药圃的石头凳子上，枕了一包花瓣；芳官晚上醉眠宝玉身边，枕的其实也是"各色玫瑰、芍药花瓣装的玉色袷纱新枕头"。"石即玉，玉即石"，石头板凳和含补天顽石而降生的神瑛侍者贾宝玉一脉相通。芳官这个小戏子，从象征的层面上，就是影射佚稿中史湘云将与贾宝玉劫后相逢而结合。详细论证可参阅《红楼梦探佚》，这里避繁就简，不再重复。

第六十回"玫瑰露引出茯苓霜"的故事中，芳官不肯把蕊官私赠的茯苓霜给贾环，而用茉莉粉替代，引出赵姨娘打骂芳官，众戏子前来和赵姨娘打闹的情节。为什么偏偏是芳官和蕊官成了茯苓霜事件中的主角呢？如果我们明白她们分别影射湘云和宝钗，而在佚稿中湘云最后代替宝钗到了宝玉身边，就可以领略其"文有余妍题无剩意"（俞平伯语）[1]了。

第六十三回宝玉生日夜宴，众位女儿抽花名签赌酒，第一个就是"艳冠群芳"的牡丹花宝钗命芳官唱曲子，而芳官唱的是《赏花时》："翠凤毛翎扎帚义，闲为仙人扫落花……"。故事背景又是吕洞宾度脱"痴人"卢生成仙以代替何仙姑去天门扫花，芳官还说她姓花，这些曲笔暗喻，都只有和贾宝玉、

---

[1] 俞平伯《读红楼梦随笔》，《红楼心解》，西安，陕西师范大学出版社2005年版，第125页。

史湘云在佚稿中的结局相联系,才会感到真是意味悠长。当然,这又是以诗法为小说法,像外之像,如影与形,是高级艺术而不是通俗艺术。

曹雪芹的高明之处还表现在,尽管芳官影射湘云,但芳官作为一个文学形象,是活灵活现的,绝不和史湘云雷同。芳官是不识字的小戏子,史湘云是满腹诗书的侯门小姐,两个人的教养不同,文化内涵不同,芳官比史湘云更多一股田野的气息。湘云是庭苑中名贵品种的海棠花,芳官则是山间的野海棠。对许多读者,芳官那一股遮掩不住的淳朴荒蛮更有生机勃勃的吸引力。

王蒙就说他最喜欢芳官,并赏评:"芳官也是一个重要人物,作者正面写她并不多,特别是没有从人物自身角度写过她'心想'如何,'正欲'如何,'不料'如何如何,没有写过她的感觉,她的情绪,她的动机,却写出了她给旁人的感觉,引起了旁人的情绪。就是说,并没有把她作为一个'主体'来写。六十回写芳官与赵姨娘的冲突,她能顶能撞,泼哭泼闹,是个不吃亏的。后来她去到厨房中,掰碎热糕'掷着打雀儿顽',一副任性得宠的样子,气得小蝉咒她。芳官帮五儿走后门,显示了她一进怡红院就取得了相当的地位。六十三回'寿怡红群芳开夜宴'中,主子与婢仆平等作乐,天赋人权,玩得十分开心。……酒后芳官与宝玉同榻而眠,优宠何如!之后宝玉一会儿把芳官扮成男孩,一会儿给她起个少数民族的'胡语'名字'耶律雄奴',一会儿给她起了个法语名字'温都里纳'——金星玻璃,真是爱芳官爱得不知怎么好了。……可见她一是确有真才实貌,有相当的本钱,不可等闲视之。

二是她的性格确实有某种魅力，或做人确有某种道行，能讨人喜欢，能化解或征服敌意。看来主要是前者，并非有意为之。好个小芳官，也算个人材了。……芳官是芳官，是女，又是宝玉的孪生兄弟，是小厮；又是胡人耶律雄奴，又是法兰西人温都里纳。这样的芳官，一身而二任三任，何等地可贵！何等地丰富！这样地写人，何等地自由，何等地洒脱！"[2]

这是20世纪作家对18世纪作家写人艺术的叹赏。这还是对写作之"形"和"表"的体味，对曹雪芹写芳官之"神"和"隐"那一层面尚未有所会心。其实，无论写芳官与宝玉是"双生兄弟"，还是写宝玉给芳官改名，都有更微妙的"草蛇灰线，伏脉千里"的"影中影"的镜像艺术作意，每一笔描写都和佚稿中的某种情节演变相关涉。详见《红楼梦探佚》。

除了芳官和藕官，前八十回被重点描写的小戏子，还有一个龄官。这个龄官是戏班子里最美丽的，也是表演技艺最高的。第十八回元春归省时，龄官的表演就受到贵妃的赞赏，特别让她再加演两出戏，而龄官还真有点名角的脾气，硬是不服从戏班负责人贾蔷的安排，不肯演指定的戏目，而自选戏目。演完后照旧得到元春的欢心："命不可难为了这女孩子，好生教习，额外赏了两匹宫缎、两个荷包并金银锞子、食物之类。"

这个龄官爱上了"班主"贾蔷，爱情还特别专一。人见人爱，习惯了受女孩欢迎的帅哥贾宝玉，偶然一次想和她友

---

[2] 王蒙《红楼启示录》，北京，生活·读书·新知三联书店1991年版，第183—185页。

好一番,请她唱几句戏,居然受到了她的冷漠对待和严词拒绝,见了宝玉,躺在炕上"文风不动",宝玉坐下,她立刻"抬身起来躲避",并"正色"说:"嗓子哑了。前儿娘娘传进我们去,我还没唱呢。"以至于宝玉空前受憋:"从来未经过这番被人厌弃,自己便讪讪的红了脸。"另一个戏子宝官告诉宝玉,只要贾蔷让她唱,"是必唱的"。

贾蔷买来了鸟笼讨龄官高兴,里边有一只会"在戏台上乱串,衔鬼脸弄旗帜"的鸟雀,龄官反而说是打趣形容她,又说有老雀儿在窝里等这个小雀,贾蔷赶紧连陪不是,把鸟笼子拆了放生。龄官抱怨自己有病贾蔷不关心,贾蔷要立刻请大夫去,龄官又说"这会子大毒日头地下,你赌气子去请了来(周校本注:'赌气子'是口语),我也不瞧",意思是怕贾蔷晒着了。

这一段描写把龄官作为"角儿"和情人的恃宠而骄而娇("而骄"是对"角儿"说,"而娇"是对"情人"说),以及她对贾蔷那种强烈而深挚的爱,刻画得入木三分。龄官和贾蔷的这一出让宝玉"识分定情悟梨香院",有了一番人生观上境界的提升,成了宝玉青少年心理成长的一个台阶。西方有不少反映青少年心理蜕变的所谓的"成长小说",曹雪芹就这样简略的几笔,何等文约义丰,胜过了多少连篇累牍!

蔷龄之恋,前面早有情节铺垫。宝玉在大观园里看见"一个女孩子蹲在花下,手里拿着一根绾头的簪子在地下抠土,一面悄悄的流泪",而且"这女孩子眉蹙春山,眼颦秋水,面薄腰纤,袅袅婷婷,大有黛玉之态"。而后来看清,女孩是在反复地画一个"蔷"字,宝玉看得发痴,到下雨了,忘记了自己淋湿,却提醒画蔷的女孩要避雨。这就是所谓"龄官划蔷痴及局外",一方面固然是用蔷、龄影射宝、黛,同时正面描写龄官对贾蔷之爱,与宝、黛之恋一般真挚深沉,而另有一番风致,也可以惊天地泣鬼神的。

后来戏班子解散时,有三个戏子没有自愿留下来,离开了荣国府。其中的宝官和玉官,是虚写的人物,从名字上就影射宝玉和黛玉,既然已经写藕官、药官的故事象征宝、黛之恋,一再重复则文章累赘,宝官和玉官就打发走了。

不过,宝官和玉官仍然有镜头留下了倩影。那是在第三十回,宝玉因看龄官画蔷而发痴,淋了雨跑回怡红院,敲门不开,浑身淋湿的宝玉破天荒地发了脾气,要踢开门的小丫头撒气,却误踢了袭人。这场风波的原因,却和宝官、玉官有关系,她俩带头淘气,把沟堵了,院门关了,让水积在院内,把些绿头鸭、丹顶鹤等缝了翅膀放在院内玩耍,嬉笑打闹,以致听不见宝玉敲门。宝官和玉官戏耍鸟儿的行为,一派天真顽皮,还有点异想天开的浪漫,表现她俩毕竟是少拘束的戏子出身。

在上述龄官冷淡宝玉的故事中,宝玉刚去戏班子所在的梨香院时,"只见宝官、玉官都在院内,见宝玉来了,都笑让坐",对宝玉很热情,与龄官对照鲜明。后面对宝玉说蔷、龄热恋关系的则是宝官。

这些情节安排别有用心,深意是宝官象征宝玉,玉官象征黛玉,故而她们和宝玉近乎,和怡红院热络。在雨天戏鸟的故事中,特别点明宝官是小生,玉官是正旦,用生旦相配来影射宝玉和黛玉相恋,这与用藕官和药官的生旦之同性爱影射异曲同工。而宝玉想让龄官唱的曲子是《牡丹亭》里"袅晴丝"段子,那又正是第二十三回黛玉听得"心动神摇"的曲子。这些细节都十分微妙,用各种曲折的方式折射到宝玉和黛玉这两位主角身上。

龄官也在戏班解散时悄无声息地离开了,这个十二伶中最酷的女儿,一定是被贾蔷另外做了安排。蔷、龄的后续故事,应该在佚稿中,戚蓼生序本第十八回前评诗中有一句"屈从优女结三生",这一回正有元春欣赏龄官的情节,这句诗或者就是说佚稿中贾蔷和龄官的结局吧。

其他几个小戏子,没有太多的戏份,只有一些随文点缀。比如第六十三回写宝玉把芳官打扮成男孩子,湘云效法,也把葵官打扮成小子,李纨和探春则把宝琴的豆官打扮成小童。湘云又把葵官改名"韦大英","暗有惟大英雄能本色之语"。前面讲过豆官和香菱斗草的故事。第五十四回贾母元宵节夜里取乐,叫来小戏班,有一段描写:

> 一时梨香院的教习带了文官等十二个人从游廊角门出来。婆子们抱着几个软包,因不及抬箱,故料着贾母爱听的三五出戏的彩衣包了来。婆子们带了文官等进去见过,只垂手站着。贾母笑道:"大正月里,你师傅也不放你们出来旷旷(从周校本,即'逛逛')?你等唱什么大出八义,闹的我头疼。咱们清雅些好。你瞧瞧,这薛姨太太、李亲家太太都是有戏的人家,不知听过多少好戏的,这些姑娘都比咱们家姑娘见过好戏,听过好曲子。如今这小戏子又是那有名顽戏的班子,虽是小孩子们,

却比大班还强。咱们好歹别落了褒贬，少不得弄个新鲜样儿，叫芳官唱一出《寻梦》，只须用箫管，笙笛一概不用。"文官笑道："这也使的，我们的戏自然是不能入姨太太和亲家太太姑娘们的眼，不过听我们小孩子一个发脱口齿，再听一个喉咙罢了。"贾母笑道："正是这话了。"李婶、薛姨妈喜的都笑道："好个伶透孩子，你也跟着老太太打趣我们。"

这当然表现了贾母的气派和情趣，实际上用客气谦虚的口吻显摆贾府的富贵排场。而文官似乎是小戏班里"领班"的戏子，且十分聪明伶俐，跟着贾母的话诙谐逗趣，讨大家喜欢，难怪后来她被分给了地位最高的贾母。后面贾母让芳官唱完《寻梦》后，葵官接着唱《惠明下书》。《寻梦》和《惠明下书》，分别是《牡丹亭》和《西厢记》里的段子，正与前面的"西厢记妙词通戏语，牡丹亭艳曲警芳心"文脉相承。

而在第六十回和赵姨娘的打斗中，是湘云的葵官和宝琴的豆官听到消息，约了黛玉的藕官和宝钗的蕊官一起，赶来为芳官助阵的。如果看看这几个戏子都影射谁，作者的文心匠意也就不言而喻了。这些小戏子的故事都不是孤立的情节，而和正册十二钗的相关人物互为镜喻，这还是"诗化小说"的体现。

此外写到一两个小戏子，是贾府临时叫来的外头戏班，不属于十二伶。如第二十二回引起宝玉和黛玉、湘云情感纠纷的那个长得像黛玉的小戏子，以及第五十三回末贾府过年演《西楼楼会》中那个发科诨的书童文豹等，属于情节点染的人物，但也生动活泼。

当然，曹雪芹写《红楼梦》，是"诗法叙述"和"史法叙述"并重的，而且皆臻极致。从"写实"和"现实主义"的视角阅读，对世态人情的描摹刻画也可谓丰盈饱满而鞭辟入里。如众小戏子都认了老婆子作干娘，这种"认干亲"的社会现象在小说中也得到了多方面的展示，所谓"认干亲"，其实还是利益驱动胜于感情维系。这在芳官和干娘因洗头而发生纠纷的那一幕中得到了充分的表现。芳官的干娘让芳官用自己亲女儿洗过的水洗头，芳官不满，说"我一月的月钱都是你拿着，沾我的光不算，反给我剩东剩西的"，老婆子则骂芳官"都说戏子没一个好缠的"。

对双方的是非，小说写了三个人的评论。晴雯说："都是芳官不省事，不知狂的什么也是的。也不是会两出戏，到像杀了贼王，擒了反叛来的。"袭人说："一个巴掌拍不响，老的也太不公道些，小的也太可恶些。"宝玉说："怨不得芳官。自古说，物不平则鸣，他少亲失眷的，在这里没人照看了，反到赚了他钱，又作践他。这如何怪他？"真可谓八面玲珑，好看煞人。晴雯、袭人和宝玉的思想性格言谈作风，都恰如其分，栩栩如生，而芳官的优点和缺点，也都从三个人的评论中凸显了出来。

对小戏子与丫嬛的不同，俞平伯有一段评论说得比较实在："这女伶以多演风月戏文，生活也比较自由一些，如藕官、蕊官、蕊官的同性恋爱，第五十八回记藕官烧纸事，若写作丫鬟便觉不合实际。丫鬟们彼此之间倾轧磨擦，常以争地位争宠互相妒忌，而女伶处境不同，冲突也较少，她们之间就很有'义气'。又如丫鬟们直接受封建家庭主妇小姐的压制，懂得这套'规矩'，而女伶们却不大理会。譬如第六十回以芳官为首，藕官、蕊官、葵官、豆官和赵姨娘的一场大闹，女伶则可，若怡红院的小丫头们怕就不敢。如勉强也写成群众激愤的场面，也就不大合式了。"[3]

抄检大观园后，王夫人把大部分小戏子驱逐出贾府，"上年凡有姑娘分的唱戏的女孩子们，一概不许留在园里，都令其各人干娘带出，自行聘嫁"。这些女戏子就又落入老婆子们之手。不过后来芳官、藕官和蕊官闹着出家为尼，被两个老尼姑骗去"作活使唤"，实际又落入了另一个"牢坑"（小尼姑智能对秦钟语）。跟了贾母的文官和跟了尤氏的茄官仍然留在贾府，将来贾府被抄家，她们会作为罪家的奴仆被变卖，而其他几个，如艾官、葵官、豆官，则被各自干娘作为牟利的工具，或转卖或"自行聘嫁"了。

散文家梁遇春在其名文《谈"流浪汉"》中曾说，不管中外，戏子女优必定是人们所喜欢的人物。用今天的话说，就是所谓的"大众情人"和"社会偶像"。红楼十二伶，同样姹紫嫣红、风流旖旎，但曹雪芹的深刻在于，他更揭示了这些美丽女儿戏里戏外的纷纭百态，最终"花落水流红""到头来都付与断井颓垣"之命运悲剧。

---

[3] 俞平伯《丫鬟与女伶》，《红楼心解》，西安，陕西师范大学出版社 2005 年版，第 222—223 页。

# 昙花一现的女儿

## 智能、二丫头、卍儿、若玉、喜鸾

《红楼梦》把所谓的"清净女儿"作为"须眉浊物"的价值对立面,以褒扬女儿美好和哀叹她们的悲惨命运为根本宗旨,是一种诗意的写法,并不能与现实刻板比照,而应该"观其大略"。有一些少女,只"偶尔露峥嵘",却也生动活泼,让人遐想不置。

第十五回写到小尼姑智能,是秦可卿兄弟秦钟的恋人。必须了解,秦钟和他的姐姐秦可卿、父亲秦业,都属于象征性人物,分别谐音"情种""情可倾"和"情孽",蕴含着盛衰荣辱无常之人生哲理大隐喻。

秦钟在姐姐秦可卿出殡的过程中,在馒头庵和小尼姑智能偷情,又和贾宝玉同性恋,这些情节都是一些哲理化的隐喻,所谓"纵有千年铁门槛,终须一个土馒头",是不能用"现实主义"的视角而据此分析秦钟如何"下流",宝玉又如何"不堪"的。曹雪芹的高超在于,他能把这些哲理性的象征通过具体的人物和情节进行表现,似乎就是本真的生活流而别无他意,不具备"慧眼"者,就意识不到其隐喻。对比一下卡夫卡把人写成甲虫等西方"现代派"的"超现实主义"一类明显的象征,曹雪芹的艺术是不是更杰出、更隐秀也更超前呢？

那一段把智能写得多么真实鲜活，面对秦钟的求欢，智能说："你想怎么样？除非我出了这牢坑，离了这些人，才依你。"而当秦钟用强，"那智能百般挣挫不起，又不好叫唤的，少不得依他了"。当宝玉跑进来把两人按住，"羞的智能趁黑跑了"。当然前提仍然是，智能是爱秦钟的，所谓"那智能儿自幼在荣府走动，无人不识，因常与宝玉、秦钟顽耍。他如今大了，渐知风月，便看上了秦钟人物风流，那秦钟也极爱他妍媚，二人虽未上手，却已情投意合了"。宝玉和秦钟争着要智能倒来的茶，智能说："一碗茶也来争，我难道手里有蜜！"一句话把少年男女打情骂俏的风流写得何等妩媚！

而最后的结局，是智能到秦钟家看秦钟，被秦业发觉，"将智能逐出，将秦钟打了一顿，自己气的老病发作，三五日光景呜呼死了。秦钟本自怯弱，又值带病未愈，受了笞打，今见老父气死，此时悔痛无及，更又添了许多的症候"。再过不久，就"秦鲸卿夭逝黄泉路"了。

这些，都是写实为表而象征为里，也就是诗化的故事，如此把握，才能得其环中，否则就会郢书燕读，读出"宝玉在'肉'上，也是很不干净很不严肃的"[1]一类了。周汝昌有两首绝句咏智能，第一首说："削发皈依岂自甘，分明水月榜名庵。鲸卿本是钟声义，警醒情缘味细参。"并加笺解："庙中铜钟以杵撞之，其杵雕为鱼形，即鲸也。钟非鲸撞则寂然

---

[1] 王蒙《王蒙评点红楼梦》，上海，上海文艺出版社2005年版，第137页。

不作吼耳。"[2] 这是笺解秦钟之所以字鲸卿的微言大义。第二首诗则咏叹智能的悲剧命运："削发为尼效色空,思凡一曲怕常听。晨钟未动心先动,只念鲸卿懒念经。"曹雪芹在"写实"和"超写实"两个层面都功力独到,也要求读者能在两个层面都能欣赏悟解。

同样在秦可卿出殡的故事中,又出现了一个二丫头。宝玉和秦钟因出殡之事到了乡下,见了锹、镢、锄、犁等农具都感到新鲜好奇,并体会到古人诗句"谁知盘中餐,粒粒皆辛苦"的真切。后来又在一间民房里看到炕上的一架纺车,宝玉"搬转作耍","只见一个约有十七八岁的村庄丫头,跑了来乱嚷:'别动坏了!'众小厮忙断喝拦阻,宝玉忙丢开了手,陪笑说道:'我因为没有见过这个,所以试他一试。'那丫头道:'你们那里会弄这个,站开了,我纺与你瞧。'秦钟暗拉宝玉,笑道:'此卿大有意趣。'宝玉一把推开,笑道:'该死的,再胡说我就打了。'说着,只见那丫头纺起线来。宝玉正要说话时,只见那边老婆子叫道:'二丫头,快来!'那丫头听叫,忙丢了纺车,一径去了。宝玉怅然无趣"。后面还有一个尾声:宝玉等人要离开村庄了,凤姐预备下封赏,赏了本村主人,"庄妇等来叩赏,凤姐并不在意,宝玉却留心看时,内中并无纺线的二丫头。一时上了车,出来走不多远,只见迎面那二丫头怀里抱着他小兄弟,同着几个小女孩说笑而来。宝玉恨不得下车跟了他去,料是众人不依的,少不得以目相送,

---

2　周汝昌《红楼脂粉英雄谱》,桂林,漓江出版社2008年版,第24页。

争奈车轻马快，一时展眼无踪"。

这个天真淳朴的乡村二丫头惊鸿一现，留下了真实可爱的身影，既在宝玉的记忆中，也在读者的心目中。对这种情节，其实也应该像读田园诗一样赏其意境，而不必用什么"心理学"一类分析解剖宝玉和秦钟的"性心理"。评红者们经常引用刘姥姥初进荣国府时不认得自鸣钟的情节，其实宝玉到了乡下不也不认得农具纺车吗？曹雪芹就在这些不经意的细节中传达了他平等进步的思想。

这个二丫头，笔者曾推测，也是"千里伏线"的一个小人物，当佚稿中贾府被抄而宝玉沦落民间时，他也许会再度遇上二丫头并受到她的帮助。周汝昌赋诗曰："芳郊骏马送灵来，小憩村居得展怀。一面便成缘分浅，车轻轮疾梦萦回。"并加笺解："雪芹笔下之女儿无所不有，然其奇笔之最奇者，莫过于写出一个二丫头：着墨不多，意趣特远，令人无限返思。我曾写一小文，揣度八十回后宝玉与茗烟出郊外，再寻此人。"[3]而刘心武认为宝玉"以目相送"二丫头，"宝玉的这个眼神，体现出他内心对囚禁于富贵之家的大苦闷与复归淳朴田园生活的大向往，同时也是一个大伏笔，就是到最后他会在二丫头的引领下顿悟，从而悬崖撒手、复归天界，也就是'因空见色，由色生情，传情入色，自色悟空'"。[4]

第十九回则写了一个小丫头卍儿，是宝玉得力小厮茗烟的恋人。那一回宝玉在宁国府看戏，对那些"神鬼乱出，妖

---

3　周汝昌《红楼脂粉英雄谱》，桂林，漓江出版社2008年版，第130页。
4　刘心武《红楼眼神》，重庆，重庆出版社2010年版，第23页。

魔毕现"的神怪打斗戏不感兴趣,一个人走到一间小书房,因为那里挂着一帧美人画像,宝玉怕美人寂寞,要去望慰她——自然又是"意淫"的画龙点睛之笔,把宝玉那诗人的情性写绝了。但更绝的是,刚走到书房门口,"听得房内有呻吟之韵",宝玉还以为画上的美人活了,舔破窗户纸一看,"却是茗烟按着一个女孩子,也干那警幻所训之事"。宝玉踹门进去,"将那两个唬开了,抖衣而颤。茗烟见是宝玉,忙跪求不迭"。宝玉一面责备茗烟,一面"看那丫头,虽不缥致,到还白净,些微亦有动人之处,羞的脸红耳赤,低头无言"。宝玉不愧情痴情种,"跺脚道:'还不快跑!'一语提醒了那丫头,飞也似去了。宝玉又赶出去,叫道:'你别怕,我是不告诉人的。'急的茗烟在后叫:'祖宗,这是分明告诉人了。'"

真是生动如画如影视,读者简直就像到了现场。后面宝玉问茗烟这个丫头多大了,茗烟说"大不过十六七岁了",宝玉说:"连他的岁属也不问问,别的自然越发不知了,可见他白认得你了。可怜,可怜!"这自然又是宝玉的"意淫"和茗烟的"皮肤滥淫"的一种艺术对照。

但还有情节,宝玉再问那小丫头的名字,茗烟就大笑道:"若说出名字来话长,真真新鲜奇文竟是写不出来的。据他说,他母亲养他的时节,作了一个梦,梦见得了一匹锦,上面是五色富贵不断头卍字的花样,所以他的名字叫作卍儿。"宝玉听了说:"真也新奇,想必他将来有些造化。"

周汝昌笺解曰:"在丝绸织品之上,常有'卍字不断头'之图案花样。盖此卍字可以连接不断,取其吉祥之意也。今茗烟偷与卍儿相会被宝玉惊散,是为断头抑不断头也?我谓后文茗烟与卍儿尚有妙文故事，惜不能见矣。"[5]

卍儿之名仅仅涉笔成趣吗？第七十二回凤姐和旺儿家媳妇说："昨儿晚上，忽然作了一个梦，说来也可笑，梦见一个人，虽然面善，却又不知名姓，找我。问他作什么，他说娘娘打发来要一百匹锦，我问他是那位娘娘？他说的又不是咱们家的娘娘，我就不肯给他，他就上来夺，正夺着，就醒了。"第七十二回的每个情节都有引伏佚稿后文的作用，这个"夺锦"的故事自然象征贾府在宫廷势力消长中的失利，同时曹家的江宁织造府本来就是管理织锦之事，也是"假作真时真亦假"。

那么，前面的这个卍儿，乃是她母亲"梦见得了一匹锦"所生，会和凤姐之梦有什么微妙的联系呢？真是很难具体想象了。但这让我们明白，曹雪芹笔下的许多"小人物"，都不是可有可无的，而和整部小说的大结构水乳交融。《红楼梦》是大河大海，宝玉和十二钗等是大浪花，卍儿这样的"小人物"是其中一滴不起眼的小水珠，但一滴水里同样有大河大海的色彩光辉。

刘姥姥二进荣国府时，"村姥姥是信口开合"，大编山野间的"聊斋志异"，让贵族女眷们喜乐非常。而贾宝玉更被刘姥姥编的"雪下抽柴"的传奇迷得神魂颠倒。是个怎样的"山海经"呢？

> 我们村庄上种地种菜，每年每日，春夏秋冬，风里

---

[5] 周汝昌《红楼脂粉英雄谱》，桂林，漓江出版社2008年版，第104页。

雨里，那里有个坐着的空儿，天天都是在那地头子上作歇马凉亭，什么奇奇怪怪的事不见呢！就像去年冬天，接接连连下了几天雪，地下压了三四尺深。我那日起的早，还没出房门，只听见外头柴草响，我想着必定是有人来偷柴草来了，我就爬着窗眼儿一瞧，却不是我们村庄上的人。……也并不是客人，所以说来奇怪，老寿星当是个什么人，原来是一个十七八岁极标致的一个小姑娘，梳着溜油光的头，穿着大红袄儿，白绫裙儿。

刚说到这儿，马棚里着了火，火被救下去后，贾宝玉还惦念着那个女孩儿，问刘姥姥："那女孩儿大雪地里作什么抽柴草，倘或冻出病来呢？"贾母说："都是才说抽柴草惹出火来了，你还问呢，别说这个了。"但宝玉念念不忘，后面"背地里宝玉足的拉了刘姥姥，细问那女孩儿是谁"。刘姥姥就再编一些故事：

那原是我们庄北沿地埂子上有一个小祠堂里供的，不是神佛，当先有个什么老爷。……这老爷没儿子，只有位小姐，名叫若玉。小姐知书识字，老爷太太爱如珍宝。可惜这若玉小姐生到十七岁一病死了。……因为老爷太太思念不尽，便盖了这祠堂，塑了这若玉小姐的像，派了人烧香拨火。如今日久年深的，人也没了，庙也烂了，那像也成了精咧。

"情哥哥偏寻根究底"，宝玉把刘姥姥的瞎掰当真，让书童茗烟去寻找那个庙，结果找到一座瘟神庙，搞了个喜剧结尾。这个故事又是宝玉"意淫"的一个例证，疼惜对象从画上的美人延伸到故事里的女孩儿了。这个故事中女孩儿名叫若玉，有的版本里作"茗玉"，是"若"是"茗"？研究者各有说法。

以"若玉"讲，就是这个传说的女儿"若"林黛玉，暗示黛玉后来也病夭了。小说中描写宝玉说："咱们雪下吟诗，也更有趣了。"黛玉立刻打趣他："依我说，还不如弄一捆柴火，咱们雪下抽柴，还更有趣儿呢。"既写了黛玉的机敏幽默，以及对宝玉了解之深，也暗示了若玉和黛玉，是一种影射艺术。

认同"茗玉"者则说，茗玉之"茗"和宝玉小厮茗烟之"茗"有关，宝玉不是派茗烟去寻找供奉茗玉的庙宇吗？同时，刘姥姥说"茗玉"，出现了"茗"字，茗就是茶，也与后面的品茶拢翠庵的情节，构成了生活逻辑上的严密性和文本叙事结构的流畅性。

此外，曹雪芹还写了张金哥、傅秋芳、袭人的姨姊妹、喜鸾、四姐儿以及媳妇将军林四娘、真真国女儿等许多小姑娘。从在小说中的地位和所占篇幅来说，是一些无足轻重的"小人物"，但或皴染生活之丰满，或显示结构之神妙，或暗含某种哲理，或衬托主要角色之多姿多彩，或是某种"影射"，都有其作用。

比如喜鸾和四姐儿，是贾府穷本家的两个小姑娘，第七十一回中跟着母亲到荣府为贾母祝寿，"贾母独见喜鸾和四姐儿生得又好，说话行事与众不同，心中喜欢，便命他两个也过来榻前同坐"，又留在荣府居住。后面接着描写："贾母忽想起一事来，忙唤一个老婆子来，吩咐他：'到园里各处女人们跟前嘱咐嘱咐，留下的喜姐儿和四姐儿虽然穷，也和家里的姑娘们是一样，大家照看经心些。我知道咱们家的男男女女都是一个富贵心，两只体面眼，未必把他两个放在眼里。有人小看了他们，我听见，可不饶。'婆子答应了，方要走时，鸳鸯道：'我说去罢，他们那里听他的话。'说着，便一径往园子来。"这个情节实际上是借喜鸾和四姐儿写贾母的精明和通晓世情，侧面渲染贾府的"人情势利"和潜伏的矛盾。后面尤氏就借此感叹："老太太也太想的到，实在我们年轻力壮的人，捆上十个也赶不上。"而鸳鸯和探春接着的谈话，也为贾府"窝里斗"的日益激烈而忧虑。

后面就有喜鸾的一个镜头。针对探春的忧虑，宝玉说"我常劝你，总别听那些俗话，想那些俗事，只管安富尊荣才是"，尤氏批评他"一点后事也不虑"，宝玉说："我能彀和姊妹们过一日是一日，死了完了事，什么后事不后事！"李纨笑他："就算你是个没出息的，终老在这里，难道他姊妹们都不出门的？"（此处"出门"指出嫁）尤氏也说他"又傻又呆"，宝玉则回答："人事莫定，知道谁死谁活？倘或我在今日明日死了，也算是遂心一辈子。"众人都说宝玉疯了,这时却有喜鸾接话："二哥哥，你别这样说，等这里姐姐们果然都出了门，横竖老太太、太太也寂寞，我来和你作伴儿。"李纨、尤氏都笑说："姑娘也别说呆话，难道你是不出门的？这话哄谁！"说的喜鸾也低了头。

这是写青春短暂，人生无情、聚短离长的命运感，隐含"家亡人散"的大主题，同时生动表现了宝玉诗人哲人的性分气质。而喜鸾作为一个尚未长大的小女孩，所说的"孩子气"

的话，正从另一个角度皴染了其间内涵的深刻和无奈。就这样一句插话，喜鸾的青春之无邪、无虑、无忧也有些无知的神情面貌就呼之欲出了。周汝昌赋诗曰："喜鸾四姐暂相逢，大寿八旬老祖宗。我愿常陪二兄住，问她出嫁面方红。"[6]

可见，曹雪芹写作的核心，一方面是诗化诗意，诗的隐喻和象征；另一方面是具体人物的生活真实感。对这两点要旨，一般读者多偏重于后者，对前者则往往有所忽略而领悟不深。其实，只有两方面都知音解味，对曹雪芹笔下千姿百态的"小人物"，才能全面赏会其妙谛和神韵。

---

6 周汝昌《红楼脂粉英雄谱》，桂林，漓江出版社2008年版，第106页。

小厮仆从亲友系列

# 贾宝玉的小厮

## 叶茗烟/焙茗、李贵

曹雪芹有一些写作的"大旨",也就是现在说的"原则",在对小说人物的态度上,是女儿胜过男子,青少年胜过中老年。其中蕴涵的思想倾向,是女儿和青少年受社会濡染比较少,还保有某种人性的真纯和自然美,而成年男女则已经世故太深,老奸巨猾,"厚黑"得无可救药了。这也就是"情种"和"禄蠹"的分野,当然这只是一个大的界限,在具体的人物描写上,又会有分寸的差别。

这个原则体现在小说人物所占的篇幅上,是女儿的镜头远多于男子,青年比成年、老年露脸的机会更多。看前八十回,贾赦和贾政等成年男人,对他们的描写,是减少到最大限度的。贾政只有宝玉上学前、题咏大观园和元宵节假日猜灯谜很少几次出场,笔墨极为经济,在宝玉挨打后则被打发出差,从此长期在外,直到第七十一回才回到贾府。贾赦在鸳鸯事件中是主角,却只有几句威胁鸳鸯的话语而已,就是个"幕后"的黑手,一个"影子"似的人物。此外贾珍、薛蟠等,也是如此"待遇"。这在后四十回续书中大异其趣,"贾存周报升郎中任,薛文起复惹放流刑""守官箴恶奴同破例,阅邸报老舅自担惊""宁国府骨肉病灾祲，大观园符水驱妖孽"，贾政、薛蟠、贾赦等"须眉浊物"都成了整回整回的主角人物。"两种《红楼梦》"的思想和美学差异，在对人物描写篇幅的孰轻孰重上就一目了然。

因此，在前八十回，对男仆的描写远逊于对丫嬛的，无论所占篇幅还是具体描写的精细程度，都是如此。不过，这并未影响这些出场少的男仆们给读者留下鲜明的印象，这就是曹雪芹的艺术功力。

宝玉的小厮，有名字的出现了十个：最贴身知心的是茗烟，可称第一小厮，此外还有锄药、扫红、墨雨、引泉、扫花、挑芸、伴鹤、双瑞、双寿。

看一下这些小厮出场的先后：第九回有"顽童闹学堂"，因金荣欺负秦钟，在贾蔷挑唆下，茗烟向金荣发难。"金荣随手抓了毛竹大板在手，地狭人多，乱打乱舞一阵。茗烟早吃了

**茗烟闹书房 孙温 绘**

一下,乱嚷道:'你们还不动手!'宝玉还有三个小厮,一名锄药,一名扫红,一名墨雨。这三个岂有不淘气的,一齐乱嚷:'小妇养的,动了兵器了!'大家挺起门闩马鞭子,蜂拥进来。"

第二十四回,贾芸去找宝玉,"只见茗烟、锄药两个小厮下象棋,为夺车正办嘴(从周校本,即'拌嘴'),还有引泉、扫花、挑芸、伴鹤四五个又在房檐上掏小雀儿顽"。其中挑芸的"芸",有七个抄本都写作"雲",杨继振藏本作"云",而舒元炜序本作"芸"。周汝昌在《石头记会真》中加按语说:"当以挑芸为是,云、雲皆写讹。盖茗、药、花、泉皆地下实物,芸亦其一,与风云月露非类。"[1]这说得也有道理。

十个小厮也是两两对仗,茗烟和墨雨,是两个名词性的字组成一词,前一个字为人事,后一个字是自然,当然茗烟是主要描写对象,墨雨只是"虚陪"。双瑞和双寿有特殊寓意,后面专说。剩下的六个,是动宾性组词:引泉对扫花,锄药对扫红,挑芸对伴鹤。不过扫花和扫红重复一个"扫"字,"红"与"花"也意思接近,似有未妥。可能"扫花"本是"种花",在传抄过程中"种"讹为"扫"。繁体字"種"和"掃"用毛笔书写,再来点草书,是容易混淆的。这三组小厮的名字与大观园的象征意象有一定联系。"沁芳"泉是所谓"花落水流红",而林黛玉葬花和史湘云醉卧红香圃是两个寓意深远的情节,都是众女儿悲剧命运的隐喻。准此,从引泉、种花到锄药、扫红,岂不就是大观园诸女儿从"姹紫嫣红"到"众芳芜秽"

---

[1] 周祜昌、周汝昌、周伦玲《石头记会真》,郑州,海燕出版社2004年版,第546页。

的历程吗？

而挑芸和伴鹤，则影射史湘云——佚稿中的女主角。鹤是湘云的一个象征物，如描写湘云身材苗条用"鹤势螂形"之喻、湘云咏句有"石楼闲睡鹤"和"寒塘渡鹤影"等。而湘云之"云"和"芸"也相通——贾芸是大观园的"护花使者"，他送给宝玉两盆白海棠，湘云是海棠诗社的真正冠军，海棠也是她的象征物——只恐夜深花睡去。

第二十八回则描写，宝玉要去赴冯紫英的约会，"命人备马，带着茗烟、锄药、双瑞、双寿四个小厮"。这新出现的双瑞、双寿，周汝昌考证甚明，那是暗示本回所写其实是贾宝玉过生日，即四月二十六日"遮天大王的圣诞"，故有一些情节点染，如探春给宝玉做的鞋过于精致，引起贾政不满，宝玉撒谎说"前日我生日，是舅母给的"等旁敲侧击，双瑞、双寿之名，也是为宝玉庆寿的一种微妙笔法。

这十个小厮中，只有茗烟做了详细描写。不过后来茗烟又叫焙茗，周汝昌《石头记会真》有按语说："焙茗与茗烟歧出，蒙、杨、苏、觉四本（指蒙古王府本、杨继振藏本、圣彼得堡藏本、梦觉主人序本——引者）则始终用茗烟，庚、戚、舒、郑、甲（指庚辰本、戚蓼生序本、舒元炜序本、郑振铎藏本、甲戌本——引者）中改焙茗，而程（指程高本——引者）则加字以'调解'之。按茗烟于第九回原与墨雨为对仗，此处（指第二十四回——引者）数小厮名字又皆上一字动词，下一字名词，排比。"[2] 我

---

2　周祜昌、周汝昌、周伦玲《石头记会真》，郑州，海燕出版社2004年版，第546页。

以为，曹雪芹原稿当是茗烟，因为要突出这个小厮形象，故而要和其他小厮在名字结构方式上有所区别。

林方直在《红楼梦符号解读》中对茗烟其名提出一种别出心裁的说法。一方面，他认为茗烟和锄药、伴鹤等名字一样，是"宝玉的从属符号"，意思是"宝玉在贾府败落之后、回青埂峰之前，有一段隐逸和寺院生活，与烟、茶、药、泉、花、鹤打交道，结下不解之缘"[3]。另一方面，又认为茗烟和小丫头卍儿，分别是阳和阴两方面的"生殖符号"。因为茗是指晚采的茶，而"茶作为一种供品，在达到'百代仰蒸尝之盛'，即达到子孙绵绵的目的中，茶也起到一份作用"[4]，所以女子受聘，俗称"吃茶"，凤姐就曾和黛玉开玩笑："你既吃了我们家的茶，怎么还不给我们家作媳妇？"烟则指点燃香火，轻烟如篆，冉冉而升，持续不绝，此种动态流程，如子孙之绵延。所以旧日以"接续烟火""接绍香烟"等比喻血缘纽带的延续。

卍儿的"卍"也是一个生殖符号。因为符号卍是不断头的，让卍和卐通过各种形式的组接方式联系起来，线段就朝一个方向不断延伸，卍符号也由一点向四面不断扩张，只要延伸，就永不断头，故怡红院有"卍福卍寿"的装饰工艺。卍符号和《洛书》符号也有一致性，都有生殖信息在内，"携带着生殖信息，依循着演化机制，发挥着扩张功能，进行着不息的生命衍化"。因此，第十九回茗烟和卍儿偷情的故事，茗烟说卍儿母亲生

---

3　林方直《红楼梦符号解读》，呼和浩特，内蒙古大学出版社1996年版，第87页。

4　同上书，第56页。

她时梦见卍字锦缎,都有一种生生不息的象征内涵。

如果循着这个思路想象八十回后佚稿情节,也许在贾府等四个家族"家亡人散"的大破败大毁灭后,茗烟和卍儿这样的"小人物"却子孙繁盛,欣欣向荣,而提示了"野火烧不尽,春风吹又生"的启示?那么邢岫烟与薛蝌(蝌应为虬之误,虬与薛蟠之蟠相连)结为夫妻,是否也有这样的象征?岫烟的丫头不是叫篆儿,也隐喻香烟不绝吗?

前八十回对茗烟的具体描写,则堪称生龙活虎。作为宝玉这个荣府受宠公子的第一得用少年男仆,他对宝玉的了解和忠诚,他的乖猾伶俐、调皮捣蛋,他的有点仗势欺人,都刻画得鲜活灵动。

第九回顽童闹学堂,贾蔷挑唆茗烟出头,小说中写"这茗烟乃是宝玉第一得用的,又且年轻不晓世事,如今听贾蔷说有人欺负宝玉、秦钟,心中大怒。一想若不给他个利害,下回越发狂纵难制了。这茗烟无故就要欺压人的,如今听了这个信,又有贾蔷助着,便一头进来找金荣,也不叫金相公了,只叫说:'姓金的,你是什么东西!'……"几句话就把一个豪门少年仆人的特性写得淋漓尽致。

茗烟为什么在宝玉众小厮中最称"得用"呢?最根本的,就是他特别聪明乖巧,最善于揣摩宝玉的心思,可以说是宝玉"肚里的蛔虫"。作为同性别同年龄的男仆,他实际上比黛玉,比袭人,当然更比贾母和王夫人,对宝玉的心情、心理等更为了解和理解。涂瀛《红楼梦论赞》评赞茗烟:"宝玉栽培脂粉,作养蛾眉,为花国之靖臣,作香林之戒行,宜其深仁厚泽,罔不沦肌浃髓矣。乃除黛玉外,别无一知己,而能如人意。不尽如人意，庄也而出之以谑，谐也而规之以正，顺其性而利导之，如大禹之治水，适行其所事，而卒也无不行之言，呜呼！其惟焙茗乎？东方曼倩之俦也。"这是说茗烟（焙茗）是除黛玉之外宝玉的另一个"知己"，是像东方朔一样的幽默大师，在玩笑中就对宝玉做了规劝。

第四十三回"不了情暂撮土为香"，凤姐过生日，宝玉却一大早跑到城外去祭奠金钏——暗示这一天也是金钏的生日："原来宝玉心内有件私事，于头一日就吩咐茗烟：'明日一早要出门，备下两匹马，在后门口等着，不要别人，只你一个跟着。说给李贵，我往北府里去了。倘或要着人找，叫他拦住不用找，只说北府里留下了，横竖就来的。'茗烟也摸不着头脑，只得依言。"第二天到了水仙庵，宝玉以洛神作为金钏的化身而流泪怀念，在庵里借了香炉，"命茗烟捧着炉，出至园后，要拣一块干净地方儿，竟拣不出来。茗烟道：'那井台上如何？'宝玉点头，一齐来至井台上，将炉放下。茗烟站过一边，宝玉掏出香来焚上，含泪施了半礼，回身便命收了去"。

后面紧接着有一段对茗烟的有趣描写：

> 茗烟答应着，且不收，忙爬下磕了几个头，口里祝道："我茗烟跟随二爷这几年，二爷的事我没有不知道的，只有今儿这一祭祀，没有告诉我，我也不敢问，只是这受祭的阴魂，虽不知名姓，想来自然是那人间有一天上无双的，极聪明、极精雅的一位姐姐妹妹了。二爷心事不能出口，等我代祝：你若芳魂有感，香魄多情，虽然阴阳间隔，既是知己之间，时常来望候二爷，未尝

不可。你在阴间保佑二爷来生也变个女孩儿,和你们一处相伴,再不可又托生这须眉浊物了。"说毕,又磕了几个头,才爬起来。宝玉听他没说完,便掌不住笑了。因踢他道:"休胡说,看人听见当实话。"

这真把茗烟写活而且写绝了!茗烟其实早就猜到宝玉是祭奠金钏,但既然宝玉不明说,自己也就不捅破窗户纸,但他这番祝词,不是分明道出了宝玉的心里话吗?而且说得多么幽默有趣,这是一个何等聪明的小伙子啊。特别是茗烟建议把香炉放到井台上,更是画龙点睛之笔,要知道金钏就是投井而死的。还有一个更深微的照应:宝玉焚香怀念金钏,香燃有烟袅袅而通幽魂,而茗烟之名不就有烟字吗?

庚辰本有一段针对性的脂批,说得最透彻了:"忽插入茗烟一篇流言,粗看则小儿戏语,亦甚无味,细玩则大有深意。试思宝玉之为人,岂不应有一极伶俐乖巧之小童哉?此一祝亦如《西厢记》中双文降香,第三炷则不语,红娘则代祝数语,直将双文心事道破。此处若写宝玉一祝,则成何文字;若不祝,则成一哑谜,如何散场?故写茗烟一戏,直戏入宝玉心中,又发出前文,又可收后文,又写茗烟素日之乖觉可人,且衬出宝玉直似一个守礼待嫁的女儿一般,其素日脂香粉气不待写而全现出矣。今看此回,直欲将宝玉当作一个极轻俊羞怯的女儿,看茗烟则极乖觉可人之丫环也。"

这里既分析了曹雪芹的写作艺术,又把茗烟的乖巧伶俐和对宝玉知心两个特点评点了出来,可谓具眼。茗烟作为男仆,既要投合宝玉的心思,又要顾及自己不要因太顺从宝玉而受到贾母和王夫人等责罚,因此他的"乖巧伶俐"也特别表现在"保护自己"的为仆生存之道上。在这个私祭金钏的故事中,紧接着的情节就刻画了茗烟的这个特点:

> 茗烟起来收过香炉,和宝玉走着,说道:"我已经和姑子说了,二爷还没用饭,叫他随便收拾了些东西,二爷勉强吃些。我知道今儿咱们里头大排筵宴,热闹非常,二爷为此才躲了出来的,横竖在这里清净一天,也就尽到了礼了。若不吃些东西,断使不得。"宝玉道:"戏酒既不吃,这随便素的吃些何妨?"茗烟道:"这才是呢!还有一说,咱们出来了,必有人不放心,若说没人不放心,就晚了进城何妨?若有人不放心,二爷须得进城回家去才是!头一件老太太和太太放了心,第二件礼也尽了,不过如此。就是家去了看戏吃酒,也并不是二爷有意,原不过陪着父母尽孝道。二爷若单为这个,不顾老太太、太太悬心,就是那方才受祭的明灵(周校本是'明灵'非'阴灵'——即圣明的灵魂)也不安稳。二爷想我这话如何?"宝玉笑道:"你的意思我猜着了,你想着只你一个跟了出来,回来你怕担不是,所以拿这大题目来劝我。我出来不过为尽个礼,再去吃酒看戏,并没说一天不进城。这一完了心愿,赶着去,大家放心,岂不两尽其道!"茗烟道:"这更好了!"说着,二人来至禅堂,果然那姑子收拾了一桌素菜。宝玉胡乱吃了些,茗烟也吃了,二人便上马仍回旧路,茗烟在后面只嘱咐:"二爷好生骑着,这马总没大骑的,手提紧着些。"

一方面，茗烟对宝玉体现了仆人对主人无微不至的关心，既安排了素斋，又嘱咐宝玉好生骑马。另一方面，正如宝玉所说，茗烟"怕担不是"而讲出一番"大题目"（大道理）劝宝玉赶紧回贾府。

这一特点在第十九回茗烟和卍儿偷情而被宝玉抓住的故事中也有生动的表现。茗烟因为刚被主人拿住了错，就主动提出大胆犯规而讨好宝玉："这会子没人知道，我悄悄的引二爷往城外逛逛去，一会子再往这里来，他们就不知道了。"当宝玉提出要去花袭人家看看，茗烟很高兴地说："好，好，到忘了他家。"可是，他立刻又说："若他们知道了，又说我引着二爷胡走，要打我呢！"让宝玉说了"有我呢"的担保话才放心前往。果然，到了袭人家，袭人知道只有茗烟跟着宝玉出来，立刻责备茗烟："你们的胆子比斗还大。都是茗烟调唆的，回去我定告诉嬷嬷们打你。"茗烟的反应是"撅了嘴便道：'二爷骂着打着，叫我引了来，这会子推到我身上。我说别来罢，不然我们还去罢。'"针对茗烟回答袭人的话，有脂批："茗烟贼。""贼"其实就是"乖巧伶俐"而且善于保护自己的意思。

此外表现茗烟的"贼"，还有一些小情节。如第二十三回宝玉"静中忽生烦恼，忽一日不自在起来，这也不好，那也不好，出来进去只是闷闷的"，这是青春期的心理骚动，这时只有茗烟最理解宝玉，"把那古今小说，并那飞燕、合德、武则天、杨贵妃的外传与那传奇角本，买了许多来引宝玉看。宝玉何曾见过这些书？一看见了，便如得了珍宝"。这是茗烟在引诱宝玉看"禁书"和"黄书"了，这些小说戏曲，在那个时代像贾府那样的家庭，青少年是不允许看的。所以紧接着茗烟又嘱咐宝玉："不可拿进园去，若叫人知道了，我就吃不了兜着走呢。"

第二十六回则有这样的喜剧性场面：宝玉正借《西厢记》曲词和黛玉调情，只见袭人走来说道："快回去穿衣裳罢，老爷叫你。"宝玉"不觉打了一个焦雷是的"，赶快出来，却是薛蟠通过茗烟传假信息哄他出来：薛蟠拍着手跳出来，笑道："要不说姨爹叫你，你那里出来这么快！"茗烟也笑着跪下了。宝玉怔了半天，方解过来，是薛蟠哄他出来。薛蟠连忙打躬作揖陪不是，又求："不要难为了小子，都是我逼他去的。"……宝玉向茗烟道："反叛肏的，还跪着作什么！"茗烟忙叩头起来。

针对茗烟的一些情节，有的评论说他善于逢迎主人，又会仗势欺人，在外惹祸，绝非忠仆、义仆，如干正经事，将成事不足败事有余，但当局者迷，主人往往不会觉晓，反而感觉得心应手。这就是一种俗人的社会学偏见，不善于读曹雪芹诗化的《红楼梦》了。比起时空阻隔因而难免"误读红楼"的现代人，古人的一些赏评也许更耐人寻味。如清人王墀咏叹茗烟："分花莳竹伴清吟，小小青衣擅宠深。妙处为怜解人意，尽探风月主家心。"（《增刻红楼梦图咏》）

茗烟无疑是一个乖觉可爱的少年仆人，曹雪芹写他也是笔下含情的。第三十四回宝玉挨打后，袭人找茗烟调查挨打原因，首先责问茗烟："方才好端端的，为什么打起来？你也不早来透个信儿。"茗烟急的说："偏生我没在跟前，打到半中间，我才听见了，忙打听原故，却是为棋官，同金钏姐姐的事。"袭人进一步问贾政怎么会知道这两件事，茗烟回答："那棋官的事，多半是薛大爷素习吃醋，没法儿出气，不知外头挑唆了谁来,在老爷跟前下的火。那金钏儿的事,是三爷说的,我也是听见跟老爷的人说的。"

茗烟所说的情报一真一假,贾环诬告宝玉,来自跟贾政的仆人,当然可靠;但说薛蟠吃醋下火,则是茗烟自己的猜度,其实这次冤枉了薛蟠,后来引发了宝钗兄妹间的纠纷。不过,由此可见,茗烟不愧是宝玉的"铁哥们"。当然人际关系十分错综复杂,到贾探春搞承包责任制等改革时,平儿说莺儿的母亲善于侍弄花木,要把怡红院和蘅芜苑的花草承包给她管理,宝钗立刻反对,说你们这里多少人还没事干,我弄个人来,让他们把我也小看了,转而推荐茗烟的母亲老叶妈,又说老叶妈和莺儿的妈关系极好,可以互相帮助。平儿补充说:"前儿莺儿还认了叶妈作干娘,请吃饭吃酒,两家和厚,好的狠呢。"由此可知茗烟姓叶,当然这个姓氏是随文情而来,因管理花草,故以叶为姓。

这个情节也许是因写宝钗和平儿而因情造文,茗烟和莺儿两家的关系,在佚稿中不一定有更多发展。就这个情节论,莺儿认了老叶妈为干娘,她和茗烟就是干兄妹,将来宝玉和宝钗结成"金玉姻缘",茗烟和莺儿之间,是否也会有故事呢?探佚研究不能搞得过于深细具体,也只有存而不论了。

第八十回"丑道士胡诌妒妇方",宝玉到天齐庙还愿,那个江湖道士王一贴和宝玉午饭后闲扯,宝玉想和王道士要一个治疗女人妒忌的药方给夏金桂以救香菱,让其他男仆出去自便,"只留茗烟手内点着一枝梦甜香,宝玉命他坐在身傍,却依在身上"。这写出宝玉和茗烟关系的亲密,以至于王道士"心有所动,便笑嘻嘻走进前来,悄悄的说道:'我可猜着了,想是哥儿大了,如今有了房中事情,要滋补的药,可是不是?'"宝玉没听懂,茗烟则喝王道士:"该死,打嘴。"对宝玉的追问则说:"信他胡说。"这个情节说明,茗烟作为男仆,对性关系、滋补药等社会情事比宝玉懂得更多。而宝玉靠在茗烟身上,让王道士误以为宝玉和茗烟有同性恋关系。小说中也的确写贾琏等贾府男子有时拿小厮发泄性欲。不过,第八十回也有专家认为并非曹雪芹原作,而是他的亲友所补,似可不必深论。

除了茗烟等十个小厮外,宝玉还有几个年龄更大一些的男仆,是他奶妈的儿子。第五十二回写宝玉出门去看舅舅王子腾,带的仆人除了茗烟等四个小厮,还有"奶兄李贵、王荣、张若锦、赵亦华、钱启、周瑞六个人"。宝玉上马,"李贵和王荣拢着嚼环,钱启、周瑞二人在前引导,张若锦、赵亦华在两边紧贴宝玉后身"。第六十二回宝玉过生日,写宝玉"出二门至李、赵、张、王四个奶妈家让了一回",可见宝玉有四个奶妈,她们的儿子分别是李贵、赵亦华、张若锦和王荣。从名字的对仗来说,则是李贵和王荣成对,张若锦和赵亦华成对。至于周瑞,是王夫人的陪房,乃王家旧仆,去王家当然也就陪同前往了,钱启是和周瑞配对的,应该也是陪房。《百家姓》开头"赵钱孙李,周吴郑王",跟随宝玉的这六个奶兄之姓即从此八姓中取五姓再加另一大姓张而来。

不过这几个"奶兄",只对李贵一人有重点描写,正像四位奶妈中也只描写过李嬷嬷一个。第九回宝玉要去上学,见贾政接受训话,贾政呵斥了宝玉一顿,又问:"跟宝玉是谁?"下面就是李贵的戏:

只听那边答应了两声，早进来三四个大汉，打千儿请安，贾政看时，认得是宝玉的奶姆之子，名唤李贵。向他说道："你们连日跟他上学，他到底念了些什么书！到念了些湖言（周校本是'湖言'，即江湖之言）混语在肚里，学了些精致的淘气。等我闲一闲，先揭了你的皮，再和那不长进的算账！"吓的李贵双膝跪地，摘了帽子，碰头有声，答应是。又道："哥儿已念到第三本《诗经》，什么'呦呦鹿鸣'，'荷叶浮萍'，小的不敢撒谎。"说的满座哄然大笑起来。贾政也掌不住笑了。……

此时宝玉独站在院外屏气静候，待他们出来，便忙忙的走了。李贵等一面弹了衣服，一面说道："哥儿可听见了不曾？先要揭我们的皮呢！人家跟主人赚些体面，我们这等奴才白赔（周校本是'赔'而非'陪'）着挨打受骂。从此后可怜见些才好。"宝玉笑道："好哥哥，你别委曲，我明儿请你。"李贵道："小祖宗，谁敢望你请，只求听一半句话就有了。"

所谓"三四个大汉"，就是四个奶妈的儿子，李贵等大约已经二三十岁，方可称"大汉"。这一段的描写，却写他在贾政的威严下，吓得战战兢兢，像个小孩子，充分显示了奴才压迫制度的严酷。李贵没有文化，居然背诵出《诗经》中的诗句，但把"食野之苹"说成"荷叶浮萍"，造成了喜剧性效果，却也因此使紧张的气氛得以松弛，也未尝不是李贵大智若愚的表演。后面对宝玉的几句话，又是把抱怨和劝谏包含在诉委屈的话语中，真是曲尽人情，活灵活现。

训劣子李贵承申饬 孙温 绘

值得鉴赏的是宝玉称李贵"好哥哥",固然因李贵是奶妈的儿子,可以这样叫,但这里主要表现宝玉对李贵的歉意,亲切热情套近乎,平常大概是不这样称呼的,因为毕竟是主仆的阶级关系。李贵称宝玉"小祖宗",说明李贵十分明白自己和宝玉实质上的名分差异。曹雪芹善于通过人物之间不同的称呼写出微妙的人际关系和人情世故。

从小说整体来说,李贵是衬托宝玉的配角,但具体到上面一段文章,可以说倒是宝玉成了李贵的配角。前面提到茗烟代宝玉祝祷的那一段,也是同样的技巧。这又是曹雪芹写人物的一项长技绝活。

到闹学堂风波骤起,在众学童大打出手,闹得不可收拾之际,又是李贵出场,平息是非,解决矛盾。这一节描写,使李贵的精明能干跃然纸上。他对风波中的各方,根据各人的身份和背景,分别采取不同的态度,最后实现了息事宁人、现场解决的最佳结果。

对主人宝玉,是哄的态度,宝玉要直接找老师贾代儒告状,李贵劝解说:"哥儿不要性急。太爷既有事回家去了,这会子为这点事去聒噪他老人家,到显的咱们无礼。"对"准领导"贾代儒的孙子贾瑞,则是在表面的尊重中批评:"这都是瑞大爷的不是,太爷不在这里,你老人家就是这学里的头脑了,众人看你行事。众人有了不是,该打的打,该罚的罚,如何等闹到这步田地还不管?"贾瑞辩解说:"吆喝着都不听。"李贵笑着说:"不怕你老人家恼我,素日你老人家到底有些不正经,所以这些兄弟才不听。就闹到太爷跟前去,连你老人家也脱不过。还不快作主意,撕罗开了罢。"

对小厮茗烟,则是"压"和"唬"的态度,先是"喝骂了茗烟四个一顿,撵了出去",当茗烟还插嘴时,李贵两次喝骂,让茗烟"不敢作声了"。风波终于平息,主要由于李贵高明的处理策略,曹雪芹艺术地展示了一个下层奴仆的智慧和能力。二知道人点评说:"茗烟逞凶家塾,贾瑞不能禁止,李贵以一言止之,贵诚不愧青衣之长哉!然茗所以受制于贵者,以贵在家塾无欲心也。"(《红楼梦说梦》)

王蒙在《红楼启示录》里评赏"李贵平乱"的段子,也颇生动有趣:"幸有大仆人李贵,相当干练地平息了这一场大闹。由仆人来平息处理主人的纠纷，颇别致。李贵的处理原则是：一、基于权势地位身份，宝玉秦钟只能胜不能败，金荣只能败只能磕头道歉。斗了半天，'势'在那儿呢，'势'不是靠金荣贾瑞能斗出什么变化来的，最后，对这个势不忿的人只能向这个势再次确认。二、适当降格，不同意'回'这'回'那，而是就地解决，把责任扣到贾瑞身上，数落贾瑞几句为宝玉秦钟出气，也是大事化小的意思。三、抑制激进勇敢分子，喝斥茗烟'偏这小狗攘知道'，'仔细回去好不好先捶了你，然后回老爷、太太，就说宝哥儿全是你调唆的！'表面上是喝斥茗烟，实际上也收到了为宝玉降温的实效，盖此事上宝玉并无光采也。李贵的这套处理乱子的经验，也是有道理的。"[5]

在宝玉和秦钟死别时，又是李贵发挥了作用："此时秦钟已发过两三次昏了，移床易簀多时矣。宝玉一见，便不禁失声。李贵忙劝道：'不可，不可，秦相公乃是弱症，未免炕上挺矼的骨头不受用，所以暂且挪下床松散些。哥儿如此，岂不添他的病症？'宝玉听了方忍住。"而当秦钟死后，"宝玉痛哭不已，李贵等好容易劝解半日方住"。在这样的人生大关大限上，茗烟就难以像李贵能给宝玉以劝解安慰了。或者"李贵"谐音"里贵"，虽然是一个奴仆，平日不显山不露水，关键时刻却能展示不寻常的内涵，显人品之贵重。

---

5　王蒙《红楼启示录》，北京，生活·读书·新知三联书店1991年版，第48页。

# 贾琏和凤姐的小厮男仆

## 兴儿、来旺

第六十五回有一段著名的"兴儿演说荣国府",这个兴儿,是贾琏的心腹小厮,贾琏在小花枝巷偷娶了尤二姐,派兴儿在尤二姐这边照应。兴儿向尤家姐妹介绍荣国府各色人等,各异的性格,复杂的关系,说得口彩联翩,是《红楼梦》里一段名文。他说:"我是二门上该班的人,我们共是两班,一班四个,共是八个。这八个人有几个是奶奶的心腹,有几个是爷的心腹。奶奶的心腹我们不敢惹,爷的心腹奶奶就敢惹。"这是说贾琏和凤姐共有八个小厮,不过这还只是"二门上该班的",看大门的当然还有仆人,刘姥姥一进荣国府时就曾向大门口的仆人们打听过周瑞家的住处。因为贾琏和凤姐在荣府当家管事,故这些男仆也就等同于他们的仆从。

兴儿的"演说"中对凤姐说得最为透彻,所谓"心里歹毒,口里尖快","皆因他一时看的人都不及他,只一味哄着老太太、太太喜欢。他说一是一,说二是二","估着有好事,他就不等别人去说,他先抓尖儿,或有了不好事,或他自己错了,他便一缩头推到别人身上来,他还在傍边拨火儿"。当尤二姐说"我还要找了你奶奶去呢",兴儿连忙摇手说:"奶奶千万不要去。我告诉奶奶,一辈子别见他才好。嘴甜心苦,两面三刀;上头一脸笑,脚下使绊子;明是一盆火,暗是一把刀,都占全了。"兴儿对凤姐和平儿的关系也剖析得入木三分,此外对李纨,迎、探、惜三春,宝钗,黛玉,宝玉,都有经典的概括性点评。所谓李纨是"大菩萨",迎春是"二木头,戳十针也不知嗳哟一声",探春是"玫瑰花又红又香,无人不爱的,只是有刺戳手",乃至黛玉是"多病西施",宝钗是"雪堆出来的","自己不敢出气,是生怕这气大了,吹倒了姓林的,气暖了,吹化了姓薛的"。

兴儿说得如此活色生香,当然是曹雪芹的写作天才,体现他对语言艺术的钟爱之情和出神入化之技。同时,借兴儿的话,又暗示了荣国府人事的演变,实际上是后面情节发展的"草蛇灰线"。如说邢夫人和凤姐的关系已经开始恶化:"如今连他正紧婆婆大太太都嫌了他,说他雀儿拣着旺处飞,黑母鸡一窝儿,自家的事不管,到替人家去瞎张罗。若不是老太太在头里,早叫过他去了。"这提动着后面荣府大房和二房的矛盾展开。又说宝玉的婚事:"将来准是林姑娘定了的。因林姑娘多病,二则都还小,故尚未及此。再过三二年,老太太便一开言,却是再无不准的了。"这是铺垫佚稿中贾母早死而造成宝黛婚配成空的情节伏线。

作为人物形象,兴儿自然也就通过这篇演说辞而栩栩如生了。到第六十七回,凤姐发现了贾琏偷娶尤二姐之事,审问兴儿。不过这一回是曹雪芹亲友所补,现存两个文本,大体情节差不多,但文字描写上则有差异。具体到兴儿,虽然都在凤姐面前坦白交代,磕头求饶,但所写分寸则有微妙的不同。比如一个文本写了兴儿的心理活动："想了一想,此事两府皆知,就是瞒着老爷太太老太太同二奶奶不知道,终久也是要知道的,我如何苦来瞒着,不如告诉了他,省得挨眼前打受委屈,再兴儿一则年幼,不知事的轻重,二则素日又知道凤姐是个烈口子,连二爷还惧他五分,三则此事原是二爷同珍大爷、蓉哥儿他叔侄弟兄商量着办的,与自己无干,故此把主意拿定",而在全盘坦白后又有"到外面伸了伸舌头,说勾了我的了,差一差儿没有挨一顿好打,暗自后悔不该告诉旺儿,又愁二爷回来怎么见,各自害怕"。

而另一个文本,则描写得更具有戏剧性:"凤姐儿厉声道:'叫他!'那兴儿听见这个声音儿,早已没了主意了,只得乍着胆子进来。""兴儿战战兢兢的朝上磕头道:'奶奶问的是什么事,奴才同爷办坏了?'凤姐听了,一腔火都发作起来,喝命:'打嘴巴!'旺儿过来才要打时,凤姐儿骂道:'什么糊涂忘八崽子!叫他自己打,用你打吗?一会子你再各人打你那嘴巴子还不迟呢。'那兴儿真个自己左右开弓打了自己十几个嘴巴。"

对兴儿的这些描写,把奴才在主人面前和背后的不同表现刻画得淋漓尽致。在尤家姐妹面前,兴儿对凤姐的酷评如彼到位,当凤姐传唤审问他时,他又是如此胆战心惊。凤姐和兴儿两个人物,可以说是互为"主角"和"配角",而活脱如生。曹雪芹笔下的人性和生活,的确都是"圆"的而不是"扁"的。第二十一回写贾琏因女儿出痘而和凤姐隔房,"那个贾琏只离了凤姐便要寻事,独寝了两夜,便十分难熬,便暂将小厮们内有清俊的选来出火",后来又要勾搭多姑娘,"少不得和心腹的小厮们计议,合同遮掩谋求,多以金帛相许。小厮们焉有不允之理?况都和这媳妇是好友,一说便成"。兴儿当然是"心腹的小厮们"中的一个,他不仅要帮助贾琏找女人,自己可能也要在需要时供主人"出火"。这是一个青少年奴仆真实的"面面观"。可以说,小厮们是安于这种生活甚至乐在其中的,否则他们就会"失业",那也是"不奴隶,毋宁死"的。

贾琏的小厮,还提到一个隆儿,是和兴儿"兴隆"配对的,但描写更少,只是过场人物。在二尤故事的那两回,写贾琏娶了尤二姐住在小花枝巷,贾珍又到小花枝巷勾搭尤三姐。对于这种兄弟"聚麀"的混乱,曹雪芹通过贾珍和贾琏的几个小厮来烘云托月:

> 贾琏的心腹小厮隆儿拴马去,见已有了一匹马,细瞧一瞧,知是贾珍的,心下会意,也来厨下。只见喜儿、寿儿两个正在那里坐着吃酒,见他来了,也都会意,故笑道:"你这会子来的巧,我们因赶不上爷的马,恐怕犯夜,往这里来借宿一休的。"(据周校本,"借宿一休"即休息一夜。)隆儿便笑道:"有的是炕,只管睡,我是二爷使我送月银的,交给了奶奶,我也不回去了。"喜儿便说:"我们吃多了,你来吃一钟。"隆儿才坐下,端起杯来,忽听马棚内闹将起来,原来二马同槽,不能相容,互相蹶踢起来。隆儿等慌的忙放下酒杯,出来喝马,好容易喝住,另拴好了,方进来。鲍二家的笑说:"你三人就在这里罢,茶也现成的,我可去了。"说着,带门出去。

这里喜儿喝了几杯，已是楞子眼了。隆儿、寿儿关了门，回头见喜儿直挺挺的仰卧炕上，二人便推他说："好兄弟，起来好生睡，只顾你一个人，我们就苦了。"那喜儿便说道："咱们今儿可要公公道道的贴一炉子烧饼，要有一个充正紧的人，我痛把他妈一奋。"隆儿、寿儿见他醉了，也不便多说，只得吹了灯，将就睡下。

喜儿和寿儿是贾珍的小厮，"喜"与"寿"也是有意对仗。这是小厮们真实的生活，有其主必有其仆，既然主人贾珍和贾琏都如彼放纵——两马蹶踢就是兄弟同嫖的一种隐喻，跟随他们的小厮当然也如此浪荡了。喜儿所谓"贴烧饼"，在第九回顽童闹学堂中也提到过，指男子之间的同性性行为，2008年第5辑《红楼梦学刊》有一篇《〈红楼梦〉"贴烧饼"考释》，作者吴晓龙，考证得相当清楚。

贾琏的小厮，还写到一个照儿，那是在第十四回，贾琏送林黛玉回苏州探望病危的林如海，林如海死后，贾琏派一个小厮回荣府报信，就是这个照儿。照儿向凤姐说了几句话："二爷打发回来的。林姑老爷是九月初三巳时没的。二爷带了林姑娘同送林姑老爷的灵到苏州去，大约赶年底就回来了。二爷打发小的报个信请安，讨老太太的示下，还瞧瞧奶奶家里好，叫把大毛衣服带几件去。"凤姐向照儿问询贾琏的情况，"连夜打点大毛衣服"，并叮嘱照儿"在外好生小心伏侍，不要惹你二爷生气；时时劝他少吃酒，别勾引他认得混账女人，回来打折你的腿等语"，描写简略。不过"照儿"是圣彼得堡藏本和舒元炜序本中的文字，其他抄本则作"昭儿"。周汝昌认为："'照儿'是原文,盖亦草体,渐失下四点,而成'昭'字。昭字非奴仆取名所用字也。"[1]之所以名"照儿",可能隐寓风月宝镜,第十四回既在标目上说林如海之死,又在正文中写秦可卿出殡,不正是"反照"风月镜之意吗?

第三十九回二门的一个小厮向平儿告假,平儿说:"前儿住儿去了,二爷偏生叫他,叫不着,我应起来了,还说我作了情,你今儿又来了。"这个住儿当然也是贾琏的小厮,之所以叫住儿,是因文生名,意思是请了假住留在家不回来。不过第七十三回说迎春奶妈的儿媳妇叫王住儿媳妇,其夫或许就是平儿口中的住儿。

贾琏的奶妈赵嬷嬷有两个儿子叫赵天梁、赵天栋,赵嬷嬷听说元春归省要盖大观园,有了许多"招工指标",就来找贾琏和凤姐走后门。凤姐大包大揽,派了赵天梁和赵天栋跟贾蔷去苏州买戏子,属于过场人物。天梁、天栋之名可能适应元春封妃的"天恩"而设。

凤姐的男仆,写到一个小童彩明,是帮助凤姐记账的,第十四回描写"凤姐即命彩明定造簿册。……说着,便吩咐彩明念花名册",没有更多具体情节。针对这种描写,庚辰本有三条针锋相对的批语:"宁府如此大家,阿凤如此身分,岂有使贴身丫头与家里男人答话交事之理呢?此作者忽略之处。""彩明系未冠小童,阿凤便于出入使令者。老兄并未前后看明是男是女,乱加批驳,可笑。""且明写阿凤不识字之故。

---

[1] 周祜昌、周汝昌、周伦玲《石头记会真》,郑州,海燕出版社 2004 年版,第 368 页。

壬午春。"这是三个早期读红者的相互批评讨论，很有意思，说明彩明是未成年的小男孩，凤姐不识字，却要管理大家族复杂的日常事务，需要一个认识字的秘书，丫头大多不识字，只有用一个小男仆了。

第六十八回凤姐让尤二姐前夫张华状告贾蓉，以便自己去宁国府大闹，派去联络张华和去都察院衙门活动的，一个叫庆儿，一个叫来旺。其中突出描写的是来旺。来旺夫妻是凤姐从王家带来的陪房。第七十四回抄检大观园时，提到了王夫人和凤姐的五家陪房：周瑞家的、吴兴家的、郑华家的、来旺家的、来喜家的。前三人是王夫人的陪房，后两人是凤姐的陪房。凤姐就是带领这五家陪房以及邢夫人的陪房王善保家的一起抄检大观园的。

第六十七回写旺儿泄漏了贾琏偷娶尤二姐之事。不过现存两个文本的具体情节不太相同。一个文本中旺儿的表现比较主动："平儿说：'是旺儿他说的。'凤姐便命人把旺儿叫来，问道：'你二爷在外边买房子娶小老婆，你知道么？'旺儿说：'小的终日在二门上听差，如何知道二爷的事，这是听见兴儿告诉的。'"后来兴儿被凤姐审问后，则有"暗自后悔不该告诉旺儿"的描写。

另一个文本中，旺儿则主动帮助贾琏遮掩真相："这里凤姐又问平儿：'你到底是怎么听见说的？'平儿道：'就是头里那小丫头子的话。他说他在二门里头听见外头两个小厮说这个新二奶奶比咱们旧二奶奶还俊呢，脾气儿也好，不知是旺儿是谁，吆喝了两个一顿，说什么新奶奶旧奶奶的，还不快悄悄儿的呢，叫里头知道了，把你的舌头还割了呢。'……

旺儿请了安，在外间门口垂手侍立。凤姐儿道：'你过来，我问你话。'旺儿才走到里间门旁站着。凤姐儿道：'你二爷在外头弄了人，你知道不知道？'旺儿又打着千儿回道：'奴才天天在二门上听差事，如何能知道二爷外头的事呢？'凤姐冷笑道：'你自然不知道。你要知道，你怎么拦人呢？'旺儿见这话，知道刚才的话已经走了风了，料着瞒不过，便又跪回道……"

兴儿说过，二门的小厮有的是贾琏的心腹，有的是凤姐的心腹，旺儿是凤姐娘家带来的人，按理是凤姐一边的。当然在贾琏偷娶二房这样的事情上，小厮们大概谁也不想主动告诉凤姐去惹火烧身，但一旦已经曝光，也只有向凤姐承认以求自保了。但在后面凤姐设计整治尤氏、贾蓉和尤二姐时，旺儿则是整个过程的参与者、执行者，显示他的确是凤姐的人。"凤姐一面使旺儿在外打听细事，这尤二姐之事皆已深知。"凤姐"便封了二十两银子与旺儿，悄命他将张华勾来养活，着他写一张状子，只管往有司衙门中告去，就告琏二爷国孝家孝背旨瞒亲，仗财依势，强逼退亲，停妻再娶等语"。张华不敢去告，凤姐又命旺儿告诉张华："你细细的说给他，便告我们家谋反，也没事的。不过是借他一闹，大家没脸。若告大了，我这里自然能彀平息的。"旺儿领命，只得细说与张华。凤姐又吩咐旺儿："他若告了你，你就和他对词去……""旺儿听了有他作主，便又命张华状子上添上自己。"在公堂上，旺儿策动张华，又告了贾蓉。"凤姐又差了庆儿暗中打听告了起来，便忙将王信唤来，告诉他此事，命他托察院只虚张声势，惊唬而已，又拿了三百银子与他去打点。"

庆儿是又一个男仆，因为旺儿已经成了被告，凤姐就得另外派人去活动打探。至于王信，并非男仆，而是凤姐的弟弟，哥哥叫王仁，王信之名是从"仁、义、礼、智、信"来的。因为打点察院这样的事，已经不是仆人小厮能出面办理的了，要更有身份的贵族官僚才能进出内衙机密议事。后面就描写："都察院又素与王子腾相好，王信也只到家说了一声，况是贾府之人，巴不得了事，便也不提此事，且都收下，只传贾蓉对词。"

凤姐的目的达到了，接着就"大闹宁国府"，把官司按了下来，张华得了银子，已经躲往他乡，因为他深知自己告了贾琏、贾蓉，会受到报复。而凤姐暗中指使张华状告自己的丈夫和侄子贾蓉，又把持官府，玩弄权术，如果有一天曝了光，那自己就会身败名裂，丈夫、公婆、妯娌，乃至贾府的族规家法都是不能容忍的。小说中就写："只是张华此去不知何往，倘或他再将此事告诉了别人，或日后再寻出这由头来翻案，岂不是自己害了自己？原先不该如此将刀靶付与外人去的。因此悔之不迭。复又想了一条主意出来。"

凤姐又想出了什么主意呢？是想害死张华以绝后患："悄命旺儿遣人寻着了他，或诓他作贼，和他打官司，将他治死，或暗中使人算计，务将张华治死，方剪草除根，保住自己的名誉。"她派旺儿去执行此事，足见旺儿确是凤姐心腹。

但这一次，旺儿却犹豫了："'回家细想：人已走了完事，何必如此大作！人命关天，非同儿戏，我且哄过他去，再作道理。'因此在外躲了几日，回来告诉凤姐，只说张华因有了几两银子在身上，逃去第三日，在京口地界，五更天被截路，打闷棍打死了。他老子唬死在店房,在那里验尸掩埋。"从小说结构着眼,这当然也是"伏线",暗示后来张华要重新出场揭发凤姐,是凤姐最后败亡的一大原因。从写旺儿这个男仆来说,也可谓分寸得当,把旺儿的成熟老练写了出来。旺儿毕竟已经不是兴儿、茗烟那样少不更事的小厮,而是成年的男人了。

旺儿已经有了到结婚年龄的儿子,古人成婚生育较早,他的年龄当在二十多岁到三十出头。第七十二回就有旺儿家想为儿子谋娶王夫人的丫嬛彩云(文中为彩霞,云、霞之辨前文已及),而彩云本人和父母都不情愿。旺儿先和贾琏说了,让帮着说合,贾琏委派管家林之孝去办理。林之孝却告诉贾琏:"依我说,二爷竟别管这件事。旺儿的那小子,虽然年轻,在外头吃酒赌钱,无所不至。虽说都是奴才们,到的是一辈子的事。彩云那孩子,这几年我虽没见,听得越发出条的好了,何苦来白糟蹋他。"又说:"岂止吃酒赌钱!在外头无所不为。我们看他是奶奶的人,也只见一半,不见一半罢了。"贾琏就说:"我竟不知道这些事。既这样,那里还给他老婆,且给他一顿棍,锁起来,再问他老子娘。"

但来旺家的又求了凤姐,凤姐亲自和彩云的母亲说,彩云之母"今见凤姐亲自合(从周校本,即'和')他说,何等体面,便心不由意的满口应承出来"。这就是所谓"来旺妇倚势霸成亲"。凤姐还对贾琏说:"我们王家的人,连我还不中你们的意,何况奴才呢!我才已和他娘说了,他娘已经欢天喜地应了,难道又叫他来,不要了不成?"贾琏就说:"你既说了,又何必退?明儿说给他老子,好生管他就是了。"

这些情节反映的人情世故非常微妙。奴才的婚姻，不仅自己不能作主，连父母也不能作主，而要看主人的意愿，而男女主人考虑的都是自己的利益，如凤姐只顾王家一党的面子，贾琏不想为奴才的事拂逆凤姐，都并不真把奴才的幸福和命运放在心上。

当然，佚稿中彩云未必就嫁给了旺儿的小子。因为后面紧接着写赵姨娘求贾政，要把彩云给贾环作妾，而彩云一直是恋着贾环的。第七十二回的这些描写其实都是"草蛇灰线，伏脉千里"，隐伏着八十回后凤姐和赵姨娘的激烈斗争。将来一旦凤姐失势，"身微运蹇"（脂批）甚至被贾琏休弃，旺儿一家作为凤姐的陪房，自然也就无势可倚，到贾府被抄家，像旺儿这些家人奴仆，就只剩下被变卖的份了。小说的生活原型苏州织造李煦和江宁织造曹頫两家被治罪抄家后，其奴仆都被拉到市场上拍卖。

小厮们都是青少年，虽不必个个英俊帅气，但都有自然的青春美。曹雪芹对青年人相对来说笔下留情，贾宝玉所谓的"宝珠"和"鱼眼睛"之喻，重点当然是说女孩儿和老婆子，但也未必不包括男性。小厮中谁是帅哥呢？贾琏的小厮中有"清俊"的，茗烟可能也很惹人喜爱，而最漂亮的，当然是司棋的表弟"潘又安"——又一个潘安，前面讲司棋时已经提到过。

这个潘又安在和司棋偷情时被鸳鸯撞破，"司棋又回头悄说道：'你不用藏着，姐姐已看见了，快出来磕头。'那小厮听了，只得也从树后爬出来，磕头如捣蒜"。过了两天，潘又安害怕鸳鸯说出来，自己先逃跑了。司棋听说后十分气愤，"因思道：'总是闹了出来，也该死在一处。他自为是男人，先就走了，可见是个没情意的。'因此又添了一层气。次日便觉心内不快，百般支持不住，一头睡倒，恹恹的成了大病"。

潘又安的懦弱和司棋的忠勇构成了一种对比，这和小说抬高女儿贬低男子的基本情调一致。抄检大观园时司棋和潘又安的情事暴露了出来，司棋被撵出贾府，没有提到潘又安，可能仍在逃未归。后四十回续书写潘又安回来了，司棋向母亲要求成全自己和表弟的婚事，而司棋的母亲不知潘又安已经发了财，坚决不允，导致司棋撞墙自杀，潘又安买回两口棺材，自己也抹了脖子。这一段续补文字赞美坚贞的爱情，双双殉情而死，是传统价值观理想主义的流风余韵，过去很受推崇。不过这种爱情观已经有些古典，和当代社会中的青年人"不求天长地久，只要即时拥有"，不一定能共鸣了。

但不管怎么说，以潘又安作为《红楼梦》中"俊小厮"的代表，还是可以和"俏丫嬛"对仗，堪称珠联璧合吧。涂瀛有《潘又安赞》："人当无可如何之际，计无所出，惟以一死自绝。此以死塞责耳，非以为乐也。若夫当死之时，无感慨，无愤激，无张皇却顾，心平气和，意静神恬，其死也与哉？其归也。真叠山所谓从容就义者,潘又安其知道乎！有死以来，未有暇豫如斯者。"(《红楼梦论赞》) 对潘又安波澜不惊殉情而死的意义做了极高的褒扬，所谓的"从容就义"，所谓的"知道"，即这种为情而死的壮烈，已经等同于为一些大题目献身如为国尽忠等，达到了与天地"大道"相通的境界。

# 宁荣二府的老仆和管家

## 来升、焦大、乌进孝、赖大、林之孝

宁国府的总管家是来升,还有一个大管家赖二,后来又提到一个小管家俞禄。这是宁府管理阶层的三个级别。第十四回一开头,就描写:

> 话说宁国府中都总管来升闻得里面委请了凤姐,因传齐了同事人等说道:"如今请了西府里琏二奶奶管理内事,倘或他来支取东西或是说话,我们须要比往日小心些。每日大家早来晚散,宁可辛苦这一个月,过后再歇着,不要把老脸丢了。那是个有名的烈货,脸酸心硬,一时恼了,不认得人的。"众人都道:"有理。"又有一个笑道:"论理,我们里面也须得他来整治整治,都特不像了。"正说着,只见来旺媳妇拿了对牌来领取呈文京榜纸札,票上批着数目。众人连忙让坐到茶,一面命人按数取纸来抱着,同来旺媳妇一路行来,至仪门口,方交与来旺媳妇自己抱着进去了。凤姐即命彩明定造簿册。即时传来升媳妇进来,兼要家口花名册来查看,又限于明日一早传齐家人、媳妇进来听差等语。大概点了一点数

目单册,问了来升媳妇几句话,便坐了车回家。

这位宁府都总管来升的名字,显然是与凤姐陪房来旺之名一路而来。我们不必较真追问这是否合理,以及来升和来旺有无血缘关系。因为本章的主体故事是凤姐被借到宁府代理秦可卿的丧事,故在宁府家人的名字上也就从凤姐这条线上生发,是一种小技巧。这一段中写宁府众家人对凤姐陪房来旺家的十分热情殷勤,当然是敬畏凤姐的一种侧面描写。来旺媳妇来领纸张,宁府家人要派人替她拿着纸,直走到仪门口才让她自己拿进去给凤姐,可谓周到之至。由此也可见来旺媳妇确是凤姐的得力奴仆,难怪后面有"来旺妇倚势霸成亲"。至于文本中又有"来升"讹为"赖升"的情况,那是抄写流传过程中的问题,因不明白来升和来旺暗相对应,而另一个管家叫赖二,"来"又和"赖"同音,就把"来升"误写成"赖升"了。

来升对众奴仆的训话,当然是对凤姐绿叶衬红花式的描写。但这段话中把来升的总管家身份和说词的生动也写得十分到位,如"不要把老脸丢了""有名的烈货"等都极富口语神韵,惟妙惟肖。

都总管下面的大总管叫赖二,这又和荣国府的大总管赖大的名字对仗。这虽然也是一种笔花,从情理上也并非说不过去。宁荣二公本是兄弟,二府两家而一家,二府的奴仆们也多有亲戚瓜葛。当然让老大的宁府管家叫赖二,老二的荣府管家叫赖大,既表现了一种笔调的灵活,也和小说中以荣府为描写主体暗相照应。同时还有一种更深隐的作意,即宁府仆人排第一位的应该是老仆焦大,焦大,焦大,他才是为宁府立下了汗马功劳的"老大",至于大管家,不仅只能算"老二",而且还是一个很"赖"的老二(如前所述,都总管来升之名其实是为照应凤姐而特设)。贾府已到了"末世",荣府是"赖大",宁府是"赖二",早已经坏朽不堪,无可救药了。

赖二的名字就是从老仆焦大的醉骂中透露的。第七回结尾,凤姐和宝玉在宁府作客,秦可卿的弟弟秦钟也在,所谓"宴宁府宝玉会秦钟"。晚上凤姐和宝玉回荣府,自然有跟来的荣府家人,但秦钟是小门户,宁府要派家人护送,"外头派了焦大,谁知焦大醉了,又骂呢":

> 那焦大又恃贾珍不在家,即在家亦不好怎样,更可以恣意的洒落洒落。因趁着酒兴,先骂大总管赖二,说他:"不公道,欺软怕硬,有了好差使就派别人,像这样黑更半夜送人的事,就派着我了。没良心的忘八羔子,瞎充管家!你也不想想,焦大太爷跷起一只脚,比你头还高呢!二十年头里的焦大太爷眼里有谁?别说你们这一把小杂种忘八羔子们!"

这是摆老资格,对正当权的大管家发泄不满。赖二只是个名字符号,重点刻画的是老仆焦大。听到焦大醉骂,凤姐批评尤氏:"我成日家说你太软弱了,纵的家里人这样,还了得呢!"尤氏则说:"你难道不知道这焦大的?连老爷都不理他,你珍大哥哥也不理他。只因他从小儿跟着太爷们出过三四回兵,从死人堆里把太爷背了出来,得了命,自己挨着饿,却偷了东西给主子吃,两日没得水,得了半碗水给主子吃,他自己喝马溺。不过仗着这些功劳情分,有祖宗时都另眼相待,如今谁肯难为他去。他自己又老了,又不顾体面,一味的嗜酒。一吃醉了,无人不骂。我常说给管事的,不要派他事,全当一个死的就完了,今儿又派了他。"

焦大是跟着第一、二代宁国公出生入死立下大功劳的,现在的主人贾敬、贾珍都"不理他"——意思是不严格要求而予以优待纵容。尤氏更制定了"把老干部养起来"的政策,但大管家赖二没有完全执行,派焦大晚上送秦钟回家,惹出了风波。焦大有老本可吃,摆谱骂赖二"瞎充管家",但再有功劳,也毕竟是奴仆,这样闹腾让主人的脸面很难堪,当着凤姐和宝玉,一个仆人如此乱闹,贾蓉也有点脸上挂不住,就"忍不得便骂了他两句,使人捆起来,等明日醒了酒,问他还寻死不寻死了"。这是对待一个醉鬼的办法,不是对待有功老仆的办法。不过醉鬼已经没有理智,他更加以功臣自居,对着主人贾蓉大叫:"蓉哥儿,你别在焦大跟前使主子性儿。别说你这样儿的,就是你爹,你爷爷,也不敢和焦大挺腰子呢!不是焦大一个人,你们作哥儿享受荣华富贵?你祖宗九死一生,挣下这个家业,到如今不报我的恩,反和我充起主子来了!不和我说别的还可,若再说别的,咱们白刀子进去,红刀子出来!"

针对这一段描写,脂批点评:"是醉人口中文法。一段借醉奴口角,闲闲补出宁荣往事近故,特为天下世家一笑!"己卯本、庚辰本和杨继振藏本中是"咱们红刀子进去,白刀子出来",这或者也是"醉人口中文法"。

后面焦大被众小厮拖往马圈，焦大更乱嚷乱叫："我要往祠堂里哭太爷去。那里承望到如今生下这些畜牲来，每日家偷狗戏鸡，爬灰的爬灰，养小叔子的养小叔子，我什么不知道？咱们胳膊折了往袖子里藏！""爬灰"一般认为是说贾珍和秦可卿公媳乱伦，"养小叔子"有一种说法是指贾蓉、秦可卿和贾蔷之间兄弟、嫂叔乱性。宁国府的一大特点是性放纵和管理混乱，如柳湘莲所说："除了那两个石头狮子干净，只怕连猫儿、狗儿都不干净。"如果按刘心武所谓的"秦学"，焦大的醉骂内涵就更复杂。醉人无畏，揭出了不能公开说的家族丑闻，结果是"众小厮听他说出这些没天日的话来，唬的魂飞魄丧。也不顾别的了，便把他捆起来，用土和马粪满满的填了一嘴"。

鲁迅在《言论自由的界限》（《伪自由书》，鲁迅全集第五卷）一文中有一段著名评述："看《红楼梦》，觉得贾府上

**焦大醉骂 孙温 绘**

是言论颇不自由的地方。焦大以奴才的身分，仗着酒醉，从主子骂起，直到别的一切奴才，说只有两个石狮子干净。结果怎样呢？结果是主子深恶，奴才痛嫉，给他塞了一嘴马粪。其实是，焦大的骂，并非要打倒贾府，倒是要贾府好，不过说主奴如此，贾府就要弄不下去罢了。然而得到的报酬是马粪。所以这焦大，实在是贾府的屈原，假使他能做文章，我想，恐怕也会有一篇《离骚》之类。"这当然是写杂文，借焦大的故事讽刺现实，引申出更抽象的社会批判。其中"两个石狮子干净"是把柳湘莲的话混淆为焦大的了。

清朝人周澍也写过一首咏叹焦大的七言律诗："丁年荷戟便从戎，白发俄成矍铄翁。马革裹尸生有愿，鱼头作骨老尤忠。痛心恐坠先人绪，苦口难回少主聪。不是犟奴偏使酒，大家都已醉朦胧。"这是从传统的"忠义"角度抒发感慨，最后一句"大家都已醉朦胧"造句巧妙，说焦大似醉其实不醉，众人未醉其实醉昏昏不可救药，颇具讽刺意味。从曹雪芹本意来说，他是借焦大这个人物的痛骂，写当年家族衰败的痛心血泪史。有脂批曰："忽接此焦大一段，真可惊心骇目。一字化一泪，一泪化一血珠。"焦大的这一出，不就是一段散文化的《离骚》吗？焦大之所以让其姓焦，可能是"焦急"贾府子孙堕落之隐喻。

后四十回续书在贾府被抄家后，有一段焦大闯府报信哭诉的描写。研究者评论说："这里的焦大，其声口形貌，举止神态，似乎很像曹雪芹笔下的焦大。其实不然。焦大经高鹗这样一写，倒确实成了'义仆'了。从焦大在第七回中'醉骂'的情况看，他是绝不可能再次出现的（指第七回凤姐向尤氏和贾蓉提议把焦大打发到庄子里去——引者)。"后四十回又加写了一个义仆包勇,"这个形象身上,主要体现的还是一种反动的至少是十分落后的思想。高鹗正好把这种思想也强加在了焦大的身上,因而,高鹗的焦大,绝不同于曹雪芹的焦大。在这两个焦大之间,在包勇与焦大之间,都体现了曹雪芹与高鹗在思想观点上的巨大差距"(金钟泠《焦大新议》[1])。

第五十三回,又有一段乌进孝到宁府交地租的故事,曾经被举例为《红楼梦》中写"阶级剥削"的著名段子。乌进孝是宁府在黑山村庄地的庄头,即代替宁府管理收租的头目。这黑山村,有的专家认为就是辽宁省的铁岭地区,满清贵族进京后,在老根据地还留有田产,这大概有曹家历史生活原型的根据。年底,乌进孝押着装满了土特产的大车队,长途跋涉去京城贾府交租。车队在路上一共走了一个月零两天,似乎的确是从铁岭到北京的路程。

不过王朝相撰《鲟鳇鱼与打牲乌拉》,任晓辉撰《李煦与打牲乌拉》,并进行实地考察,考证认为乌进孝与黑山村乃取材于李煦流放之地打牲乌拉,即今吉林省吉林市北面70多公里处的乌拉街。

小说中列出乌进孝所交土特产物品的名目和数量的清单,从大鹿、獐子、野鸡、野兔等野生动物,到各种特色鱼、熊掌、海参、对虾、榛杏桃松等山珍海味,还有银霜炭、柴炭、玉田胭脂米、碧糯米、白糯米等农副产品,此外还有"卖粱食

---

[1] 金钟泠《焦大新议》,《红楼梦人物论》,贵阳,贵州人民出版社1988年版,第375页。

牲口各项之银共折银二千五百两"，琳琅满目，丰富多彩。

但贾珍的反应却是很不满意，家人报告乌进孝来了，贾珍先是说："这个老砍头的，今儿才来！"后面又对乌进孝当面抱怨："我才看那单子上，今年你这老货又来打擂台来了。"乌进孝回答说："今年年成实在不好，从三月下雨起，接接连连直到八月，竟没有一连晴过五日。九月里一场碗大的雹子，方近一千三百里地，连人带房并牲口粮食，打伤了上千上万的，所以才这样。小的并不敢说谎。"

这可能是实情，但贾珍仍然说："我算定了你至少也有五千两银子来，这彀作什么的？如今你们一共只剩了八九个庄子，今年到有两个报了旱潦，你们又打擂台，真真是又教别过年了。"而且，贾珍说这些话时，表情是"皱眉"。这说明贾珍的确也感到闹心，说"一共只剩了八九个庄子"，可见有的庄子已经卖了，产业在萎缩，而剩下的庄子又不景气，宁国府的收入大为缩水，作为养活几百口人又铺张排场的宁国府家长，是真感到捉襟见肘了。

第五十三和五十四两回是原著一百零八回的转折点，贾府由兴盛变衰落，渐走下坡路，这是全书的整体设计。后边乌进孝就说自己的兄弟管理着荣国府的田庄，情况更糟。而贾珍则说荣府因为元春省亲花了很多钱，现在要支应宫里，"这几年添了许多花钱的事，一定不可免，是要花的，却又不添些银子产业，这二年到赔了许多"。乌进孝说："那府里如今虽添了事，有去有来，娘娘和万岁爷岂不赏的？"贾珍听了，对贾蓉说："你们听听他这话可笑不可笑？"贾蓉等人说："你们山坳海沿子上的，那里知道这道理！娘娘难道把万岁的库给了我们不成？他心里总有这心，他也不能作主。……头一年省亲，连盖花园子，你算算那一注花了多少，就知道了。再两年省一回亲，只怕就净穷了。"这些对话一方面渲染出贾府特别是荣府的经济危机，另一方面写出一个庄头的思维方式，使人物活灵活现。

曹雪芹写人，写人和人的关系，最富有"原生态"的真实感。比如乌进孝交租，既有上述地主和雇工之间因"阶级矛盾"而话语的交锋，也有超越阶级关系的一般人性人情的优美表现。乌进孝刚见贾珍，就有生动的描写：

> 一时只见乌进孝进来，只在院内磕头请安。贾珍命人拉他起来，笑说："你还硬朗？"乌进孝笑回："托爷的福，还走的动。"贾珍道："你儿子也大了，该叫他走走也罢了。"乌进孝笑道："不瞒爷说，小的们走惯了，不来也闷的慌。他们可不是都愿意来见见天子脚下世面。他们到底小，年轻，怕路上有闪失，再过几年，就可以放心了。"

这一段，把一个既老于世故，又年龄虽老但仍有生气的老庄头形象，刻画得好像从纸上走到了读者面前。地主和雇工之间，也并非只有"矛盾"和"斗争"，也有互相关心呵护。"乌进孝"这个姓名会有什么寓意呢？也许"乌"谐音"无"，"进"谐音"尽"，暗示庄园收成零落，佃户们已经无法向地主有太多贡献以"尽孝"了。

在二尤那几回里，又提到一个俞禄。第六十四回描写"小管家俞禄"向贾珍汇报贾敬出殡还欠五百两银子工钱没有付给"棚杠孝布并请杠人青衣",对方来催要。贾珍让俞禄"向库上去领",俞禄回答:"昨日已曾向库上去领,但只是老爷殡天以后,各处支领甚多,所剩还要预备百日道场及寺中用度,此时竟不能发给。所以奴才今日特来回爷,或是爷内库里暂且发给,或者挪借何项,吩咐了奴才好办。"而贾珍笑道:"你还当是先呢,有银子放着不使?你无论那里暂且借了给他去罢。"俞禄也笑回道:"若说一二百,奴才还可以巴结,这五百两,奴才一时那里办得来!"贾珍又想了想,让贾蓉去找尤氏,把甄家送来的折祭银五百两先拿来用,但贾蓉去了以后又回来,说五百两已经使了二百两,只剩三百两了。贾珍就说拿上这三百两,"下剩的,俞禄先借了添上罢"。

这当然是在渲染宁国府的经济状况也越来越窘蹙了,贾珍和俞禄对话,虽然两个人都"笑着"说,其实已经有点苦笑的味道了。贾珍让俞禄自己想办法先借银子还账,而俞禄说自己能力有限,借不来五百两,最后贾珍还是让他先垫二百两。这一段主仆的"打擂台",比乌进孝那一段写得更含蓄,但劲道其实更深,小管家和主人你来我往,都是笑里藏锋。"俞禄"其名,就是"余禄",暗示"禄"也就是好日子已经不多了。

荣国府的大总管是赖大,与宁国府的赖二相对称,从未提到有"都总管",原因前面分析过,宁国府都总管来升是因凤姐代理秦可卿丧事而设,本来是一种笔花,"都总管"其实意味着宁国府和荣国府两府的总管,而王熙凤总揽大权,这是小说虽然以宁国府为大房却要突出二房荣国府的一种艺术技巧。赖大是荣府地位最高的奴仆，所谓世代老仆，其家族实际上已经在逐渐摆脱奴仆身份，而向官僚阶层发展。赖大为儿子捐了州县官职务，在自己家的花园摆酒请客。第四十七回描写："展眼到了十四日黑早，赖大的媳妇又进来请，贾母高兴，便带了王夫人、薛姨妈及宝玉姊妹等至赖大花园中坐了半日。那花园虽不及大观园，却也十分齐整宽阔。泉石林木，楼阁亭轩，也有好几处惊人骇目的。外面厅上，薛蟠、贾珍、贾琏、贾蓉并几个近族的，狠远的也就没来，贾赦也没来。赖大家内也请了几个现任的官长并几个世家子弟作陪。"这已经俨然高门大户的气派。

由于毕竟从奴仆出身，能挣到这一步不容易，懂得艰难时世，赖大家比贾府更善于过日子，虚排场少，更看重实惠。第五十六回贾探春搞改革，探春、平儿和宝钗三人说到赖大家的花园，"还没有咱们这一半大，树木花草也少多了"，"谁知那么个园子，除他们带的花儿，吃的笋、菜、鱼、虾之外，一年还有人包了去，年终总有二百两银子剩"。赖大家的经济情况比贾府要运转良好。凤姐过生日，大家凑份子，赖大母亲问贾母："少奶奶们十二两，我们自然也该矮一等了。"贾母却回答说："这可使不得！你们虽该矮一等，我知道你们这几个都是财主，分位虽低，钱却比他们的多，你们和他们一例才使得。"赖大母亲等老家人的钱比李纨、尤氏还多，恐怕也并不夸张。

赖大一家，特别是赖嬷嬷，在荣府中颇有地位，所谓"贾母命拿几个小杌子来，给赖大母亲等几个高年有体面的嬷嬷们坐了。贾府风俗，年高伏侍过父母的家人，比年轻的主子还有体面。所以尤氏、凤姐等只管地下站着。那赖大的母亲等三四个老嬷嬷告了罪,都坐在小杌子上了"。第四十五回周瑞家的儿子犯了错误,凤姐要把他撵出贾府,周瑞家的跪求,凤姐并没有答应饶恕,而赖嬷嬷则说:"什么事,说给我评评。"凤姐说了始末缘由后,赖嬷嬷就说情:"我当什么事情,原来为这个。奶奶听我说,他有不是,打他骂他,使他改过。撵了去,断乎使不得。他又比不得咱们家的家生儿子,他现是太太的陪房,奶奶只顾撵了他,太太不好看。依我说,奶奶教导他几板子,以戒下次,仍旧留着才是。"凤姐立刻准了人情,可见赖嬷嬷何等有体面。赖嬷嬷本来是请贾母、凤姐等去赴家宴的,顺便就求了情——也可能是周瑞家的暗中求过她说情。周瑞家的给凤姐磕头后,又要给赖嬷嬷磕头,"赖大家的拉着方罢",更衬托出赖嬷嬷在仆人中至高无上的地位。难怪赖嬷嬷自豪地说:"我才去请老太太,也说去,可算我这脸还好。"

赖嬷嬷来请客,说起孙子捐官的喜事,那一番谈话,真把一个出身奴仆而富贵了的中国老太太那种既骄傲又感慨的心理写得入木三分,口吻更是真实生动,恰如其分,绝不亚于刘姥姥见贾母的精彩:"前儿在家里给我磕头,我没好话,我说,哥哥儿,你别说你是官儿了,就横行霸道起来。你今年活了三十岁,虽然是人家奴才,一落娘胎胞,主子恩典,放你出来,上托着主子的洪福,下托着你老子娘,也是公子哥儿似的读书识字,也是丫头、老婆、奶子捧凤凰似的长了这么大。你那里知道那奴才两字是怎么写!只知道享福,也不知你爷爷和你老子受的那苦恼。熬了三辈子,好容易挣出你这么个东西来。从小儿三灾八难,花的银子也照样打出你这么个银人儿来了。到二十岁上,又蒙主子的恩典,许你蠲个前程在身上,你看那正根正苗忍饥挨饿的要多少?你一个奴才秧子,仔细折了福。如今乐了十年,不知怎么弄神弄鬼求了主子,又选了出来。州县官虽小,事情却大,为那一州的州官,就是那一方的父母,你不安分守己,尽忠报国,孝敬主子,只怕天地不容你!"(第四十五回)

赖嬷嬷的孙子一辈,已经熬出来了,当然是前两代人在当奴才的事业中努力奋斗的成果。从赖嬷嬷自己一生的眼见身历,深知其中的酸甜苦辣,艰难辛苦。所谓"那奴才两字是怎么写"一句,包含了多少人生的深沉感慨——专家认为这句话里凝聚着曹家几代人给多尔衮、康熙、雍正、乾隆当"奴才"的酸甜苦辣滋味。而对孙子的训诫,所谓"州县官虽小,事情却大,为那一州的州官,就是那一方的父母""安分守己,尽忠报国,孝敬主子",正是当日整个社会都推崇的道德标准,出自赖嬷嬷这样一个老妪之口,只能说让人感动。赖嬷嬷的道德信条,不就是前些年很流行的戏曲道白"当官不与民做主,不如回家卖红薯"吗?

赖嬷嬷又谈到对后代的教育:"这些孩子们全要管的严,饶这么样,他们还偷空儿闹个乱子来叫大人操心。知道的说小孩子们淘气,不知道的人家就说仗着财势欺人,连主子名声也不好。恨的我没法儿,常把他老子叫来,骂一顿才好些。"赖嬷嬷的话形象地反映了中国传统文化中"棍棒底下出孝子"的教育理念。

这样我们读赖嬷嬷倚老卖老说宝玉的话,就不仅不感到别扭,反而会感到亲切:"不怕你嫌我,如今老爷不过这么管你一管，老太太护在头里。当日老爷小时挨你爷爷的打，谁没看见的！老爷小时，何曾像你天不怕地不怕的了！还有那边大老爷，虽然淘气，也没像你这扎窝子的样儿，也是天天打。还有东府里你珍大哥哥的爷爷，那才是火上浇油的性子，说声恼了，什么儿子，竟是审贼。"作为家族中的老奴仆，也可以说是老前辈，回忆贾府第二代祖先严厉教子的往事，正反衬出现在家法的松弛，子弟的不肖，这当然和家长们本身的"表率"作用大为降低有关。

赖嬷嬷接着说贾珍的话特别意味深长："如今我眼里看着，耳朵里听着，那珍大爷管儿子，到像当日老祖宗的规矩。只是管的到三不着两的，他自己也不管一管自己，怎么怨的这些兄弟侄儿不怕他？"仔细琢磨，这可真有点石破天惊。贾珍是现任贾家的族长，赖嬷嬷居然敢如此批评他，真让人刮目相看。当然，赖嬷嬷也只能说说而已，贾家子弟们的堕落，那是贵族家庭"君子之泽，五世而斩"的必然命运，这也正是《红楼梦》笼罩全书的深沉而无奈的叹息。

赖嬷嬷，这位荣府赖大管家的母亲，是一个红学评论还重视不够的老太太，其实，对她的描写虽然简略，其生动真实可以和刘姥姥并驾齐驱。相比之下，赖大夫妻二人，倒不见多少精彩情节。赖大之子赖尚荣，就是捐了官的，也只在请客的那一回里，因柳湘莲想躲开薛蟠先走，赖尚荣说："方才宝二爷又吩咐我，才一进门，虽然见了，只是人多不好说话，叫我嘱咐你散的时候别走，他还有话说呢。你既一定要去，等我叫出他来你两个见了再走，与我无干。"等宝玉出来后，又对宝玉说："好叔叔，把他交给你罢，我张罗人去了。"

是一个情节过场人物,之所以叫"尚荣",是从捐了官这一点生发出来的。

到了后四十回,贾政送贾母灵柩回南,路上耽搁,写信向赖尚荣借五百两银子,而这位州县官赖大人只送去五十两,让贾政很生气,就原银退回。赖尚荣心里忐忑,赶紧写信回家给父亲,让赖大设法告假赎出身来,而赖大则告诉赖尚荣告病辞官。这是想表现官场主奴之间的冷暖势利,其实不符合曹雪芹原意。佚稿中贾府被抄,"忽喇喇似大厦倾",景况极惨,赖家一定也受到牵连,覆巢之下,安有完卵,哪里会有后四十回这些琐屑。

第十六回贾政正过生日,忽然有大太监传旨宣贾政立刻入朝:"贾母等合家人等心中皆惶惶不定,不住的使飞马来回报信。有约计两个时辰工夫,忽见赖大等三四个管家喘吁吁跑至仪门报喜,又说奉老爷之命,速请老太太带领夫人等进朝谢恩等语。……贾母便命人唤进赖大来细问端的。赖大禀道:'小的们只在临敬门外伺候,里头的信息一概不能得知。后来还是夏太监出来说道,咱们家大小姐晋封为凤藻宫尚书,加封贤德妃。后来老爷出来,亦如此吩咐小的。如今老爷又往东宫去了,速请老太太领着太太们去谢恩。'贾母等听了方心神安定,不免又都洋洋喜气盈腮。"这种描写紧接在秦钟死亡的情节之后,其实隐伏佚稿中再次降旨,那是抄没家产的噩耗。正如大某山民评批:"此回一小梦也。元春封妃,似乍入梦境;秦钟身故,似已到梦残。一喜一悲,一热一冷,两两相形,无异邯郸一梦,足令读者悟盛即是衰、泰极必否之象,谓之小梦,谁谓不宜?"在未来"忽喇喇似大厦倾"的大风暴中，仆以主贵的大管家赖大，也必然落得个主败仆亦亡的悲惨结局。

荣府的一号大管家是赖大，二号管家是林之孝，其实相当于宁府的来升和赖二。前面说过，庚辰本中林之孝作秦之孝，刘心武有某些猜测。林之孝之名，似乎和乌进孝有些类似，是否有谐音隐喻，倒不好臆定。前八十回中几次提到林之孝，但具体情节不是很多。第十八回林之孝向王夫人汇报买回了小尼姑和小道姑，又提起妙玉的来历，说妙玉高傲难召，王夫人让下请帖，"林之孝答应了出去，命书启相公写请帖去请妙玉。次日遣人备车轿去接"。位居金陵十二钗正册第六的妙玉由林之孝接进贾府，似不能等闲视之。前面谈旺儿时也涉及林之孝对贾琏说旺儿之子不成器的情节。

第四十四回，凤姐泼醋，鲍二家的吊死，鲍二家的娘家要告状，林之孝家的来向贾琏和凤姐报告，凤姐故作姿态，说"只管叫他去告"，"林之孝家的正在为难，因见贾琏和他使眼色，心下明白，便出去等着"。贾琏出来后"和林之孝商议，命人去作好作歹，许了二百两银子才罢"。事后，"贾琏又命林之孝将那二百银子，入在流年账上分别添补开销过去"。贾琏是管家的少爷，林之孝夫妇作为下属，当然也就帮他威吓收买苦主，又通同作弊，用公费处理私事。

《红楼梦》写内眷的故事为主，故而女管家林之孝家的节目比丈夫更多一些。宝玉过生日那回，怡红院众丫头准备开夜宴为宝玉祝寿，但要等候林之孝家的查过夜才敢开始。

已是掌灯时分，听得院门前有一群人进来，大家隔窗悄视，果见林之孝家的和几个管事的女人走来，前头一个提着大灯笼，晴雯悄笑道："他们查上夜的人来了，这一出去，咱们好关门了。"只见怡红院凡上夜的人都迎了出去。林之孝家的看了不少，林之孝家的吩咐："别耍钱吃酒，放倒头睡到大天亮，我听见是不依的。"众人都笑说："那里有那样大胆子的人。"林之孝家的又问："宝二爷睡了没有？"众人都回不知道。袭人忙推宝玉，宝玉靸了鞋便迎出来，笑道："我还没睡呢，妈妈进来歇歇。"又叫袭人倒茶来。林之孝家的忙进来，笑说："还没睡呢？如今天长夜短了，该早些睡，明儿起的方早。不然到了明日起迟了，人笑话说，不是个读书上学的公子了，到像那起挑脚汉了。"说毕，又笑。宝玉忙笑道："妈妈说的是，我每日都睡的早，妈妈每日进来，可都是我不知道的，已经睡了，今儿因吃了面，怕停住食，所以多顽一回。"

林之孝家的带人查夜，不仅那些上夜的仆人和晴雯、袭人这些丫头，连宝玉都对她十分尊敬，听见她问自己，忙靸鞋出来迎接，又吩咐倒茶。而林之孝家的对宝玉的一番话，既带有仆人对主人的关切，也是一个长辈对小辈的教育。后面更有一段话，说宝玉对袭人和晴雯的称呼"竟呼起名字来，虽然在这屋里，到底是老太太、太太的人，还该嘴里尊重些才是"。当袭人和晴雯说宝玉"这可别委屈了他。直到如今，他可姐姐没离了口"，林之孝家的又居高临下地对宝玉夸赞中带训诫："这才好呢，这才是读书知礼。越自谦越尊重。别说是三五代的陈人,现从老太太、太太屋里拨过来的,便是老太太、太太屋里的猫儿狗儿,轻易也伤他不得,这才是受过调教的公子行事。"

这显示林之孝家的作为高级奴仆管家,在少年主人面前也是颇有身份的。这是奠基于中国传统文化敬老孝亲的家族伦理本位文化。在这种文化里,年长的人,父母长辈,格外应当受到尊重,所谓"百善孝为先"。袭人和晴雯等大丫头的身份是奴才,但又是贾母和王夫人屋里派遣过来的,所以她们一方面是奴仆,一方面又在某种程度上代表老主人,宝玉这位少主人对她们应该"嘴里尊重",以表示对祖母和母亲的敬重。林之孝家的正是以这样一套"礼教"教育宝玉,也就无形中显示了自己的地位,她是比宝玉年长的大管家啊。对她这种优越地位,尖利的晴雯事后嘲笑说:"这位奶奶那里吃了一杯来了,唠三叨四的,又排场了我们一顿去了。"而厚道的麝月则说:"他也不是好意的?少不得也要常提着些儿,也提防着怕走了大褶儿的意思。"

但说到底,管家也还是奴仆,当自己有了错,特别是老主人发了怒时,林之孝家的也就只能俯首帖耳挨训了。第七十三回由于赵姨娘丫头给宝玉报了假信,晴雯设计,说看见有人从墙上跳了下来把宝玉唬着了,引出贾母惊怒彻查,结果查出家人夜里赌博,凤姐虽然病还未好,立刻"命人速传林之孝家的等总理家事四个媳妇到来,当着贾母,申饬了一顿"。后来查出带头赌博的头家,第一个就是林之孝的两姨亲家,贾母除了下令惩罚这几个赌博头家,"又将林之孝家的申饬了一番。林之孝家的见他的亲戚与他打嘴,自己也觉没趣"。

林之孝两口子分别当男女管家，他们的顶头上司是贾琏和凤姐，为了搞好上下级关系，林之孝家的认作凤姐的干女儿，所以当凤姐说要认林小红作干女儿时，小红噗嗤一声笑了，说奶奶认错辈数了。林之孝家的比凤姐的年龄大许多，却认凤姐作干娘，这当然是仆人巴结主人的一种手段。但另一方面，在荣国府复杂的家族房分、嫡庶等矛盾关系中，林之孝夫妇也有其难处。"来旺妇倚势霸成亲"中，林之孝就对贾琏发表了自己的真实看法，并说因为来旺夫妇是"奶奶的人"，因此对来旺儿子的胡作非为也只能睁一只眼闭一只眼。在第七十二回中，又有林之孝和贾琏谈到贾雨村胡作非为被降职，"将来有事，只怕未必咱们脱得干净"，林之孝又向贾琏建议减少奴仆数量以节约开支。这是从外和内两个方面铺垫贾家败落的趋势。但从林之孝这个管家角度描写，可见林之孝其人有其重要性。

第七十一回因两个老婆子得罪了尤氏的事，林之孝家的作为管家，深夜被传唤，遇到赵姨娘挑唆，后来林之孝家的又让被捆老婆子的女儿去求邢夫人，结果导致邢夫人当众给凤姐没脸。在这件事中，实际上涉及了宁国府和荣国府，荣府大房和二房，二房中嫡与庶，邢夫人与凤姐婆媳，凤姐与尤氏妯娌，甚至包括王夫人与凤姐姑侄之间纷繁复杂千丝万缕的矛盾纠葛，可以想见，林之孝家的厕身其中，闪展腾挪，也可谓使尽了浑身解数——尽管没有多少正面描写。

八十回后佚稿中，作为荣府的管家，在家族愈来愈激烈的较量冲突中，林之孝两口子将如何表现呢？根据他们的女儿小红成了凤姐心腹的情况看，他们基本上还是站在二房嫡子派一边，即凤姐和宝玉一边的。但前面既写了赵姨娘和林之孝家的套近乎，又有林之孝对凤姐陪房来旺一家的不满，则佚稿故事一定是多面立体的，而非简单化的阵营划分。一旦贾府大厦崩塌，被抄家问罪，那么作为管家前途也很不妙，不是被关，就是被卖。

# 奴仆众生相

### 吴新登家的、周瑞家的、王善保家的、费婆子

除了几个大小管家,曹雪芹还写了贾府中奴仆、婆子、清客等众生相,当然主要写荣府。比如吴新登和吴新登媳妇,也算是小管家,在李纨和探春临时管家那两回中,就写吴新登家的心怀叵测,企图"考探春的试",故意给探春出难题。就赵姨娘兄弟死了的丧葬补助问题上:"吴新登的媳妇心中已有主意,若是凤姐前,他便早已献勤说出许多主意,又查出许多旧例来,任凤姐拣择施行。如今他藐视李纨老实,探春是年轻的姑娘,所以只说出这一句话来,试他二人有何主见。"李纨缺少行政经验,不懂得查旧例,就拿袭人母亲的丧葬补助胡乱比附,让赏四十两。对这种明显不妥当的处置,吴新登家的"忙答应个是,接了对牌就走",是要看新当家主人的笑话了。

但精明的探春却叫她站住,让吴新登家的举几个旧例来参考,而吴新登家的却回答说忘记了,并说:"这也不是什么大事,赏多赏少,谁还敢争不成?"探春很厉害,回答:"这话胡闹!依我说,赏一百到好。若不按理,别说你们笑话,明儿也难见你二奶奶。"这已经话里藏锋,暗示吴新登家的想

看"笑话",但吴新登家的还敢继续耍赖推托:"既这么说,我查旧账去,此时却记不得。"探春于是给予迎头痛击,直诛其心:"你办事办老了的,还记不得?到来难我们。你素日回你二奶奶也是现查去?若有这道理,凤姐姐还不算利害,也就算是宽厚了。还不快找来我瞧!再迟一日,不说你们粗心,反像我们没主意了。"吴新登家的被说得"满脸通红",连忙乖乖地去拿旧账,其他仆人"都伸舌头"。这是老仆人和少主人的一次正面交锋。后面探春对平儿说:"还有可笑的,连吴姐姐这么个办老了事的,也不查清楚了,就来混我们。幸亏我们问他,他竟有脸说忘了。我说他回你主子事,也忘了再查去?我料着你那主子未必有这耐性儿等他去查。"平儿回答:"他有这一次,管包腿上的筋早折了两根。姑娘别信他们,那是他们瞅着大奶奶是个菩萨,姑娘又是腼腆小姐,固然是托懒来混。"

吴新登家的这些仆妇家人,一直与当家的主人暗中斗法。软的欺,硬的怕,看到机会就瞒上压下,投机取巧,克扣贪污,损主自肥。第十六回,刚在秦可卿丧事中大显了身手的凤姐,对从苏州回来的丈夫贾琏,用一种自贬的口气自夸,其中特别提到和仆人们的较量:"你是知道的,咱们家所有的这些管家奶奶们,那一位是好缠的?错一点儿,他们就笑话打趣,偏一点儿,他们就指桑说槐的报怨。坐山观虎斗,借剑杀人,引风吹火,站干岸儿,推倒油瓶不扶,都是全挂子武艺。"一连串的成语、比喻、俗语,既显示了凤姐的说话才能,又把奴仆们的刁昭然呈现。

第五十五回当平儿来帮助探春摆平众管家女仆时,那些女仆对平儿十分尊重巴结,用手帕掸干净石矶让平儿坐,"又有茶房里的两个婆子拿了个坐褥铺下,说:'石头冷,这是极干净的,姑娘将就儿坐一坐罢。'……一个又捧了一碗精致的新茶出来,也悄悄的笑说:'这不是我们的常用茶,原是伺候姑娘们的,姑娘且润一润罢。'"对平儿极尽谄媚之能事,因为平儿是凤姐的"总钥匙"和"副管家",而且已和这些仆人们周旋多年,对其各种手段花招早已了然于胸。但平儿仍然对这些仆人说:"你们素日那眼里没人,心里利害,我这几年难道还不知道?二奶奶若是略差一点儿的,早被你们这些奶奶治倒了。饶这么着,得一点空儿,还要难他一难,好几次没落了你们的口声。"又说:"他利害,你们都怕他,惟我知道,他心里也就不算不怕你们呢。"主人和仆人之间互相勾心斗角,彼此折中制约于此可见。

第五十九回平儿对袭人说:"能去了几日,只听各处大小人儿都作起反来了,一处不了又一处,叫我不知管那一处的是。"这是说贾母和王夫人等去为老太妃守陵而离开了贾府,凤姐又生病,府内管理层的权威下降,众仆人就趁机"作起反来"。第七十一回鸳鸯又对尤氏、李纨等说:"如今咱们家里更好,新出来的这些底下奴字号的奶奶们,一个个心满意足,都不知要怎么样才好,少有不得意,不是背地里咬舌根,就是挑三窝四。我怕老太太生气,一点儿也不肯说。不然我告诉出来,大家别过太平日子。"

奴仆们之间的"窝里斗"、派系斗,奴仆与主人之间的"阶级斗争",在《红楼梦》里是越往后越尖锐、激烈、复杂,主人之间由于奴仆的"挑三窝四",本来还算平和的关系也就日益紧张起来。而核心矛盾就是荣府二房中嫡庶、荣府大房和二房之间的争权夺利,荣府和宁府之间关系稍远,没有财产瓜葛,本来还算风平浪静,但自从凤姐害死尤二姐后,也暗中风生水涌。而这些矛盾,曹雪芹常通过对奴仆的描写铺垫刻画出来。

第四十五回黛玉对宝钗"互剖金兰语":"你看这里这些人,因见老太太多疼了宝玉和凤丫头两个,他们尚虎视眈眈,背地里言三语四的,何况于我?"第五十七回薛姨妈对黛玉说:"这里人多口杂,说好话的人少,说歹话的人多,不说你无依无靠,为人作人可配人疼,只说我们看老太太疼你了,我们也伏上水了。"第七十一回则愈演愈烈:"邢夫人自为要鸳鸯之后,讨了没意思,后来见贾母越发冷淡了他,凤姐的体面反胜自己……又值这一干小人在侧,他们心内嫉妒挟嫌之事不敢施展,便背地里造言生事,调拨主人。先不过是告那边的奴才,后来渐次告到凤姐,说凤姐只哄着老太太喜欢了,他好就中作威作福,辖治着琏二爷,调唆二太太,把这边的正紧太太到不放在心上,后来又告到王夫人说,老太太不喜欢太太,都是二太太和琏二奶奶调唆的。邢夫人总是铁心铜胆的人,妇人家终不免生些嫌隙之心,近日因此着实恶绝凤姐。"

最突出的,就是荣府大房邢夫人和二房王夫人这两位太太之间陪房的较劲。小说中以写二房为主,故而王夫人的陪房提到周瑞家的、吴兴家的、郑华家的等,但重点描写者是周瑞家的。

第六回刘姥姥一进荣国府,苦于侯门深似海,先找周瑞家的牵线搭桥。刘姥姥到荣府大门口打听周瑞家的住处，那些奴仆对刘姥姥"都不瞅睬"，后来又捉弄她让她傻等，只有一个年纪老一点的告诉她周瑞住在后街。到了后街，刘姥姥问在街上玩耍的小孩子，才找到周瑞家的小院。因为周瑞当年为争买田地一事，刘姥姥的女婿王狗儿出过力，周瑞家的才热情帮忙，引刘姥姥见了凤姐，得到凤姐二十两银子的资助。周瑞家的对刘姥姥说自己在荣府的职责："我们这里都是各占一枝儿，我们男的只管春秋两季的租子，闲时只带着小爷们出门就完了。我只管跟太太奶奶们出门的事。"这一点在后面也有照应，第二十九回去清虚观打醮，丫头们"咭咭呱呱，说笑不绝"，周瑞家的就走过来说"姑娘们，这是街上，看人家笑话"，并且"说了两遍，方觉好了"，这正是"管跟太太奶奶出门的事"。

显然，周瑞两口子虽然是王夫人的陪房，但并非管家，而只是各管一摊的中等仆人。周瑞家的向刘姥姥夸赞凤姐能干，但末了流露一句"阶级意识"："就只一件，待下人未免太严了些。"在凤姐接见刘姥姥时，周瑞家的察言观色，起一些帮衬作用，如："周瑞家的在旁听他（指刘姥姥——引者）说的粗鄙，只管使眼色止他。"

紧接着周瑞家的去薛姨妈处找王夫人汇报接待刘姥姥的事，在宝钗房里谈论"冷香丸"，又和金钏问香菱身世而感叹其悲苦命运。后面奉薛姨妈命给三春、凤姐和黛玉送宫花，都是重要的情节，其中还有周瑞家的女儿出现，说女婿冷子兴和人分争而被关押，找母亲走关节，"周瑞家的仗着主子的势利，把这些事也不放在心上，晚间只求求凤姐儿便完了"。

作为王夫人的陪房,在抄检大观园事件中,周瑞家的与邢夫人陪房王善保家的暗中较劲。抄检之事是王善保家的利用了王夫人的偏执而挑起,凤姐其实并不情愿,只是一个被动的领队。抄检团在秋爽斋受到阻遏,探春说要抄检只能查自己的东西,查丫头的却不行,并说出了"自杀自灭"的愤慨之语,面对这种局面,凤姐自己并不表态,而是"只看着众媳妇们",周瑞家的就出头说"既是女孩子的东西全在这里,奶奶且请到别处去罢,也让姑娘好安寝"。凤姐说既然丫头们的东西都在这里,就不必搜了,探春却冷笑说连我的东西都打开了,还说没翻,明日敢说我护着丫头不让翻,趁早说明,若还要翻,不妨再翻一遍。"凤姐知道探春素日与众不同的,只得陪笑道:'我已经连你的东西都看明白了。'"探春又问众人,"周瑞家的等都陪笑说:'都看明白了。'"后面王善保家的"心内没成算"而挨了探春一巴掌,形势从此逆转,王

抄检大观园 孙温 绘

善保家的由上风变成了下风,而凤姐也趁机呵斥王善保家的,与平儿安慰探春,"周瑞家的等人劝了一番"。

接下来到了惜春住的暖香坞,查出了入画替哥哥私藏银子,不算大错误。而到了迎春住处,戏剧性场面又一次出现:

> 因司棋是王善保家的外孙女儿,凤姐到要看王善保家的可藏私不藏私,遂留神看他搜拣。先从别人箱子搜起,皆无别物。及到了司棋箱中搜了一回,王善保家的说:"也没有什么东西。"才要关箱时,周瑞家的道:"且住,这是什么?"说着,伸手掣出一双男子的锦袜并一双缎鞋来,又有一个小包袱,打开看时,里面是一个同心如意并一个字帖,一总递与凤姐看。……这王善保家的一心只要拿人的错儿,不想反拿住他外孙女,又气又燥。周瑞家的等四人又都问着他道:"你老可听见了?明明白白再没的说了。如今据你老人家,该怎么样?"这王善保家的只恨没地缝儿钻进去。凤姐只瞅着他嘻嘻的笑,向周瑞家的道:"这到也好,不用你们老娘操一点儿心,他鸦雀不闻的给你们弄个好女婿来,大家到省心。"周瑞家的也笑着凑趣儿。王家的气无处泄,便自己回手打自己的脸,骂道:"老不死的娼妇,怎么造下孽了!说嘴打嘴,现世现报在人眼里。"众人见他这般,俱笑个不住,又半劝半讽的。

很明显,周瑞家的秉承凤姐眼色行事,让王善保家的出乖露丑,两家陪房其实势同敌国。王善保家的在王夫人面前煽风点火，特别是大肆诬蔑晴雯，调唆王夫人摒弃了凤姐暗访的初衷，改为立刻搜检，"凤姐见王夫人盛怒之际，又因王善保家的是邢夫人的耳目，时常调唆着邢夫人生事，总有千百样的言语，此刻也不敢说"，被动带队去抄检。结果是王善保家的搬起石头砸了自己的脚，而凤姐夜里回去也犯了病，这场抄检其实两败俱伤。

显然，周瑞家的和王善保家的这两个名字，表面上看似乎都是好名字，其实王善保家的正是反用其意，"善保家的"乃"善破家的"。正是探春那一番"必须先从家里自杀自灭起来，才能一败涂地"愤慨之语的隐喻注脚。这正和赵姨娘的小丫头叫"小鹊"却向宝玉报告凶信一样。

"周瑞家的"之名难道就是正面意思吗？也未必。后面驱赶司棋出园，正是周瑞家的向王夫人建议，并在王夫人同意后亲自带人去执行，表现得也够凶神恶煞。司棋请求去辞别丫头姐妹，"周瑞家的等人皆各有事务，作这些事，便是不得已了，况且又深恨他们素日大样，如今那里有工夫听他的话，因冷笑道：'我劝你走罢，别拉拉扯扯的了，我们还有正紧事呢。谁是你一个衣胞里爬出来的，辞他们作什么？他们看你的笑声还看不了呢，你不过是挨一会是一会罢了，难道就算了不成？依我快走罢！'一面说，一面总不住脚，直带着从后角门出去了"。后来又碰上宝玉，司棋向宝玉哭诉，周瑞家的就"发燥"向司棋喝骂："你如今不是副小姐了，若不听话，我就打得你了。别想着往日有姑娘护着，任你们作耗。越说着，还不好好走！如今又和小爷们拉拉扯扯的，成个什么体统！"

周瑞家的这种凶恶态度让宝玉在后面"指着恨道"："奇

怪,奇怪!怎么这些人只一嫁了汉子,染了男人的气味,就这样混账起来,比男人更可杀了!"守园门的婆子觉得好笑,就问宝玉:"这样说,但凡女儿个个都是好的了,女人各各(从周校本,非'个个')是坏的了?"宝玉点头道:"不错,不错!"这正是画龙点睛之语,无论是王善保家的还是周瑞家的,都是被异化人性的象征,而那些少女则是尚葆有纯真未被异化的代表,在这里超越了大房和二房争斗的狭隘"阵线"。曹雪芹写王善保家的和周瑞家的这些成年女人的人性异化,寄托了很深的哲理思考。

在抄检之前的第七十一回,周瑞家的已经和邢夫人的另一个陪房费大娘发生了冲突。就是前面说过的两个老婆子得罪了尤氏,周瑞家的知道了,向凤姐汇报:"这两个婆子就是管家奶奶,时常我们和他说话,都是狠虫一般。奶奶若不戒饬,大奶奶脸上过不去。"凤姐只是吩咐让记下两个婆子的名字,等过几天捆了送到宁府让尤氏发落,而周瑞家的"素日因与这几个人不睦",立刻加码,传话把两个老婆子捆起来交到马圈去。谁知这两个婆子之一是费大娘的亲家,于是又有了下面的一幕:

>这费婆子原是邢夫人的陪房,起先也曾兴过时,只因贾母近来不大作兴邢夫人,所以连这边的人也减了威势。凡贾政这边有些体面的人,那边各各皆虎视眈眈。这费婆子常依老卖老,仗着邢夫人,常吃些酒,嘴里胡骂乱怨的出气。如今贾母庆寿这样大事,干看着人家逞才卖技办事,呼么喝六弄手脚,心中早已不自在,指鸡

骂狗，闲言闲语的乱闹。这边的人也不和他较量。如今听见周瑞家的捆了他亲家，越发火上浇油。仗着酒兴，指着隔断的墙，大骂了一阵，便走上来求邢夫人……

正是周瑞家的和费婆子这两个陪房的争锋，使大房和二房的矛盾更加激化，结果邢夫人当众向凤姐求情，弄得凤姐下不了台，而王夫人又向邢夫人作姿态，凤姐吃瘪，回去偷偷落泪，而鸳鸯又报告了贾母，贾母虽同情凤姐，也不便公开干预。这个费婆子之所以姓费，当然也是很费事难缠的意思。

周瑞家的、王善保家的、费婆子，乃至未详细描写的其他陪房，个个都是"窝里斗"的能手，从人物性格说，周瑞家的是写得更为多面丰满的一个。

## 小管家、清客、柳嫂子、秦显家的

荣府奴仆众多，其中有一些作简略而概括的描写，虽笔墨不多，都生动活泼，符合其身份，各如其面，仆人姓名则都有某种谐音寓意。第八回写宝玉去梨香院看宝钗，在路途中遇上了几个仆人，所谓"可巧银库房的总领名唤吴新登，与仓上的头目名唤戴良，还有几个管事的头目共有七八个人，从账房里出来。一见了宝玉，赶过来都一齐垂手站立。独有一个买办名唤钱华的，因他多日未见宝玉，忙上来打千儿请安"。脂批提示说吴新登谐音"无星戥"，乃没有秤星的秤；戴良谐音"大量"；钱华谐音"钱花"，这些都是管理无方浪费无度取巧贪污之辈，暗示贾家的经济状况在这帮人管理下必然越来越糊涂糟糕。吴新登的老婆就是后来刁难探春的吴新登家的。当然这些刁仆表面上都很礼貌周到，见了宝玉就奉承："前儿在一处看见二爷写的斗方儿，字法越发好了，多早晚赏我们几张贴贴。"

在遇见这几个小管家之前，宝玉还碰上另外两人："偏顶头遇见了门下清客相公詹光、单聘仁二人走来。一见了宝玉，便都笑着赶上来，一个抱住腰，一个携着手，都道：'我的菩萨哥儿！我说作了好梦了呢，好容易得遇见了你。'说着，请了安又问好，劳叨了半日。"清客是变相的高级仆人，凭文化技能陪主人娱乐，替主人解闷。由于靠上了文化，身份较高，所以对宝玉又是抱腰又是携手，表示亲热的方式和那些小管家不同。当然他们实际上被豢养，要迎合主人吹牛拍马，故脂批示意詹光谐音"沾光"，单聘仁谐音"善骗人"。

贾政的文化帮闲不只这两个，而是一批，在大观园题咏一回有充分的描写。他们既善于揣摩贾政心思，又察言观色，在拟作对联时故意藏才不露，待宝玉题咏后再一齐赞美才情不凡，"极是""哄然叫妙"，造成众星捧月的效果。"原来众客心中早知贾政要试宝玉的功业进益何如，只将些俗套来敷衍"，以此来讨得贾政和宝玉高兴。清客们还扮演着调和父子关系等润滑剂的角色，如宝玉被贾政斥责不好好读书时，"众清客相公们都立起身笑道：'老世翁何必又如此。今日世兄一去，三二年可以显身求名的了，断不似往年仍作小儿之态了。天也将饭时了，世兄快请罢。'说着，竟有两个年老的携了宝玉的手，走出去了"。第三十三回贾政打宝玉，众清客先劝解，后又找人通知王夫人。第七十八回"老学士闲征姽婳词"，众幕宾对贾兰、贾环和宝玉的歌咏都称赞不已,而且表达得各有分寸。对贾兰是"小哥儿十三岁的人就如此,可知家学渊源,真不诬矣";对贾环是"更佳。到是大几岁年纪,立意又自不同";对宝玉更是从开始到结束,短论长篇,不断予以褒扬捧场。这些人被称为"幕宾",即是说名义上被当作"宾"对待,与主人在人格上平等,实际上却是文化帮闲。

刘姥姥二进荣府,贾母玩得高兴,让惜春画大观园行乐图,后来众姐妹讨论怎么画,惜春说自己只会画写意山水花草之类,对工笔楼台人物等并不擅长,宝钗就提建议让宝玉帮助惜春:"为的是有不知道的,或难安插的,好叫宝兄弟拿出去问问那几个会画的相公,就容易了。"宝玉立刻说:"詹子亮的工细楼台就极好,程日兴的美人是绝技,如今就问他们去。"(第四十二回)詹子亮就是詹光,古人名和字意义相关,如诸葛亮字孔明。程日兴应该是贾政的另一个清客,日兴是字,

宝玉试才题匾额 孙温 绘

谐音"成日兴"——成天兴兴头头奉承讨好主人。古人称呼别人都是说字号，而不直呼其名，以表示礼貌。这詹子亮会画工细楼台，程日兴会画美人，可见各有所长，才能在国公府的幕府中帮闲厮混。第十六回还提到一个和贾蔷一起去姑苏采买小戏子的清客卜固修——谐音"不顾羞"，可能是个戏曲方面的专家。

至于荣府的其他一些奴仆以及亲友、社会关系等，偶然提及姓氏或名字，都用谐音作暗示，表达作家的某种意趣。如第七回周瑞家的和小尼姑智能说到荣府管理宗教活动的管事人叫余信，谐音"愚信"，表达对世俗宗教迷信活动的调侃讽刺。派去送东西的仆人就叫宋妈妈，管理稻香村田地的叫老田妈，管理潇湘馆竹林的叫老祝妈，等等。仆人的亲属，姓名一般从仆人的名字上引申出来，如花袭人的哥哥叫花自芳，鸳鸯的父亲叫金彩，哥哥叫金文翔等。也有谐音其性情品格的，如赵姨娘的侄子叫钱槐，谐音"钱坏"，贾芸的舅舅叫卜世仁，谐音"不是人"。

大观园小厨房的总管柳嫂子，前面说柳五儿和司棋时已经涉及。这位豆腐西施式的半老徐娘，也有不少精彩片段。她工于心计，一心想把女儿柳五儿送往怡红院，因此对在怡红院服役的芳官等人竭力拉拢巴结，对非主流的迎春房内则漫不经心地敷衍，引起司棋去砸厨房。第六十回描写："近因柳家的见宝玉房中的丫嬛差轻人多，且又闻得宝玉将来都要放他们，故如今要送他到那里去应名儿，正无头路。可巧这柳家的是梨香院的差役，他最小意殷勤，伏侍得芳官一干人比别的干娘还好，芳官等亦待他极好，如今便和芳官说了，央芳官去与宝玉说。"

这一回结尾和第六十一回开头,有一大段描写,芳官给了柳五儿宝玉吃的玫瑰露,柳嫂子又到他哥嫂家去,嫂子送她一包茯苓霜,又碰见看上了柳五儿的小厮钱槐而刻意回避,最后还和一个角门上的小厮斗口风耍贫嘴,十分生动有趣。这个小厮是个梳着"杩子盖头"的"小幺儿",所谓"杩子盖头",周汝昌校本注解说:"讥其发短也。本为幼童留发形式,短不能下覆,仅如桶盖耳。""小幺儿"是年龄相当小的男仆,可能十来岁吧。这个小幺儿却尖嘴利舌,对柳嫂子说:"你老人家却从那里来了?这条路又不是家去的路,我到疑心起来。"柳嫂子立刻对小厮回以一套村言俗语:"好猴儿,你亲婶子找野老儿去了,你岂不多得一个叔叔?有什么疑的!别讨我把你杩子盖似的几根屄毛挦下来,还不开,让我进去呢。"小厮仍然不开门,拉着柳嫂子要她在园内"偷些杏子来赏我吃",柳嫂子回答说:"发了昏的,今年还比往年?把这些东西都分给了众奶奶了,一个个的不像抓破了脸的,人打树底下一过,两眼就像那鸄鸡似的,还动他的果子?"并说小厮的舅母、姨娘都管着果树,"怎么不和他们要,到和我要?这可是仓老鼠和老鸹去借粮,守着没有飞着到有"。后面小厮又点破柳嫂子正走芳官后门送柳五儿进怡红院的事,并说:"单是你们有内纤,难道我们就没有内纤不成?"

一连串的对话,小幺儿的猴精乖猾,承包改制带来的利益矛盾,各有门路的人际关系,都跃然纸上。而柳嫂子作为一个下层劳动妇女的风骚风趣,口齿风采,更让人刮目相看。刘心武引申出"直到如今,中国还是一个血统裙带老关系熟面孔为人际重点的社会"[1]一类反思,那又是以古鉴今的社会学阅读了。

后来"玫瑰露引出茯苓霜",误打误撞,柳嫂子母女被当成贼而关了一夜,厨房差役也被司棋的婶娘秦显家的夺走,不过后来"判冤决狱平儿情权",一场风波过后柳嫂子又回到了厨房。但钱槐是赵姨娘的内侄,钱槐想要柳五儿的事其实并没有完,而此事实际上是宝玉和赵姨娘贾环母子嫡庶之争的一条伏线,精彩内容当在佚稿中,可惜我们无缘读到了。

周汝昌咏叹柳嫂子:"内厨供给责非轻,手巧心灵语意精。难乞园中新熟杏,为寻野老自偷行。"并加笺语曰:"柳嫂实一奇才:精明能干,不待多言。其口齿伶俐,机智过人,在全书所写仆妇中亦当推为首位。"[2]

而那个和柳嫂子争抢小厨房总管职位的秦显家的,虽然就一次露面,也生鸡活凤,且暗隐玄机。第六十一回描写:

> 平儿带他们来至自己这边,已见林之孝家的带领了几个媳妇押解着柳家的等候多时,林之孝家的又向平儿说:"今儿一早押了他来,恐园里没人伺候姑娘们的饭,我暂且将秦显的女人派了去伺候姑娘们,一并回明奶奶。他到干净谨慎,以后就派他常伺候罢。"平儿道:"秦显的女人是谁?我不大相熟。"林之孝家的道:"他是园里角门上上夜的,白日里没什么事,所以姑娘们不

---

1 刘心武《红楼眼神》,重庆,重庆出版社2010年版,第160页。
2 周汝昌《红楼脂粉英雄谱》,桂林,漓江出版社2008年版,第131页。

大认识。高高孤拐,大大眼睛,最干净爽利的。"玉钏儿道:"是了,姐姐你怎么忘了?他是跟二姑娘的司棋的婶娘。司棋的父母虽是大老爷那边的人,他婶子却是这边人。"

柳嫂子刚被拘留一夜,秦显家的就活动林之孝家的接管了厨房,可见利益职位的抢夺斗争多么激烈。但平儿最终平反了柳嫂子的冤狱,秦显家的空欢喜了一场:

> 司棋等人空兴头了一阵,那秦显家的好容易得了这个空子攒了来,只兴头了半天,在厨房内正乱接收家伙、米粮、煤炭等物,又查出许多亏空来,说:"粳米短了两石,常用米又多支了一个月的,炭也欠着额数。"一面又打点送林之孝家的礼,悄悄的备了一篓炭、五百斤木柴、一担粳米在外边,就遣了子侄送入林家去了。又打点送账房的礼,又预备几样菜蔬请几位同事的人,说:"我来了,全仗列位扶持,自今以后都是一家人了,我有照估不到的,好歹大家照应些。"正乱着,忽有人来说与他:"看过这早饭就出去罢。柳嫂子原无事,如今还交与他管了。"秦显家的听了,轰去魂魄,垂头丧气,登时掩旗息鼓,卷包而去。送人之物白丢了许多,自己到要折变了赔补亏空,连司棋都气了个倒仰,无计可使,只得罢了。

这一段"厨房政变"的起伏,也引起许多社会学政治学角度的评论，如说秦显家的太沉不住气，以至赔了夫人又折兵；也有的计算秦显家的送礼数量如此巨大，可见荣府管理的腐败已何等严重，等等。从艺术的角度着眼，我们只看林之孝家的向平儿描述秦显家的外貌品行"高高孤拐，大大眼睛，最干净爽利的"，多么简洁却又多么鲜活，一个中年女仆的形象如在目前，是内里透着精明，还是外表似乎能干？比起她的对手柳嫂子又如何？这也是"咫尺而有万里烟云"吧。

　　刘心武从他的"秦学"出发，别有会心，他说庚辰本中林之孝名秦之孝，而这个秦显家的其丈夫也姓秦，也许他们本来都是秦可卿一条线上的人，贾政和众清客带领宝玉题咏大观园那一回中，清客们给一处景点题"秦人旧舍"匾额，暗用古诗"寻得桃源好避秦"的典故，宝玉表示异议："'秦人旧舍'说避乱之意，如何使得？"刘心武说："林之孝家的为何推荐秦显家的？莫非林之孝本姓秦，后为更稳妥地'避乱'而改姓林？恐怕也正是为了'避秦'，才天聋地哑地低调生存。"[3] 这也不妨为一种联想。

---

3　刘心武《红楼眼神》，重庆，重庆出版社2010年版，第4页。

# 寺观"浮世绘"

## 净虚、马道婆、葫芦僧、张道士、王道士

贾宝玉说少女是宝珠,成年出嫁后珠子褪色,到老了更变为鱼眼睛。这是对人生异化的一种形象表达,也就是西方文艺所谓"成长的烦恼",也可以说是"世事洞明皆学问"的一种反弹琵琶。其实不仅是少女和婆子,少男和成年老年男子也一样。所谓"少不读水浒,老不读三国"的俗谚也是差不多的意思。

这一点在"看破红尘"的佛寺道观里并无两样。妙玉、贾惜春、智能,还有后来出家的芳官等三个女优,是"宝珠",那么"鱼眼睛"呢?小说中也有好几个,形象突出的,是净虚、马道婆、葫芦僧、张道士、王道士,上演了形形色色的"浮世绘"。

净虚,如果只看名字,真是大觉大悟的菩提法号。慧能与神秀斗机锋的偈子,在敦煌本《坛经》中,其第三句就是"佛性常清净",佛教的象征圣物水中莲花,也寓纯洁干净、不染世俗尘埃的意思。虚更是佛教的根本思想宗旨,《金刚经》第五品就说:"凡所有相,皆是虚妄。"《心经》更开宗明义:"观自在菩萨,行深般若波罗蜜多,时照见五蕴皆空,度一切苦厄。"("般若波罗蜜多"乃专词,传本断句于"时"后,以"多时"

组词,误。)空者,虚也。《红楼梦》中的"太虚幻境"有对联"假作真时真亦假,无为有处有还无",这"虚""真假""有无"也说得明白。

但这个叫净虚的老尼姑,其言行作为却正是其法号的反面,是个贪婪污浊又坏心眼的女人。她是智能的师傅,第七回周瑞家的送宫花给惜春,正遇智能和惜春一起玩耍,周瑞家的就问智能:"你师傅那秃歪剌到往那里去了?"智能回答:"我们一早就来了,我师傅见过太太就往于老爷府里去了,叫我在这里等他呢。"周瑞家的又问:"十五的月例香供银子可得了没有?"智能摇头说不知道。闲闲几笔,就把老尼姑盘剥压迫小尼姑的可恶点染了出来。而"于老爷"之"于",和荣府管理宗教活动的小管家余信之"余"一样,都谐音"愚",是对宗教迷信活动的嘲讽。

到了第十五回,王熙凤弄权铁槛寺,主角就是这个净虚。原来有个姓张的大财主,女儿张金哥本来已经和长安原守备之子订婚,但现任长安知府的小舅子看上了张金哥,金哥父母趋炎附势,就要和守备家退婚,打起了官司。张家理亏,这个净虚受其贿赂嘱托,来走凤姐的后门,企图利用贾府的势力和影响,给长安节度使云光写信,让云光向长安守备施压。

在这个故事中,通过一系列精彩的对话,净虚的贪婪、奸诈、狡猾表现得淋漓尽致。如明明是张家悔婚,净虚向凤姐转述时,却说:"张家正无计策,两处为难。不想守备家听见此信,也不管青红皂白,便来作践辱骂,说一个女儿许几家,偏不许退定礼,就要打官司告状起来。那张家急了,只得着人上京来寻门路,赌气偏要退定礼。"通过这一番花言巧语,就颠倒了黑白是非。脂批针对性地评批:"守备一闻便问,断无此理。此必是张家惧府尹之势,必先退定礼,守备方不从,或有之。此时老尼只欲与张家完事,故将此言遮饰,以便退亲,受张家之贿也。""如何便急了,话无头绪。可知张家理缺。此系作者巧摹老尼无头绪之语,莫认作者无头绪,正是神处奇处,摹一人,一人必到纸上活现。"

凤姐开始拒绝,说:"这事到不大,只是太太再不管这样的事。"老尼姑说:"太太不管,奶奶也可以主张了。"凤姐说:"我也不等这银子使,也不作这样的事。"小说描写:"净虚听了,打去妄想,半晌叹道:'虽如此说,只是张家已知我来咱们府里,如今不管这事,张家不知道没工夫管这事,不希罕他的谢礼,倒像咱们府里连这点子手段也无有的一般。'"这个尼姑没有立刻应对凤姐,而是"半晌",也就是停顿了一会儿,然后"叹道",即以一种自言自语的口吻用激将法,可谓奸猾之至。护花主人有针对性的评点:"净虚说'倒像府里没手段',深得激将法。三姑六婆,真可畏哉!"

净虚"激将"成功,又用戴高帽的谄媚法。凤姐说:"你瞧瞧我忙的,那一处少了我?既应了你,自然快快的了结。"老尼说:"这点子事,在别人跟前就忙的不知怎么样了,若是奶奶跟前,再添上些也不觳奶奶一发挥的。只是俗语说的好,能者多劳。太太因大小事见奶奶妥贴,越性都推给奶奶了,奶奶也要保重金体才是。"果然,凤姐不仅被"激将"起来,而且"一路话奉承的凤姐越发受用了",收了三千两银子的贿赂,破坏了一桩婚姻,导致张金哥和守备之子双双自杀。

护花主人、太平闲人、大某山民"三家评本"精彩评批:"在老尼口中，许多扭捏，许多轩轾，有顺透处，有逆缴处，而凤姐忽离忽合，到底以一'贪'字堕地狱中。灿花妙舌，照见神奸，可谓尽态极妍矣。"尼姑净虚，不是引导人向善的佛子，反而是把人拉往地狱堕落的妖魔。

净虚之外，马道婆是另一个宗教败类，她虽被称为道婆，似乎还是信佛教为主。本来明清以降三教混同，许多民间信仰都杂烩在一起，后面就说这个马道婆也供药王爷。再者"道婆"也是泛称，尼姑道姑都可以用。她看见宝玉烫伤了，就装神弄鬼，"向宝玉脸上用指头画了几画，口内嘟嘟囔囔的，又持诵了一回，说道：'管保就好了，这不过是一时飞灾。'"其实她的目的是骗取钱财，利用贾母疼爱孙子的心理，说了一大篇话，说什么贵族子弟都有"促狭鬼"跟着陷害，只有供养"西方大光明普照菩萨"才能免灾，说得贾母心动。马道婆又举例说几家王妃诰命都供养，有的每天四十八斤油，有的二十四斤，不过她十分狡猾，转口说宝玉是小辈，如果供的多了反而不好，"要舍，大则七斤，小则五斤，也就是了"，欲擒故纵，骗得贾母每天给她五斤油。

这个马道婆还是宝玉寄名的干娘，可是转过身到了赵姨娘那里，见赵姨娘在粘鞋，就张口要缎子，这还不过是贪图点小便宜。紧接着的表现则更让人发指，顺着赵姨娘的口风，利用她的不满和忌妒，教给她用魇魔法暗害宝玉和凤姐，这就简直是一个为了金钱而毫无良心且不择手段的巫婆了。对赵姨娘，马道婆也是试探、挑唆、勾引、装蒜，种种手段都用上，最后赵姨娘不仅给了她许多首饰衣服，还写了一张五百两银子的欠契。马道婆，是比净虚更加恶劣的一个披着宗教外衣的"狼外婆"。

据詹健的意见，马道婆并不姓马，而是类似于《水浒传》中撮合潘金莲和西门庆的王婆之叫"马泊六"，是"神马子"的缩略语，而"神马子"就是"道妈子（道婆）"的意思，是对巫婆的俗称。也算一家之言。

前八十回还写到两个尼姑，水月庵的智通和地藏庵的圆信，听说芳官、藕官和蕊官闹着出家，"爬（从周校本，即'巴'）不得又拐两个女孩子使唤"，立刻跑到王夫人跟前天花乱坠地说了些"佛法平等""不要阻了善念"等胡言乱语，把芳官等骗走。我们回头看前面智能对秦钟说寺庙是"牢坑"，就可知这两个尼姑的恶坏和芳官等的悲惨下场了。

比较起来，几个男性的宗教人物相对好一些，没有超越道德的底线。第四回贾雨村应天府一上任，就审薛蟠打死冯渊的案子，贾知府本来想做清官，但案旁一个门子——也就是衙役向他使眼色，贾雨村就退到后堂，一问门子，原来是贾雨村当年落魄时寄住葫芦庙里的一个小沙弥，即小和尚。这个昔日的葫芦僧给知府大人呈上"护官符"，详述了案情始末，告诉他受害者英莲正是当年助贾雨村赴京赶考恩人甄士隐的女儿，而打死冯渊抢走英莲的薛蟠是帮助贾雨村复职当官恩人贾政的外甥，他向雨村提出用"扶乩"一类迷信活动遮人耳目放纵凶犯薛蟠的处理办法。贾雨村并没有采用，而是"狥情枉法，胡乱判断了此案"。同时，又因为"此事皆由葫芦庙内之沙弥新门子所知，雨村又恐他对人说出当日贫贱时的事来，因此心中大不乐业。后来到底寻了个不是，远远的充发了才罢"。

这个原小沙弥因为葫芦庙遭火灾,"无处安身,欲投别庙去修行,又耐不得清凉景况,因想这件生意倒还轻省热闹,遂趁年纪蓄了发,充了门子"。这段叙述所表现的,葫芦僧就是一个普通的年轻人,大概因家庭贫寒而出家,本非出于信仰,因而还俗当门子。当贾雨村还惺惺作态说"岂可因私而废法"时,门子冷笑道:"老爷说的何尝不是大道,但只是如今世上是行不去的。岂不闻古人有云:大丈夫相时而动。又曰,趋吉避凶者为君子。依老爷这一说,不但不能报效朝廷,亦且自身不保,还要三思为妥!"这其实也就是身在公门的"潜规则"常谈,从葫芦僧的角度说,也是对故人的一种照应。相比贾雨村后来对他的恩将仇报,葫芦僧的人性还没有完全泯灭,而尚有些重情义的。护花主人评曰:"葫芦庵小沙弥断案,说尽仕路趋炎情态。又见赫赫诸大官,跳不出小小葫芦。"

葫芦僧对贾雨村转述案情时,还说到自己对落难中英莲的安慰和同情:"我不忍其形,等拐子出去,又命内人去解释他道:'这冯公子必待好日期来接,可知必不以丫嬛相看。况他是绝风流之人品,家里颇过得,素习又厌恶堂客,今竟破价买你,后事不言可知。只耐得三两日,何必忧闷。'他听如此说,方才略解忧闷,自为从此得所。"这个情节说明葫芦僧还有基本的人类同情心,他对英莲的安慰虽然起不了多大作用,但至少表现出对弱者还不失善良。

这个前葫芦僧今门子已经娶妻成家,却被他照应过的故人贾雨村陷害充军,当然也是家破人亡了。贾雨村充发门子一段后有脂批:"又伏下千里伏线。起用'葫芦'字样,收用'葫芦'字样,盖云一部书皆系葫芦提之意也,此亦系寓意处。"

研究者据此认为,在原著佚稿中,门子还要出现,向贾雨村复仇。那时候,这个葫芦僧将会有怎样的表现呢?他对贾雨村是君子报仇十年不晚呢,还是相逢一笑泯恩仇呢?

第二十九回清虚观打醮,出来一个张道士。这是一个宗教上层人士,乃当年贾母丈夫即第二代荣国公的"替身",即荣国公曾向神许愿出家修道,但不能真正兑现,就买一个人替自己出家,表示对神没有失信。王蒙调侃说:"终极关怀也可以雇人派人代办,这是中国人的精明至极、精明过头的独一无二的做法。"[1]由于有这种背景,大概能力也不错,张道士在宗教界一路顺风,"后又作了道录司正堂,曾经先皇御口亲封为大幻仙人,如今现掌道录司印,又是当今封为终了真人,现今王公藩镇,都称他为神仙"——这在当时是受国家领导人定期接见的全国道教协会会长,高级干部都很巴结他,大概想从他那里学些长生不老的秘方。当然,曹雪芹给张道士设计的封号,其实仍然有皮里阳秋:大幻仙人,不是和太虚幻境一"幻"相通吗?终了真人,不也是"好就是了,了就是好"吗?

这位张道士与贾府的关系非同一般:"常往两个府里去,凡夫人小姐都是见的。"一个男性出家人能与"夫人小姐"亲密接触,说明完全是"自家人"了。他一出场就与贾府的"老祖宗"贾母十分热络,"呵呵笑着",问长问短,贾家的族长贾珍称他"张爷爷",贾母让"搀过来",管家少奶奶凤姐和

---

[1] 王蒙《不奴隶,毋宁死?——王蒙谈红说事》,北京,北京十月文艺出版社2008年版,第90页。

他逗趣玩笑，完全是贵宾待遇。

张道士真历练到了"世事洞明皆学问，人情练达即文章"的境界。他知道贾母最疼孙子宝玉，就对宝玉赞不绝口，又说宝玉像他爷爷，并"两眼流下泪来"，表达对荣国公没有衰减的思念，引得贾母想起死去的丈夫也"满脸泪痕"。作为"替身"的张道士就通过这样一番表演，巧妙地提示了自己与贾家的深厚关系，显示了自己的特殊身份。他进一步把宝玉的通灵玉"请了下来"，给寺观里的道众观看欣赏，而那些道众就每人捐献出一件金玉佩饰"也有金璜，也有玉玦，或有事事如意，或有岁岁平安，皆是珠穿宝贯玉琢金镂，共有三五十件"，以此讨得贾府上下喜欢。

王蒙这样解读张道士的出现："张道士与贾母见面，有两种读法。一是俗俗地读，浅浅地读，张道士是一个大俗道士，逢迎拍马之徒，拼命巴结贾家，借着说宝玉的相貌摆老资格，提提'国公爷'套瓷。无聊之极，无厘头之极，乱钻营从而可厌之极。第二种读法，力求发现，自立门户，曲为解释，别开生面，将信将疑，聊供一哂一蹙。二老有深情而不能明叙者也，见面先谈'国公爷'，连这个说法都透着亲。除了老道，谁还有资格有话题能引出饱经沧桑、处变不惊的最会说说笑笑、享受生活的贾母之泪水。而后为宝玉提亲的潜台词是'愿天下有情人皆成眷属'，'君子有成人之美'，'此生我辈做不到的，就让晚辈们圆了上辈的梦吧'。"[2]

---

2 王蒙《不奴隶，毋宁死？——王蒙谈红说事》，北京，北京十月文艺出版社2008年版，第91—92页。

"张道士是贾母的老情人"这一八卦乱弹,被王蒙先生夹叙夹议,弄得如此假作真时真亦假,无为有处有还无,似乎张道士和贾母之间真的有什么七里八里,互为"蓝颜知己""红颜知己",存在"第四类情感",真乃舌灿莲花,笔生焰火,堪称一绝也。

其实,张道士这个人物有特殊的艺术作意。他一见面就对贾母说:"别的到罢,只记挂着哥儿,一向身上好,前日四月二十六日,我这里做遮天大王圣诞,人也来的少,东西也狠干净,我说请哥儿来旷旷,怎么说不在家?"周汝昌考证

张道士观玉送麒麟 孙温 绘

加悟证，指出这是特别的隐喻，即暗示四月二十六日是贾宝玉的生日（也是曹雪芹的生日），"遮天大王"是宝玉的"三王号"（还有王夫人口中的"混世魔王"和宝玉小时候的诨号"绛洞花王"）之一。这一隐喻有很深的思想内涵：曹雪芹是把贾宝玉写成与儒家传统"圣王"如尧、舜并驾齐驱的一个新价值观的"王"，以"情"为核心的"哲学王"。也就是说，贾宝玉其实是一种新的意识形态的美学载体，可以与耶稣基督、释迦牟尼、至圣先师孔子、柏拉图等并列的新圣贤。

第八十回写到一个王道士，宝玉去天齐庙还愿，"众嬷嬷生恐他睡着了，便请了当家的老王道士来陪他说话。这王道士专在江湖上卖药，弄些海上方治人射利，这庙外现挂着招牌，丸散膏丹，色色俱备"。宝玉向他讨要"妒妇方"的情节前面讲茗烟时提到了。这个王道士比张道士差远了，属于宗教界下层，他的油嘴滑舌一派江湖草根色彩，绰号"王一贴"，就是卖狗皮膏药骗人骗钱。正如他自己说的："我有真药我还吃了作神仙去呢，有真的跑到这里来混？"

虽然第八十回不一定是曹雪芹原稿，但这个王道士还是刻画得须眉毕现，那似爽朗实油滑的笑容，亲切又含些暧昧的眼神，都让读者如对坐面接。也许，佚稿中贾家被抄后，宝玉无处可去，还会流落到这座"年深岁久，又极其荒凉，泥胎塑像皆极其凶恶"的天齐庙里，而和这个王道士朝夕相处呢。这座天齐庙，是不是就是脂砚斋批语里提到的"狱神庙"呢？不知那时候的王道士，对宝玉会是什么态度？

# 本家亲友

## 贾蘭（兰）、贾瑞、金荣、贾蔷、贾芸、尤老娘、刘姥姥

贾家宁荣二府，兄弟两支。除此之外，还有不少贾家的本家亲友，关系远近亲疏各不相同，他们影影绰绰，时隐时现，敷衍情节，点缀文情，使生活的景深丰盈、饱满，社会的存在实际、真切。这些人其实也不可缺少，从在小说中的作用和地位来说，也可以算在"小人物"的行列里。

第十三回秦可卿去世的消息传出，贾姓的本家宗族都来吊丧：以贾代儒为首，下面是文字偏旁、斜玉偏旁和草字头偏旁的三代本家。这些人的名字在各种抄本中有些小差异，是"成书过程"留下的历史痕迹。贾代儒是和第二代宁国公贾代化、荣国公贾代善同辈的，老成凋零，仅此一人。有的抄本还多一个贾代修，但版本考证乃抄写之误。文字偏旁的一代在贾赦、贾政之前有贾敕、贾效、贾敦，斜玉偏旁的一代有贾琮、贾珩、贾琛等七人，草字头偏旁的一代人数最多，有贾蔷、贾菖、贾菱、贾芸、贾芹、贾蓁、贾萍、贾藻、贾蘅、贾蘭（兰）、贾芬、贾芳、贾菌、贾芝等。这很形象地表现出越往后繁衍越盛，子孙越多，是家族演变的必然趋势。

单看草字头一辈,名字的设计其实也是两两成对的。如贾蔷和贾蓉一对,后面则是菖对菱,芸对芹,蓁对萍,藻对葧,芬对芳,菌对芝,每一对都有意义上的相关联系,如菖和菱是水边物,菌和芝是林间物。贾蓉和贾蔷一对,在捉弄贾瑞和采买小戏子等情节中都有体现,书房风波中因秦钟是贾蓉的小舅子,贾蔷就挑唆茗烟和金荣闹。此回族人吊丧名单草字头一辈贾蔷领头,乃因被吊唁的死者秦可卿是贾蓉之妻,贾蔷和贾蓉关系最近,故如此安排。第三回林黛玉说到吃丸药,贾母说正配人参养荣丸,有针对性的脂批曰"为后菖菱伏脉",不管具体故事是什么,贾菖和贾菱成对至显。贾芸和贾芹分别走贾琏和凤姐的后门求职,也是对照着写的,是一对。

吊丧队伍草字头一辈中只多出了一个贾蘭无对。而这个贾蘭成了引发文本理解分歧的一个小人物。因为有七个抄本上写的是贾蘭,只有梦觉主人序本和程高本是贾蓝——显然是作为本家亲友处理。问题是李纨的儿子也叫贾蘭(简化字作兰),而第九回顽童闹学堂一回中写贾兰和贾菌同桌,二人要好。第九回的贾兰到底是不是李纨的儿子?如果是,则亲叔叔宝玉受欺负,贾兰却对贾菌说"不与咱们相干",似乎表现他从小有对宝玉冷淡无情的性格心理,如果他就是第十三回吊丧的一个本家亲友,当然就没有这种微言大义了。

刘世德先生在其论著中论证,说第九回、第十三回的贾兰和其他回目中出现的贾兰不是一个人,前者是本家族人,后者是李纨之子,这种文本歧义乃由于第九回和第十三回写在其他回之前,乃旧稿,其中贾兰还不是李纨之子,后来写作构思变了,贾兰成了李纨之子,而第九回和第十三回的描写忘记修改统一。

我以为，这个问题不能孤立起来判断，而必须结合曹雪芹对小说结构全局的整体构思。不能忽视的是第一回《好了歌解》中有一句"昨怜破袄寒，今嫌紫蟒长"，针对性的脂批说"贾兰、贾菌一干人"，而第五回说李纨后来"戴珠冠，披凤袄""到头谁似一盆兰"，则在第一回和第五回之后的第九回中，和贾菌要好的贾兰应该就是李纨的儿子。

第十三回在吊丧队伍中出现孤立无对的贾兰，我原来以为可能是抄胥误添。《红楼梦学刊》2017年第1辑刊出邹宗良《一个贾兰，还是两个贾兰？——与刘世德先生商榷》一文，论述第十三回吊孝队伍中的贾兰就是李纨之子，乃随祖父贾政前来，正如贾琮乃随父亲贾赦而来。言之成理，可以解释贾兰无对的问题。在斜玉偏旁一代中一共七人，也是贾琮孤立无对，说明作为荣国府的子孙贾琮和贾兰，不与其他族人相混，是单独处理的。吊丧队伍名单中没有贾琏、贾宝玉和贾环，邹文都给出了合理的分析解释，即贾琏送林黛玉去苏州不在家，贾宝玉单独前去吊丧，而贾环患病不能出门。然而在《红楼梦之谜：刘世德学术演讲录》[1]中，第162页介绍贾氏的家谱，其中草字头偏旁的贾家族人，没有按第十三回吊丧名单中的顺序排列，还多出了贾范、贾荷两个名字，这就模糊了原来排列中每两个名字一对的规律，使贾兰的孤立无对问题被掩盖了。

刘先生的论证还有需要推敲的问题。第十八回贾元春归

---

[1] 刘世德《红楼梦之谜：刘世德学术演讲录》，北京，线装书局2007年版，第162页。

省时描写"此时贾兰极幼,未达诸事,只不过随母依叔行礼,故无别传",刘先生说:"'故无别传'四字值得注意,在长篇小说中,重要人物出场时,一定要有一个类似传记式的交代,告诉大家是怎么回事。有别传应该是在人物第一次出现的时候。"[2]并据此推论:"'故无别传'就表示应该有别传,也就是说,在第十七、十八回(因庚辰本第十七和十八回未分开,所以这样表述——引者)是贾兰第一次出现,而不是第二次出现。"[3]以此来支持第九回中的贾兰不是李纨之子的观点。

这恐怕值得商榷,"故无别传"四字不一定是刘先生所理解的那个意思,而是说因为贾兰跟着母亲行礼,情况简单,没有什么值得详细描写的独立故事。

根据我们的理解,第九回闹书房风波中的贾兰,就是李纨的儿子,因为他未来要和贾菌"昨怜破袄寒,今嫌紫蟒长",所以在这一回给一个镜头,暗示他从小就颇有心机,理智胜过感情。从名字对仗的安排,贾菌本来是和贾芝成一对,但贾芝只是陪衬人物,将来从情节上成为一对的是贾兰和贾菌。这是曹雪芹笔法艺术的一种灵巧变化,正如宝玉的几个大丫头,本来晴雯和绮霰对仗,麝月和檀云对仗,但由于绮霰和檀云作为过场人物处理,四大丫头就变成袭人、媚人、晴雯、麝月了。第九回即使是旧稿新裁,但曹雪芹保留了贾兰、贾菌的情节,在"披阅十载,增删五次"的过程中都不做修改,

---

[2] 刘世德《红楼梦之谜:刘世德学术演讲录》,北京,线装书局2007年版,第169页。
[3] 同上书,第170页。

说明第九回中的贾兰早已被确定为李纨的儿子了。

再者，如果第九回与贾菌同桌的贾兰不是李纨之子，就成了一个与整体结构毫无关系的偶然一现的多余人物，那与曹雪芹每个情节每个人物都精心设计而且"伏脉千里"的艺术结构也是相悖逆的。如此旁歧赘出的无关情节，早被"增删"掉了。第九回写贾菌有志气，贾兰有心计，正是此二人日后将大有作为而出将入相的伏笔，贾兰就是"一盆茂兰"的李纨之子，所谓"草蛇灰线，在千里之外"。

在斜玉偏旁一代里，得到重点描写的是贾瑞。他是贾代儒的孙子，在闹学堂一回中描写他"最是个图便易没行止之人，每在学中以公报私，勒索子弟们请他，后又附助着薛蟠，图些银子酒肉，一任薛蟠横行霸道，他不但不去管约，反助纣为虐讨好"。贾瑞的这种德行，是学堂风波由小火星而成燎原之势的重要原因，连李贵都批评他"到底有些不正经"。

贾瑞的"没行止"和"不正经"，在"见熙凤贾瑞起淫心"和"王熙凤毒设相思局，贾天祥正照风月鉴"两回中得到了充分展示。他居然对凤姐起了觊觎之心，两次受捉弄都不悔改，终于自寻死路。这两回中把一个为色心所主宰的青年男子之"癞蛤蟆想吃天鹅肉"的情态描写得惟妙惟肖。

清代的评点家从正反两个方面发表感想，对贾瑞或寄予同情，或慨叹其不自量力，对凤姐之"毒"和毫无怜悯心则予以鞭挞。涂瀛说："贾瑞雅负痴情，不以草茅自废，愿观光于上国，亦有志之士也，特未免不自谅（即'量'的通假字）耳。凤姐遽置之死，无乃过甚。"（《红楼梦论赞》）青山山农则说："贾瑞，不度德，不量力，竟以傲象之心作毛遂之荐。

昏暮乞人，遽遭粪溺，可为躁进自谋者戒。独是粪可耕田，溺堪作药，粪溺虽秽，终非毒物。残酷若凤姐，曾粪溺之不如。风月之鉴，现形骷髅，明明可睹，可惜贾瑞之不悟耳。"（《红楼梦考评六种》）

近现代研究者的某些评论，其实是用现代的术语表达类似的意思，如认为贾瑞"至死执着于性"而"自己选择死亡"，有的还引用恩格斯的话，来说明凤姐设局迷害贾瑞的意义："自从阶级对立产生以来，正是人的恶劣情欲——贪欲和权欲成了历史发展的杠杆。"（《路德维希·费尔巴哈和德国古典哲学的终结》）

着眼于小说全局，贾瑞其人其事穿插在秦可卿病与死的故事当中，自然具有一种笼罩全书的结构意义和哲理暗示，所谓"正照"与"反照"风月宝鉴，正是《红楼梦》本身一个根本性的文学指喻。前五十四回的荣华富贵旖旎柔情是"正照"，后五十四回的衰败破灭痛苦悲情是"反照"。《红楼梦》本身就是一面风月宝鉴，从这种意义上说，贾瑞这个"小人物"，其实也就是贾宝玉和十二钗等所有"主角"的一个"影子"。

贾瑞祖父贾代儒是贾家辈分最高的一个男性，但在贾瑞病重时，他去荣府乞讨人参，而凤姐为报复贾瑞，只给些"渣沫泡须"，未免太势利眼，亦可见人情冷暖，决定身份待遇的还是要靠政治地位和经济实力，仅论年资辈分是不行的。

金荣、金荣母亲和姑妈，是同样的情形。贾璜的名字也出现在给秦可卿吊丧的名单中，他是金荣的姑夫。对金荣的姑妈璜大奶奶，第十回描写："且说他姑娘原聘给的是贾家玉字辈的嫡派，名唤贾璜。但其族人众，那里皆能像宁、荣二府的富势，原不用细说。这贾璜夫妻守着些小小的产业，又时常到宁、荣二府里去请请安，又会奉承凤姐儿并尤氏，所以凤姐儿、尤氏也时常资助资助他，方能如此度日。"同样是贾门族人，却只能仰人鼻息，安分过小日子。

金荣在学堂风波里吃了亏，回家嘟囔，他母亲对金荣说："你又要增什么闲事？好容易我望你姑妈说了，你姑妈又千方百计的向他们西府里的琏二奶奶跟前说了，你才得了这个念书的地方，若不是仗着人家，咱们家里还有力量请的起先生？况且人家学里，茶也是现成的，饭也是现成的。你这二年在那里念书，家里也省好大的搅用呢！省出来的，你又爱穿件鲜明衣裳。再者不是因你在那里念书，你就认得什么薛大爷了？那薛大爷一年不给不给，这二年也帮了咱们也有七八十两银子。你如今要闹出了这个学房，再要找这么个地方，我告诉你说罢，比登天的还难呢！你给我老老实实的顽一会子，睡你的觉去，好多着呢。"

这一段话，生动地刻画出经济薄弱则气粗不起来，也就是人穷志短这一世俗常情。所谓"吃人家的嘴软，拿人家的手短""人在矮檐下，怎能不低头"，最根本的决定因素还是经济利益。当然，吃了亏受了气，总还是有忿郁不平的，因此，当姑嫂相逢时，金荣母亲就和璜大奶奶金氏说起学堂风波的事情，而"这璜大奶奶不听则已，听了一时怒从心上起"，要找尤氏和秦可卿去评理。急得她嫂子赶紧说："这都是我的嘴快，告诉了姑奶奶了，求姑奶奶快别去说去，别管他们谁是谁非。倘或闹起来，怎么在那里站得住？若是站不住，家里不但不能请先生，反到在他身上添出许多搅用来呢。"其实璜大奶奶在她嫂子面前摆出一副气势汹汹的样子,也不过是个姿态,真见了尤氏,"未敢气高,殷殷勤勤叙过寒温",才试探性地问"今日怎么不见蓉大奶奶?"没想到尤氏倒先说出了学堂风波,并说秦可卿气病了,于是这位璜大奶奶"把方才在嫂子家里那一团要向秦氏理论的盛气,早吓的丢在爪洼国去了"。

对于璜大奶奶这种虎头蛇尾的态度转变,热衷于社会学、政治学的评红者们早已论说多多。当过部长的王蒙理解得最为透辟,把璜大奶奶见尤氏和鲁迅小说《离婚》中的爱姑见七大人作比较:"在这里尤氏并没有说什么,金氏也没有说什么,尤氏是不战而屈人之兵,金氏则是不战而溃。尊卑上下,是弥漫在所有的存在中的,是植入了基因里的。没有进入语境,你可以自以为与老板平等,与大人物平等,至少可以与阔亲戚讨论辩论,争个明白究竟;及至一见大人物,一进入大人物的语境,你自然自动撒了气瘪了胎,根本不是对手。"[4] 其实,七大人知道爱姑是来闹离婚的,而尤氏根本不知道璜大奶奶金氏是来找她"理论"的,尤氏压根就没有战斗意识,只是无心的闲谈于无意中就让金氏落荒而去。曹雪芹写得比鲁迅更深刻。套用老子的那种言说公式,尤氏的胜利不仅是"大战不战",还要更高一等,是"大胜无胜"。无欲则刚,金氏自然是有欲则柔,而尤氏由于地位天然居高临下,是连刚和柔、有欲和无欲这些意识也没有的。

金荣和金荣的母亲金寡妇(从夫姓)、姑妈金氏(从娘家

---

4 王蒙《不奴隶,毋宁死?——王蒙谈红说事》,北京,北京十月文艺出版社2008年版,第17页。

姓），之所以活得憋屈活得压抑，就是因为他们都不得不仰望那个"金"字。这就是曹雪芹赋予"金荣"这个姓名的用意。有金便荣，无金便辱，金荣甘于被薛蟠玩弄，金寡妇也以得了薛蟠的银子自得，金荣一时意气用事，挑战受金多势大的宝玉支持且还有金多势大姐姐的秦钟，自然只能自讨其辱。闹到最后，连宝玉的小厮茗烟都敢向他叫阵，当面向他喝骂："姓金的，你是什么东西！"当宝玉问金荣是哪一房的亲戚时，李贵息事宁人，说："不用问了，说起那一房的，便伤了弟兄们的和气。"而茗烟则说："璜大奶奶是他姑娘。你那姑妈只会打旋磨子，向我们琏二奶奶跪着借当头。我就看不起他那主子奶奶！"李贵还用亲缘关系作招牌化解矛盾，茗烟的话则一针见血，剥掉了血缘伦理温情脉脉的遮羞布，把金钱势利至高无上的冰冷现实揭示得水落石出。

在学堂风波中还出现了另一个人物贾蔷："亦系宁府中之正派玄孙，父母亡之后，从小儿跟着贾珍过活，如今长了十六岁，比贾蓉生的还风流俊俏。他弟兄二人最相契厚，常相共处。宁府中人多口杂，那些不得志的奴仆们，专能造谣诽谤主人，因此不知又有什么小人诟谇谣诼之词。贾珍想亦闻得此口声不大好，自己也要避些嫌疑，如今竟分与房舍，命贾蔷搬出宁府，自去立门户过活去了。这贾蔷外相既美，内性又聪明，总然应名来上学，亦不过虚掩眼目而已，仍是斗鸡走狗，赏花顽柳。从事上有贾珍溺爱，下有贾蓉匡助，因此族中人谁敢触逆于他？他既和贾蓉最好，今见有人欺负秦钟，如何肯依？自己要挺身出来报不平，心中且忖度一番，想道：金荣、贾瑞一干人，都是薛大叔的相知，向日我又与薛大叔相好，倘若我一出头，他们告诉老薛，我们岂不伤了和气？待要不管，如此谣言，说的大家无趣。如今何不用计制伏，又止息口声，不伤了体面。"

这是一段富含"春秋笔法"的介绍，暗示出贾蔷自幼在宁府生活，实际上与贾珍和贾蓉父子都存在同性恋关系。有了贾珍和贾蓉的庇护，贾蔷自然有恃无恐，经济上不缺钱，在族人中也昂首挺胸。他长得漂亮，又有心计，挑唆茗烟出来闹事，自己则先回避了。

在凤姐捉弄贾瑞的故事中，凤姐"调兵遣将"，就是贾蓉和贾蔷，讹诈了贾瑞给每人写了五十两银子欠契，还用屎尿浇了贾瑞一身。而凤姐假意和贾瑞周旋时，却又故意说："果然你是明白人，比贾蔷、贾蓉两个强远了。我看他那样清秀，只当他们心里明白，谁知竟是两个糊涂虫，一点不知人心。"这似乎暗示贾蔷、贾蓉与凤姐之间，也存在暧昧关系。

而当贾元春要归省时，贾蓉和贾蔷来走凤姐后门，让贾蔷谋得了去苏州买小戏子的肥缺差事。贾琏本来对贾蔷是否在行有点犹豫，贾蓉就拉凤姐衣襟，凤姐立刻说话，一力主张，贾琏就说："并不是我驳回，少不得替他筹算筹算。"而贾蔷得了差事，凤姐又把贾琏奶妈的两个儿子让贾蔷带去办事，贾蓉和贾蔷分别向凤姐和贾琏献殷勤，说"要什么东西，顺便好带来孝敬"。凤姐的回应是："放你娘的屁，我这里的东西还无处摆呢，希罕你们鬼鬼祟祟的？"既打情骂俏，又有利益交换，贾蔷和贾蓉的乖猾机巧也尽在其中。

贾蔷采买小戏子回来，从此成了管理戏班的"班主"，他和戏班中的"角儿"龄官成了恋人。第十八回元春归省，演完了四出贵妃钦点的折子戏后,"一太监执一金盘糕点之属来问:'谁是龄官?'贾蔷便知是赐龄官之物,喜的忙接了,命龄官叩头。太监又道:'贵妃有谕,说龄官极好,再作两出戏,不拘那两出就是了。'贾蔷忙答应了,因命龄官作《游园》《惊梦》二出。龄官自为此二出原非本角之戏,执意不作,定要作《相约》《相骂》二出。贾蔷扭他不过,只得依他作了。贾妃甚喜,命不可难为了这女孩子,好生教习,额外赏了两匹宫缎、两个荷包并金银锞子、食物之类"。这里不仅表现了龄官演艺高超,而且写贾蔷已经"扭他不过",这当然也有感情在起作用。

到"龄官划蔷痴及局外"和"识分定情悟梨香院"两回,贾蔷和龄官的爱情剧正式上演,龄官对贾蔷的痴情,贾蔷对龄官的俯就,也可谓惊魂动魄、刻骨铭心。前面讲到龄官时已经提起过。"春秋笔法"、学堂风波、捉弄贾瑞、采买戏子、元宵演戏以及最后这两幕爱情戏,乃分散于各章节中的"积墨法",一笔笔皴染成的人物画,贾蔷多层次、多侧面的肖像、影像、形象,就这样逐渐丰满,自然凸显了出来。也乖猾也聪明,也有浪荡而终不乏真情,毕竟还是可爱。后四十回写贾蔷和贾环、王仁混到了一起,谋卖巧姐于外藩,变得丑角化、反派化,又是写作境界的神韵与凡庸之别了。

后四十回谋卖巧姐的闹剧中,还写了有贾芸参与,更是完全歪曲了曹雪芹的原意。贾芸与贾蔷一样,都是曹雪芹予以基本肯定的人物,而贾芸的角色更为重要。贾芸在全书的整体设计中,是非同一般的"小人物",特别在佚稿中举足轻重。我在《红楼梦探佚》中有详细的考证分析。概括地说,有下面这样一些内容:

一、贾芸和小红，其实是某种程度上宝玉和黛玉的"影子"，而他们两人是佚稿中"狱神庙"（"嶽神庙"）故事里的主角，具体情节是帮助贾宝玉和史湘云劫后重逢，同时还要和刘姥姥一起救助落难的贾巧姐。

二、基于这种总体构思，前八十回中贾芸和宝玉、凤姐都发生了密切关系，他既是宝玉的"儿子"，又从凤姐处谋得了差事。

三、贾芸被赋予管理大观园花草树木的工作，本身就是一种隐喻，因为大观园众女儿就是人间的花草，贾芸的工作性质其实就是"护花使者"。当"众芳芜秽""花落水流红"之际，他更是收拾残局的"园丁"。

四、贾芸的名字"芸"与史湘云的"云"互相关联，"芸"上的草字头正象征了"护花"之意。第三十七回诗社成立就以海棠为名，正来源于贾芸送给宝玉的两盆白海棠。而海棠社真正的冠军是史湘云，海棠也是史湘云的"本命花"、象征物，所谓"只恐夜深花睡去，故烧高烛照红妆"。这些都衔接着佚稿中贾芸和小红帮助史湘云和贾宝玉重逢的后事。

五、贾芸在"狱神庙"（"嶽神庙"）故事中救助宝玉、湘云和巧姐，得到了醉金刚倪二和马贩子王短腿等下层"黑社会"的协助，第二十四回"醉金刚轻财尚义侠"就是一种"草蛇灰线，伏脉千里"。

有了这种探佚视野，再阅读前八十回相关情节描写，会更加趣味盎然。如写贾芸的舅舅名"卜世仁"谐音"不是人"，因为他不肯对亲外甥施以援手，而这同样影射着贾巧姐的舅舅名"王仁"谐音"忘仁"，是对巧姐"爱银钱忘骨肉"的狠舅，贾芸才是巧姐的救星。街坊倪二则"因人而使，颇有义侠之名"，他听贾芸说"平白的又讨了个没趣儿"，就说："有什么不平事，告诉我，我替你出气。这三街六巷，平（据周校本，即'凭'）他是谁，有人得罪了我醉金刚倪二的人，管叫他人离家散。"听说卜世仁不肯帮助贾芸，他立刻不要利钱借给了贾芸银子。几段对话，就使贾芸和倪二两个人的性格面目生龙活虎。

比如贾芸说："老二，你果然是个好汉子，我何曾不想着你和你张口？但只是我见你所相与交结的，都是些有胆量的有作为的人，似我们这等无能无为的，你通不理，我若和你张口，你岂肯借给我！今日既蒙高情，我怎敢不领？回家按例写了文约过来便是了。"倪二大笑道："好会说话的人，我却听不上这话，既说相与交结四个字，如何放账给他，图赚他的利钱，既把银子借与他，图他的利钱，便不是相与交结了。闲话也不必讲，既肯青目，这是十五两三钱有零的银子，你便拿去置买东西。你要写什么文契，趁早把银子还我，让我放给那些有指望的人使去。"贾芸的有心机和伶牙俐齿，倪二的江湖豪气，全部如闻如见。"醉金刚"这个绰号，既大气磅礴，又诗意葱茏，力度和韵味都超过了《水浒传》中一百单八将的绰号。当然，这些描写和佚稿情节的探究联系起来，会更耐人寻味。

贾芸和贾芹是对照着写的。贾芸先走贾琏的门路，贾琏本来已经答应把管理小尼姑、小道姑的事给贾芸，但凤姐却答应了贾芹，夫妻谈判，阴盛阳衰，贾芹抢了先手。卜世仁就拿贾芹和贾芸对比："前儿我出城去，撞见你们三房里的老四，骑着大黑叫驴，带着四五辆车，有四五十个和尚道士，往家庙去了。他那不亏能干，就有这样的好事儿到他了。"这里说贾芹是"三房"的后代,而贾琏向宝玉介绍贾芸时说"他是后廊上住的五嫂子的儿子芸儿",可见是"五房"的后代。贾芹和贾芸应该是近支本家兄弟。

不过写贾芹,只是作为贾芸的陪衬,而且是一个反面衬托。第五十三回族长贾珍年前做慈善事业,散发东西给同族人过年,贾芹也来领取,被贾珍叫过来痛斥:"我这东西原是给你那些闲着无事的、无进益的小叔叔小兄弟们的。那二年你闲着,我也给过你的,你如今在那府里管事,家庙里管和尚道士们,每月又有你的分例外,这些和尚道士分例银子都从你手里过,你还来取这个来了,太也贪了。你自己瞧瞧,你穿的可像个手里使钱办事的?先前你说没进益,如今又怎么了?比先到不像了。"贾芹狡辩:"我家里原人口多,费用大。"贾珍冷笑道:"你还支吾我,你在家庙里干的事,打谅我不知道呢!你到了那里,自然是爷了,没人敢违拗你。你手里又有了钱,离着我们又远,你就为王称霸起来,夜夜招聚匪类赌钱,养老婆小子。这会子花的这个形象,你还敢来领东西?领不成东西,领一顿驮水棍去才罢。等过了年,我必和你琏二叔说,换了你回来。"贾芹显然是个"不肖子弟"的样板,和贾芸的有主意、有谋划、"孝子可敬"(脂批)等优点构成正反对比。后四十回续书中有人写揭帖嘲弄贾芹:"西贝草斤年纪轻,水月庵里管尼僧。一个男人多少女,窝娼聚赌是陶情。不肖子弟来办事,荣国府内出新闻。"

其实,贾家即将"忽喇喇似大厦倾",抄家大祸从天而降,贾珍和贾琏哪里还顾得上管贾芹这样的本家子弟,一旦抄家,贾芹自然也就"树倒猢狲散",大概不会有续书中那些情节了。

第五十三回已经写贾芹钱花得精光，连衣服都穿得不光鲜，其实已经没有能力继续"陶情"了。

贾府中其他"须眉浊物"和"不肖子弟"，包括亲友家的一干纨绔膏粱，前八十回也偶有点染。如第七十五回："原来贾珍近因居丧，每不得游玩旷朗，又不得观优闻乐作遣。无聊之际，便生了个破闷之法。日间以习射为由，请了各世家弟兄及诸富贵亲友来较射。因说白白的只管乱射，终无裨益。不但不得长进，而且坏了式样，必须立个罚约，赌个利物，大家才有勉力之心，因此，天香楼下箭道内立了鹄子，皆约定每日早饭后来射鹄子。贾珍不便出名，便命贾蓉作局家。这些来的皆系世袭公子，人人家道丰富，且都在少年，正是斗鸡走狗、问柳评花的一干游荡纨绔。因此，大家议定，每日轮流作晚饭之主，每日来射，不便独扰贾蓉一人之意。于是天天宰猪割羊，屠鹅戮鸭，好似临潼斗宝一般，都要卖弄自家的好厨役、好烹炮。……贾珍志不在此，再过一日，便渐次以歇臂养力为由，晚间或抹抹骨牌，赌个酒东而已，至后渐次至钱。如今三四月的光景，竟一日日赌胜于射了，公然斗叶掷骰，放头开局，夜赌起来。"

贾珍教训贾芹时一副道貌岸然，自己却又如此作为，这正是家道凌替不可挽回的颓势败象。后面描写尤氏晚间路过时偷窥，贾珍、薛蟠和邢大舅等吃喝嫖赌，丑态毕露。"这邢德全虽系邢夫人之胞弟，却居心行事大不相同，只知吃酒赌钱，眠花宿柳为乐，手中滥漫使钱，待人无二心……这邢大舅便酒勾往事，醉露真情起来，乃拍案对贾珍叹道：'怨不得他们视钱如命。多少世宦大家出身的，若提起钱势二字，连骨肉都认不得了。老贤甥，昨日我和你那边的令伯母赌气，你可知道否？'贾珍道：'不曾听见。'邢大舅叹道：'就为钱这件混账东西。利害！利害！'"对邢大舅的描写就这样寥寥几笔，"傻大舅"的模样作态，他和姐姐邢夫人的利害冲突，都传神阿堵。

贾家的亲戚中，史家只突出一个史湘云，其他不过提到忠靖侯史鼎、保龄侯史鼐，王家的人也只有王子腾、王子胜、王仁、王信等名字而已，没有具体描写。林黛玉的父亲林如海，后来到了贾府的李纨的婶娘和堂妹李纹、李绮，薛宝钗的堂弟薛蝌，邢夫人的兄嫂邢忠夫妇等，都是没有多少实际情节的人物，只有邢夫人的侄女邢岫烟和薛宝钗的堂妹薛宝琴，形象鲜明。宁国府秦可卿的父亲秦业和兄弟秦钟，属于象征性人物，搅在"秦学"公案里，弄得扑朔迷离。而尤氏的继母尤老娘，出现在尤三姐和尤二姐的故事中，虽属于陪衬，却值得讨论。

尤老娘是尤氏的继母，而尤二姐和尤三姐，更是尤老娘改嫁尤氏父亲时"拖油瓶"带到尤家的前夫之女，所以尤老娘和二姐、三姐，与宁国府的关系表面上颇近，实际上却远。尤老娘对贾琏说："我们家里自从先夫去世，家计也着实艰难了，全亏了这里姑爷帮助。"尤家母女名义上是宁府至亲，实际上是寄人篱下的穷亲戚，而贾珍和贾蓉之所以对尤家母女殷勤照应，除了尤氏的一层关系，主要是觊觎二姐和三姐的美色，这在书中描写充分。

故而尤老娘其人，就是一个为了生存而不得不仰贾珍鼻息的老婆子，名为尤老安人，实为尤老乞婆。贾琏看上了尤二姐，贾蓉从旁撮合，对尤老娘"说他父亲此时如何聘，贾琏那边如何娶，如何接了你老人家养老，往后三姨也是那边应了替聘，说得天花乱坠，不由得尤老娘不肯"。贾琏在小花枝巷另买小院，安置尤二姐和尤老娘、尤三姐，"那尤老见了二姐身上头上焕然一新，不似在家模样，十分得意"，"贾琏一月出五两银子，作天天的供给。若不来时，他母女三人一处吃饭；若贾琏来了，他夫妻二人一处吃，他母女便回房自吃"。尤老娘就是这样一个世俗的小人物，为了物质利益，以女儿色相供贾珍、贾琏玩弄而心安理得。贾珍趁贾琏不在时来到小花枝巷，目的是戏弄尤三姐，尤老娘和两个女儿陪贾珍吃酒，"尤二姐知局，便邀他母亲说：'我怪怕的，妈同我到那边走走来。'尤老也会意，便真个同他出来，只剩小丫头们。贾珍便和三姐挨肩擦脸，百般轻薄起来。小丫头子们看不过，也都躲了出去，凭他两个自在取乐，不知作些什么勾当"。

尤老娘的这种生存状态和心理状态，与欧洲18、19世纪批判现实主义小说中的"小人物"颇为相似。不过，由于第六十四和第六十七两回并非曹雪芹原作，而是亲友所补，就出现了一些情节上的漏洞。那就是当凤姐知道了贾琏偷娶尤二姐的消息后，设计把尤二姐骗进大观园，却压根没提到住在小花枝巷的尤老娘。其实，按照原来的构思，在尤三姐自杀后，尤老娘就伤痛而亡，尤二姐独自一人住在小花枝巷，才有可能接续后面的"讯家童凤姐蓄阴谋"和"苦尤娘赚入大观园"。尤老娘此前已死的情况，后文透露了消息。第六十八回凤姐大闹宁国府，后来和尤氏商量编谎欺哄贾母，有"皆因家中父母姊妹新近一概死了"的话；第六十九回凤姐在贾母前圆谎时又说"亲家母死了"。

尤老娘，真是个可怜的"小人物"，活得那么窝囊，连死也这样恍惚。

比尤老娘关系更远，重要性却远过之的另一个老太婆，就是大家熟知的刘姥姥。她的女婿王狗儿之祖上和王夫人、王熙凤的祖上"联了宗"，不过是因彼此都姓王而"五百年前是一家"的"亲戚"。王狗儿已经从小官的后代沦落为普通乡民，衣食不继，刘姥姥想起荣国府这门"亲"，厚着脸皮上门乞讨，在周瑞家的协助下，得到了凤姐二十两银子的资助，过了难关翻了身。到次年秋天带了些新鲜瓜果粮菜去荣府答谢，被贾母"发现人才"而款待了几天，见识了国公府吃喝玩乐的大场面，临走时又得到了足可借以脱贫而及小康的银两物品馈赠："虽然住了两三天，日子却不多，把古往今来没见过的，没吃过的，没听过的，都经验了。难得老太太和姑奶奶并那些小姐们，连各房里姑娘们，都这样怜贫惜老照看我，我这一回去后没别的报德，惟有请些高香，天天给你们念佛，保佑你们长命百岁的，就算我的心了。"（第四十二回）

前八十回两次来到荣国府的刘姥姥，太生动了，太有趣了，太让大家开心了，她成了一个女性无厘头，不仅让贾府的贵族们笑得前仰后合，也成了二百年来各色读者的开心果。她还是佚稿研究中救了贾巧姐的活菩萨、女侠客，让人心花缭乱，蝶想联翩。对刘姥姥的评论比对贾母的多，翻云覆雨的意识形态变迁都在刘姥姥的身上掉笔花，显身手。

"刘老老是个乡下老婆婆，一些没有受着文明的罪恶，他初次想借钱的时候，心里也觉得非常羞耻。他的良心是好的。作者是拿他来代表一个不受文明熏陶的，'自然界上'的人。"

（佩之《红楼梦新评》[5]，作"刘老老""他"是时代痕迹。）

"她在老太太面前是个女清客，自然比丫头小幺儿们高得多。背了老太太，她又可以和奴才们平起平坐，有时不免承奉一下奴才们的颜色，这时她又是奴才了。等到出了贾府的门，对那些村坊里的狗儿之流，她可以卖弄一下贾府的势派。可是假使遇到那些贾府的冤家时，她也照样可以趁口骂几句，以显得她并非贾府的篾片。她是能'把左右的长处兼收并蓄，把左右的弊病除掉'的。她自由得很，超脱得很。你说她骑墙么？妥协么？是'变色的蜥蜴'么？一点也不。她只是一个积年的老寡妇，就靠她那张老脸卖钱，她更靠那不明身份的身份卖钱，靠那自由主义者的羊头卖钱。"（譬如《刘姥姥》[6]）

"按照性格，刘姥姥也许是出身于城市居民，她曾先有都市生活见闻与磨炼。小市民固然是身居下层的，但也常会具备庸俗、投机、狡猾、向上爬的品质，否则怎么有胆量到那'天堂'式的贾府去探险？她所谓到城里去'闯运气''丢老脸'，总是多少有些估计的。"（王昆仑《红楼梦人物论》[7]）

"对于刘姥姥这个人物，作者也充分地写出了她的复杂性，因而好像显得有些矛盾。一方面描写了她的乡气和见识不广，因而这个人物流行在生活中就带有几分可笑的意味，产生了'刘姥姥进大观园'这样一个谚语，并且由于她的善于凑趣，

---

[5] 吕启祥、林东海编《红楼梦研究稀见资料汇编》，北京，人民文学出版社2006年版，第59页。

[6] 同上书，第1306—1307页。

[7] 王昆仑《红楼梦人物论》，国际文化服务社民国三十七年（1948），第131页。

人们有时又用这个名字来称呼旧社会的统治阶级的某些老帮闲;但另一方面,由于作者经历了贫困的生活,对于下层人物已经有些接触,他就不但赞赏了醉金刚倪二的豪爽和义气,而且着力地描写了刘姥姥这样一个人物,写她是忠厚的,健康的,因而激起了我们的同情。"(何其芳《论红楼梦》[8])

"莫名其妙地冒出来一个刘姥姥,所向披靡,在贾府受到贾母与凤姐的恩宠,吃喝逛,临走又拿钱又拿东西。她怎么那么走运?这很正常。第一,老太太需要一个年龄相当的人陪说话,如今陪老人说话甚至可以成为一种职业嘛。第二,贾母她们需要一些陌生化的信息与经验,刘姥姥应运而至了。就是说,像刘这样的农民,正好与贾母凤姐们互补。可以简单地说这就是解闷,也可以说这是为了映衬自己的高级幸福,还可以解释为对于信息的追求,'生活在别处'所导致的好奇心。"(王蒙《不奴隶,毋宁死?》[9])

"贾府代表着源远流长的雅文化,刘姥姥则代表形态粗糙的俗文化。刘姥姥三进荣国府,实质是一种雅文化与俗文化的冲突和交流,正是在这种冲突和交流中,两种文化各显示了自己的特点、本质和局限性,并构成了宏大的文化景观,概括了中国文化的全部本质和秘密。"(黄涛《刘姥姥新论》[10])

---

8 杜贵晨、何红梅编《红楼人物百家言·红楼女性》,北京,中华书局2006年版,第471页。
9 王蒙《不奴隶,毋宁死?——王蒙谈红说事》,北京,北京十月文艺出版社2008年版,第140—141页。
10 黄涛《刘姥姥新论》,《红楼梦学刊》1994(3),第139—140页。

"宝玉最嫌嫁了汉子的老女人肮脏，而作者就偏偏安排了刘姥姥之醉卧在他的床上，而且弄的满屋子'酒屁臭气'。这明明是有意用现实世界的罪恶和肮脏来点污理想世界的美好和清洁。同回刘姥姥在栊翠庵（应为拢翠庵，余文写'拢'为'栊'——引者）吃茶，也同样是为了衬出妙玉洁癖的特笔。"（余英时《红楼梦的两个世界》[11]）

这真是大家在刘姥姥身上"做观念的实验"。讲到比较贴近曹雪芹所生活时代的思想文化氛围，或许脂批和涂瀛的点评还本色一些。

"朝扣富儿门，富儿犹未足。虽无千金酬，嗟彼胜骨肉。"（第五回回前批）

"老妪有忍耻之心，故后有招大姐之事。作者并非泛写，且为求亲靠友下一棒喝。"（第五回针对刘姥姥向凤姐"忍耻"开口告贷情节批语）

"刘老老深观世务，历练人情，一切揣摩求合，思之至深。出其余技作游戏法，如登傀儡场，忽而星娥月姐，忽而牛鬼蛇神，忽而痴人说梦，忽而老吏断狱，喜笑怒骂，无不动中窾要，会如人意。因发诸金帛以归，视凤姐辈真儿戏也。而卒能脱巧姐于难，是又非无真肝胆、真血气、真性情者。殆黠而侠者，其诸弹铗之杰者与！"（涂瀛《红楼梦论赞》）

前八十回中刘姥姥二进荣国府是"正照"风月宝镜，佚稿中的"三进"则是"反照"。第六回回前批说："此回借刘妪，

---

[11] 余英时《红楼梦的两个世界》，上海，上海社会科学院出版社2002年版，第57—58页；原载《香港中文大学学报》1974（2）。

却是写阿凤正传,并非泛文,且伏'二进''三进'及巧姐之归着。"第四十一回,针对刘姥姥的外孙王板儿和凤姐的女儿贾巧姐交换柚子和佛手的情节,有脂批:"小儿常情,遂成千里伏线。""柚子,即今香团(圆)之属也,应与缘通。佛手者,正指迷津者也。以小儿之戏,暗透前回通部脉络,隐隐约约,毫无一丝漏泄,岂独为刘姥姥之俚言博笑而有此一大回文字哉?"

佚稿中刘姥姥救巧姐,和后四十回续书有很大不同,那情况要严峻得多,"狱神庙"("獄神庙")—烟花窟,最后巧姐嫁给了板儿,成了在"荒村野店"纺线织布的村妇。我在《红楼梦探佚》中早有考论,不再缕述。而在那些故事中,刘姥姥的头上将出现光环,是有"神性"的。

周汝昌在《红楼脂粉英雄谱》中把刘姥姥作为结穴人物,咏叹曰:"识见言辞总过人,感恩知义是情真。老来依女还帮婿,信口开河话有神。"并加笺解说:"莫把姥姥看轻,身为村妪,而才能识见过人,粗心人以为雪芹之写姥姥是作为嘲笑、取乐之对象,殊不知,姥姥方是所有场面中之主角与导演人。"

又附带论及刘姥姥的外孙女青儿,尽管是一个只提到名字的小人物:"青儿之故事或有或无、或多或少,今不可知。我谓八十回后定有照应。青者,东方之色。大则郊原浩荡,小则菜圃清幽。取名青儿,令人想见郊原浩荡翠绿景色,虽与姥紫嫣红不同,却另有一番秀色。察其来历身份,又为姥姥之外孙女。姥姥大才,吾已论之,然则青姐岂能仅一凡姑乎?日后姥姥救了巧姐,平儿遂认青姐为义女,未可知也。史太君曰:'头上有青天。'薛宝钗曰:'送我上青云。'青之品格

村老妪谎谈承色笑 孙温 绘

令人不敢低视。"

　　周老的意思,青儿之名寓有深意,是天翻地覆回、黄转绿贵贱荣辱形势的大逆转大颠倒。当贵族的朱楼广厦倾圮坍塌之后,只有民间还富有葱茏的青翠,青天青云风景无限。巧姐后来成了青儿的弟媳,虽荆钗布裙蔬食,却自有生机天地。隐喻巧姐的《留馀庆》曲子中所谓"幸娘亲,积得阴功""正是乘除加减,上有苍穹",就是一种庆幸的口吻。"苍穹"——岂非"青天"乎?

# 社会关系

## 张友士、戴权、夏太监、忠顺府长史

贾府作为世代功臣与国戚，有蜘蛛网一般的社会关系。这张蜘蛛网有的地方织得紧密，有的地方织得疏松，有的离中心近，有的离得远。曹雪芹的艺术功力在于，能把这张网今天一鳞明天一爪地巧妙呈现，龙尾蛇头狮子鬃毛，忽然闪现又忽然隐没，捕风捉影却又追踪蹑迹，恍惚不着边际，似又近在咫尺。

秦可卿的病与死，整个就像在雾里看花，那摇摇曳曳的花枝，一会儿芽瓣绽开了，一会儿花蔫叶萎了，一时有人来浇水灭虫，一时又讨论如何"葬花"，影影绰绰地人来人往，有些混乱又有点神秘。

最耐人寻味的，就是那个号称"太医"却又非专业医生的张友士张先生了。第十回"张太医论病细穷源"，这个上了回目的人来历颇有些蹊跷："冯紫英因说起他有个幼时从学的先生，姓张名友士，学问最渊博，更兼医理极深，且断人生死。今年是上京给他儿子捐官，现在他家住着呢。这么看来，竟是合该媳妇的病在他手里除灾亦未可知。我即刻差人拿我的名帖请去了。今日倘或天晚了不能来，想来明日一定来。况且冯紫英又即刻回家亲自去求他，务必叫他来瞧瞧。"这是宁国公第四代世袭三品爵威烈将军贾珍对夫人尤氏说的。

这个高明的张太医与此前来给秦可卿看病的一伙"庸医"构成对照:"现在咱们家走的这群大夫,那儿要得一个呢?都是听着人口气儿,人怎么说,他也添几句文话儿说一片。可到殷勤的狠,三四个人一日轮流着到有四五遍看脉来。他们大家商量着立个方子,吃了也不见效,到弄的一日换四五遍的衣裳,坐起来见大夫,其实于病人无益。"这是尤氏对贾珍说的。

王蒙的分析评论好像把常规的道理说得差不多了:"这是说一批庸医互相依靠推诿,无人负责,用几句'文话'搪塞唬人。尤氏的批语应属准确如实。而请来的张太医与这些人不同,第一,他把完脉就讲病情,讲得贴切,乃获信任——这是把医术变成猜谜的无医学常识的陋见。第二,是谈到预后,张太医说要看'医缘',真是高明极了。有术还不行,还要看缘。这也对,同样的病同样的药,同样的治疗,有的有效,有的无效,以缘释之,也就是以因释因,谁还能有什么脾气?第三,太医走后,贾珍分析说,人家本不是'混饭吃久惯行医的人'。这很奇怪,就是说以行医为职业的人,医道是不灵的,顺手看病的人才是医学大师。重业余轻职业,重 part time 而轻 professional,这与外国的思路大异其趣。我想这是缘于中国特有的整体主义与本质主义信念。中国人倾向于认为,大道是相通的,治国、齐家、用兵、用药、三才、五行……搏击功夫与床上功夫,靠的都是一个道。"[1]

---

[1] 王蒙《不奴隶,毋宁死?——王蒙谈红说事》,北京,北京十月文艺出版社 2008 年版,第 19 页。

而刘心武的"秦学",则索隐探微,钩沉想象,说"友士"谐音"有事",张友士看病是幌子,传递政治秘辛才是真使命,他乃是朝廷"日月之争"中"月派"也就是在野的废太子一党中的一个成员,来宁府是来看秦可卿和宁国府的"政治病"。

是耶?非耶?真耶?假耶?有耶?无耶?荒唐猜谜耶?确有发现耶?刘心武信誓旦旦,红学会口诛笔伐。

张友士这个"小人物"背后是不是隐藏着许多"大人物"?只好由今后的每一个读者或认同或舍弃而自主判断了。

秦可卿到底还是死了,看来这次张太医的"医缘"不行。但接下来的各种因丧葬之礼的人事"缘"纷至沓来。其中值得一提的是"大明宫掌宫内相戴权",这是皇宫里的太监大头领,内相者,内廷之"宰相"也;"戴权"者,"大权"也。大明宫之名,让我们想起了影视剧《大明宫词》。

这位戴权"先备了祭礼遣人抬来,次后坐了大轿,打伞鸣锣,亲来上祭"。贾府死了一个丈夫只是"黉门监生"的重孙媳妇,居然有"内相"亲来上祭,后面还有东西南北四路郡王随礼,也难怪刘心武要灵感勃发臆想丛生了。

正面描写的是贾珍嫌贾蓉名位太低,"灵幡经榜上写时不好看,便是执事也不多",会有损国公府的颜面。于是贾珍就"趁便"向戴权说"要与贾蓉蠲个前程",而戴权立刻"会意"笑道:"想是为丧礼上风光些。""面子"比"里子"更重要,看来,这是中国古代其实不仅是中国和古代而是人类社会亘古不变的"潜规则"。戴权买了贾珍的面子,说"正有个美缺",是皇帝的卫队"三百员龙禁尉短了两员",其中一个名额已经给了人,正好还剩下一个,可以给贾蓉。当然不是白给,而要拿银子买,也就是"捐"(鬻)。

但并不是谁想出钱都可以"捐"到的,戴权说:"昨儿襄阳侯的兄弟老三来求我,现拿了一千五百两银子送到我家里。你知道,咱们都是老相与,不拘怎么样,看着他爷爷的分上,胡乱应了。还剩了一个缺,谁知永平节度使冯胖子来求我,要与他孩子鬻,我就没工夫应他。既是咱们孩子要鬻,快写个履历来。"短短的几句话,每句话甚至每一个字词,都蕴含着丰富的信息。

龙禁尉的两个缺额,不是卖不出去,而是大家都想抢到手的肥缺,标价一千五百两银子,这是第一个信息。已经卖

秦可卿死封龙禁尉 孙温 绘

出去的一个给了"老相与"也就是老关系襄阳侯的兄弟,是"看着他爷爷的分上",乃戴权标榜自己尊重旧情、尊重世谊、尊重传统,但同时也透露那还是给了对方好大的面子,对方欠了自己大大的人情,所谓"胡乱应了",这是第二个信息。没有老关系的永平节度使也想买,就驳回了,而且用了轻蔑的"没工夫应他"这种说法,表明戴权确实居高临下大权在握,这是第三个信息。说贾蓉是"咱们的孩子",表明承认和宁国府关系特别铁,戴权给足了贾珍面子,这是第四个信息。说"快写个履历来",一方面表示戴权对贾珍很热情,毫不迟疑,更不刁难,另一方面也暗示要买立刻就得买,过期不候,这是第五个信息。而还有隐含的第六个信息,即中央和地方、老资格和新势力那还是有区别的。襄阳侯和宁国公是中央的老资格,永平节度使则是地方上的新势力,所以新不敌老,地方不敌中央。

贾珍的反应是"忙吩咐":"快命书房里人恭敬写了大爷的履历来。"而"小厮不敢怠慢,去了一刻,便拿了一张红纸来与贾珍"。贾珍对戴权真是立刻遵命照办,态度毕恭毕敬,说明他对上述所有信息都立马明白,心知肚明。下面的发展是戴权收了履历交给贴身的小厮,并吩咐他去找户部堂官老赵领取"一张五品龙禁尉的票,再给个执照,就把这履历填上,明儿我来兑了银子送去"。这段情节说明:

龙禁尉的缺额委任表面上还是由户部管理,委任状等手续要到户部去办,银子也要交到户部。但实际的选人、用人的权力却全在大太监手中,户部只是个橡皮图章和财务签收机关。有意思的是贾珍送戴权出门,"临上轿时"却又问:"银子还是我到部兑，还是一并送上老内相府中？"

为什么贾珍到最后分手时刻又问这个问题呢？显然，这暗示了某种猫腻，也就是说把银子直接送到户部和送到戴权府中其实是不同的。戴权的回答最微妙："若到部里，你又吃亏了，不如平准了一千二百银子，送到我家里就完了。"前面明明说要一千五百两银子，这里怎么变成一千二百两了？原来龙禁尉并无确定的政府标价，而是由户部和大太监灵活掌握的。戴权对贾珍说"若到部里，你又吃亏了"，意思是如果贾珍直接去户部交钱，会收的更多，而我只要你一千二百两银子，这是我照顾你，给了优惠价，你要领情。

而隐含的真实内幕，则是户部所收银子，必定低于一千二百两，戴权是要吃一大笔回扣的。戴权所说襄阳侯兄弟花了一千五百两，极有可能也是夸大了数目，为后面给贾珍做人情先行铺垫。襄阳侯的兄弟我都要了一千五百两，对你贾珍只收一千二百两，我的人情大大的。果然，"贾珍感谢不尽，只说：'待服满后，亲带小犬到府叩谢。'"

就这么一段简而又简的对话，却有如许曲折，如彼内涵——人情世故、官场黑幕、中央地方、新老关系、户部内廷、权钱交易。对戴权，我们没有读到丝毫有关外貌表情的描写，这个大太监的神情作态却如在目前。

戴权出现在秦可卿的丧事中，夏太监则出现在贾元春封妃的喜事中。第十六回"贾元春才选凤藻宫"，首先就是"有六宫都太监夏老爷来降旨"让贾政立刻进宫，弄得贾家恐慌一片："忙令止了戏文，撤开酒席，摆了香案，启中门跪接。早有六宫都太监夏守忠，乘马而至，前后左右又有许多内监跟从。那夏守忠也并不曾负诏捧敕，至檐前下马，满面笑容，走至厅上，南面而立，口内说：'立刻宣贾政入朝，在临敬殿陛见。'说毕，也不及吃茶，便乘马去了。"

夏太监有名有姓，是"六宫都太监"，乃比戴权地位更高的太监总管。他这次是来贾府报喜事，虽然不肯提前泄漏天机，但"满面笑容"，不过代表皇帝宣旨，真是神气派头十足。而贾府诸人并不知道太监的"笑容"是否笑里藏刀，所以未得实信之前"皆惶惶不定"。大太监的威风尽在不写之写中。

元春归省时，有不少太监的镜头，如"忽一太监坐大马而来""有十来个太监都喘吁吁跑来拍手儿，这些太监会意""执事太监捧着香珠、绣帕、漱盂、拂尘等""八个太监抬着一顶金顶金黄绣凤版舆缓缓而来""早飞跑过几个太监来扶起贾母、王夫人、邢夫人来"等，但都是泛泛描写，没有提到夏太监。第二十二回送出元春灯谜到贾府的是一个"小太监"，但第二十八回则描写袭人告诉宝玉："昨儿贵妃差了夏太监出来，送了一百二十两银子，叫在清虚观初一到初三打三天平安醮，唱戏献供，叫珍大爷领着众位爷们跪香拜佛呢。还有端午儿的节礼也赏了。"元春赏的端午节的礼，只有宝玉和宝钗多出了"凤尾罗二端，芙蓉簟一领"。

凤尾罗和芙蓉簟其实就是蚊帐和凉席，因为端阳节意味着夏天到了，但这两样"床上用品"同时一击两鸣，暗示未来元春赐婚，为宝玉选配宝钗，而宝玉和宝钗成婚典礼的日子，可能就是端阳节。这或许是夏太监之所以姓夏的原因吗？刘心武说康熙废太子胤礽的生日就是五月初三，所谓五月初一到初三在清虚观打三天平安醮的情节有深刻的历史影射。我们再联系写薛蟠的生日也是五月初三,而他绰号"呆霸王",也许刘心武的猜想有一定道理。那么"夏守忠"这个姓名,是不是有影射对废太子的某种"信守忠诚"之意呢?是否和佚稿中写元春之死也有某些联系呢?元春省亲时演戏,其中一出是《长生殿》里的"乞巧",脂砚斋批语说"伏元妃之死",用唐朝马嵬之变中杨贵妃之死比喻将来的贾元春之死。杨贵妃之死乃受杨国忠的连累,最后是太监高力士逼迫她上吊自杀的。这个"夏守忠"也许是综合了"杨国忠"的名字和高力士的身份而创造的。

撇开这些难于一锤定音的索隐探佚,夏太监作为一种宫廷势力的代表也深具意味。从前八十回的描写看,在元春和贾府之间,夏太监是一种联系纽带,同时,他也对贾府敲诈勒索。第七十二回描写家人报告"夏太府打发了一个小内监来说话",贾琏就皱起了眉头,对凤姐说:"又是什么话?一年他们也搬勾了。"说"他们",可见夏太监只是一个代表,宫廷里的太监们都到贾府索贿,而且长年不断。凤姐让贾琏躲起来,自己应付这个小太监。

果然,小太监说:"夏爷爷因今儿偶见一所房子,如今竟短二百两银子,打发我来问舅奶奶家里,有现成的银子暂借一二百,过几天就送过来。"凤姐很会说话,笑道:"什么是送过来,有的是银子,只管先兑了去。改日等我们短了再借去也是一样。"小太监见凤姐答应,也作姿态:"夏爷爷还说了,上两回还有一千二百两银子没送来,等今年年底下自然都一齐送过来。"这说明夏太监其实是借而不还,却还要不断厚颜来借。凤姐的回应绵里藏针:"你夏爷好小气,这也值的提在心上？我说一句话，不怕他多心，若是这样还记清了还我们，不知还了多少了！只怕没有，若有，只管拿去。"一方面表示慷慨大度，一家人不说两家话，另一方面点出夏太监已经不知敲了多少去了。

凤姐极善于表演，而家人也配合默契。凤姐把旺儿媳妇叫来吩咐："出去不管那里先支二百银子来。"而旺儿媳妇"会意"，回答说："我才到别处支不动，才来和奶奶支的。"凤姐一方面假装抱怨"你们只会里头来要钱，叫你们外头弄去就不能了"，一方面让平儿把自己的两个金项圈拿出来，当着小太监的面，出去当了四百两银子，给了小太监二百两，又吩咐剩下的让旺儿媳妇拿去准备过中秋节。这是用行动和事实告诉小太监，让他回去学给夏太监听，贾府已经山穷水尽，但对夏太监还是仁至义尽，已搜索到当家少奶奶的首饰头面，来支应他们无厌的索要了。等小太监走了，贾琏从里间出来说："这一起外祟，何日是了？"并说："昨儿周太监来，张口一千两，我略慢了些，他就不自在。将来得罪人之处不少。"可见，元春封贵妃，是一柄双刃剑，一方面固然增加了贾府的威风势派，另一方面却也多了打点宫中太监的开支，成了填不满的无底洞。

夏太监对贾府只是经济上勒索，在政治上毕竟还不算敌人，而朝廷上政治派系纷纭复杂，和贾府敌对的势力自然也存在着。第三十三回来贾府索要戏子琪官的忠顺王府的长史，就是正面描写的一个政治敌人。由于蒋玉菡和贾宝玉来往密切而冷落怠慢了忠顺王爷，忠顺王派了长史到贾府寻问，实际上是问罪。贾政听家人报告忠顺王府长史来访，"心下疑惑,暗暗思忖道:'素日并不与忠顺府来往,为什么今日打发人来?'"忠顺王是亲王,地位不仅高于封公爵的贾府,甚至比贾府的后台北静郡王也要高一个层级,是仅次于皇帝本人的政治上锋。长史实际上是王府的总管,他代表王爷来贾府,话语中句句藏锋,刀光剑影,直逼贾政。

王蒙说:"这一回里长史官的所言所谈,可圈可点,堪称范本。它的特点是寓居高临下于奴颜婢膝之中,堪称旧中华官事语言之绝唱。"[2]

所谓"奴颜婢膝",是指长史表面上自称"下官",对贾府尊称"潭府",称贾政则为"老大人",而且说"有一件事相求。老大人若看王爷面上,敢烦老大人作主,不但王爷承情,且连下官辈亦感恩不尽",好像极为低姿态地央求贾政,而实际上却泰山压顶,包藏杀机,因为紧接着说出事由,却是琪官"原是奉旨由内园赐出","这琪官乃奉旨所赐,不便转赠令郎。若令郎十分爱慕,老大人竟密题一本请旨,岂不两便!"(圣彼得堡藏本《石头记》)这是给贾政扣上了不仅与王爷夺宠,而且对抗圣旨的杀头大罪。进一步,又转为表面甚为谦恭实则傲慢至极的两面锋:"若大人不题奏时,还得转达令郎。……请老大人转谕令郎将琪官放出,一则可免王爷负恩之罪;二则下官辈也可免操劳求觅之苦。"而且"说毕忙打一恭"。"一恭"是下对上的礼数,但这是何等居高临下杀气腾腾的礼数!简直就等同于指向沛公的项庄之剑锋。

---

2 王蒙《不奴隶,毋宁死?——王蒙谈红说事》,北京,北京十月文艺出版社2008年版,第111页。

这种实际上的强弱对比，在贾政的回答中得到证明。对自称的"下官"长史，贾政尊称为"大人"，而自己谦称"学生"，低声下气地说："望大人宣明，学生好遵谕承办。"与长史不同，贾政的低姿态则是货真价实的。因为实际情况，是亲王府远胜于国公府。长史对贾政的低姿态报以"冷笑"，说："也不必承办，只用大人一句话就完了。"对宝玉的抵赖，也是"冷笑"道："公子也不必掩饰。……早说了出来，我们也少受些个辛苦，岂不念公子之德？""公子"和"念德"，似乎尊称，在此处则成了反讽。

关键就在于语境。在不同的语境中，语词本来的或尊或卑，意义都发生了颠倒。王蒙的点评精彩到位："长史官是办事的人员，是奴才，他面对的是贾政，是老爷，他不能放肆，他的一言一行必须合乎礼数，合乎礼数的奴才却又是高级奴才，尽管是高级奴才却又仍然是奴才的身份。于是气盛而语卑，势高而礼全，以弱势言谈举止行强势'外交'，明明是咄咄逼人，却偏要低声下气，虽说是低声下气，却仍然威逼要挟。明明是来兴问罪之师，施足压力，却要知其雄，守其雌，知其白，守其黑，知其荣，守其辱（见《老子》），摆出请示请求请教请开恩请发话的架势，而且越是如此，越发显得官事官办，口气冰冷，拉开距离，摆好架子，站好蹲裆骑马步，准备发招接招，不惜一战。（他只是在冷笑一声中露出了杀机，太极招式中并不绝对排斥毒招。）"[3]

---

3 王蒙《不奴隶，毋宁死？——王蒙谈红说事》，北京，北京十月文艺出版社2008年版，第112页。

最后宝玉招认出琪官在紫檀堡买了房子，长史笑着说："这样说，一定是在那里，我且去找一回，若有了便罢，若没有，少不得还要来请教。"王蒙抓住关键词发挥："他说的是'请教'，请教是以你为师，向你学习，敬听尊训，向你求教，全凭尊便……此柔若无骨而又势不可当者也。势不可当，就是说，如果你宝玉敢于再耍花招，求蒙混过关，藏头露尾，半推半就，以卵击石，那么在下再来请教，就没有你的好果子了，你就要化为齑粉了。'请教'二字应该大写，'请教'二字应该反复研读，应该放大成为黑体特大号字。二字铿锵有力，掷地无声，此处无声胜有声。就凭这两字，读《红》者不应忘记忠顺府长史官此公。"[4]

我们也不禁要感叹，就凭这一段擒蛇打七寸直捣黄龙府的酷评，谁敢小瞧王蒙谈红？

还有一些似乎是偶然提到的社会关系型"小人物"，如有一个傅试（谐音"附势"），想凭自己妹妹傅秋芳的姿色攀附权贵；再如那个石呆子，因葆有珍贵的古扇被贾赦觊觎，贾雨村就讹诈其欠了官银而弄得他家破人亡，等等，此类皆属只是露名而影身，或电光一闪、镜头一晃，却让我们恍惚看到社会大幕布后的芸芸众生，其美丑善恶、悲欢离合、喜怒哀乐，足以引人凝眸遐想翘首思索也。

---

4 王蒙《不奴隶，毋宁死？——王蒙谈红说事》，北京，北京十月文艺出版社2008年版，第112页。

## 蒋玉菡、柳湘莲、卫若兰、冯紫英、水溶

台湾的"短篇小说之王"白先勇先生对有关"同情"的描写格外敏感。他写过一篇论文,题目是"贾宝玉生命中的四个男人",主旨是论说宝玉和秦钟、蒋玉菡、柳湘莲、北静王水溶四个人都存在同性恋的关系。当然根据小说描写的深浅隐显,可以说宝玉和秦钟、蒋玉菡的"同情"较为直露显白,而和柳湘莲、水溶的关系则相对含蓄隐晦,有点像"第四类情感"。

蒋玉菡是唱小旦的戏子,在清代,这一类型的人的确常和达官贵人、名士才子们发生余桃断袖之情,时人且传为佳话美谈,整个社会都接受,不以为耻而以为荣。比如广为流传的毕秋帆和李桂官的恋情。袁枚《随园诗话》卷四第"四一"则记录:

> 李桂官与毕秋帆尚书交好,毕未第时,李服事最殷,病则释药量水,出则授辔随车。毕中庚辰进士,李为购素册界乌丝,劝习殿试卷子,果大魁天下。溧阳相公康熙前进士也,重赴樱桃之宴,闻桂郎在座,笑曰:"我揩老眼,要一见状元夫人。"其名重如此。戊子年,毕公官陕西,李将往访,路过金陵,年已三十,风韵犹存。余作长歌赠之,序其劝毕公习字云:"若教内助论勋伐,合使夫人让诰封。"

秋帆是毕沅的字,乃乾隆年间的状元,后任陕西巡抚、

湖广总督等职，方面大员，政声颇佳，对著名诗人黄仲则和洪亮吉都曾予以帮助。他在政治、学术、文学等方面都颇有建树。但他在未考中功名时就与戏子李桂官相恋，而且受到李尽心竭力的帮助，从生活上的关怀到事业上的激励，可谓无微不至。所谓"购素册界乌丝"，即买来白纸册，在上面一页页用黑色的丝线勾画成行，再套以或红或黑的油墨，制成稿本笺册。这是一个雅致的细活，李桂官为自己的同性情人做这样的事，可见多么耐心又多么痴情。正是在这样的激励下，毕秋帆果然"大魁天下"——天子门生状元公居然是一个同性恋人栽培出来的！

而所谓溧阳相公，就是史贻直，他于康熙庚辰年（1700）考中进士，而毕秋帆于乾隆庚辰年（1760）考中，中间相差整整一个甲子。毕秋帆中状元后皇帝赏赐的樱桃宴，史贻直也被邀参加，是难得的荣誉。此时的史贻直已经耄耋之年，贵为相国，却在堂皇的国家宴会上和年轻的状元进士们嬉笑调侃，要看新状元的同性情人，并称为"状元夫人"。到毕秋帆担任地方大员时，李桂官年已三十，还去探望，路过金陵，袁枚也热情接待，并赠以长诗，还幽默地说李桂官才是毕秋帆发迹的"贤内助"，毕巡抚的夫人应该把朝廷赐予的诰命让给他。

另一些史料如钱泳《履园丛话》记载，毕秋帆任陕西巡抚时，有他之前的例子，他的手下和幕僚，也多有"断袖之癖"。乾隆时另一位状元庄本淳（庄培因）也有一个相好方俊官，康熙三十九年庚辰科状元汪绎也有余桃之好。著名诗人和书画家郑板桥更撰文吟诗记"同"事抒"同"情，且至老不衰，他自我表白:"板桥居士姓郑氏,名燮,扬州兴化人。……酷嗜山水,又好色,尤多余桃口齿,反椒风弄儿之戏。然自知老且丑,此辈利吾金币来耳。"(《板桥自叙》)

《随园诗话》卷四第"四〇"则记载了袁枚自己与优伶的同性爱情愫:

> 乾隆己未,京师伶人许云亭名冠一时。群翰林慕之,纠金演剧。余虽年幼,而敝车赢马,无足动许者。许流目送笑,若将昵焉。余心疑之,未敢问也。次日侵晨,竟叩门而至,情款绸缪。余喜过望,赠诗云:"笙清簧暖小排当,绝代飞琼最擅场。底事一泓秋水剪,曲终人反顾周郎。"

京城的翰林学士们集资捧角,而名伶不嫌袁枚穷蹙,只慕其少艾,主动上门兜搭引逗,袁枚热情回应,赋诗酬情,可见当时的风气了。

了解了这种时代背景和氛围,《红楼梦》里对"同情"的不避讳甚至有点津津乐道,也就不足为奇了。贾宝玉和蒋玉菡结识订交在第二十八回,那是冯紫英请客,除了宝玉,还有薛蟠以及妓女云儿和蒋玉菡。蒋玉菡说酒令时无意中说了袭人的名字,薛蟠打趣,蒋玉菡向宝玉道歉。接下来,"宝玉出席解手,蒋玉菡便随了出来。二人站在廊檐下,蒋玉菡又陪不是。宝玉见他妩媚温柔,心中十分留恋,便紧紧的攥着他的手",当问清蒋玉菡就是天下名角琪官时,宝玉更以珍贵的玉玦扇坠相赠,而蒋玉菡投桃报李,把北静王赏赐的茜香罗送给宝玉,而这条茜香罗是"系小衣的一条大红汗巾子",也就是系裤衩的腰带,宝玉也把自己的汗巾子换给了蒋玉菡。这里面的情色意味十分显豁。当然交换汗巾子的情节还是蒋玉菡和花袭人未来结为夫妻的"千里伏线",大家早已尽知。而蒋玉菡又是忠顺王府的宠优,故而发生了忠顺王府长史去贾府寻问他的后事,前面已经涉及。

按清代评点家的说法,琪官蒋玉菡是传国玉玺的象征,玉菡就是玉函也就是玉印,紫檀堡则是装玉玺的檀香木匣盒。琪官实际上象征着国家政权,忠顺王明面上针对贾府,实际上冲着贾府的后台北静王,忠顺府长史当面揭露宝玉腰间缠

蒋玉菡赠茜香罗 孙温 绘

着蒋玉菡私赠的大红汗巾子,而蒋玉菡对宝玉说过,这条汗巾子是北静王所赐。蒋玉菡其人其事,暗含着"王爷一级"争夺政权残酷斗争的隐喻。在抄本中,"琪官"有时又写作"棋官",这或者是透露消息,借"琪"和"棋"的谐音,而隐喻政治棋局。唐人传奇《虬髯客传》中,就有一个情节,江湖豪侠虬髯客和李世民对弈,象征江山政权之得失。杜工部(杜甫)"闻道长安似弈棋,百年世事不胜悲"(《秋兴八首》之四),也是用弈棋喻指政治社会的变迁。

《红楼梦》第二回有回前诗曰:"一局输赢料不真,香销茶尽尚逡巡。欲知目下兴衰兆,须问傍观冷眼人。"周汝昌先生的公子周建临,把这首回前诗和潇湘馆的楹联互相联系,那联语是"宝鼎茶闲烟尚绿,幽窗棋罢指犹凉",认为是曲指朝廷政治的"棋局"决定了贾府颠覆败落的命运。潇湘馆本来就是贵妃"第一处行幸之处"(第十七回),这种联想不谓无理。

按此说,小说中表面上对贾宝玉和蒋玉菡"同情"的点染,就更加不知水有多深多浅了。把忠顺王和张友士、戴权、夏太监,还有"坏了事"的义忠亲王老千岁(他的棺木最后居然归了秦可卿)等联系起来一想,还真不好说全是异想天开。

与蒋玉菡表面类似而实质不同的是柳湘莲。表面类似,是柳湘莲同样长相俊美而演唱小生;实质不同则在于柳湘莲并非职业优伶,而是官宦子弟,只不过家道沦落,他唱戏只是票友,乃出于业余爱好并非靠此谋生。由于有类似的一面,薛蟠才"不免错会了意,误认他作个风月子弟",挑逗调戏不成而反遭毒打。第四十七回写宝玉和柳湘莲亲切谈心,说到给秦钟上坟，最后宝玉对柳湘莲说："只是你要远行，必须先告诉我一声，千万别悄悄的走了。"而且"说着便滴下泪来"。柳湘莲则对宝玉说："自然要辞的，你只别和人说就是了。"虽然柳湘莲刚（演小生且"日后作强梁"），而蒋玉菡柔（唱小旦，忠顺王府长史说他"随机应答谨慎老成"），而宝玉和两个人一般痴心缠绵，情意深挚。

尤三姐看上了柳湘莲，贾琏对尤二姐说："怪道呢！我说是个什么样人，原来是他！果然眼力不错。你不知道这柳二郎，那样一个标致人，最是冷面冷心的，差不多的人，他都无情无义。他最和宝玉合的来。"这实际上是一种侧面描写，证实了柳湘莲人才出众且和宝玉要好。后来柳湘莲对尤三姐的品行发生怀疑，也曾找宝玉打听，宝玉知道尤三姐并非贞女，不肯欺骗柳湘莲，只说你既深知又来问我作什么，柳湘莲和尤三姐的悲剧终于不可避免。

涂瀛《柳湘莲赞》："柳湘莲一风流荡子耳，尤三姐遽引为知己，岂曰知人。然纨绔中无雅人，文墨中无确人，道学中无达人，仕宦中无骨人，则与其为俗子狂生、腐儒禄蠹之妇也，毋宁风流浪子耳。不然，三姐死矣，几见纨绔之俦、文墨之俦、道学之俦，能与道人俱去者哉？湘莲远矣！"把柳湘莲这个"风流荡子"和纨绔、文墨、道学、仕宦做对比，正暗合曹雪芹"意淫"和"皮肤滥淫"、"情种"和"禄蠹"两种价值笃定的对照，证明柳湘莲才是所谓的"雅人""确人""达人"和"骨人"，而发出"湘莲远矣"的赞叹，"远"是境界高远的意思。

因此，如果以为写柳湘莲和宝玉的关系，仅仅限于一种暧昧不明的"似同非同"的情愫,那就未达曹雪芹大旨。这正像第十四、十五回"贾宝玉路谒北静王"中,写宝玉和水溶两个帅哥四目对视,彼是"面如美玉,目似明星,真好秀丽人物",此乃"面若春花,目如点漆"而夸赞"果然如宝似玉",也不仅仅是表现美男互相欣赏而脉脉含情——"男人谁没有几朵红白玫瑰"——而有意在言外的更深隐的暗中消息。虽然过去的读者,往往更注目于北静王和宝玉的"同"情,如青山山农点评:"北静王,丰姿美秀,德性谦和,殆古之贤王好善而忘势者也。送丧之役,一见宝玉即深情无已。香串之赠,王其有龙阳之好乎?"(《红楼梦考评六种》)所谓"龙阳之好",就是战国龙阳君以男色而事君王的典故,第九回说薛蟠到贾氏家塾应名上学,其实是"动了龙阳之兴……只图结交些契弟"。

其实,和贾宝玉相好的柳湘莲、蒋玉菡、北静王水溶,乃至于冯紫英,以及还没来得及正面描写的卫若兰(姓名出现在去宁国府吊唁秦可卿的名单中),都是一条线上富有"春秋笔意"的人物。这在两条脂批中"逗漏"了出来:

写倪二、(紫)英、湘莲、玉菡侠文,皆各得传真写照之笔。

惜"卫若兰射圃"文字无稿。叹叹!

——第二十六回署名"丁亥夏,畸笏叟"

后数十回若兰在射圃所佩之麒麟正此麒麟也。提纲伏于此回中,所谓"草蛇灰线,在千里之外"。

——第三十一回后批语

我在《红楼梦探佚》中详细考辨过,柳湘莲、冯紫英、卫若兰、蒋玉菡和醉金刚倪二一样,在八十回后佚稿中都有"侠文",其核心内容是在贾府崩溃破败后,共同救助落难的贾宝玉,并促成了宝玉和史湘云的劫后情缘。贾宝玉的这几个"同"友,"侠"才是其本质和核心,正如二知道人点评柳湘莲:"柳湘莲有古侠士之风,观其姓名,其人必风姿濯濯,出污泥而不染者。"(《红楼梦说梦》)卫若兰、蒋玉菡、冯紫英的姓名,又何尝不是如此呢?

这些"侠文"的大背景,必然和北静王水溶有密切关系。如果拉扯上刘心武"秦学"中的"日月之争",那么这些人都是"月派"的健将。很明显,贾家的靠山是北静王,贾家的"家亡人散"实际上关系着北静王在和忠顺王的"两雄较量"中落败。第五十八回贾府随祭死去的宫中老太妃,"可巧这下处乃是一个大官的家庙,里乃比丘尼焚修,房舍极多极净,东西二院,荣府便赁了东院,北静王府便赁了西院。太妃少妃每日晏息,见贾母等在东院,彼此同出同入,都有照应",正是贾府和北府"同难同荣"的点染。第十四回秦可卿丧事中,特别描写北静王路祭,也点明"因想当日彼此祖父相与之情,同难同荣,未以异姓相视"。

而冯紫英,从推荐张友士给秦可卿看病,到常和宝玉、薛蟠饮宴,还说到去"铁网山"(秦可卿的棺木出自铁网山)打猎,和仇都尉的儿子打架,前八十回篇幅虽占不多,情节却不少,给人的印象是英风磊磊、侠骨豪情,又是什么"大不幸之中又大幸",有点云龙雾爪,神秘兮兮。

除了蒋玉菡之外,柳湘莲、冯紫英、卫若兰都是官宦子弟、豪门公子，北静王水溶更是贵为郡王，论阶级地位，当然是"大人物"，但在小说中扮演的角色，则属于台前偶现而幕后影憧憧或可意会却难以言传的边缘人，从这个意义上，自然也可以说是"小人物"，本书开首"谁是'小人物'"一节中，也早已辨明此义。单从身份地位言，小人物和大人物本来也是转换变迁的，兴盛繁华走大运时，是大人物，衰败偃蹇走霉运时，则变成小人物。荣国府的少爷贾宝玉是大人物，抄家后"寒冬噎酸齑，雪夜围破毡"（脂批）时，就成了小人物。大作小时小变大，小为大处大亦小。

行文至此，又有了一个新发现：蒋玉菡、柳湘莲、卫若兰，名字都是佳美的花卉，菡和莲是水中荷花之属，兰是"空谷幽兰"，而冯紫英之"紫英"，则是"花谢花飞花满天，红消香断有谁怜"后的"落英缤纷"，而且是如鲜血凝结而变成紫色沉淀物的落英！北静王则名水溶，几个名字一串连，岂不是"花落水流红""流水落花春去也"吗？不也就是大观园的核心象征"沁芳"吗？

第二回"正邪二气所赋"的长篇大论其实是一个给《红楼梦》主要人物"定性"的纲领文件，即所谓三类人："若生于公侯富贵之家，则为情痴情种；若生于诗书清贫之族，则为逸士高人；纵再偶生于薄祚寒门，断不能为走卒健仆，甘遭庸人驱制驾驭，亦必为奇优名娼。"北静王、冯紫英、卫若兰，是情痴情种，柳湘莲接近于逸士高人（家道已沦落的"冷二郎"者，正"逸"而"高"也），蒋玉菡，自然是奇优名娼。这些人"置之于万万人之中，其聪明灵秀之气，则在万万人之上；其乖僻邪谬不近人情之态，又在万万人之下"，正是我反复论述过的"诗人哲学家"之类型也。

贾宝玉又说过:"女儿是水作的骨肉,男人是泥作的骨肉。"我强调过,"男人"不能说成男孩,"女儿"不能说成女人,所谓"水作的"和"泥作的"其实并不分性别,不过是未曾异化("正邪两赋")和已经异化("大仁"与"大恶")的艺术表达。二知道人未达斯旨,曾调侃说:"秦钟、蒋玉菡之骨肉,还是泥做的?还是水做的?若谓是泥做的,宝玉固爱之如女儿;若谓是水做的,秦、蒋之子固伟男也。予特兼而名之曰:'泥水匠'。水,物之净者也,宝玉以之比女儿骨肉;泥,物之污者也,宝玉以之比男人骨肉。信斯言也,只'在水一方'可也,'胡为乎泥中'?"(《红楼梦说梦》)其实,在曹雪芹意中,蒋玉菡、柳湘莲、卫若兰、冯紫英、北静王和贾宝玉、甄宝玉一样,都是"水作的骨肉"。

北静王名水溶,或即有"水作"之意乎?——尽管林黛玉不要北静王送给宝玉的鹡鸰香念珠,贬之为"什么臭男人拿过的,我不要他"——但那只是一种"狡狯之笔"的巧艺。涂瀛赞曰:"北静王表表高标,有天际真人之概,嫦娥思嫁之矣,何论乎谈文章说经济者也,而林黛玉直以臭男人蓄之。嗟乎,王也而乃臭乎哉!是天下更无不臭者矣。天下而更无不臭者也,舍宝玉其谁与哉?死矣!"(《红楼梦论赞》)

当代评红者也说:"文本提供给我们的北静王,除了蕴藉风流、卓荦潇洒、语言风雅、神色正派、可亲可近的品貌气质外,更是宝玉的生死知己、同好知音,是汇聚在维护'人性'旗帜下的宝玉、秦钟、蒋玉菡、柳湘莲这群情种的精神领袖。其次,他身居高位而不染宦俗,珍重朋友之间的'师友之义',

远远胜过了对他那个王爷头衔的关爱重视。另外,社会生活中的北静王,又以其特殊身份,充当了宝玉离经叛道的一柄保护伞;以其抒情人格的魅力,又充当了宝玉人格发展的参照模本,对宝玉'情种'个性的发展,起着认同、激励和引导的作用。……北静王是一个来自皇室贵戚中的永不安于'祚永运隆'盛世的'海内众名士'的'浪子班头'。"[5]

我们一直把注意力聚焦集中在正副"十二钗"身上,以为她们才是《红楼梦》里值得珍惜痛悼的"众芳",却忽略了蒋玉菡、柳湘莲、卫若兰、冯紫英、水溶等男性的"菡""莲""兰""英""水",同样是可为之一掬同情之泪的"诸艳"。第五回警幻仙姑作歌而出:"春梦随云散,飞花逐水流。寄言众儿女,何必觅闲愁。"——"众儿女"不是分明既有男也有女吗?"飞花逐水流"——菡、莲、兰、英皆"水溶"而去也。

真事隐去,假语村言。也许,相忘于大观园才是最后的解?

---

[5] 温宝鳞《北静王——宝玉的精神领袖》,《天水师范学院学报》2004(3)。

《红楼梦》写人之妙

# 曹雪芹"写人"的二纲八目与痴、常二谛及三象合一

自从西学东渐,文艺理论术语,都是西方的舶来品,如小说写人物,曰"塑造人物形象"。20世纪80年代,周汝昌先生就在给笔者的信函中,对此表示大为不满,建议今后写文章,只说"写人"而不说"塑造形象"。周老的意思,"写人"者,是写活生生的人,"塑造形象"者,是用外物"造型",非活物也。

过去又有一种常论,说只有评论分析小说人物一类,才是"红内学",乃正派文学研究;而考证版本和作者一类,是脱离了"文本"的"红外学",乃野狐外道。可同时又以版本、作者考证为真"有学问"的正宗学术,而论述小说思想、艺术和人物者是"非学术"(至多是"浅学术")、"没学问",不过是"文艺评论"——言外之意是没有学术含量,谁也会诌两句的东西。真是以其昏昏,而作使人昭昭状,胡缠乱搅,自己都没弄明白,还要强作解人。

其实,文献考据、思想义理、文采辞章,是三位一体的,互相关联的,在《红楼梦》这样的经典中,更是水乳交融,不可生硬分剖割裂。而中西古今的文化,也应互相借鉴参照,只是要用得恰当,无论洋为中用或古为今用,最关节处在把握"火候"和"分寸"。

中西文化的"大势",乃西人长于逻辑,因而多"概念""理

论"等"体系化"衍生物；东土优在感悟，故电光火石灵机熠耀，零珠、断锦、碎金银散漫无稽而华彩八面。自"五四"以来，西方的理论思潮不断在中国的思想文化界和文学艺术界轮番上演，"你方唱罢我登场"，文艺的研究评论也如走马灯一般变换着说法和术语。但西方令人眼花缭乱的知识系统不断崩塌，再重建，再崩塌，正如钱锺书所说："好比庞大的建筑物已遭破坏，住不得人，也唬不得人了，而构成它的一些木石砖瓦仍然不失为可资利用的好材料。往往整个理论系统剩下来的有价值东西只是一些片段思想。"（《读〈拉奥孔〉》）

不过，国人大多仍然比较崇尚"理论体系"，一项研究如果缺少了它，似乎还是未登大雅之堂。笔者研红有年，考证、论证、悟证"三才"并重，中西古典新潮兼采，不谦虚地说其内在的"理论体系"早已存在，独创的命名、概念也非付之阙如，但由于没有做有意识的总结梳理，理论形态的特征尚未突出标显，弄成几个浓缩概括的术语命题、"一揽子"的理论框架。本书主题，注目《红楼梦》的"小人物"，就借此发端，先在曹雪芹"写人"艺术方面标新领异，构建"体系"。这不仅是让钟情于"理论体系"的读者得到满足（开句玩笑：这一套我也会玩），对更清晰地理解曹雪芹，把握《红楼梦》，也的确还有一些实际作用。

曹雪芹在《红楼梦》中"写人"，曰二纲八目，曰痴、常二谛，曰三象合一。

先说"二纲八目"。曹雪芹在《红楼梦》第一回和第二回，通过巧妙的艺术手段，揭示了全书写人的两个纲领。而我们通过研究归纳，又可以分出八个细目。

## 第一个纲领:写真人写活人

这是第一回通过补天顽石和空空道人的问答对话而宣布的:"我想历代野史皆蹈一辙,莫如我不借此套者反到别致新奇,不过只取其事体情理罢了。……竟不如我半世亲睹亲闻的这几个女子……至若离合悲欢,兴衰际遇,则又追踪摄迹,不敢少加穿凿,徒为供人之目而反失其真传也。……再者,亦令世人换新眼目,不比那些胡拉乱扯,忽离忽遇,满纸才人淑女、子建、文君、红娘、小玉等通共熟套之旧稿。""亲睹亲闻""追踪摄迹""真传"的人,当然是真人,是活人,活生生的人,有血、有肉、有思想、有感情、有灵魂、有优点也有缺点的人,不是按照"野史"的"熟套"胡编乱造也就是"穿凿"出来的"形象"。

对此一特点,先贤早已黄钟大吕,振聋发聩久矣。各种西方术语也都耳熟能详,诸如写实主义、现实主义、写真实一类,曾经布满了评红的大小论文、随笔、文章。最实在也最经典的,还是鲁迅先生的两段话:"盖叙述皆存本真,闻见悉所亲历,正因写实,转成新鲜。"(《清之人情小说》)"至于说到《红楼梦》的价值,可是在中国底(即后来的'的'——引者)小说中实在是不可多得的。其要点在敢于如实描写,并无讳饰,和从前的小说叙好人完全是好,坏人完全是坏的,大不相同,所以其中所叙的人物,都是真的人物。总之自有《红楼梦》出来以后,传统的思想和写法都打破了。"(《中国小说的历史的变迁》)胡适也说过类似的意思:"《红楼梦》是一部自然主义的杰作。那班猜谜的红学大家不晓得《红楼梦》的真价值正在这平淡无奇的自然主义的上面。"(《红楼梦考证》)此后的一些"发展"和推衍，则多囿于相关理论教条，往往从概念到概念，表面上头头是道，实际上肤浅皮毛弯弯绕，似是而非，写实主义与自然主义，批判现实主义与革命现实主义，表面真实与本质真实，等等，玩弄着概念游戏，离探骊珠远矣，到了末流，就出来"三突出"的"高大全"了。

曹雪芹的"写真人写活人"更有特别的含义，就是它不仅仅是写作技巧上的"写真实"，更非"典型观"规范下的"本质真实"，而更强调小说中的许多人物，都有"生活原型"，他们的故事，也大多来自生活中的真事实情，虽然有某些"艺术加工"，却大多"亲睹亲闻"，可以"追踪摄迹"，这是"家族史""自传说"等红学的合理内核。这与"虚构"为主要含义的西方"小说"定义下之"典型形象"颇异其趣。对《红楼梦》"写真人真事"这一刻骨铭心的特点，囿于"典型"观的批评者们往往领悟得不够深刻，因为他们常囿于现实主义传统教条的强大惯性力量，不懂得某些"不典型"的异质生活真实，能造成读者阅读经验的部分失败，从而带来异样的真实又新鲜的审美感受。当然，由此引申出来的红学中的"生活原型研究"与"艺术形象虚构"的交叉纠缠也就歧义纷呈，蔚为大观。

## 第二个纲领：写诗人写哲人

这是第二回通过"正邪二气所赋之人"的长篇大论而揭示的。儒家士子贾雨村对古董商人冷子兴大发宏论：

天地生人，除大仁大恶两种，余者皆无大异。若大仁者，则应运而生；大恶者，则应劫而生。运生世治，劫生世危。尧、舜、禹、汤、文、武、周、召、孔、孟、董、韩、周、程、张、朱，皆应运而生者。蚩尤、共工、桀、纣、始皇、王莽、曹操、桓温、安禄山、秦桧等，皆应劫而生者。大仁者，修治天下；大恶者，挠乱天下。清明灵秀，天地之正气，仁者之所秉也；残忍乖戾，天地之邪气，恶者之所秉也。今当运隆祚永之朝，太平无为之世，清明灵秀之气所秉者，上至朝廷，下及草野，比比皆是。所余之秀气，漫无所归，遂为甘露、为和风，洽然溉及四海。彼残忍乖戾之邪气，不能荡溢于光天化日之中，遂凝结充塞于深沟大壑之内，偶因风荡，忽被云摧，略有摇动感发之意，一丝半缕，误而泄出者，偶值灵秀之气适过，正不容邪，邪复妒正，两不相下，亦如风水雷电；地中既遇，既不能消，又不能让，必致搏击掀发后始尽。故其气亦必赋人，发泄一尽始散。使男女偶秉此气而生者，上则不能成仁人君子，下则亦不能为大凶大恶。置之于万万人之中，其聪明灵秀之气，则在万万人之上；其乖僻邪谬不近人情之态，又在万万人之下。若生于公侯富贵之家，则为情痴情种；若生于诗书清贫之族，则为逸士高人；纵再偶生于薄祚寒门，断不能为走卒健仆，甘遭庸人驱制驾驭，亦必为奇优名娼。如前代之许由、陶潜、阮籍、嵇康、刘伶、王谢二族、顾虎头、陈后主、唐明皇、宋徽宗、刘庭芝、温飞卿、米南宫、石曼卿、柳耆卿、秦少游，近日之倪云林、唐伯虎、祝枝山，再如李龟年、黄幡绰、敬新磨、卓文君、红拂、薛涛、崔莺、朝云之流，此皆易地相同之人也。

这里列出了三类人的名单，大仁一串，大恶一串，是按照那个时代主流意识形态的标准做定位的，而第三类，所谓"正邪二气所赋"之人，我在《红楼梦探佚》等著作中论述过多次，就是具有诗人哲人艺术家气质的那种人，其核心特点是把"情"放在至高的地位，同时多才多艺。陈后主、唐明皇、宋徽宗三个皇帝最说明问题，他们在政治上或是亡国之君，或有严重过错，但都是杰出的艺术家，是所谓情痴情种。曹雪芹笔下的贾宝玉和金陵十二钗，乃至蒋玉菡、柳湘莲、卫若兰、冯紫英和水溶，都是这一类型的人。

曹雪芹这两个"写人"的纲领，规定了我们对《红楼梦》中人物的领悟理解，"大人物"如此，"小人物"同样如此。当然，艺术不是科学，不能那样机械刻板地"一分为二"一刀切，而有许多交叉、混融、变化等，要具体人物具体对待。如前所述，大体来说，"薄命司"中"册子"里的正、副、又副十二钗，以及贾宝玉和他的"同"友们，是正邪二气所赋之人，而贾赦等贾府的成年男人和那些老婆子、成年仆役乃至官僚、太监等，身上的"邪"气更多，有的甚至就成了"大恶"之人。"大仁"者在《红楼梦》中是虚拟的，并不存在，而更隐含的作意，是把"正邪二气所赋"提高到"大仁"的高度，用"新大仁"代替"旧大仁"。宝玉的"三王号"（绛洞花王、混世魔王、遮天大王）就是抗衡尧、舜等"圣王"的，黛玉的别号和湘云的名字用舜之二妃的典故,更是微妙的艺术暗示。

但不管是否"正邪两赋",其"正"和"邪"的比例多少,每一个人都是真人、活人,真切切的、活泼泼的、生栩栩的,既是血肉之躯,也是灵魂。更重要的是,两个纲领互相渗透、彼此交叉,孕育出的红楼人,有许多和西方文学形象不完全相同的中国味、中国神。

那么,曹雪芹通过什么样的艺术手段,来实现这非凡的目的呢?这就是我们接着要讨论的"八目"。

## 第一目:意境人物和典型形象

小说写人的理论规范,长期以来是所谓的"塑造典型形象"。恩格斯《致敏娜·考茨基》中的一段话被奉为金科玉律:"每个人都是典型,但同时又是一定的单个人,正如老黑格尔所说的,是一个'这个',而且应当如此。"[1] 而高尔基的某些创作经验谈则被视为这一观点的具体展开:

> 当一个文学家在写他所熟悉的一个小店铺老板、官吏、工人的时候,他或多或少都能创造出这一个人的成功的肖像,但这只是一个失掉了社会与教育意义的肖像而已,在扩大和加深我们对人和生活的认识上,它几乎是毫无用处的。

---

[1] 卡尔·马克思、弗里德里希·恩格斯《马克思恩格斯全集》第三十六卷,北京,人民出版社1974年版,第382—386页。

> 但是假如一个作家能从二十个到五十个，以至从几百个小店铺老板、官吏、工人中每个人的身上，把他们最有代表性的阶级特点、习惯、嗜好、姿势、信仰和谈吐等等抽取出来，再把它们综合在一个小店铺老板、官吏、工人的身上，那么这个作家就能用这种手法创造出"典型"来——而这才是艺术。[2]

我于1985年写的《红楼梦里的"典型"和"类型"》[3]中，追索了"典型"的理论演变历史，指出从曹雪芹原著到后四十回续书，整个人物系统，发生了从原著圆的典型到续书扁的类型的异变，原著"美恶并举"和"美丑泯绝"的高级艺术蜕变为续书人物性格单一和简单的通俗艺术，而归根结底，这是原著典型以"真"为核心，续书类型以"善"为核心这两种美学系统的衍生物。

而在《红学泰斗周汝昌传》中，我结合具体的历史情势和意识形态的演变，分析了曹雪芹写《红楼梦》的"自传"和"家史"色彩，使他在"写人"时与恩格斯、高尔基一脉传承下来的典型观不同，更多采用"专用一个人"而非"杂取种种人"（鲁迅《且介亭杂文末编》之《〈出关〉的"关"》）的方法，也就是更倾向于"个性"和"特殊"，而与主流的"典型观"

---

2 高尔基著、戈宝权译《我怎样学习写作》，北京，生活·读书·新知三联书店1951年版，第6—7页。
3 梁归智《红楼梦探佚》，北京，北京师范大学出版社2010年版，第343—351页。

存在距离。[4]

西方舶来品的"典型"理论并不能完全规范中华传统文化孕育出来的曹雪芹和《红楼梦》，曹雪芹"写真人写活人"和"写诗人写哲人"的两大纲领，使他创造出了与西方"典型形象"不同的"意境人物"，完全可以上升为一种独特的理论形态。我早在1982年写出的《红楼梦与中国传统美学——"空灵"与"结实"的奇观》中就提出了这个概念："曹雪芹笔下的《红楼梦》人物，尤其是那些少男少女，都或多或少地具有晋人风流的人格美。而这又是与'虚实空灵为美'的民族审美意识相关的。与其说曹雪芹在《红楼梦》中塑造了典型人物，不如说他是创造了意境人物！这一点是至关重要的。"[5]

意境人物，这是一个新创的学术理论概念，本书对《红楼梦》的"小人物"标榜"诗性"，其渊源正出于此。我们看，不仅是贾宝玉、林黛玉、薛宝钗、史湘云等人的丫头具有诗性，而且连贾母、王夫人的丫头，甚至连那些小厮、本家、社会关系，形形色色的"小人物"，也都或多或少闪动着诗意的光影。即使是李贵那样的大仆人，也会背诵"呦呦鹿鸣，荷叶浮萍"，不识字的鸳鸯，骂人时也说"宋徽宗的鹰，赵子昂的马"。这还只是表面的形迹，更本质的则是如周汝昌在《红楼艺术的魅力》中总结的："雪芹对自然景物，绝不肯多费笔墨，而于人物，主要也是以'诗化'那人物的一切言词、行动、作为、

---

4 梁归智《红楼风雨梦中人：红学泰斗周汝昌传》，桂林，漓江出版社2006年版，第132—135页。
5 梁归智《红楼梦探佚》，北京，北京师范大学出版社2010年版，第287页。

感发等,作为首要的手段。"[6]

前面各章谈到的"小人物",大多体现了这种特点。我们举过许多例子,无论丫头还是小厮,个个伶牙俐齿,人人口吐莲花,不管是说笑还是骂人,说事还是吵闹,都生动无比,口彩联翩,如兴儿演说荣国府,如柳嫂子和莲花儿斗嘴。本质上,其实都是"诗化"的言词——语言美化了生活。在行动作为上同样如此,比如莺儿在美好的春天编花篮,茗烟陪宝玉在清冷的早晨去水仙庵祭奠金钏,晴雯和麝月在如水的月夜互相耍逗,情境、情调无不韵味悠悠,蕴含着浓郁的诗意。尽管这些丫头小厮大都识字不多甚至不识一字,根本不会作诗甚至也不知读诗。

诗与哲是近邻,有诗则必然有哲,虽然可能是一种比较朦胧含蓄混沌的哲学,一种"诗化哲学"。贾宝玉、林黛玉等具有强烈的"终极追问"倾向,这早已是红学常识,其实就是在那些不知"哲学"为何物的"小人物"身上,曹雪芹同样用极微妙的艺术手法点染了哲的色彩。比如前面讲到小红与佳蕙的感慨:"千里搭长棚——没有个不散的筵席";比如晴雯的姑舅哥哥和嫂子分别象征着"食"和"色"两种人的天赋之"性";比如麝月其人其名隐喻着"风月宝镜";等等。

意境人物是从"写诗人写哲人"的大纲领所衍生。我曾这样追溯"意境人物"的文化源头:"或主或从的人物,大大小小的故事也无不围绕着一个'情'字,这是对'人生、生

---

6 周汝昌《红楼艺术的魅力》,北京,作家出版社2006年版,第87页。

命、命运、生活的强烈欲求和留恋'，是晋人风神的核心，也是庄子精神的核心——'至人唯寂寞，庄周独多情'。归根结底，也就是'结实空灵相结合为美'里的'结实'——'真'与'情'。《红楼梦》里的主角们都是'情痴''情种'，因为曹雪芹就是一个情痴、情种，因为阮籍、嵇康等晋人就是情痴、情种，因为他们的鼻祖庄周就是情痴、情种，因为由这些情种一气贯注下来的'空灵与结实'的审美意识是以'痴情'为最'结实'的基础。"（《红楼梦与中国传统美学——"空灵"与"结实"的奇观》）

其实，小说中的那两副对联，就是微妙的艺术概括："厚地高天，堪叹古今情不尽；痴男怨女，可怜风月债难偿。""假作真时真亦假，无为有处有还无。"用宗白华先生《美学散步》[7]中的话说，前者是"屈原的缠绵悱恻"，后者是"庄子的超旷空灵"，而这正是中国意境美学的两大核心：一个是"情"，也就是"结实"；一个是"虚"，即"空灵"。这是《红楼梦》美学的根本大旨，也是曹雪芹"写人"的一大特色。

## 第二目：召唤结构和鸿蒙性格

我曾经提出，独特的《红楼梦》具有独特的结构，就是召唤结构。这来源于下面的情况：一是《红楼梦》未完，前八十回是"断尾巴蜻蜓"，是"断臂维纳斯"，是"未完成交响

---

7　宗白华《美学散步》，上海，上海人民出版社1981年版，第65页。

乐",二是前八十回有许多"草蛇灰线",我规范为谐音法、谶语法、影射法、引文法和化用典故法。因为有第一项,就有未知世界的召唤,好像前面有扇似闭未闭的门,且里面光亮闪烁,灯影憧憧,诱人神往;又因为有第二项,就有响应召唤的可能性、可操作性,如发现了一张画着神秘符号的图纸,虽然影影绰绰,恍恍惚惚,却让大家跃跃欲试,人人想问津桃花源。

对召唤结构的回应是红学中的探佚学,早已从幼苗成长为大树,众所周知。这里重点说与召唤结构一脉同源、异曲同工的《红楼梦》人物性格之鸿蒙结构。可分为两层说,第一层与探佚直接联系,由于小说止于前八十回,所有的人物其性格思想在未知的佚稿情节中将如何发展演变,本身就有探讨的空间。如脂批提示佚稿中有"薛宝钗借词含讽谏,王熙凤知命强英雄"一回故事,其中薛宝钗"讽谏"贾宝玉时,二人的思想境界、性格灵魂是什么样子?和前八十回描写的情况有何同异?同样,王熙凤"知命"时的情、智等情况,以及相关的贾琏、平儿的情况,性格、思想、心理、关系有何变化?如此等等。

第二层,则在于曹雪芹刻画人物思想性格的写法本身,就有一种鸿蒙特点,即他永远不十分明确地把人物的思想、心灵等明明白白地告诉读者,而调动形形色色的艺术手段,留下了含蓄朦胧的空白,让读者自己设身处地去体会。这也是一种"召唤"——读者必须凭自己的生命、生活体验和文化审美素养等主动地去想象人物的内心世界,而不是被动地接受作者的告知。我之前说过,这造成了"接受美学"的一个奇迹,比起"一千个读者就有一千个哈姆莱特"等要更加微妙而且有深度。王蒙先生曾发明了一个说法：心理迹象法，就是小说中写出许多人物心理活动的"迹象"，但仅仅是迹象，迹象背后的动机、喜怒、哀乐、善恶……都要靠读者自己去猜测、分析、理解和判断。而有一些好像很清楚明白的描写，其实又是所谓的"狡狯之笔"，或者正话反说，或者意在言外，或者皮里阳秋，或者春秋笔墨，等等，甚至似乎有意"误导"——其实就是考验读者的接受水平。

这就造成了许多红楼人物评论的公案。比如晴雯的被逐，是否由于花袭人的"告密"？宝钗内心对"金玉姻缘"到底是什么态度和想法？她听到小红和坠儿在滴翠亭的私房话而使用"金蝉脱壳"之计，究竟有没有暗损黛玉的心理动机？当她听到宝玉在梦中喊骂"和尚道士的话，如何信得！什么金玉姻缘，我偏说是木石姻缘！"小说中只描写"薛宝钗听了这话，不觉怔了"，到底那"怔了"后面的心理活动是什么内容，一个字也没有，全靠读者自己去"填空"。

比起西方小说对人物细致具体的心理刻画，甚至深入人物潜意识、无意识等层次的心理分析，乃至意识流、变态心理等等写法，曹雪芹可谓以逸待劳反而意味无穷，真乃不著一字尽得风流的东方神韵。这是东方太极与西方拳击的不同，曹雪芹出奇制胜的招数，全来自中国文化的山长水阔、博大深微。

召唤结构与鸿蒙性格——这是曹雪芹的独家发明创造，如此概括则是笔者的"命名"。召唤结构是写意画，鸿蒙性格是朦胧诗，"知识产权"当仁不让，不用拾西方人的牙慧，也不必承受什么"影响的焦虑"，呵呵！

## 第三目：镜象影射和隐喻模型

西方很著名的一本文学理论著作，是美国艾布拉姆斯的《镜与灯：浪漫主义文论及批评传统》，在20世纪一百部最重要的非小说书籍中，排在第二十五位。此书提出了文学批评的"作品""宇宙""作家""读者"四要素理论，阐释了"模仿说""实用说""表现说""客观说"在各个不同历史时期的兴衰变化和实际操作运用的利弊得失，几乎囊括了西方文论史上各理论流派的批评特点。而其对"镜"与"灯"两个比喻的追根溯源、阐释探究，也很贴切。总的意思，镜喻是模仿，强调现实主义，"艺术犹如镜子"。"在柏拉图以后的很长时间里，美学理论家一直喜欢求助于镜子来表明这种或那种艺术的本质。""直到十八世纪中叶，一些有影响的批评家仍以镜子的本质来阐释模仿的概念。"[8]而灯喻，则是"反映诗人的内心"，强调浪漫主义，"从模仿到表现，从镜到泉，到灯，到其他有关的比喻，这种变化并不是孤立的现象，而是一般的认识论上所产生的相应变化的一个组成部分。这个认识论就是浪漫主义诗人和批评家关于心灵在感知过程中的作用的流行看法"[9]。镜是从外部去照，灯则是从内部发出光，一强调外——模仿，一突出内——心灵。

有趣的是，镜喻——风月宝镜是曹雪芹在《红楼梦》中

---

8 艾布拉姆斯著、郦稚牛等译《镜与灯：浪漫主义文论及批评传统》，北京，北京大学出版社1989年版，第44—45页。
9 同上书，第81—82页。

设置的一个巨大象征，而灯喻，虽然不像镜子那样明显、自觉甚至笼罩全书，但也出现过，如贾惜春的灯谜是佛前海灯——莫道此生沉黑海，性中自有大光明；如晴雯的嫂子叫灯姑娘，前面谈到过。当然，18世纪中国古典作家笔下的镜与灯，与20世纪美国文艺理论家的理论范畴镜与灯，不能机械地比附，但其中也有值得探索的地方。曹雪芹与艾布拉姆斯都是人，都是文人，尽管存在巨大的时间、地域、历史文化的差异，有"非共性"，但也有"共性"的一面。

《红楼梦》里面的风月宝镜，正照是荣华富贵、温柔旖旎，反照是没落衰败、无情毁灭，小说中的贾家、史家等又和"生活原型"的曹家、李煦家等虚实互射。这还真能和艾布拉姆斯所追溯的镜子——模仿之西方文艺理论传统挂上钩，并非牵强附会。而《红楼梦》浓郁深厚的"诗性"本质和浪漫主义的"灯"喻，也可谓一脉相通。

具体到写作的艺术技巧，特别是写人，我在许多文章中都做过比较详细的分析论证。无论是谐音法，还是谶语法，是引文法，还是影射法，或者化用典故法，不都是如镜花水月一般虚虚实实而形影互照并动态转化吗？真实的名字元、迎、探、惜是实，谐音的"原应叹息"是虚，但四春的命运随着小说情节的演变而走向悲剧结局时，"原应叹息"就成了实，"元迎探惜"反而成了虚。当几岁的小女孩惜春开玩笑说要当尼姑是实，玩笑本身当然是虚，但她后来真的削发出家时，原来虚的玩笑话就变成了真实的谶语。晴为黛影，袭为钗副，芳官影射史湘云，写"小人物"却影射着"大人物"，虚实之间灵巧变幻。"贤袭人娇嗔箴宝玉，俏平儿软语救贾琏"却引伏着后面的"薛宝钗借词含讽谏,王熙凤知命强英雄","今只从二婢说起,后则直指其主"(脂批),写此刻的袭人和平儿,实际却暗示未来的宝钗和凤姐,还涉及宝玉思想性格的发展变化与境俱迁、因时而异。"潇湘妃子"用大舜二妃的典故,明面在写林黛玉,暗里却双关史湘云。表面上是在写怡红院的景点芭蕉叶和海棠花,实际上又在象征林黛玉和史湘云。这些例证的展开详见《红楼梦探佚》。

曹雪芹创造的镜象影射和隐喻模型,是不是和二百年后西方的理论范式"镜与灯"有一拼呢?其实,从审美的巧妙玲珑、曲折深邃和丰富立体来说,《红楼梦》的镜象影射和隐喻模型,更像20世纪后期德国哲学家德勒兹和加塔利在其著作《千高原》中标榜的新理论"块茎说"。"德勒兹等从共时的角度对书进行分类,把世界之书分为三种类型。第一种书是根书(rootbook)。德勒兹对这一类型的书极为反感,认为精神分析学、语言学、结构主义就是这类书的典型形象。""第二种书是胚根系统(the radical-system),或叫簇生根(fascicular root),暂且把这种书就叫作胚根书。德勒兹等认为,乔伊斯的话语只是打碎了词语和语言的线性整体的簇生根,尼采的格言也只不过是破碎知识的线性整体。这种胚根系统并没有真的打破二元论。第三种书是块茎书(rhizome),是德勒兹等极力赞赏推荐的一种类型。"[10]

当然,块茎说仍然是西方文化和文论演变的产物,主要

---

10 林海鸥《德勒兹的"块茎说"对艾布拉姆斯的"镜与灯"的挑战》,《外国文学》2010(3)。

是"适应后现代社会、反映当代社会文化特质及人类心灵特质"的文艺理论,与二百年前中华文化的宁馨儿《红楼梦》不可生拉硬扯,但从其艺术形态的特征观照,曹雪芹创作的奇书《红楼梦》又的确具有块茎书的某些特点:"存在于敞开的天地里:可以和个人的、集体的、艺术的、科学的、边缘的、中心的、游牧的、国家的各种抽象机器相关联,组成各种迥异的黏性平面、社会舞台;块茎书是地图,拥有无数进口和出口,是打开的、多元的、无固定结构、无中心系统、无统一秩序的,是被外部限定的繁殖体:被抽象路线、逃亡路线或解域路线所限定,并据此改变性质,增加繁殖维度。它可以断裂,但也能重新开始,与其他繁殖体相关联而进一步扩展自身的生成和繁荣。而客观学说完全把作品作为一个封闭的自足体,以二元对立、以文本的内在结构规律及其发展逻辑作为存在方式,鲜活的世界被无情地拒之于门外。"(出处同前)大家看,这样的表述与《红楼梦》的镜象影射和隐喻模型是否相当接近呢?"草蛇灰线"的空筐结构、探佚的召唤结构、人物的鸿蒙结构,不也是"可以断裂,但也能重新开始"吗?不也"是地图,拥有无数的进口和出口"吗?而小说文本与生活原型并不泾渭分明,而是常常彼此渗透,界限模糊不清,所谓"假作真时真亦假,无为有处有还无",不正是与所谓的"二元对立"的结构方式迥异,而让"鲜活的世界"与文本艺术保持了一种动态的结构吗?

## 第四目：补遗法和冰山理论

第二十六回写佳蕙同小红抱怨宝玉病愈后众下人所得赏赐不公平，连带说到一些在小说文本中并未正面描写的内容，有针对性的脂批曰："你看他偏不写正文，偏有许多闲文，却是补遗。"这"补遗"二字，其实揭示了曹雪芹写人写事的一大艺术创造，我们就把它叫补遗法。周汝昌先生在《红楼艺术的魅力》中专辟一章《"补遗"与"横云断岭"》，做了详细的举例论述。比如，佳蕙说她去潇湘馆送茶叶，正赶上贾母派人给黛玉送日用钱，黛玉正分给丫头们，就顺手抓了一把给她，这个情节和场景并没有在小说中写过，而是通过佳蕙的回忆"补"出来的。

补遗法最常见的形式，是人物谈话说出发生过但小说中从来没有提到的人和事。当然也有其他形式，如第三十七回贾探春给宝玉的信函中，感谢在自己生病时，宝玉亲自去看望，又派人送给探春新鲜荔枝和颜真卿的墨迹珍品。又如第六十三回宝玉过完生日后，发现在砚台下有一个帖子，一追问，小丫头四儿才告诉宝玉昨天妙玉派老嬷嬷送来了贺帖，自己压在砚台下的。

前面讲到各位"小人物"，其实经常涉及"补遗法"。例如：

凤姐和贾琏谈到在贾琏送林黛玉回苏州期间，薛姨妈为薛蟠摆酒请客，正式纳香菱为妾。

怡红院的丫头们闲谈玩笑，叙及秋纹跟随宝玉给贾母和王夫人送新折的鲜花插瓶，贾母赏了秋纹钱，王夫人赏了衣服。而此前袭人得到了王夫人赏赐的更高档的衣服。

贾宝玉在忠顺王府长史的逼迫追问下，供出蒋玉菡在紫檀堡买了房屋，这实际上意味着宝玉常和蒋玉菡私相来往，而这在小说中却从来没有提及。

贾宝玉和柳湘莲谈天，柳湘莲告诉宝玉自己常到秦钟的坟墓上培土祭奠，补写出柳湘莲曾和秦钟交往。

贾探春代理家政时，和李纨、宝钗、平儿说自己在赖大家花园做客时，和赖家的女孩子们闲谈，了解到赖家花园的花木等都承包给人管理还得到了收益。

这种"补遗法"既能扩大小说的容量内涵，却又不用太多的文字，不占篇幅，同时让读者感受到生活本身的气象万千，真实感极强。事实上我们即使安装上录像机，也不可能把生活中每一分、每一秒、每个角落的人和事都毫无遗漏地复制下来，有所遗漏，不完整，留有空白，才更像真实生活本身，生活也才显得更有景深，多了一点魅力和神秘感，更具有生机和吸引力。

曹雪芹的这种艺术创新在中国古典小说中相当先锋和前卫，周汝昌在《红楼艺术的魅力》中说："在一般文章、史传或小说中，也是常有追叙的部分，并不为奇；说评书的管这叫作'倒插笔'，是'插'者，即'楔入'之义也。但是，雪芹的那种'补遗'法却与俗套的不同——俗套的办法是笨法子：明截硬揭，即用'看官有所不知，原来在此之先'，曾有如何如何之事情发生了……云云。这样的追叙，是死笔，是下品——仅仅令人明白了此前有事，除此略无意味。雪芹那笔可不是这样，你看他，那简直活极了，似流水行云，毫无滞碍，'行无所事'的一般，实则正是他的灵心慧性，锦心绣口,机杼独运的结果。像这样的'补遗',《红楼》随处可逢。比如宝玉平素的许多为人所不解的言谈、行径,常常不是用正叙死法展示于'当前',而是在'补文'中闲闲透露——若无其事一般,却正是关键要害。"[11]

与"补遗"相关联,还有"横云断岭",乃:"说到'热闹中间',读者亟待下文时,却横空'插入'一个人、一句话、一声响……突然将上文截住了——然而又不同于'异峰突起',人来了不一定压众,话来的不一定惊人,它起过'断岭'作用后,即'收拾'过去,大有'重作轻抹'的意味。……大约雪芹不喜欢任何粗浅浮露,处处'适可而止',留下有余不尽之音韵,也为更后的文章设下千里的伏脉。"[12]

某种意义上,曹雪芹的"补遗法"可以和西方的"冰山理论"相比较、媲美。

所谓冰山理论,首先是1895年,心理学家弗洛伊德与布罗伊尔合作发表《歇斯底里研究》中提出。这可以说是弗洛伊德人格理论的一种形象表达,即认为人的心理分为超我、自我、本我三部分,超我多由道德判断、价值观等构成,本我是人的各种本能欲望,自我介于超我和本我之间,协调本我和超我,实现既不太违反社会道德约束又不要太压抑本能。与超我、自我、本我相对应,则对人的心理结构做划分,提出了人格的三我。人格就像海面上的冰山一样,露出来的仅仅是一小部分,即有意识的层面;剩下的绝大部分处于无意

---

[11] 周汝昌《红楼艺术的魅力》,北京,作家出版社2006年版,第69页。
[12] 同上书,第70页。

识中，正是这无意识的绝大部分相当程度上决定着人的行为，包括战争、法西斯、人跟人之间的恶劣争斗，如此等等。

1932年，美国作家欧内斯特·海明威在纪实性作品《午后之死》中，把文学创作比作漂浮在大洋上的冰山："冰山在海里移动很是庄严宏伟，这是因为它只有八分之一露出水面。"[13] 文学作品中，文字和形象是所谓的"八分之一"，而情感和思想，则是所谓的"八分之七"。前两者具体可见，后两者则寓于前两者之中。受这一"冰山理论"影响，往后的文学作品研究，多致力于揭示水下的"八分之七"，因为那是冰山的基础。基础明然后意义显。

一般认为，"冰山理论"有两个层面的含义。一是写作简约的艺术，即删掉小说中一切可有可无的东西，以少胜多，像中国水墨画技巧，计白当黑，不要铺陈，不要八分之八，而只要八分之一。英国学者贝茨在《海明威的短篇小说》一文中认为，这种简约在语言上表现为删掉了小说中几乎所有的解释、探讨以及议论；砍掉了一切花花绿绿的比喻；剥下了19世纪末亨利·詹姆斯时代句子长、形容词多得要命的华丽外衣，英语文学的乱毛被海明威收拾得干净利索。形容词过多是以亨利·詹姆斯为代表的小说家带给英语文学的一大灾难。

海明威十八岁就去打仗，打过仗当了美国一家报社驻欧洲的记者，写文章和报道要用电报发送回国，语言必须简明，

---

13 崔道怡等编《"冰山"理论：对话与潜对话》，北京，工人出版社1987年版，第61页。

于是形成了一种所谓的"电报体风格":极少用修饰语,极少用形容词。文学史上本来就有一类作家敌视形容词。法国大文豪伏尔泰有句名言:"形容词是名词的敌人。"只有名词是直抵事物本身,是直面、直接呈示事物,形容词多了反而遮蔽事物和内质。

其二,中国当代小说家马原认为,"冰山理论"更内在的质素可以概括为"经验省略"。他指出一些评论家把海明威的省略与传统的留白理论等同起来,以为这是一种含蓄手法的运用,言有尽而意无穷,这种看法并不正确,至少不全面、不准确。传统的省略方法类似于删节号的作用,它省略的是情味和韵致;而海明威省略的则是完全不同质的东西——实体经验。

曹雪芹的"补遗法"与"冰山理论"异曲同工,当然更有自己的特色。那些通过"补遗"而逗漏的故事是"冰山的八分之一",而其余"冰山下的八分之七"需要读者自己去想象。同时,前面章节谈到的召唤结构和鸿蒙性格,镜象影射和隐喻模型,贾家、史家等的文学故事和曹家、李煦家等"生活原型"的虚实互渗,以及"草蛇灰线,伏脉千里"的幽微隐约,八十回后佚稿内容的猜测探究等,全都诱惑着读者。各种历史索隐百年来延续不断,探佚、秦学等如火如荼,真真假假,是是非非,不就是生动的表现吗?一个重要原因,在于《红楼梦》不是有"八分之七"而是有"九分之八"的"冰山"都隐而未露啊。

尽管曹雪芹比海明威早生了一百多年,应该说,比起海明威的"冰山"来,曹雪芹在《红楼梦》中所留下的"冰山"

更奇特壮观。是否也有马原所谓"实体经验"的省略呢?这值得探究。有趣的是,第五回王熙凤的"册子"上就是画着"一片冰山,上有一只雌凤"——当然是用冰山象征贾府权势不牢靠,太阳出则冰山化,但如果我们郢书燕说另作他解,不也是别有意味吗?

## 第五目:积墨法和生活流

西方的小说,后来流行"意识流",偏重于人物思想感情之无意识的也就是非理性的"流动",比如突然产生了某种与当前所想、所说、所做毫无关系的想象、联想或回忆等。而此前的"写实主义",则有一种"生活流",当然是注意比较外在的人的生活如言谈、活动、交往之"流动"。所谓日子像水一样,点点滴滴,滔滔汩汩,来了又去了,人的思想、性格等也与时俱进,日迁月化。

《红楼梦》很少明显的"意识流"描写,"生活流"则似乎颇茂盛。姚奠中老师在为拙著《石头记探佚》写的序言中就说:"我不喜欢《红楼梦》,尽管它是中国文学乃至世界文学名著,原因是和巴金同志的《家》《春》《秋》一样,老是那些家庭琐屑……读下去总觉得有点气闷。"让人感到"有点气闷"的"家庭琐屑",就是常态的"生活流"。显然,一般意义上理解的"生活流",更偏重于"琐屑"的也就是"一地鸡毛"的普通生活,而非指波澜壮阔的英雄传奇、神怪等。

用"生活流"写人,是《红楼梦》又一个大特色,但它又有别于《金瓶梅》"水银泻地"式的写法,而有着极为精致微妙的多种技巧。其中的一个妙法,是"积墨法"。

积墨法的名目,是周汝昌先生发明的,借用的是中国画的说法:"中国山水画用墨由淡而深、逐渐渍染的一种技法。北宋郭熙云:用淡墨六七而成深,即墨色滋润而不枯。元黄公望云:作画用墨最难,但先用淡墨积至可观,然后用焦墨、浓墨分出畦径远近,故在生纸上生出许多滋润处。"(汉荣书局《艺术大辞典》)

周先生发挥说:"这是论山水画,真可谓'墨分五色',古人之精义如此。但那道理也不限画山水。我闻画家说人物衣饰的着色,也是此理:比如说仕女红裳蓝带,都不是简简单单涂上一层颜色的事,而是先用何色作底,后用何色递加,如此几道工序,而后那色彩厚润,迥与单薄之气味不同。我想,脂砚斋在评论笔法时,就提到过'此画家三染法也',应该就是同一意义了。这种笔法,'框架'本来实在是个'写意'的轮廓,只因他随着文情的进展,不断地一层层地'积墨'与'三染',于是我们感受到的印象,已不再是'粗线条'了,倒像他用笔十分之工细了。奥妙端的就在这里。"[14]

曹雪芹写人,如何"积墨"呢?就是一个人物上场,只有一个粗略的"亮相",甚至只是一个模糊的"身影"或"剪影",继而在此后的断续露面中,不断地加"墨"加"染",如此"积"少成多,"积"薄成厚,"积"单纯成复杂,那个人物的面貌、神情、性格、思想等,就越来越"圆",越"凸",越"立体""多

---

14 周汝昌《红楼艺术的魅力》,北京,作家出版社2006年版,第56页。

层""多面",越栩栩如生,从而纤毫毕现,达成"千皴万染诸奇"了。这也就意味着,每一次每一个人物出现,都有新的风采展现,对其性格层次增加内容,不能有一字一句赘墨浮词。

不谈宝、黛、钗,也不说王熙凤或史湘云,只看前面各章中的"小人物"们,许多都是这样"活"起来的。我们回顾一下宝玉身边的麝月和茗烟。

麝月不像袭人和晴雯那样重要,但也非偶尔跑龙套,云深不知处的角色。对她的模样、思想、性情、作为、风格等,也是分多次"三染"的。她的名字第一次出现,是第五回宝玉在秦可卿卧室午睡,"只留袭人、媚人、晴雯、麝月四个丫嬛为伴",这只说明了麝月的身份是宝玉身边的四大丫嬛之一,而且排行老四,再无其他信息。到了第二十回,有一段宝玉给麝月篦头生动而详细的描写,麝月的性格表现为两个特点,一个是她理性自持,很懂事,风格和袭人相近,宝玉的感觉为"公然又是一个袭人"。另一个特点是她也颇具少女的温柔风情,让宝玉给自己篦头,还有和晴雯似乎"争宠"式的言行戏谑。这一段对麝月的描写同样也写了宝玉、袭人和晴雯的性格侧面,真可谓一笔而"四染",每一"染"都恰到好处。

同时,我们也讲过,宝玉给麝月对着镜子篦头这个情节,还通过"麝月"和"镜子"的典故联系,暗示了麝月其人象征层面的意义。对麝月的这一"染"就不仅仅是"素描",而且是暗中着色了。这一暗隐的意义又在第五十六回宝玉梦见甄宝玉,麝月谈论镜子的情节中再描一笔。

第五十八和第五十九回,在老婆子和小丫头的冲突中,都写了麝月的话语和表现,如她出面教训老婆子不懂规矩,给春燕使眼色让她奔宝玉寻求保护，这些情节把麝月的口才、心机又分别"染"了两次，而且再次和袭人、晴雯构成不同的对照。

抄检大观园事件中，王夫人对凤姐说："宝玉房里常见我的只有袭人、麝月，这两个笨笨的到好"，这是通过王夫人的印象对麝月的一次"染"——她和袭人都比较老实本分。

脂批还提到佚稿中的麝月，即"故袭人出嫁后云'好歹留着麝月'一语，宝玉便依从此话""若他人得宝钗之妻，麝月之婢，岂能弃而为僧哉"等，那当然也是对麝月的进一步"染"了。

当然，曹雪芹的艺术手段巧妙多方、不拘一格，如第六十三回写麝月抽花名签隐喻她的结局，甚至麝月不出场，也常通过诗句等暗"染"她一笔，如"窗明麝月开宫镜"等。具体论述我们前面都讲过了，这里回顾一下，以体会"积墨"之法。

再如宝玉的小厮茗烟，第九回闹书房"染"了他豪门少年仆人的跋扈，第十九回他和小丫头卍儿偷情"染"了他青春期的"情"与"淫"，而同回他引宝玉去袭人家"染"了他的乖巧周到，第二十三回他给宝玉找来小说戏曲唱本等"染"了他对宝玉的知音，第二十四回写他下棋"染"了他的玩乐，第二十六回他受薛蟠之托骗宝玉出来"染"了他的顽皮，第二十八回他与其他小厮随宝玉出门"染"了他的常态服务，第三十四回他告诉袭人宝玉挨打的原因"染"了他的忠诚，第四十三回"不了情暂撮土为香"，又"染"了他的聪明伶俐和对宝玉的知情达意，第八十回"王道士胡诌妒妇方"中，则"染"了茗烟社会人情的练达。此外还有借宝钗的话透露出茗烟的母亲叫老叶妈，和莺儿的母亲走得近，暗示了莺儿和茗烟的某种关系，也是一种"染"。

通过这一笔笔的"积墨"，茗烟这个小厮就"立"了起来，他多层次的性格、心理、行为等得到了鲜活的呈现。这不是把"生活流"变得更加灵活自如进而写人的卓越技巧吗？这种技巧不是西洋的重彩油画，而是中国绘画"写意"和"十八描"相结合的借鉴活用，仿佛敦煌画代表的重彩画，一个个小故事像一笔笔色彩，没骨法实际还是骨法用笔，表面无线条，而用色彩代线条，有远视觉也有近视觉，有物象也有意象，达成了既摹实又传神的生命的凹凸感。

在前面的章节中，我们还提到一种主角和配角、大人物和小人物、全局和局部互为"主"和"配"、"大"和"小"、"全"和"局"的艺术手法，这也是曹雪芹的一大绝技。如在写贾政因不满宝玉而训斥李贵的那一段情节中，李贵这个"配角""小人物"就在"局部"的场景中成了"主角""大人物"，而贾宝玉反而成了衬托他的"配角"。再如"红楼二尤"和她们的故事，在小说"全局"中，无疑是"配角"和"小人物"，但在第六十四到第六十九回的"局部"中，她们又无疑是"主角"和"大人物"。曹雪芹正是通过这样灵活灵巧的艺术，使《红楼梦》包罗万象气势万千，众多的大小人物都各显神通、各具面目、各得其所。我们这本专谈"小人物"的书也才有话可说而且话题多多。

其实，这在回目中就可察知端倪，大家看有多少"小人物"上了回目成了"主角"！"金寡妇贪利权受辱，张太医论病细穷源""贾天祥正照风月鉴""情切切良宵花解语""贤袭人娇嗔箴宝玉""醉金刚轻财尚义侠,痴儿女遗帕染相思""蒋玉菡情赠茜香罗""龄官划蔷痴及局外""含耻辱情烈死金钏""白玉钏亲尝莲叶羹,黄金莺巧结梅花络""村老妪谎谈承色笑""金鸳鸯三宣牙牌令""刘姥姥醉卧怡红院""喜出望外平儿理妆""鸳鸯女誓绝鸳鸯偶""俏平儿情掩虾须镯,勇晴雯病补雀金裘""辱亲女愚妾争闲气,欺幼主刁奴蓄险心""慧紫鹃情辞试忙玉""杏子阴假凤泣虚凰""判冤决狱平儿情权""鸳鸯女无意遇鸳鸯""来旺妇倚势霸成亲""痴丫头误拾绣春囊""俏丫嬛抱屈夭风流,美优伶斩情归水月"。

广义上,这种"小人物"在"局部"扮演"主角"而充实"全局"的艺术,也是"积墨法"和"生活流"的另一种表现形式。

积墨与生活流,意味着与时俱进的动态,这也使《红楼梦》人物并非一出场就"定型"无变化,正所谓"类型化典型"。红楼人物的性格、思想、人与人的关系,都在与时推移而悄悄变异,只是实在艺术性太高,读者几乎感觉不到变化而已。当然这主要体现在一些主角人物身上。如第三十二回宝玉向黛玉"诉肺腑"后,宝黛由过去"因爱生嗔"的小儿女之情恋,成熟为真正的"知己"至爱;第三十六回宝玉"情悟"后,心理从少年成长为青年;第四十五回宝钗和黛玉消除隔阂而结为"金兰契";二尤故事之后王熙凤和宁国府的关系从热络变为冷漠。

即使某些出场并不多的次要人物,有时也微妙地表现出思想性格的成长变迁。如第一回的贾雨村,对甄士隐的慷慨相助只是"略谢一语,并不介意",是一个狂傲的青年落魄书生；而到了第三回，林如海为贾雨村给贾政写荐书，贾雨村则"一面打躬，谢不释口"，已经是经历过宦海风波的世故猾吏了；再到后来，从"乱判葫芦案"、流放葫芦僧到陷害石呆子，更成了一个由作小恶到作大恶更进而无恶不作的大蠹。贾雨村的"变脸"，正体现了积墨法和生活流的活用妙用。

## 第六目：叠曲和复调

苏联的巴赫金分析陀思妥耶夫斯基的作品，发明了"复调小说"的理论。其要旨是：借用复调（polyphony）这个音乐术语，喻指陀氏小说人物的艺术特色，即欧洲18世纪广泛运用复调音乐体裁，与传统的和弦及十二音律音乐不同，没有主旋律和伴声之分，所有声音都按自己的声部行进，相互层叠，构成复调体音乐，如经文曲、赋格曲与复调幻想曲等，而"陀思妥耶夫斯基笔下世界的完整统一，不可以归结为一个人感情意志的统一，正如音乐中的复调也不可归结为一个人感情意志的统一一样"。

这样说也许更清楚易懂：巴赫金的理论强调了复调小说的三个方面：第一，复调小说的人物不只是作者描写的客体或对象，他不仅仅是作者思想观念的直接表现者，同时也是表现自我意识的主体。第二，复调小说中并不存在着一个至高无上的作者的统一意识，小说不是按照这种统一意识展开情节、人物命运、形象性格，而是展现有同等价值的不同意识的世界。第三，复调小说作者不支配一切，作品中的人物和作者都作为具有同等价值的一方参与对话。复调小说由互不相容的各种独立意识、各具完整价值的多种声音组成。总而言之，在复调小说中小说人物和作者的地位是平等的，陀氏小说的不同人物及其命运，并非在作者陀氏统一的意识支配下一层一层展开，这些人物都有独立的意识，他们互相之间，同时也和作者平等地争论、对话、交锋。

当这种理论刚引进中国国内时，一些论者以"他山之石，借以攻玉"，说鲁迅的小说也有复调，甚至说《三国志演义》《红楼梦》也是复调小说，其实还是以传统的现实主义理论为依托，并将其"深化"的思路，所谓现实主义无所不包，与复调理论的原意存在距离。

根据巴赫金的观点，陀思妥耶夫斯基的复调小说具有两个最根本的特点，一是对话的创作原则，二是对话的创作手法。第一点强调艺术思维的重心从传统的作者"仰视"或者"俯视"小说人物，转变为作者"平视"小说人物。

用巴赫金的术语讲，"仰视"是"主人公控制作者"，"俯视"则是"作者控制主人公"，用加拿大学者弗莱（N.Frey）的原型批评术语，则前者意味着小说人物在类别、程度和所处环境上均高于我们普通人，后者则是他们在体力和智力上都不如我们普通人。"平视"则是作者的声音既不"高"于也不"低"于小说人物的声音，它们是"价值相当""地位平等"的。

作者想要对小说人物采取"平视"的立场，一方面需要选择"思想家"式的人作为主人公，另一方面在刻画主人公时，需要把创作的焦点放在主人公如何看待世界和自己上。

对话创作手法则是就语言层面而言，换句话说，对话原则的实现需要借助各种类型的双声语。对复调小说创作来说，对话的创作原则和对话的创作手法，两者缺一不可。对话的原则决定对话的手法，有双声语的作品不一定是复调小说，但没有双声语，复调小说也就成了单纯的思想议论。

所谓双声语，即复调小说的对话不仅体现在人物对话，而且向内部深入，渗透到语言当中，使语言具有双重指向，形成双声语，也就是说，双声语是语言对话形式的体现。这种语言的特点是具有双重的语义指向，含有两种声音。巴赫金指出："这里的语言具有双重的指向——既针对言语的内容而发（这一点同一般的语言是一致的），又针对另一个语言（即他人的话语）而发。"[15] 具有双重指向的话语的一个重要因素，"就是他人语言的态度"，没有两种声音，没有两个互相争论的声音，就无法形成双声语。巴赫金认为，陀思妥耶夫斯基小说的语言异常纷繁，但其中占明显优势的是具有不同指向的双声语。

有的评论把多线索、多结构、多人物对话、多空间的立体交叉，都统称为"复调""复调小说"或"复调结构"，并不符合复调的特定含义。复调小说后来在米兰·昆德拉的小说创作中进一步发展。暨南大学李凤亮撰有《复调小说：历史、现状与未来——米兰·昆德拉的复调理论体系及其构建动因》[16]，谈到米兰·昆德拉复调小说的特点，并对"复调小说"的含义做了解释。李凤亮从文体分类学上把复调小说分为小

---

15 巴赫金著，白春仁、顾亚铃译《诗学与访谈》，石家庄，河北教育出版社1998年版，第245页。
16 李凤亮《复调小说：历史、现状与未来——米兰·昆德拉的复调理论体系及其构建动因》，《社会科学战线》1996（3）。

说文体的复调、叙述视角的复调、情感空间的复调和时空观念的复调。他认为,小说文体的复调、叙述视角的复调属于形式范畴,是显性层次的复调;而情感空间的复调和时空观念的复调属于内容范畴,是隐性层次的复调。显与隐的交织融合构成表里统一、互动互促的复调景观。

小说文体的复调,称为"多声部",即在小说文体中,引进其他文体,如诗歌、戏剧、哲学,甚至包括应用性文体,"不同的声音各自不同地唱着同一个声音"。这一点,倒真可以和曹雪芹创作《红楼梦》的"文备众体"互相比较。《红楼梦》是"百科全书"的说法早已众口一词,论证《红楼梦》中广泛化用了史传、诗词、戏曲、园林等众多门类的知识和技巧,也有人从反面质疑,如对《红楼梦》中似乎有太多的诗词感到困惑。这其实和中国小说发展的历史有关,从先秦的《左传》诸子到汉代的《史记》《汉书》,从魏晋南北朝的笔记小说到唐人的传奇,从宋元的平话到明情的戏曲和章回小说,中国的小说本来就是驳杂多端、营养丰富的。在早期,人们认为这是小说文体的"不成熟",但从另一视角看,不也就是文体的"复调"吗?可谓三十年河东,三十年河西。

叙述视角的复调,后来衍生为内容更丰富的"叙事学",《红楼梦》同样不需要牵强附会,就能获得佐证。《红楼梦》本名《石头记》,就是"石头"作为神瑛侍者贾宝玉的"随行记者"记录下各种见闻,又通过空空道人抄录下来"问世传奇",再由曹雪芹于悼红轩中"披阅十载,增删五次,纂成目录,分出章回",因此小说的叙述视角不是单一的,而成为"复调",造成叙述的奇观,连书名都有好几个。《红楼梦探佚》等著作有具体详细的论述。

那么情感空间和时空观念之"隐性层次"的复调呢？前面我们谈到不少曹雪芹写人的特点，其鸿蒙性格和召唤结构、补遗法和镜象隐喻等，的确使人物的情感空间成为复调，也就是红楼人物性格之谜。至于时空观念，由于有了太虚幻境的设置，大观园是其人间的投影，以及仙境中的可卿和人间的秦可卿一而二，二而一，还有"朝代年纪、地舆邦国却反失落无考"的假语村言，再加上人物年龄的似乎"时大时小"，如果从复调的视角观照，也能获得新的理解。

把米兰·昆德拉的复调小说特点和曹雪芹的写作艺术相比较，还真有不少一脉相通的地方，并非用外国的概念硬套中国的经典。作为作家，王蒙先生有这样的体会："这部书就呈现出一种我所说的伟大的混沌状态，是现实主义又不是现实主义，是浪漫主义又不是浪漫主义，是幻化的又不是幻化的，是正剧又不是正剧，是游戏又不是游戏，什么成分都有。曹雪芹那个时候文艺理论并不发达，他也不知道现在的这么多名词儿，这主义那主义，现实主义、现代主义、表现主义、象征主义、达达主义、新潮派、新小说派……他没有受到这些分类学的分割，只是把他自己对人生、对世界的感受浑然一体地表现出来，想怎么写就怎么写，想怎么表现就怎么表现，这恰恰是作者的优越处。……他没有受过训练，没有被已有的文化的信号把他的眼睛、耳朵、鼻子、心灵全都填得实实的，恰恰是他的一个优点。"[17]

曹雪芹"伟大的混沌"的艺术，使《红楼梦》与各种西方的艺术经验和理论思潮不尽合但有相通之处，这就是我们把"红"和"西"做比较的基础，也是我们的立场。不尽合，所以不生搬硬套；有相通，也不回避谈论异同。

曹雪芹笔下的人物，特别是贾宝玉，与巴赫金所谓的"双声语"即"具有双重的语义指向，含有两种声音"有某些类似处，也有某些不同处。过去对贾宝玉思想性格的分析，往往用"正话反说""明贬实褒"等说法，其实，"似傻如狂"和"行为偏僻性乖张"等贬语和隐含的"赞美叛逆"还真不那么简单，而确有些像"双声语"，而且这种"双声"是表现得那样水乳交融、天衣无缝，以至于让后世的读者甚至感到迷惑恍惚。

王蒙这样谈对宝玉的感觉："贾宝玉也是'窝里横'吗？""贾宝玉的性格特点是：非责任非使命非献身的自我中心的个人主义，非文化非社会非进取的性灵主义，天真的审美喜悦式的泛爱论与唯情论，充满了对死亡、分离、衰老等的预感、恐惧与逃避的颓废主义，善良、软弱、又对一切无能为力的消极的人生态度。""宝玉也非全然不谙世故。""似乎是，把宝玉说成封建社会的叛逆，评价太高了。""作为'纨绔''膏粱''富贵闲人'，贾宝玉的基本表现、言行记录、档案材料（如果我们为他建立一个档案的话）并未超出正在没落的贵族公子哥儿的范畴。""贾宝玉是民族的、社会的、阶级

---

[17] 王蒙《双飞翼》，北京，生活·读书·新知三联书店1996年版，第301页。

的与文化的产物,是一个非常具体非常真实的人,是一个活生生的人。是一个入世的人。""贾宝玉不是一个思想的形象概念的形象而是一个感情的形象心灵的形象。用思想概念追踪解说评议感情与心灵,十分不易。形象大于思想乎?这也要看是怎样的思想与怎样的形象。"[18]

不过,如前所述,复调小说往往选择"思想家"式的人作为主人公,又把创作的焦点放在主人公如何看待世界和自己上。这种特点在贾宝玉身上其实有所体现,只是其"思想的形象概念的形象"表现得太艺术了,太玲珑剔透了无痕迹了,以至于我们一般感觉不到而已。他听到林黛玉吟唱《葬花吟》,或者看到杏花落了结出小杏来,都会兴起一连串的联想和感伤,所谓"一而二,二而三,反复推求了去,真不知此时此际欲为何等蠢物,杳无可知,逃大造,出尘网"。宝玉为代表的"正邪二气所赋之人",其本质是"诗人哲学家",笔者早有论述,这其实与复调小说以"思想家"为主人公的特点灵犀暗通。

"正邪两赋之人"代表的宝玉,他的"双声",更表现为曹雪芹又用独特微妙的艺术手段赋予他"三王号",实际上把他抬高到与尧舜和孔孟等"圣人"同样的高度。用周汝昌、李辰冬、宋淇、刘再复等人的说法,贾宝玉实际上又被写成与释迦牟尼、耶稣基督一样的"救世主"。这既与陀思妥耶夫斯基笔下的人物有某种"同声相应,同气相求",又比陀氏人物

---

18 王蒙《红楼启示录》,北京,生活·读书·新知三联书店1991年版,第63页、第117—118页;《双飞翼》,北京,生活·读书·新知三联书店1996年版,第244页、245页、284页、289页、290页。

那种思想和概念传声筒式的"复调性格"更为含蓄蕴藉。

宋淇《红楼梦识要》中曾这样评说宝玉:"把女儿们一视同仁和把黛玉看作'真爱'的对象又是一个极大的矛盾,而且表面上无法自圆其说。如何克服这个矛盾,使读者信服,认为宝玉这样做是对的,合乎情理的,是《红楼梦》艺术上又一个伟大的胜利。""贾宝玉是最凸出的人物,理由很简单,因为《红楼梦》克服了各方面的矛盾,创造出这样一个无古无今的人物——一个男人,而同时却又是诸艳之冠。这样一个人绝非19世纪西欧诸大家——如狄更斯、巴尔扎克,甚至托尔斯泰等写实主义大师所能创造出来的。"[19]同样,这样的艺术境界也非陀氏笔下的人物可简单类比。

"双声"还表现在小说中众多的其他人物身上,他们每一个人的言与行、思想、信仰、追求、风格,都有自己充足的理由和根据,在互相"对话",有的是公开的"对话",有的是潜在的"对话"。他们作为整体,又和贾宝玉在"对话",如前面章节谈到的兴儿演说荣国府,其中对宝玉的评论,不就和第二回贾雨村"正邪两赋"的论说,实际上构成了尖锐的"对话"吗?钗和黛的优劣,是钗黛合一还是钗黛势不两立?她们在薄命司的"册子"里,又为何共一幅册页?这不是已经引起了二百年的争论和"对话"吗?作者曹雪芹,不也在和书中的薛宝钗和林黛玉"对话"吗?

对曹雪芹这种写人的艺术,用"复调"这样的外来语可

---

19 宋淇《红楼梦识要》,北京,中国书店2000年版,第73页、75页。

以说明一些东西，但又不能完全彻底地说明。倒不妨用一个中华传统的词：叠曲。曹雪芹的红楼人物，是笙箫笛琵琶胡琴铙鼓的合奏叠曲，是"黄钟宫""大石调""南吕一枝花"的叠曲，其性格在"实"的后面，里面有"韵"，且不仅一种韵，而是多韵重叠——如诸宫调，如阳关三叠五叠乃至多叠，曲终是否奏雅呢？叠曲——叠韵和复调都是用音乐比喻，但一是中华的古韵，一是西方的洋调。

而《红楼梦》还有另一种陀思妥耶夫斯基小说所绝对没有而巴赫金与米兰·昆德拉也都未曾遭遇的"复调"，那就是曹雪芹原著和后四十回续书"两种《红楼梦》"真假合璧所造成的最具有思考空间争辩空间鉴赏空间和拓衍余地探索余地发展余地的"复调"。"两种《红楼梦》"的对话，造成了阅读《红楼梦》的多声部性，这种"隐性的复调"已经造成了环顾全球独一无二的"接受红学"。

我尽管力辨后四十回对前八十回的遮蔽和扭曲之"罪与罚"，但也从不否认后四十回续书有它本身的价值，有其"成与功"，而它作为续貂的狗尾，也并非全是消极的，狗尾一摇也是风景，狗尾也有其用处，特别是貂狗之辨实际上已经构成了中国二百年艺术、审美、思想、哲学、文化之最奇特的景观，而且还将与时俱进，永无完结。雅韵与俗调争鸣合奏共存于一个书名下，共存于小说中几乎所有"大人物"和"小人物"的同一名字下，因而也引起了后世永无断绝前赴后继的雅与俗、奇与常的争鸣和"对话"，真是古今中外都旷世难逢的审美和思想之大观、奇观！前面各章节"小人物"的鉴赏分析中也时有涉及。我甚至想，现在这样一个真假合璧的

《红楼梦》，要比曹雪芹原稿全璧存世更有意义，因为真假合璧是更有"对话性"的"复调"。

## 第七目：槛内的世人和槛外的畸人

第六十三回贾宝玉得了妙玉自称"槛外人"拜帖，不知如何回复，去请教林黛玉，路遇邢岫烟。岫烟对宝玉说，妙玉喜欢庄子的文章，自称畸人，又喜欢宋代范成大"纵有千年铁门槛，终须一个土馒头"两句诗，故又自号"槛外人"，"他若帖子上是自称畸人的，你就还他个世人，畸人者，他自称是畸零之人，你谦自己乃世上扰扰之人，他便喜了。如今他自称槛外之人，是自谓蹈于铁槛之外了，你如今只下槛内人，便合了他的心了"。

槛外人、槛内人、畸人、世人，都是颇有内涵的艺术创造。事实上，槛外人、畸人，也就是"正邪二气所赋之人"；槛内人、世人，也就是"大仁""大恶"两类人。如果你说不对，贾雨村不分明说宝玉是正邪两赋之人吗？他怎么又成了槛内人和世人呢？那你就是太不懂艺术的微妙玲珑了，我们也就无话可说。宝玉说妙玉之所以给自己下拜帖，"他原是世人意外之人，因取我是个些微有知识的，方给我这帖子"，不就透露了"微言大义"吗？所谓"些微有知识的"，"知识"并非通常意义上的诠解，而是指具有"形而上""终极意义"之类的思想胸怀境界，佛教就把大觉悟者称为"大善知识"。

事实上，《红楼梦》里的世界，就是槛内的世人和槛外的畸人在互相对照、对阵、对话。按说某些域外小说也不乏这样的格局,曹雪芹的特色是,他笔下槛内的世人身上往往也会闪烁一些"槛外"和"畸"的光影——也就是本书标举的所谓"小人物"的"诗性";而槛外的畸人,也并不能完全不食人间烟火,否则他们就待在青埂峰和太虚幻境,不会下凡来"历劫"了。这也可以用余英时的"《红楼梦》的两个世界"理论自圆其说:清洁的大观园有一股水流直通大观园以外的污浊世界,二者是"情既相逢必主淫"的。

这样,我们也才能更深刻地理解贾宝玉和茗烟,林黛玉和晴雯、紫鹃、雪雁,薛宝钗和花袭人、黄金莺之间的"影射"或"主仆"关系,理解宝钗和黛玉"如双峰并峙,二水分流",理解十二钗之内和之外的形形色色。

"槛外人""畸人""两赋人"能不能和域外小说中的"多余人""局外人"等类比呢?可以比,但非其"类"。

19世纪俄国文学的"多余人",有普希金同名小说中的叶甫盖尼·奥涅金、赫尔岑《谁之罪?》里的别里托夫、莱蒙托夫《当代英雄》里的毕巧林、屠格涅夫《罗亭》中的罗亭、冈察洛夫笔下的奥勃洛摩夫等。他们大多是俄国贵族日趋没落时期的自由主义者,不满沙皇政体和农奴制度,不肯和上流社会同流合污,但又缺乏理想,性格软弱、无所事事,甚至自暴自弃,成为社会中多余的人。

局外人是20世纪法国作家加缪同名小说中的文学形象,他叫莫索尔,是对西方资本主义不能适应的畸零人,反映"存在是荒谬的"这样的人生理念。"局外人"的确代表了西方文学界文化界对资本主义的一种抗议姿态。

应该说,18世纪中国作家曹雪芹笔下的"槛外人""畸人"，和19世纪俄国的"多余人"，20世纪法国代表的西方世界的"局外人"，是有其精神通约之处的。曹雪芹、俄国作家、法国作家、其他国度的西方作家，尽管异地异时，但大家都是人，都是敏感的文学艺术人，都不满现实，都追求精神自由，都思索世界和人生的"终极意义"而不得其解，都把这些思索、情绪等通过文学创作表现出来。

但"槛外人""畸人"和"多余人""局外人"又是不能简单地互相代替，也不能互相诠释的。因为中华文化和俄罗斯文化、欧美西方文化，其间又存在极大的差异，地域、时代、国情、历史、传统、文字……各具特点，绝不雷同。

特在何处？异在哪里？这就是每个读者的事了。如果我们"一揽子"都说清楚了，解决了，取消了"即时性和在场的言说"，不也就黯然失色索然无味了吗？当今全球"一体化"日盛，大家不是已经感到某种单调和恐慌，而又大张旗鼓弘扬起各民族、各地域、各传统的特色文化了吗？

至于我们的《红楼梦》，我们的"槛外人""畸人""两赋人"，的确比他们的"多余人"和"局外人"更有说不完道不尽的"味外之味"。中国人已经大体理解了"多余人"和"局外人"，但让老外理解《红楼梦》和"槛外人""畸人""两赋人"，那还"路曼曼其修远兮"，有待双方长期的努力呢。

## 第八目：演大荒和荒诞感

甲戌本《脂砚斋重评石头记》开首有一首七言律诗："浮生着甚苦奔忙？盛席华筵终散场。悲喜千般同幻渺，古今一梦尽荒唐。谩言红袖啼痕重,更有情痴抱恨长。字字看来皆是血,十年辛苦不寻常。"第八回薛宝钗赏鉴贾宝玉的通灵玉,有一首从叙事人口吻所写对补天顽石——通灵玉的调侃性诗歌:"女娲炼石已荒唐,又向荒唐演大荒。失去幽灵真境界,幻来亲就假皮囊。好知运败金无彩,堪叹时乖玉不光。白骨如山忘姓氏,无非公子与红妆。"其中"假皮囊"有的抄本作"臭皮囊",周祜昌、周汝昌和周伦玲合校的《石头记会真》认为:"真假为对,若臭皮囊,便成俗文。"

曹雪芹《红楼梦》"演大荒"的思想情绪,这两首诗可以说画龙点睛。小说开头就用荒古的神话演义说:"当年女娲炼石补天之时,于大荒山无稽崖炼成高经十二丈、方经二十四丈顽石三万六千五百零一块。"旁有脂批针对性地注释:"荒唐也。""无稽也。"荒唐无稽,是历经沧桑后的无奈,也是看破世情的从容。世界的没有凭借,人生的虚妄无价值,时间的残酷,宇宙的洪荒,这其实是古往今来有情生命谁也逃不脱的困惑。当然,在曹雪芹这里,有其特定的内容,那就是由百年望族而一败涂地的家族盛衰兴亡和"三朝秘史"相纠葛的复杂遭遇,而孕育出来的"白骨如山""悲喜千般""古今一梦"的思结、感结、情结、心结。异化的历史,对有情的生命痛下杀手,人生真是大河上下,顿失滔滔,这就是生命存在的大义吗?曹雪芹用他的如椽巨笔,抽筋入细,又地负海涵地为这种无奈的"大义"给以根基,就是一个"情"字。

其实,这也是古今中外大略相差无几的情愫思致,只是随着时代、地域、民族和历史文化氛围的不同,而有宜古宜今宜中宜外的表现形式,如基督之炼狱中的圣爱,佛陀之无常里的慈悲，孔孟之恓惶下的仁义，当代中国哲学家李泽厚的"情本体"。曹雪芹是艺术家，他写出贾宝玉之演大荒后的意淫，其余波所及，连众多的"小人物"也似有诗意微芒。

20世纪西方文学"现代派"中有荒诞派独树一帜，从第二次世界大战后发轫于法国巴黎的荒诞戏剧，如萨缪尔·贝克特的《等待戈多》，欧仁·尤内斯库的《椅子》和《秃头歌女》，发展到小说领域，则有阿根廷博尔赫斯的小说等，此后的"新小说""垮掉的一代""黑色幽默"等文学现象，也万变不离其宗，荒诞感浓得化不开，而荒诞之后缺少了温馨的皈依。

当三四十年前这些西方现代派文学刚刚传入中国大陆，方从封闭隔绝的迷信迷梦迷失中觉醒的中国人，初读之下都有一种"尝禁果"的振聋发聩的感觉。但时过境迁，特别是商品化大潮把世俗审美趣味推向前台，信息网络时代使"平面化"阅读泛滥成灾之后，还有多少人能耐得住性子对这些西方现代派沉潜品味、含英咀华呢？何况，它们深刻深暗如深渊，让芸芸众生望而生畏、敬而远之。

只有曹雪芹，只有《红楼梦》，让我们在"平面化"中还保留了一点"立体感"，在浅俗中还昭示一点深度，在"娱乐至死"的狂欢中还偶生"荒唐"和"荒诞"的醒意，而又并不绝望到想自戕、自杀却留恋诗意栖居的魅力。"两种《红楼梦》"的"对话"和"交锋"，更使这种"立体""深度"和"醒意"变得不可回避、不容含糊，不得不直接面对，并对曹雪芹提示的"醒"后之精神寄托作深长思——"道不异情情即道"（周汝昌2010年9月20日赋七律中句）。这种宗旨，渗透在《红楼梦》的"主角"身上，也体现在"配角"身上——"诗性"

的"小人物"同样光芒闪烁。

"字字看来皆是血,十年辛苦不寻常。"——曹雪芹从"演大荒"到"证情"的心路历程之痴(诗人、哲人)、常(真人、活人)二谛,衍化为具象、意象、抽象之三象合一的"七宝楼台"——《红楼梦》因此成了中华民族永恒的精神家园。周汝昌曾写文章呼吁"还红学以'学'",其实,"还红学以'思'"和"还红学以'诗'"同样重要。学、思、诗,也就是考据、义理、辞章,也就是史、哲、文,也就是真、善、美,三者缺一不可,辩证互补。只有考证、论证、悟证"三才"俱备,才能不被如一圈圈无限扩展的环套式红学红评红潮所迷惑陷溺,才能感知曹雪芹的"全人",获得《红楼梦》的"完美",不致"盲人摸象"得其一隅而误为全象贻笑大方。鉴赏《红楼梦》的"小人物",同样如此。

## 痴、常二谛及三象(具象、意象、抽象)合一

这里涉及"痴""常"二谛与曹雪芹意中笔下"小人物"的独特内涵。其实,《红楼梦》开宗明义,就表达了对"小人物"的自标新意,与通常的理解不同。首先,女娲炼石补天共炼了三万六千五百零一块,"娲皇氏只用了三万六千五百块,只单单的剩下一块未用,便弃在此山青埂峰下",剩下的这一块"因见众石俱得补天,独自己无材不堪入选,遂自怨自嗟,日夜悲号惭愧",这不就是一种象征性的"小人物"之意结情结吗?这块被弃而不用的顽石是被"主流"所"弃"的"边缘人"("边缘石"),也就是被"大人物"的社会所摒弃而难登大雅

之堂的"小人物"。

其次,这块顽石历劫完毕而记录下"石头记",空空道人看了以后,对顽石说:"石兄,你这一段故事,据你自己说有些趣味,故编写在此,意欲问世传奇。据我看来,第一件,无朝代年纪可考;第二件,并无大贤大忠、理朝廷、治风俗的善政,其中只不过几个异样的女子,或情或痴,或小才微善,亦无班姑、蔡女之德能,我总(周校本注:'总'即今'纵',全书多见)抄去,恐世人不爱看呢。"这里的意思很明确,《红楼梦》里的主角——如甄贾宝玉、林黛玉、薛宝钗、史湘云、贾探春、王熙凤等,根本不能跻身"大忠大贤"和"班姑、蔡女"之"大人物"行列,而是一些"小人物",不过有点"小才微善"的"异样"而已。至于"副册"和"又副册"里的那些人就更是如此了。

那么是什么样的"小才微善"和"异样"呢?核心就是"或情或痴"——也就是"诗性"。这也就是我们所标举的痴、常二谛之理论框架。常——是"小人物";"痴"——是具有"诗性"的"小人物"。因此,"痴、常二谛"和刘再复先生所说"《红楼梦》真、俗二谛的互补结构",就既有交叉,也有相异。刘先生和刘剑梅女士于2010年9月在美国对话,提出"以中观眼睛和中道智慧来阐释《红楼梦》"等观点言说(对话全文见"再复迷"网站),似乎以佛理释红的气息更浓一些。笔者所谓的"常"与刘先生意中的"俗"存在差异,而笔者所谓的"痴"与刘先生意中的"真"重叠之处更多。这种"同异"突出地表现在笔者与刘先生对"两种《红楼梦》",也就是后四十回续书的认识分歧。

在笔者看来，后四十回之"真、俗二谛"与曹雪芹的"痴、常二谛"并不能通约，特别是后四十回的"俗"谛从根本上丧失了"诗性"，与曹雪芹原著的"痴"谛是南辕北辙的。贾宝玉最后看破红尘随二仙飘然而去，就抛弃了"或情或痴"的根本宗旨。前八十回与后四十回几乎所有人物之"同名异性"也是"痴"谛与"俗"谛扞格难入的体现，这也透露笔者意中的"痴"和刘先生意中的"真"有合也有分。在笔者看来，后四十回的情怀意向，其实就是曹雪芹意中的"小人物"回归到俗谛的"大人物"，贾宝玉中举人以"不枉天恩祖德"是如此，最后与二仙去成佛作祖也是如此。

这样，我们就更能理解"痴、常二谛与三象合一"的深刻内涵，它不仅体现在本书所讨论的红楼"小人物"身上，也涵盖本书未予论及的宝、黛、钗、湘云、探春、王熙凤等"大人物"，因为大家都是"正邪二气所赋之人"，而非"俗谛"中的"大仁"和"大恶"之人。如前所述，在曹雪芹意中笔下，上述"大人物"其实也是"小人物"——当然是赋予了独特内涵和意义的小人物，《红楼梦》全书都是为"小人物"树碑立传，显示他们身上的宝色和光辉，这就是本书所突出标榜的"小人物"之"诗性"。

上面把曹雪芹"写人"的艺术创造做了一些"理论化"的归纳，有的地方还和西方的文艺理论做了比较。其实，所蕴含的内容不仅仅是写人，而指涉到曹雪芹创作美学的许多根本特点。特别耐人寻味的，是曹雪芹美学思想的包容性，不仅如俞平伯曾谈过的"传统性"和"独创性"的统一，而且有许多中国和西方两种美学和文化的碰撞与交融，甚至还有西方"现代派"艺术的某些先声远影。这似乎是不可能的，却是事实，真让人惊叹不置！

2006到2008年，我在俄罗斯国立圣彼得堡大学东方文化系任客座教授，曾给该系开了两轮《红楼梦》研究课，一个学期给汉语言文学专业的研究生开，另一个学期给中国历史专业的研究生开。后来我写的旅俄散文随笔中有一篇《在俄罗斯讲〈红楼梦〉》，摘抄其中一段，作为本书的结尾，以便让读者从抽象的理论氛围中脱身，回到感性的审美，并思索曹雪芹思想的超前和《红楼梦》艺术的卓越：

> 我给学生简单介绍了曹雪芹的身世和家族史，还有版本、脂批，也就是讲了曹学、脂学和版本学的基础知识，又画了一张《红楼梦》人物关系图，再细讲红楼探佚的五种方法：谐音法、谶语法、影射法、引文法、化用典故法，用的教材就是我的著作——作家出版社出的《红楼探佚红》。然后复印了《红楼梦》的第五回，人手一份，从头到尾过了一遍。给外国人讲有特殊之处，是几乎要一字一句讲解，成语、典故、方言、俗语、来龙去脉，全要从头说起。
>
> 讲到贾宝玉不肯在宁国府书房午睡，嚷着"快出去！"到了秦可卿的卧室则"眼饧骨软"，连说"这里好"，我对学生这样讲解：书房和卧室，象征两种人生道路，书房的对联"世事洞明皆学问，人情练达即文章"和《燃藜图》是缅希科夫（彼得大帝的宰相和第一任彼得堡市长）的道路，卧室的"嫩寒锁梦因春冷，芳气笼人是酒香"（版

本考证：是"芳气笼人"，不是"花气袭人"）和《海棠春睡图》是普希金的道路，贾宝玉要做普希金，坚决不做缅希科夫。

我还领学生们去圣彼得堡东方古文献研究所，观摩保存在那里的清代抄本《石头记》。

期末课上完了，让学生谈感想，有一个学生讲了这样的意见：曹雪芹写《红楼梦》，又是梦幻，又是"草蛇灰线"，真神奇，真不可思议，这不就是后现代派吗？

我说，你讲得很有意思。但《红楼梦》又是一部最写实的作品，主要人物都是有生活原型的，许多故事都有曹雪芹家族真实遭遇的影子。那么《红楼梦》是怎样一部作品呢？我打个比方吧，就是把托尔斯泰的三部名著和普希金、莱蒙托夫融合到一本书里：《红楼梦》写的家族盛衰，暗示的康雍乾三朝历史风云，像《战争与和平》；爱情故事、男女情感纠纷，像《安娜·卡列尼娜》和《复活》；贾宝玉的人生追求，像普希金的诗歌和莱蒙托夫的《当代英雄》。现在你提出后现代，就更能显示曹雪芹和《红楼梦》的超前、伟大。

我回国前，青年教师叶芙根妮娅和研究生萨莎（列别婕娃·亚里山德拉·弗拉季米罗芙娜）一起请我吃饭。叶芙根妮娅说，感谢你教会我诗词。萨莎说，谢谢老师让我懂了《红楼梦》。